Eine kalte Winternacht in Stockholm. Eine junge Frau allein in einem Park. Plötzlich Schritte, die immer näher kommen. Als sie sich schon verloren glaubt, fällt ein Schuss, ihr Verfolger stürzt zu Boden und bleibt in einer Blutlache liegen. Fünf Jahre später findet die Psychotherapeutin Siri Bergman in alten Kisten ihres ersten Mannes Stefan eine merkwürdige Notiz, die auf genau diesen Mord hinweist. Gibt es etwa einen Zusammenhang zwischen der grauenhaften Tat und Stefans Selbstmord, der nur wenige Wochen danach Siris Leben erschütterte? Der Gedanke lässt sie nicht mehr los. Hat Siri ihren Mann jemals wirklich gekannt?

Camilla Grebe und Åsa Träff sind Schwestern, aufgewachsen in Älvsjö in der Nähe von Stockholm. Der Roman »Die Therapeutin« – Auftakt der erfolgreichen Reihe um die Stockholmer Psychotherapeutin Siri Bergman – war ihr erstes Gemeinschaftsprojekt, fast zwangsläufig entstanden aus ihrer Liebe zur Kriminalliteratur.
Camilla lebt mit ihrer Familie in Stockholm. Sie hat den Hörbuchverlag »StorySide« gegründet und betreibt ein Beratungsunternehmen.
Åsa arbeitet als Psychologin mit dem Schwerpunkt Verhaltenstherapie und betreibt in Stockholm eine Praxis. Mit ihrem Mann und zwei Kindern lebt sie in Gnesta.

Camilla Grebe & Åsa Träff bei btb
Die Therapeutin. Roman (74183)
Das Trauma. Roman (74489)

CAMILLA GREBE
ÅSA TRÄFF

Bevor du stirbst

Kriminalroman

Aus dem Schwedischen
von Gabriele Haefs

btb

Die schwedische Originalausgabe erschien 2012 unter dem Titel *Innan du dog* bei Walström & Widstrand, Stockholm.

MIX
Papier aus verantwortungsvollen Quellen
FSC® C083411

Verlagsgruppe Random House FSC® N001967
Das für dieses Buch verwendete FSC®-zertifizierte Papier *Lux Cream* liefert Stora Enso, Finnland.

1. Auflage
Taschenbuchausgabe Oktober 2014

First published by Walström & Widstrand, Sweden
Published by arrangement with Nordin Agency, Sweden

Druck und Einband: CPI – Clausen & Bosse, Leck
MI · Herstellung: sc
Printed in Germany
ISBN 978-3-442-74767-2

www.btb-verlag.de
www.facebook.com/btbverlag
Besuchen Sie auch unseren LiteraturBlog www.transatlantik.de

Für Andreas

Stockholm 2005

Sie war eine Seifenblase, die durch den Park schwebte, schwerelos, ein Blatt im Wind. Die Nacht hatte schwarze Kristalle im Haar, und die Sterne stürzten ihr entgegen von allen Himmeln, die sich im Universum drängten, und von denen, die weiter entfernt waren, dort, wo Zeit und Raum ein Ende nehmen und nur noch ein vibrierendes schwarzes Vakuum bleibt.

Der Boden um sie herum war von einer dicken Schicht aus funkelndem weißem Schnee bedeckt. In einiger Entfernung ragte die Kirche auf, wie er gesagt hatte. Spitze Türme zeichneten sich vor dem Himmel ab, als wären riesige Zähne aus dem gefrorenen Boden gewachsen. Und hinter der Kirche lagen der Karlaplan und die U-Bahn, die sie zu ihren Eltern nach Farsta bringen würde.

Obwohl sie nicht mehr Anna war, ein ziemlich trauriges und pickliges Mädchen aus dem Vorort, sondern ein schönes und schwereloses Wesen, das sich mit irdischen Problemen nicht zu befassen brauchte, drangen die Ereignisse des Abends durch die feste Hülle der Seifenblase. Die Wohnung, in der es kein Licht gegeben hatte. Robban und der schwarze Typ ohne Namen, der auf dem einsamen Sofa mitten im Raum ununterbrochen geraucht und gequasselt hatte. Die Katze, die auf der Fensterbank gesessen hatte, beängstigend mager, zusammengekrümmt, die Ohren zurückgelegt, bereit zum Sprung, falls sich etwas Bedrohliches näherte. Und dann natürlich Marko.

Marko, der so weiche Haut hatte, obwohl er älter war als ihr Vater. Marko, der die schönsten Augen hatte, die sie je gesehen hatte. Augen, die sie immer wieder mit einer Mischung aus Zärtlichkeit und Lust betrachteten. Er war nie mehr als einen Meter von ihr entfernt. Seine Hand schien sie immer zu berühren, ihre Schulter, ihren Arm oder ihren Oberschenkel. Manchmal packte sie zu, massierte so fest, dass ihr die Tränen in die Augen traten. Manchmal ruhte sie leicht wie ein Grashalm auf ihr.

Aber sie war immer da.

Sie fröstelte.

Sie hörte aus der Ferne ein Motorendröhnen, das immer lauter wurde. Sie stellte fest, dass sie dieses Geräusch sogar sehen konnte, dass es Farbe und Form besaß. Schwarz, pelzig, mit scharfen Zacken. Eine rotierende düstere Wolke, die wuchs und schrumpfte und tausende scharfe Stahlklingen enthielt.

Was hatten sie an diesem Abend eingeworfen?

Einen chemischen Cocktail, wie er das nannte. Irgendwas wie Acid jedenfalls, das war ihr immerhin klar. Aber obwohl sie noch immer high war, dachte sie klarer als je zuvor in ihrer Erinnerung. Sie verstand das Dasein, fühlte eine Zusammengehörigkeit mit jeder noch so kleinen Schneeflocke und jedem Stein im Park, konnte hören, wie Bäume und Büsche und Steine ihr zuflüsterten und sie riefen.

Die Straßenlaterne auf ihrer rechten Seite flackerte und erlosch mit ausgiebigem Zischen. Sie wusste, dass es kalt war, spürte die Kälte aber nicht. Sah nur überrascht die bläuliche Gänsehaut auf ihren mageren Handgelenken an, die wie Stöckchen aus der dünnen Kapuzenjacke hervorragten.

Vor ihr zog sich die gefrorene Straße dahin, an der ein teures Auto neben dem anderen stand. Auf der anderen Straßenseite hatte die Kirche plötzlich und unerklärlicherweise gewaltige Proportionen angenommen, war zu einer himmelstrebenden Kathedrale angewachsen, wurde mit jeder Sekunde größer. Langsam schwebte sie weiter, merkte, dass sie ihre Richtung ein wenig änderte, wenn der Wind sie erfasste.

Eine Seifenblase, dachte sie, ich bin eine Seifenblase. Schön, aber verdammt leer. Bei diesem Gedanken musste sie lachen, und sie hörte plötzlich ein Kichern. Erst Sekunden später begriff sie, dass dieses Kichern von ihr stammte.

Von irgendwoher hörte sie das Brummen wieder, und es wurde lauter. Vor sich ahnte sie abermals die schwarze Wolke mit den rotierenden Sägeblättern. Ich könnte sie anfassen, dachte sie, aber sie ist scharf. Ich könnte mich verletzen, mich blutig schneiden, meine Handflächen zu Hackfleisch zerfetzen.

Die Wolke wurde größer. Anna blieb stehen und schaute sich um. Die Welt schien zu einem schimmernden Dunst zu verschwimmen. Und weiter entfernt: zwei Lichtpunkte, die immer größer wurden, die zu riesigen Scheinwerfern wurden, zu Sonnen, gigantischen Supernovas, bereit, zu explodieren und ihr Magma über die Erde zu speien.

Langsam begriff sie, dass die Sonnen die Scheinwerfer eines Autos waren, das sich in hohem Tempo näherte. Obwohl sie wusste, dass sie ausweichen müsste, konnte sie sich nicht rühren. In dem Moment, als das Auto sie mit voller Wucht zu treffen drohte, hob sie ein Windstoß behutsam auf und trug sie sanft zur anderen Straßenseite in Sicherheit.

Kann ich platzen?, überlegte sie. Wenn mich jemand anfasst, zusticht, werde ich mich dann in einen grünen Spülmittelfleck im Schnee verwandeln?

Langsam und ohne sich umzusehen, ging sie weiter. Ihre Füße erreichten plötzlich den Boden, und zum ersten Mal spürte sie die Kälte an ihren Knöcheln. Der chemische Cocktail verließ jetzt ihren Körper. Bald würde es nur noch Leere geben, den Hunger nach mehr und eine bohrende Angst.

Sie bog auf den Fußweg ab, der zur Kirche führte, in den dunkelsten Teil des Parks. Große Bäume umgaben sie, die Wipfel verbargen den sternenklaren Himmel, bildeten ein riesiges, geflochtenes organisches Dach. Es war sehr kalt, und die Kälte kam ihr plötzlich so kompakt und undurchdringlich vor wie eine Betonmauer. Ihre Beine meldeten sich, dazu ein schwaches Ziehen im Unterleib und ein klebriges Gefühl zwischen den Beinen.

Niemandem etwas sagen, hatte er gemahnt. Du bist nicht »legal«. Sie hatte laut gelacht, über seine Wortwahl und über den Inhalt seiner Worte, über diesen absurden Kommentar. Sie war doch immerhin fast fünfzehn. Kein Kind mehr. Robban und der Kanacke hatten ebenfalls gelacht. Laut und dämlich und ohne irgendetwas zu begreifen, sie waren eben Idioten. Marko hatte sie angeschrien, sie sollten die Fresse halten, und noch immer hatte sein Arm beschützend um ihre Schultern gelegen.

In dem Moment, in dem sie die massive Klinkerfassade erreicht hatte, hörte sie es. Es war ein ganz anderes Geräusch. Es hatte ebenfalls Farbe und Form, war grau, trocken, rund. Wie eine zusammengeknüllte kleine Papierkugel, nicht größer als ein Apfel, bewegte es sich vor ihrem Gesicht. Ein Tier? Sie streckte in der Dunkelheit vorsichtig die Hand aus, berührte die graue Kugel, die sich augenblicklich in feinen Staub verwandelte, der vom schwachen Wind davongetragen wurde.

Sie drehte sich dem Gebüsch neben der Kirche zu, aber sie sah nur Dunkelheit und den riesigen Lichtkegel einer entfernten Straßenlaterne, die ein bleiches Licht über den Schnee warf. Dann ein neues Geräusch, ein scharfes, knackendes Geräusch. Abermals starrte sie in die Dunkelheit. Ihre Beine schmerzten vor Kälte, und sie hatte jegliches Gefühl in den Füßen verloren. Sie konnte außerhalb des Lichtkreises, den die Straßenlaterne auf den gefrorenen Boden malte, nichts sehen, aber deutlich konnte sie jetzt Schritte hören, sah sie auch. Kompakte graublaue Würfel aus Klang, die wie Schwalben flogen, hintereinander durch die Nacht. Sie näherten sich ihr von hinten. Wie weit war es noch bis zur U-Bahn? Hundert Meter?

Zum ersten Mal verspürte sie etwas, das an Angst erinnerte, die Angst drängte sich durch alle Schichten aus Eindrücken und Empfindungen und Farben und erinnerte sie daran, dass sie sich allein in einem Park befand, den sie nie zuvor betreten hatte. Sie vermutete, dass sie eine leichte Beute wäre, dass ihr Zustand sie in Gefahr brachte, dieser Gedanke war trotz des Rausches vorhanden. Und zum ersten Mal seit langer Zeit sehnte sie sich nach ihren Eltern in Farsta. Nach der Geborgenheit und Vorhersagbarkeit in dem grauen Reihenhaus. Nach dem ewigen Geplapper des Fernsehers im Hintergrund und dem Geruch von Bratkartoffeln und Zigarettenrauch. Sogar nach dem erstickend süßlichen Gestank aus dem Zimmer ihres Vaters, wenn die Frau vom Heimpflegedienst seine entzündeten Wunden neu verband.

Die Kälte zerrte an ihren Armen, und unfreiwillig schüttelte sie sich. Das hier war das Schlimmste – wenn der Rausch abnahm. Wenn der Körper wieder über die Seele gestülpt wurde wie ein Overall und sie nur dastehen und sich anziehen lassen konnte wie eine kleine Rotzgöre.

Als sie die Parkbänke und den Papierkorb erreichte, die die Mitte des kleinen Parks markierten, hörte sie die Schritte wieder. Diesmal waren sie genau hinter ihr, und sie konnte das Geräusch nicht mehr sehen, hörte es nur.

Langsam und mit großer Mühe drehte sie sich um und sah eine riesige Männergestalt, die im Licht der Straßenlaterne aufragte. Der Mann ging vornübergebeugt mit langen, eiligen Schritten. In seiner Hand funkelte ein länglicher Gegenstand, sie wusste nicht, was, aber es ähnelte einem Messer.

Schicht um Schicht ließ der Rausch sie los, wie dann, wenn man eine Zwiebel schält, und ihr kam eine Erkenntnis: Sie wurde in einem dunklen Park von einem Mann verfolgt. Es war Nacht. Sie war allein und noch immer zugedröhnt. Und er hatte ein Messer.

Sie wollte schneller gehen, aber ihre Beine gehorchten nicht, es war, wie durch Sirup zu stapfen. Sie merkte, wie ihre Frustration wuchs. Es spielte keine Rolle, wie sehr sie sich abmühte. Ihre Beine waren wie ungehorsame Holzstöcke, die immer wieder im Schnee stecken blieben. Jeder Schritt verlangte eine gewaltige Willensanstrengung. Die Angst verbreitete sich rasch in ihrem Körper, explodierte im Magen, pflanzte sich durch die Glieder fort und verwandelte sich endlich in ein dumpfes Pochen in Armen und Beinen.

Er hatte sie jetzt fast eingeholt.

Tausend Gedanken erfüllten ihr Bewusstsein. Bilder aus Nachrichtenreportagen über Überfallopfer, ermordete und vergewaltigte Frauen. Trauernde Angehörige. Eltern, die vor einem mit roten Rosen bedeckten Sarg weinten. Wenn ich sterbe, dachte sie, werde ich ihnen dann fehlen? Wird Robin mein Zimmer bekommen, meine Anlage, meinen Fernseher? Wird Marko eine andere finden, an der er sich festhalten kann?

Plötzlich waren ihre Beine keine starren Stöcke mehr. Doch sie schienen alle Lenkbarkeit und Stabilität eingebüßt zu haben, krümmten sich unter ihrem Gewicht nach vorn und nach hinten, als wären sie aus Gummi. Sie schaute nach unten. Statt ihrer mit Jeans bekleideten Beine ragte unter der Kapuzenjacke etwas hervor, das ungeheure Ähnlichkeit mit zwei riesigen rosa Himbeerbonbons hatte. Die Himbeerbonbons gaben unter ihrem Gewicht nach, machten es ihr fast unmöglich, das Gleichgewicht zu halten.

Aus dem Augenwinkel sah sie, wie der Mann von der Seite her näher kam. Und obwohl sie im Grunde wusste, dass sie halluzinierte, fuhr sie zusammen. Der Mann war unnatürlich groß, erinnerte an eine Gestalt aus einem Horrorfilm. Er war ein Riese, er war der Hulk, er war der Turnlehrer aus der Grundschule. Er war alle Ungeheuer, die sie je gesehen hatte, und er kam geradewegs auf sie zu. In der Hand hielt er etwas, das aussah wie ein riesiges Samuraischwert. Es funkelte im Licht der Straßenlaterne.

Sie wollte auf die Laterne am Ende des Parks zu rennen, aber die Himbeerbonbons gehorchten nicht, wackelten unter ihr. Tränen traten ihr in die Augen, ihre Ohren rauschten, ihr Bauch tat weh. Sie verspürte eine plötzliche Übelkeit und meinte, kotzen zu müssen, aber es kam nichts, als sie sich vorbeugte und würgte.

Als sie schon glaubte, der Mann habe sie eingeholt, sah sie eine weitere Gestalt, die sich aus den Schatten bei den Sträuchern löste. Ein Mann in Parka, die Kapuze tief ins Gesicht gezogen. Eine Sekunde lang spielte sie mit dem Gedanken, seine Aufmerksamkeit auf sich zu lenken, um Hilfe zu rufen, aber als sie den Mund zu öffnen versuchte, passierte gar nichts. Stattdessen knickten die Himbeerbonbons unter ihr zusammen, und sie fiel hilflos auf die Parkbank. Sie stützte sich mit den Händen ab. Die glitten durch die dicke Schneeschicht, bis sie endlich auf den gefrorenen Boden stießen. Mit den letzten Kräften, die sie aufbringen konnte, kroch sie auf das Gestrüpp zu, um dort Schutz zu suchen.

Nur wenige Sekunden darauf hatte der Mann mit dem Schwert die Parkbank erreicht. Er schien um einiges geschrumpft zu sein, und das Schwert – das jetzt nicht mehr aussah wie ein Schwert – ragte aus einer kleinen roten Tüte hervor, die er in der linken Hand trug. Dann hatte der Typ im Parka ihn eingeholt, legte ihm die Hand auf die Schulter, rief etwas. Sie krümmte sich im Schnee zusammen, versuchte sich in eine winzige unsichtbare Kugel zu verwandeln.

Wenn einer der Männer sie gesehen hatte, so schien doch keiner auf ihre Anwesenheit zu achten. Vielleicht wurde sie von den verschneiten Zweigen versteckt. Vielleicht waren die Männer zu sehr mit ihrer eigenen Auseinandersetzung beschäftigt. Vielleicht war sie wirklich unsichtbar für die beiden, wie eine echte Seifenblase, die in dieser Nacht durch den Park schwebte.

Sie registrierte Bruchstücke eines erregten Wortwechsels, dann versetzte der Mann aus dem Gebüsch dem Samurai mit einem schwarzen Gegenstand, den er in der Hand hielt, einen harten Schlag über die Wange. Der Samurai fiel langsam und lautlos um, wie ein im Wald gefällter Baum, und blieb nur wenige Meter von ihr entfernt liegen. Der Mann im Parka stieß ihn mit dem Fuß an, als suche er im Müll nach etwas, das er soeben verloren hatte.

Eine Sekunde darauf fiel der ohrenbetäubende Schuss. Die Kraft dieses Geräuschs war so ungeheuer, presste sie auf den Boden, drohte ihr Trommelfell in Fetzen zu zerreißen.

Der Mann im Parka beugte sich über den Körper im Schnee und sagte etwas.

Dann war er verschwunden, und abermals war alles still.

Sie blinzelte einige Male, schaute den Mann im Schnee an,

sah genau in seine Augen. Die waren so leer und schwarz wie die Februarnacht. Langsam begriff sie, dass sie ihren Verfolger ansah. Den Riesen. Den Hulk. Der jetzt nur noch ein ganz normaler Spießer in Anzug und Wintermantel war. Ein ganz normaler *toter* Spießer in Anzug und Wintermantel. Um seinen Leichnam wurde die Blutlache im Schnee immer größer. Sie dampfte ein wenig.

In der Hand hielt der Mann eine rote Plastiktüte mit dem Aufdruck »BR-Spielwaren«. Ein *Hello Kitty*-Malbuch war in den Schnee gefallen, und ein länglicher, blanker Gegenstand ragte aus der Tüte.

Es war kein Schwert. Es war kein Messer.

Es war ein großes buntes Plastiklineal.

Stockholm 2010 – fünf Jahre später

Die Küche ist groß. Sicher fünfundzwanzig Quadratmeter. So groß wie meine alte Studentenbude in Lappkärrsberget. Im Zimmer gibt es eine geräumige Kücheninsel mit einem riesigen Gasherd, einen Tisch aus Birkenholz mit Platz für mindestens acht Personen und einen großen alten Schrank, den angeblich Markus' Urgroßvater gezimmert hat. Vor dem Fenster fällt der Schnee, und im offenen Kamin prasselt ein Feuer. Es ist idyllisch, fast unwirklich, und unter dem Tisch drücke ich Markus' warme Hand.

Wir sind zu Besuch bei Göran und Eva, seinen Eltern, meinen Schwiegereltern. Hoch oben in Nordschweden, in der Nähe von Kalix. Wir wollen hier ein langes Wochenende verbringen, um Markus' Geburtstag zu feiern und damit Göran und Eva ihr Enkelkind sehen können.

Vom Herd her duftet es nach Knoblauch und Kräutern, und Göran rührt ab und zu im Topf mit der Pilzsoße, damit die nicht anbrennt. Eva schenkt für sich und Markus Wein in überdimensionale Weingläser ein. Ich trinke Mineralwasser mit Zitrone. Erik sitzt neben mir und zeichnet auf einem Block.

»Das bist du, Mama.« Er zeigt auf einen Kreis mit lachendem Mund und Punkten als Augen. Krakelstriche stellen Arme und Beine dar. Ich streichele seine seidenweichen hellen Haare und spüre seinen kleinen Körper an meinem.

»Wie schön. Das bin ich?«

Ich fühle, wie die Wärme sich in meinem Körper verbreitet. Mein Sohn sieht mich als frohe Mama. Als eine, die lacht. Er nimmt die Freude selbstverständlich hin, und das macht mich dankbar.

»Aber wo ist denn Papa?« Markus macht ein besorgtes Gesicht, und Erik kichert.

»Du darfst nicht dabei sein, Papa. Das ist Mama. Das ist Mama, nur Mama.« Er schaut mich an und lacht, und dabei sind alle seine kleinen, perfekten Zähne zu sehen. Dann nimmt er den Buntstift und zeichnet auf einem blauen Blatt einen weiteren Kreis.

»Papa, das bist du!« Er malt weiter Kreise, und jetzt sind auch Oma und Opa dabei.

»Und hier ist Ludde!«

Er zeigt auf einen kleinen Kringel, der offenbar den schwarzen Labrador zu meinen Füßen darstellen soll. Eva und Göran haben innegehalten und verfolgen mit großem Interesse die Bewegungen, die ihr Enkel mit dem Buntstift macht.

Ich habe mich nur selten irgendwo so willkommen gefühlt wie in dieser großen Küche in dem norrländischen Dorf. Ich sehe Markus an, dass er sich hier wohlfühlt. Sein Gesicht ist entspannt, und die feinen kleinen Runzeln um seine Augen haben sich geglättet. Hier, zu Hause bei seinen Eltern, findet er Platz zum Atmen und Wärme.

Lange habe ich die enge Beziehung zu seinen Eltern nicht verstanden, fühlte mich davon fast provoziert. Ich habe Markus kritisiert, behauptet, er habe sich nicht abgenabelt, aber bei unserem ersten Besuch hier oben in Kalix habe ich eingesehen, dass die Wärme zwischen ihm und seinen Eltern echt ist. Und Eva und Göran haben nie gezögert, mich in die Familie aufzunehmen. Obwohl ich zehn Jahre älter bin als Markus, gab es keine Zweifel und keine Einwände. Ich war Markus' Freundin und dazu die Mutter ihres Enkelkindes. Vom ersten Moment an wurde ich in die Gemeinschaft einbezogen. Ein seltsames Gefühl. Meine eigene Familie ist im Vergleich dazu distanziert und abwesend. Meine Eltern freuen sich natürlich über Erik, aber er ist ihr sechstes Enkelkind, und der Reiz des Neuen ist verflogen. Außerdem haben sie mit ihrem eigenen Leben genug zu tun. Obwohl sie jetzt in Pension sind, sind sie fast immer unterwegs. Spielen Golf auf Mallorca, wandern in der Provence, segeln in der Ägäis oder basteln an ihrer roten Kate bei Nyköping herum. Meistens sind sie mit ihrem eigenen Leben beschäftigt. Eva und Göran dagegen kümmern sich um Erik und pendeln zwischen den Flughäfen Kalix und Arlanda hin und her, um Erik sehen zu können.

»Na, dann prost und herzlichen Glückwunsch zum Geburtstag, Markus.« Eva hebt ihr Glas, Göran schiebt den Kochtopf zur Seite und greift nach seinem Weinglas. Ich nehme mein Wasser und drücke Markus noch einmal die Hand. Unsere Blicke begegnen sich, und ich sehe das Funkeln in seinen Augen. Glück. Erwartung.

Nach dem Essen werden Göran und Eva auf Erik aufpassen, während wir uns in Kalix mit Markus' alten Freunden treffen. Noch vor wenigen Jahren wäre mir die Vorstellung, im nördlichsten Schweden in einer Hotelbar zu stehen und mit einer Bande von zehn Jahre jüngeren Hockeyspielern und ihren Freundinnen zu reden, unangenehm gewesen. Aber als meine Beziehung zu Markus stärker wurde, habe auch ich mich verändert. Was mir früher provinziell und banal vorkam, wirkt nun echt und wertvoll.

Göran stimmt mit seinem schönen, im Kirchenchor geschulten Bariton »Hoch soll er leben« an, und wir anderen singen mit. Erik mustert uns aus großen Augen, verwirrt, weil die

Erwachsenen sich plötzlich aufführen, als säßen sie bei der Sammelstunde im Kindergarten, dann singt er aber ebenfalls. Papa hat Geburtstag, und das muss natürlich gefeiert werden. Erik wickelt sein schönstes Auto in Zeichenpapier und überreicht es Markus. Nach zwei Minuten holt er es sich zwar zurück, aber die Geste kam von Herzen.

Als das Lied verklungen ist, serviert Göran Lammfilet mit Rosmarinkartoffeln und Eva schenkt Wein nach.

»Also, Papa und ich haben eine Überraschung.« Eva lächelt und fährt sich mit der Hand durch die kurzgeschnittenen roten Haare.

Markus und ich wechseln einen Blick und zucken kurz mit den Schultern. Ich habe keine Ahnung, was seine Eltern da vorhaben. Göran nickt und redet weiter.

»Wir wissen ja, dass ihr im Sommer gern hochkommt.« Markus nickt auch, und ich murmele eine Bestätigung, während ich zugleich versuche, Erik, der lieber weiter zeichnen will, zum Essen zu bewegen.

»Und da haben wir gedacht, dass … ja, dass es für euch vielleicht nett sein könnte, eine eigene Bleibe zu haben.«

Eva schaut uns wieder an, als ob sie versuchte, unsere Mienen zu lesen. Ich ahne jetzt, wovon sie redet. Eva und Göran haben ein Ferienhaus im Schärengürtel vor Kalix, ein schönes Holzhaus mit Blick aufs Meer. Das Grundstück ist seit Generationen im Besitz der Familie. In Stockholm wäre es ein Vermögen wert, hier im Norden sind die Preise noch erschwinglich.

»Wir haben euch ein Stück von Hammerskär überschrieben. Wir dachten, ihr könntet euch selbst etwas bauen, wenn ihr Lust habt. Und ja, Erik muss doch auch im Sommer herkommen können. Er ist zwar Stockholmer, aber in ihm steckt schließlich auch ein kleiner Norrländer.«

Göran lacht strahlend, und Eva schaut uns erwartungsvoll an. Ich blicke zu Markus hinüber, sehe sein Lächeln. Ich weiß, welches Heimweh er immer hat, nach Norrland und dem Ferienhaus. Es ist ein wunderschönes Geschenk. Eva wendet sich mir zu, schiebt die Brille höher.

»Siri, ich weiß, dass du es vielleicht öde findest, den ganzen Sommer hier oben zu verbringen, und so ist das auch nicht gemeint. Wir wollten euch nur die Möglichkeit geben. Ihr kommt so oft oder so selten her, wie ihr wollt. Und auf diese Weise habt ihr dann eine eigene Bleibe, wo ihr allein sein könnt, statt immer bei den Schwiegereltern herumhängen zu müssen.« Sie sieht fast flehend aus, als sollte ich das Geschenk gutheißen. Ich schüttele nur den Kopf und lache. Erik legt seinen Buntstift weg und schaut mich fragend an.

»Warum lachst du, Mama?« Sein Gesichtchen ist verwirrt, und er blickt mich aus strahlend blauen Augen an. Markus' Augen.

»Ich lache, weil ich so froh bin.«

Meine Antwort kommt selbstverständlich und rasch. Markus dreht sich zu mir, beugt sich über Erik und küsst mich auf den Mund. Dann steht er auf und umarmt seine Eltern.

»Mama und Papa geben sich einen Kuss.«

Und er lacht vor Freude.

Der Himmel ist schwarz, aber von Millionen von Sternen beleuchtet. Wir fahren über eine kleine, nicht geräumte Straße. Orange Stöcke kennzeichnen den Straßenrand. Draußen ist es fast zwanzig Grad unter null, aber die Heizung im Wagen läuft, und warme Luft strömt aus dem Ventilator. Ich fahre, konzentriert auf die schmale Straße, und versuche zugleich, den Wald auf beiden Seiten im Auge zu behalten. Das Fernlicht trifft auf verschneite Bäume, und ich rechne damit, dass zwischen den hohen Bäumen jederzeit ein Elch auftauchen kann.

Markus ist beschwipst. Er lässt sich auf seinem Sitz zurücksinken und nickt immer wieder ein, singt aber mit der Musik, die leise aus dem Radio kommt.

»Hattest du einen netten Abend?«

Für einen Moment löse ich meinen Blick von der trügerisch glatten Fahrbahn und sehe, dass Markus mich fragend anschaut. Ich überlege ein wenig. Einige Stunden lang standen wir in einer Bar, und einige Male bin ich mit Robin, einem alten Kumpel von Markus, zum Rauchen nach draußen gegangen.

Ich trinke nicht mehr. Nachdem mein erster Mann, Stefan, ums Leben gekommen war – wie alle zuerst dachten, durch einen Unfall beim Tauchen, doch aller Wahrscheinlichkeit nach war es Selbstmord –, habe ich viel zu viel getrunken. Ein Glas Rotwein wurde zur Flasche. Leere Weinkartons drängten sich unter meinem Spülbecken. Ich brauchte lange, um zu akzeptieren, dass ich mit Alkohol nicht umgehen konnte, dass mein Trinken eine Sucht war. Aber als ich dann Erik erwartete, war es plötzlich ganz einfach. Kein Alkohol. Es hat mir nicht einmal gefehlt.

Schwerer schon waren die Reaktionen meiner Umgebung. Fragende, fast beleidigte Kommentare, weil ich nicht am kollektiven, rituellen Trinken teilnehmen wollte. Wohlmeinende Fragen, ob ich etwas zu erzählen hätte? Neugierige Blicke auf meinen Bauch. Jetzt ist mir das egal. Natürlich fragen auch Markus' Freunde, aber ich sage einfach, dass Alkohol und ich nicht zueinander passen. Abgesehen von den Fragen, die es immer bei einem Abend in der Bar gibt, war es wirklich nett. Markus' Freunde sind nett.

Die Gesprächsthemen sind anders als die, die bei meinen Essen mit Aina oder Vijay, meinen engsten Freunden, meistens dominieren, aber auf irgendeine Weise ist das seltsam befreiend. Klatsch über alte Kumpels und das Neueste aus dem Ort wechselt mit der ersten Liga im Eishockey, der Arbeit bei der Gemeinde oder dem neuen Schneemobil. Man will mehr über Markus' Arbeit als Polizist hören und fragt, ob wir herziehen werden. Den einen oder anderen Scherz über meinen Beruf muss ich ebenfalls hinnehmen: Kann ich Gedanken lesen, als Psychologin? Verwende ich alles, was andere sagen, gegen sie, und sind nicht alle Psychologen ein wenig verrückt? Ich antworte auf all diese Fragen mit ja, sage, dass ich die verrückteste von allen bin, und meistens reicht das für einen Themenwechsel.

Ab und zu merke ich, dass ich älter bin, dass ich nicht alle Sprüche und Anspielungen von Markus und seinen Freunden verstehe. Zehn Jahre Altersunterschied machen sich natürlich bemerkbar. Und es bleibt das Wissen, dass ich keine von ihnen bin. Dass ich eine hoffnungslose Stockholmerin bin. Aber trotzdem fühle ich mich in ihrer Gesellschaft wohl. Mir gefallen die fröhliche, anspruchslose Stimmung und die Tatsache, dass Markus sich gut unterhält, dass er ruhig und entspannt ist. Ich fühle mich gemocht und akzeptiert. Außerdem ist es schön, für eine Weile mit Markus zusammen zu sein und Babysitter zu haben. Ich liebe Erik über alles, aber ab und zu fehlt mir die Möglichkeit, mit meinem Lebensgefährten über etwas anders sprechen zu können als Kitatermine, Schnupfen und Topftraining.

»Doch, das war lustig. Robin ist super, und es war nett von ihm, mir Zigaretten zu spendieren.«

Ich will Markus aufziehen, es passt ihm nicht, dass ich rauche. Aber er lacht nur.

»Fahr da vorne nach rechts.« Er zeigt auf das Fenster, und ich sehe, dass der Wald sich lichtet und sich vor dem jetzt gefrorenen Meer eine verschneite Ebene öffnet. Wir werden den freigeräumten Eisweg fahren, der zwischen zwei Landzungen entlangführt und die restliche Wegstrecke um zwanzig Minuten verkürzt.

»Und du? Hat es dir gefallen?«

Er schweigt eine Weile, denkt über die Frage nach.

»Es ist immer lustig herzukommen. Und meine Eltern und meine Freunde zu treffen. Ich bin hier doch aufgewachsen. Aber jetzt bin ich in Stockholm zu Hause. Da habe ich dich und Erik. Und meine Arbeit. Da sind wir verwurzelt, und ich möchte wirklich nicht mehr herziehen.«

Plötzlich reißt er an der Handbremse, der Wagen gerät ins Schlingern, zieht eine scharfe Kurve, drehte sich auf der Eisbahn. Zuerst habe ich Angst, dann höre ich Markus lachen. Die Straße ist leer und fast dreißig Meter breit, es ist mehr Platz geräumt worden, als nötig wäre.

»Was soll das denn? Was machst du da?«

»Entschuldige, Siri.« Markus lacht wieder, und mir geht auf, dass er beschwipster ist, als ich angenommen habe. Er nimmt meine Hand und drückt sie fest.

»Die Straße ist leer, ich habe vorher nachgesehen, glaub mir. Und du bist ganz langsam gefahren, es bestand also keine Gefahr. Wir haben so was gemacht, als wir jünger waren. Wettfahrten auf dem Eis.« Wieder lacht er, und ich mustere ihn, die blonden Haare und die blasse Haut. Die schönen blauen Augen. Er beugt sich vor und küsst mich, und ich merke, wie mein Ärger verfliegt.

»Komm, Siri.« Er öffnet den Sicherheitsgurt und die Autotür. Ich wüsste gern, was er vorhat, gehe aber hinterher. Draußen auf dem Eis ist alles stumm und still. Kein Auto ist zu hören. Überhaupt kein Geräusch. Nur ich und Markus. Die Kälte beißt mir in die Wangen, und unser Atem verpufft zu weißen Wolken. Ich sinke in seine Arme. Lehne den Kopf an seine Schulter, höre seine ruhigen Atemzüge und nehme den Biergeruch wahr.

Er drückt mich an sich, flüstert mir ins Ohr.

»Siri, geliebte Siri.«

Ich streiche ihm die Haare aus der Stirn und küsse seinen Hals.

»Ich liebe dich, Markus.« Das flüstere ich gegen seine Schulter und spüre, wie er mich fester an sich drückt.

Und so stehen wir da, unter dem schwarzen Himmel, unter den unzähligen Sternen. Still. Und denken über das Wunder des Lebens nach.

Wir liegen unter der Decke und schauen aus dem Fenster auf den in der Dämmerung fallenden Schnee. Die Fahrt von Kalix nach Hause verlief problemlos, aber wie immer auf Reisen wurde Erik rasch müde. Er schlief schon gegen fünf auf dem Sofa ein, und wir beschlossen, ihn dort zu lassen, um ihn nicht zu wecken. Wir deckten ihn vorsichtig zu, steckten ihm den Schnuller in den Mund und schlichen uns ins Schlafzimmer.

Jede ruhige Minute ist so wertvoll, denke ich und schaue Markus an, dessen Haare zerzaust sind. Er hat sich die Decke um die nackten Beine gewickelt.

»Salzhering oder Gummibärchen?«, fragt er und lässt die Tüte rascheln, die wir im Videoladen mit Süßigkeiten gefüllt haben.

»Hast du keine Colaflaschen mehr?«

»Alle«, murmelt er und grinst wie ein Wolf.

Ich strecke die Hand nach der Tüte aus, aber er hält sie so hoch, dass ich nicht herankomme.

Blitzschnell springe ich auf und reiße die Tüte an mich, ehe er reagieren kann. Ich durchsuche den klebrigen Inhalt und finde das, was ich will: eine mit knisterndem Zucker bedeckte Colaflasche.

»Ich wollte am Wochenende den Dachboden aufräumen, Stefans Sachen durchgehen. Ich dachte, ich könnte versuchen, mich von dem alten Schrott zu trennen.«

Markus zieht mich dichter an sich, gibt mir einen raschen Kuss, und ich spüre die Wärme seines Körpers, lasse mich davon umfangen.

»Du brauchst nichts wegzuwerfen. Wir können das doch in den Schuppen stellen.«

Seine Stimme ist sanft, und er redet langsam, als habe er Angst, sich nicht richtig auszudrücken. Er weiß, dass Stefan ein brisantes Thema ist.

Vorsichtig schmiege ich mich an ihn, lehne die Wange an seine Schulter, küsse sein Ohrläppchen.

»Du brauchst nicht so vorsichtig zu sein«, flüstere ich. »Stefan ist so lange tot, und auch wenn es schrecklich war, habe ich doch jetzt losgelassen. Bin weitergegangen. Was wir haben …« Ich verstumme, weiß plötzlich nicht, wie ich mich ausdrücken soll. Wie erklärt man jemandem das Gefühl, das Leben zurückerhalten zu haben? »Was wir haben, ist so stark«, sage ich. »Das andere liegt jetzt hinter mir. Ich will diese Kartons los sein. Wirklich. Sie sollen nicht als Erinnerungen an ihn im Schuppen liegen. Aber ich muss alle Papiere durchsehen, damit ich nichts Wichtiges wegwerfe.«

Markus nickt, sagt nichts. Ich spüre, wie seine Kiefer sich an meiner Wange bewegen, als er die Lakritzkugel bearbeitet.

Der Mann, den ich liebe, ist Markus. An einem anderen Ort, jenseits von Raum und Zeit, dort, wo ich mir vorstelle, dass Dunkelheit und Schweigen sich ausbreiten, ruht Stefan. Wir waren frischverheiratet, als wir in dieses Haus hier gezogen sind. Verliebt, auf eine nicht ganz gesunde Weise voneinander besessen. Unsere Zweisamkeit war so eng, manchmal fast erstickend. Wir stritten, liebten und renovierten einen ganzen Sommer lang. Badeten nackt in der Bucht. Trugen barfuß Bretter über die Felsen. Jagten einander durch den Tannenwald, dass die Nadeln an unseren Fußsohlen klebten.

Nie ist man so stark wie dann, wenn man liebt, denke ich. Und nie so verletzlich.

Dann denke ich an das Kind, das in mir heranwuchs. Und mit dem Kind wuchs auch der Traum von einer Familie: ich, Stefan und unser Kind. Aber es kam nie so weit, der Fötus war nicht lebensfähig, die Schwangerschaft musste abgebrochen werden, und für mich und Stefan tat sich die Hölle auf. Ich war natürlich traurig, gelähmt von Schock und Trauer nach der Abtreibung. Aber die Wochen vergingen, und auf irgendeine Weise kehrten das Leben und der Körper in den normalen Zustand zurück. Ich traf meine Klienten, war mit Freunden zusammen, und auch die Arbeit am Haus ging doch weiter. Die schien wirklich nie ein Ende zu nehmen. Sowie eine Arbeit erledigt war, entdeckten wir etwas anderes, das repariert werden musste.

Aber bei Stefan war das anders. Während meine Stimmung sich verbesserte, versank er in einem seltsamen apathischen Zustand. Er verlor alle Energie, wurde wortkarg und unzugänglich. Machte seine Post nicht mehr auf. Zog sich zurück und mied soziale Kontakte.

Das Einzige, was ihm noch wichtig war, war das Laufen. Er lief und lief und lief. Im letzten Winter ging er manchmal morgens mit seinen Spezialschuhen hinaus aufs Eis und kam erst am Nachmittag zurück. Im Laufe der Zeit wurde er immer magerer. Sein Desinteresse am Essen und das harte Training forderten ihren Tribut von seinem Körper. Die Wangenknochen schienen die immer dünnere Gesichtshaut wie Zeltstangen zu tragen. Sein Mund verwandelte sich in einen dünnen, blutlosen Strich, und um die Lippen breiteten sich wütend rote Hautrisse aus.

Ich versuchte, mit ihm zu reden. Fragte, was los sei. Ob er wegen des Kindes traurig sei oder ob es an mir liege. Aber er ließ mich nicht an sich heran. Lag nur stumm im Bett, als wäre er bereits tot.

Im Frühling schien dann alles leichter zu werden. Er lächelte wieder, lief weniger, wurde weicher, ließ mit sich reden. Aber ganz ließ er mich noch immer nicht an sich heran. Er schien ein Geheimnis zu haben. Etwas Schwarzes, Böses, das er im Sonnenlicht nicht zeigen wollte.

Im Nachhinein glaube ich jetzt, dass er schon damals beschlossen hatte, sich das Leben zu nehmen, dass diese Entscheidung ihm auf seltsame Weise Frieden schenkte. Aber an diesem schmerzlich schönen Frühlingstag, als seine Freunde zu mir kamen, bei der Wäscheleine zwischen den Tannen standen und sagten, Stefan sei tot, da konnte ich es nicht in mich aufnehmen.

Ein Unfall.

Sie waren im tiefen Wasser getaucht, nicht weit vom Haus entfernt. Niemand wusste, was passiert war, warum Stefan trotz aller Erfahrung beim Tauchen die Kontrolle verloren hatte. Die Voraussetzungen waren perfekt gewesen. Gutes Wetter, keine Strömung, klare Sicht. Auch an der Ausrüstung war kein Defekt zu finden.

Ein Gedanke, der zu wehtut, um gedacht zu werden. Er war zum Tod entschlossen.

Und dann meine eigene, hoffnungslos egozentrische Deutung des Handlungsverlaufs – dass er von mir weggestorben war. Als hätte seine Tat sich auf irgendeine Weise gegen mich gerichtet. Als hätte sein Tod mit mir zu tun.

Ich sehe Markus an, der die Augen schließt und weiter auf der Lakritzkugel herumkaut, spüre, wie mich wieder dieses warme, weiche Gefühl erfüllt, schließe die Augen, ruhe in dem Gefühl. Dass ich noch einmal in diesem Bett liege, in diesem Haus, mit einem Mann, den ich liebe, ist unfassbar und logisch zugleich. So sollte mein Leben doch werden. Hier sollte ich doch wohnen.

Das Leben ist so viel größer als die Worte, denke ich. Und zerbrechlicher.

Wieder sehe ich Markus an. Die zerzausten blonden Haare. Die bleiche, fast durchsichtige Haut, die blauen Adern, die sich unter der Oberfläche verstecken. Die fast kindlichen Züge. Zehn Jahre jünger als ich, wer hätte das gedacht? Sein Körper ist muskulös. Die großen Hände weisen Reste von Malerfarbe auf, und ein schmutziges Pflaster bedeckt den Daumen. Er ist hoffnungslos unbeholfen, schafft es immer, sich zu verletzen, wenn er hämmert, anstreicht, sogar wenn er kocht.

»Ich räume die Kartons weg«, sage ich.

»Und ich streiche danach neu an.«

Ich lache. Küsse ihn wieder, diesmal auf den Mund.

»Und dann streichst du neu an.«

Aina hält das schwarze Trägertop hoch. Mustert ihr Spiegelbild mit skeptisch gerunzelter Stirn und streicht sich eine blonde Locke hinter das Ohr.

»Zu tief ausgeschnitten?«

Ich zögere, überlege eine Sekunde.

»Zu tief für was?«

Sie lacht laut und wirft den Kopf in den Nacken.

»Du bist doch einfach… keine Ahnung. Zu tief ausgeschnitten für ein Rendezvous?«

»Nicht, wenn du einen BH darunter trägst. Hast du heute Abend ein Rendezvous?«

Sie macht ein geheimnisvolles Gesicht.

»Es ist doch Freitag. Wie war es übrigens in der Lappenhölle?«

Ich schüttele den Kopf, weil sie so abfällig über Markus' Geburtsort spricht.

»Du, das war verdammt gut. Bei Markus' Eltern wird man einfach wunderbar umsorgt. Wir bekommen phantastisches Essen, können morgens ausschlafen. Und sie lieben Erik wirklich. Meine Eltern haben ja so viele Enkelkinder, dass sie ein paar davon auf dem Sklavenmarkt verkaufen könnten, ohne einen Unterschied zu bemerken. Ich könnte mir fast vorstellen, dort zu wohnen. Wirklich.« Ich schiele wieder zu dem Top hinüber, das sie noch immer in der Hand hält. »Ganz ehrlich. Doch. Es ist ganz schön tief ausgeschnitten.«

»Und du, findest du irgendwas?«

Ich schüttele den Kopf und fahre mit der Hand über die Kleider, die vor mir auf der Stange hängen.

»Weißt du, das ist seltsam. Früher, als ich mit Stefan zusammen war, konnte ich mir nie irgendwas leisten. Alles Geld wurde vom Haus verschlungen. Jetzt, wo ich mir etwas leisten kann, ist mir die Lust vergangen. Es interessiert mich einfach nicht mehr, mir Klamotten und anderen Kram zu kaufen.«

»Na gut«, seufzt Aina und bahnt sich durch das Gewimmel im Laden einen Weg zur Umkleidekabine. »Aber ich bin Single, ich muss an mein Aussehen denken.«

Ich lache. Natürlich habe ich keine Ahnung. Immer diese Diskussion über die Tatsache, dass ich meine Schäfchen im Trockenen habe, während sie ewig Single ist. Wenn ich es nicht besser wüsste, könnte ich glauben, dass sie mich beneidet.

»Denkst du oft an ihn?«, fragt sie leise, und ich ahne Unruhe in ihrem Blick.

»Stefan? Natürlich denke ich an ihn, aber wirklich nicht so oft. Das alles kommt mir vor, als wäre es vor langer Zeit passiert. Als ob es vielleicht nicht mir geschehen wäre, sondern einer anderen. Ist das nicht seltsam?«

Aina nickt, greift nach einem altmodischen Persianer, der im Second-Hand-Regal hängt. Fährt mit der Hand darüber, wie um alten Staub wegzuwischen.

»Er war gut. Ihr wart gut, Stefan und du.«

Ich überlege eine Sekunde. Waren wir das, gut, meine ich? Stefan war nicht nur mein Geliebter, sondern auch meine Rettungsleine. Er war sicher und stabil und zuverlässig und stark. Bis zu dem Tag, an dem er in sein ganz eigenes schwarzes Loch fiel und ich ihm nicht heraushelfen konnte.

»Weißt du noch, wie wir das Haus angestrichen haben? Wie wir jeden Abend bis zehn, elf geschuftet und dann in eurer Bucht gebadet haben? Weißt du das noch?«

Natürlich weiß ich das noch. Ewig helle Sommerabende, Nacktbaden vor den Felsen im kalten Wasser. Das Geräusch der Boote, die weiter draußen auf dem offenen Meer vorüberfuhren. Tang, der sich um unsere Knöchel wickelte, wenn wir den steilen Felsen hochkletterten mit Hilfe des Taus, das Stefan an einer Tanne befestigt hatte. Das Gefühl, langsam auf den rauen Steinen zu trocknen, die am späten Abend noch immer sonnenwarm waren.

»Was für ein Sommer«, murmele ich. Plötzlich überwältigen mich die Gefühle, die sich noch immer gleich unter der Oberfläche meines geordneten Alltags verstecken. »Was für ein Sommer und was für ein Mann!«

»Er war gut«, sagt Aina, nickt und zieht eine dünne graue Wolljacke von einem Kleiderbügel. »Du, ich will die mal anprobieren. Kommst du mit?«

Langsam arbeiten wir uns weiter durch den Laden auf die Umkleidekabinen zu.

»Sind sie sehr unterschiedlich, als Mensch?«, fragt Aina und sieht plötzlich verlegen aus, als hätte sie eine verbotene Frage gestellt.

»Markus und Stefan? Ja, und wie. Sie sind wirklich total verschieden. Es liegt vielleicht daran, dass Markus so viel jünger ist, aber ich habe oft das Gefühl, ihn ganz anders zu durchschauen. Ihn zu verstehen, fast schneller als er selbst zu wissen, was er denkt. Stefan konnte verschlossener sein, ließ mich nicht immer an sich heran, wenn du verstehst, was ich meine.«

»Sicher.« Aina streift die graue Jacke über, kehrt dem Spiegel den Rücken zu, schaut über ihre Schulter in den Spiegel.

»Stefan war geizig mit Gefühlen«, sagt sie und schiebt die Arme in die Jacke.

»Geizig? Ja, vielleicht. Manchmal war er schwer zu verstehen. Vor allem natürlich am Ende. Zugleich war er doch phantastisch, ich habe niemals jemanden gekannt, der sich so um andere Menschen gekümmert hat, sie wichtiger genommen hat als sich selbst. Er war … ich weiß nicht so recht. *Gut* klingt so hochtrabend, aber er war wirklich ein guter Mensch. Markus und ich haben es gut. Ich bin so unendlich dankbar dafür, dass wir uns kennengelernt haben. Dass wir einander gefunden haben. Und für Erik natürlich.«

Aina, die inzwischen auch das schwarze Top angezogen hat, nickt nachdenklich, sagt aber nichts. Ich kann nicht entscheiden, ob es meine Erklärung oder etwas anderes ist, das sie zum Verstummen gebracht hat.

»Markus ist auf irgendeine Weise viel lebendiger als Stefan«, sage ich.

Und erst danach geht mir auf, was ich gerade gesagt habe.

Ainas Lächeln ist besorgt und warm zugleich.

»Ich freue mich so für dich«, sagt sie und legt ihre schmale, aber starke Hand auf meine Schulter. In dieser Geste liegt so viel Gefühl. Mir treten Tränen in die Augen, als ich dort in der unpersönlichen Umkleidekabine stehe mit meiner besten Freundin. Plötzlich bin ich stumm.

»Gehen wir«, flüstere ich dann.

Samstagmorgen. Das Licht ist schärfer. Es trägt in sich ein Versprechen von Wiedergeburt, von Frühjahr. Aber in der Bucht liegt der Schnee fast einen halben Meter hoch, und vor dem Fenster höre ich Markus stöhnen, als er die Schaufel hebt und noch eine Schicht der kompakten Schneemassen wegschippt, die über Nacht gefallen sind. Es ist funkelnd schön, kalt und klar. Die Konturen scharf. Wenn ich aus dem Fenster schaue, kann ich im Schärengürtel mehrere Kilometer weit sehen. Weiße Felder mit kleinen Felskuppen. Hexenhäuser, wo sich aus den gemauerten Schornsteinen der Rauch schlängelt. Ein hellblauer Himmel. Und das weiße, scharfe Licht.

Ich sehne mich hinaus. Sehne mich danach, Markus an der Hand zu nehmen und Erik in den Schlitten zu setzen und einfach loszugehen. Aber vor allem sehne ich mich nach der Wärme, nach der Sonne. Ich höre das Schmelzwasser auf die Fensterbank tropfen. Ich sehne mich nach dem Frühling, mit der Sehnsucht und der Intensität, wie sie nur durchgefrorene Nordlinge aufbringen können. Markus dagegen ist in seinem Element. Er findet es großartig, dass in Stockholm endlich richtig Winter ist, und ist überglücklich, weil wir auf unbestimmte Zeit Evas und Görans altes Schneemobil leihen konnten.

Wenn wir frei haben, packt er uns mit Decken und Fellen in das Schneemobil, und dann fahren wir schnell, ganz schnell durch die Bucht und weiter hinaus, so weit wir uns trauen und wissen, dass das Eis uns trägt. Eriks Wangen leuchten rot, und die blauen Augen sind voll von Leben, von Lachen, von Jetzt. Immer wieder staune ich über die Fähigkeit meines Sohnes, vollständig im Jetzt zu sein, ohne irgendwelche Verbindungen zur Vergangenheit oder Zukunft.

Aber jetzt schläft Erik in seinem Gitterbettchen, das neben unserem Doppelbett eingezwängt ist. Er hat von unserem Besuch in Norrland Fieber und Schnupfen mitgebracht. Eine weitere Infektion in der langen Reihe von geheimnisvollen Kinderkrankheiten, von denen die eine auf die andere folgt. Und ich sitze zusammengekrümmt auf unserem Dachboden, lasse meine Finger über graue, verstaubte Kartons streifen und zögere.

Als ich mit Markus gesprochen habe, kam es mir so leicht vor, so selbstverständlich, Stefans Sachen durchzugehen. Jetzt fällt es mir plötzlich schwerer. Ich schaue mich auf dem Dachboden um. Meine alte Skikleidung. Stapel von Illustrierten aus dem vergangenen Jahrhundert, ein zerfetzter Sessel, den ich schon lange neu beziehen lassen will. Bücherstapel aus zerfledderten Taschenbüchern und psychologischer Fachliteratur. Und dann diese drei Kartons. Von denen ich weiß, dass ich sie nicht einfach wegwerfen kann, ohne sie zuerst sorgfältig durchgesehen zu haben.

Denn trotz allem sind sie die Überreste seines Lebens.

So viel bleibt also von einem Menschen übrig. So viel bleibt zurück – drei Umzugskartons mit dem Aufdruck »Bauhaus«. Alles andere habe ich schließlich weggegeben. Die Kleider. Die Taucherausrüstung, alle Bücher, die Musik. Was übrig blieb, ist hier. Briefe, Papiere, Notizbücher, Fotografien. Drei Kartons enthalten das, was von Stefan noch übrig ist, aber auch das, was wir waren. Was uns ausgemacht hat.

Ich öffne den ersten Karton, sehe, dass er mit Fotos gefüllt ist. Nehme vorsichtig einen der blanken Umschläge heraus und ziehe die Bilder hervor. Ich in cremeweißem Kleid. Stefan im Anzug. Ich habe einen Strauß aus weißen Gerbera in der Hand. Die Tatsache, dass Stefan aussieht wie immer. Unverändert vom Gang der Zeit lächelt er mich von dem Hochglanzfoto aus an.

Unverändert sogar vom Tod.

Meine dunklen, fast schwarzen Haare sind kurzgeschnitten, genau wie heute. Meine mageren, braungebrannten Arme lassen das Kleid aus irgendeinem Grund viel zu groß wirken. Ich sehe fast ein wenig verkleidet aus, wie ein Kind, das ein altes Kleid seiner Mama ausgeliehen hat

Ich suche weiter. Finde einen Stapel Bilder, die die Renovierung des Hauses dokumentieren. Stefan, der auf einer wackligen Leiter die Fassade anstreicht. Seine Jeans voller Farbflecken. Aina, die mit breitem Lächeln Bretter heranschleppt, Aina und ich, die auf der Wiese Würstchen grillen. Stefan ist nicht dabei, sicher hat er das Foto gemacht.

Es ist fast zehn Jahre her. Ein anderes Leben. Ich lege die Bilder zurück und ziehe einen weiteren Umschlag heraus. Er ist älter, zerknitterter. Wieder Stefan. Jünger. Die Haare dunkel gefärbt, der Pony hängt ins Gesicht. Er trägt ein schwarzes T-Shirt, er kann kaum älter als achtzehn sein. Er hat etwas Kindliches und Unschuldiges, und der Schmerz überwältigt mich, ehe ich mich wehren kann. Ich hatte gewusst, dass es wehtun würde, aber ich bin doch nicht darauf vorbereitet, dass es so schlimm ist. Dass Trauer und Schmerz zurückkehren. Als hätten sie nur eine Weile ausgeruht und seien jetzt wieder da. Bereit, mich langsam in die einsame schwarze Leere zu ziehen, die gleich neben unserer Welt klafft. In das, was mein Paralleluniversum war.

Ich denke an alles, was meine Therapeutin mir damals beigebracht hat. Das Gefühl existieren zu lassen, ihm einen Platz zu geben, auch wenn es wehtut. Weiter zu leben, auch wenn es wehtut. Ich staune darüber, wie jung ich aussehe, und über das Leben, das ich hatte: ein Mann, ein Zuhause. Und die Verheißung eines Kindes.

Und ich denke an das Leben, das ich jetzt habe. Markus, Erik. Das Haus ist dasselbe, die Bewohner sind ausgetauscht worden. Und meine Leere hat sich langsam gefüllt.

Als die Trauer am stärksten war, war ich überzeugt davon, dass auch mein Leben vorüber sei. Dass ich niemals wieder lachen würde. Dass das Leben für immer seinen Sinn verloren habe.

Ich atme langsam, streife behutsam mit dem Finger über Stefans Gesicht und lege das Bild vorsichtig wieder hin. Und dann sehe ich etwas, das sich in dem zerknitterten Fotoumschlag versteckt hat, zusammen mit den Negativen. Etwas, das nicht dort hingehört. Normales vergilbtes Zeitungspapier, fünf mal zehn Zentimeter. Sorgfältig ausgeschnitten.

Zuerst glaube ich, es sei Stefans, aber dann lese ich, und es ist die Todesanzeige eines anderen. »Anders Holmberg. Mein geliebter Mann, unser Vater, unser Sohn, hat uns überraschend verlassen. Geboren am 2. Januar 1969, gestorben am 25. Februar 2005. Warum?«

Etwas später halte ich das vergilbte Stück Papier immer noch in der Hand. Anders Holmberg. Ein Mann, von dem ich nie gehört habe, dessen Namen Stefan nie erwähnt hat. Und der doch so wichtig war, dass Stefan die Todesanzeige ausgeschnitten hat. Sie aufbewahrt hat. Dieser Anders starb im selben Jahr wie Stefan, nur wenige Monate vor Stefans Selbstmord.

Ich greife zu dem Fotostapel. Bilder von Stefan. Jung, schlank, mit Pony. Immer schwarz gekleidet. Andere Menschen. Menschen, die ich nicht kenne. Ein roter Klinkerbau sieht feierlich und traditionsschwer aus. Massive Wände, goldene Inschrift: Höhere Allgemeine Lehranstalt. Vermutlich Stefans altes Gymnasium. Und jede Menge fein angezogener junger Menschen. Mädchen in Weiß mit breiten Schultern und engen Röcken. Jungs mit zerzausten Frisuren und ausgebeulten doppelreihig geknöpften Anzügen. Alle tragen weiße Mützen.

Abitur.

Ob dieser Anders auf diesen Bildern zu sehen ist? Ist er einer der jungen Männer, die im ersten eigenen Anzug und mit der Abiturientenmütze auf dem Kopf in die Kamera schauen? Und warum hat Stefan mir nicht von einem Freund erzählt, der gestorben war? Vielleicht standen sie einander nicht nah genug, und Stefan fand es nicht der Rede wert. Aber dennoch. Es gibt keinen Menschen, dem ich sofort so großes Vertrauen geschenkt habe wie Stefan, keinen, dem ich mich so offen anzuvertrauen gewagt habe. Und ich glaube, dass es ihm mit mir ebenso ging. Also, warum hat er das hier nicht erwähnt? Oder hat er das getan? Und ich habe es vergessen?

Ich versuche, mich an unsere letzten gemeinsamen Monate zu erinnern, aber ich weiß nur noch, wie er sich langsam von mir zurückgezogen hat. Wie er lange vor seinem Tod in sich selbst verschwunden ist. Später habe ich begriffen, dass vieles in seinem Verhalten die klassischen Vorzeichen eines bevorstehenden Selbstmordes darstellte. Er sortierte seine Habseligkeiten, verschenkte kleine Dinge. Sorgte dafür, dass alle wichtigen Papiere in Ordnung waren.

Er bereitete alles vor, nur keine Erklärung.

Viele, die sich dafür entscheiden, sich das Leben zu nehmen, hinterlassen keinen Brief, keine Mitteilung. Vielleicht, weil ihr Tod einem Impuls entsprang, nicht geplant war. Aber vielleicht auch, weil es keine Worte gibt. Wie soll man anderen erklären, warum man lieber stirbt, statt weiterzuleben? Aber für die, die zurückbleiben, ist das Fehlen von Erklärungen eins von den Dingen, die zu akzeptieren den größten Schmerz bereiten.

Ich kann alles natürlich aus professioneller Perspektive betrachten. Als Therapeutin habe ich mit Klienten zu tun, die nach dem Verlust eines Angehörigen trauern. Die jemanden verloren haben durch einen Unfall, eine Krankheit, unerwartet und plötzlich oder nach einem langen, ausdauernden Überlebenskampf. Und die Frage ist immer dieselbe – warum?

Warum?

Sofort fangen meine Gedanken an, Hypothesen zu ersinnen. Kann Anders' Tod Stefans Depression verstärkt haben? Die Mitteilung vom Tod eines alten Freundes wurde vielleicht zu einem weiteren Beweis für die Sinnlosigkeit des Lebens. Und vielleicht hat Stefan gerade deshalb damals beschlossen, mir nichts vom Tod seines Freundes zu erzählen.

Ich gehe nach unten und setze mich an unseren kleinen Küchentisch. Lege die vergilbte Todesanzeige auf die abgenutzte Tischplatte. Im Kamin brennen einige Holzscheite, und es knistert und knackt, als das Feuer die Feuchtigkeit im Holz erhitzt. In diesem Moment kommt die Küche mir vor wie der sicherste Ort auf der ganzen Welt.

Ich stehe auf und öffne vorsichtig die Schlafzimmertür. Erik liegt in seinem Bett und schläft. Er ist schweißnass, und seine Wangen glühen fiebrig. Das Zimmer ist warm und ein wenig stickig, und ich denke, dass er sicher kühler liegen sollte, dass diese Hitze bei Fieber vielleicht nicht gut ist. Das Schlafzimmerfenster ist mit Reif bedeckt, und draußen ahne ich den Himmel, der sich jetzt rosa und golden färbt. Ich gehe vorsichtig durch das Zimmer, um Erik nicht zu wecken. Nehme meinen Laptop vom Bett und schleiche mich rückwärts wieder hinaus.

Ich will wissen, wer dieser Anders Holmberg war. Wer er war und warum seine Todesanzeige zwischen Stefans Sachen liegt, sorgfältig ausgeschnitten, in einem Umschlag mit Fotos vom Ende der achtziger Jahre. Ich weiß, dass es heutzutage im Internet Gedächtnisseiten gibt, Seiten, wo man Bilder des Menschen hinterlegen kann, den man verloren hat, Texte, Gedichte.

Ich öffne Google und gebe den Namen ein. In weniger als einer Sekunde gibt es 300 000 Treffer. Ich mache noch einen Versuch. Anders Holmberg. Tot. 2005. Und jetzt scheint die Suche besser zu klappen. Ich klicke den ersten Link an. Es ist ein Artikel aus *Aftonbladet*. Das Bild zeigt einen Mann Mitte dreißig. Er hat eine Brille, kurzgeschnittene Haare und sieht absolut durchschnittlich aus. Die Überschrift ist dick gedruckt: »Die Schüsse am Karlaplan verwirren die Polizei. Warum wurde Anders ermordet?«

Stockholm 1988

Das Laken war schweißnass, das Schlafzimmer eiskalt. Stefan trat die Decke beiseite und stand auf, um das Fenster zu schließen. Als er das Rollo ein wenig anhob, sah er, dass es bereits hell wurde. Er hörte eine Amsel singen, die gezwitscherte Tonfolge hob und senkte sich über dem Dach. Er verkroch sich wieder im Bett, drehte die Decke um, sodass die kalte, von Angst feuchte Seite nach oben schaute.

In dieser Nacht war der Traum wieder da gewesen. Es war Sommer, und er war zehn Jahre alt. Das Wasser glitzerte und war blau, der Himmel hell. Er stand ganz oben auf dem alten Sprungturm. Das Holz war morsch, und im verwitterten Gebälk hatten Generationen von Kindern ihre Namen eingeritzt: *Bengt liebt Sylvia. H + K. Benny was here.*

Er wollte springen. Das Wasser war fünf Meter unter ihm, aber im Traum wurde die Entfernung immer größer. Und wuchs weiter an. Er traute sich nicht, an den Rand zu gehen, nach unten zu schauen. Hinter ihm die Schlange der wartenden Kinder. Ihre ungeduldigen Stimmen wurden immer lauter. Spring schon. Spring endlich, du Hirni. Feigling. Steffe, der Feige. Steffe, der Feige. Ein Mädchen im roten Badeanzug und mit strähnigen aschblonden Haaren versuchte, ihn nach vorn zu schieben. Dann kam der rothaarige Robert, der schon dreizehn und am ganzen fetten Leib mit Sommersprossen übersät war. Er legte Stefan die Hand auf die Schulter, stieß grob zu. Hinter ihnen schrien die anderen Kinder immer lauter.

Er suchte nach etwas, wo er sich festhalten könnte. Versuchte verzweifelt, sich mit den Füßen entgegenzustemmen, glitt aber einfach über die abgenutzten nassen Bretter. Der Rand kam immer näher, und er wusste, dass er fallen und auf das glitzernde blaue Wasser zustürzen würde, und die glatten Wellen würden sich in einen stählernen Spiegel verwandeln.

Er würde sich den Hals brechen.

Robert versetzte ihm einen letzten Stoß, und Stefan fiel. Fiel dem Tod entgegen.

Und erwachte. Immer erwachte er in diesem Moment.

In Wirklichkeit war es natürlich nicht so gewesen. Er war freiwillig auf den Sprungturm geklettert, war zum Rand gegangen und ihm war furchtbar schwindelig gewesen, als er gesehen hatte, wie hoch fünf Meter wirklich waren. Hinter ihm warteten Robert und Annika. Warteten und sahen ihn an. Niemand sagte etwas, niemand nannte ihn einen Feigling. Sie warteten einfach und sahen ihn an. Stefan wich langsam zurück. Fast erstaunt über die eiskalte Angst, die plötzlich Spannung und Freude ersetzt hatte. Er hatte nicht geahnt, dass man solche Angst bekommen könnte. Dass man sich dermaßen fürchten könnte. Zitternd war er die alten Sprossen mit den rostigen Eisengriffen und den Querbalken aus Holz wieder hinuntergestiegen.

Unterwegs hatte er Robert und Anika lachen hören und kurz darauf einen heftigen Platscher, als Robert im Wasser gelandet war. Die Schande hatte sich wie eine giftige Blüte in ihm geöffnet. Sie lachten über ihn. Sie hielten ihn für ein Weichei. Das wusste er.

Das war alles.

Kein Drama, kein Spott. Nur ein Lachen, das sich vielleicht nicht einmal auf ihn bezog. Und doch hatte es schlimmer wehgetan, als ob er Prügel bezogen hätte, die Tatsache, dass jemand sich über seine Angst lustig machte.

Es war jetzt lange her. Die Zeit im Vorort war vorbei, und Stefan dachte selten daran zurück, aber der Albtraum verließ ihn nicht. Sie hatten damals in einem Reihenhaus mit einem eigenen kleinen Garten gewohnt. Ein Pflaumenbaum, der jedes Jahr unter der Frucht zusammenzubrechen drohte und dessen Zweige Stefans Vater immer wieder stützen musste. Vor dem Haus eine asphaltierte Sackgasse mit einer Wippe und einem Sandkasten und Kletterstangen, an die sich die Mädchen aus dem Wohnblock mit den Kniekehlen hingen oder um die sie sich drehten, immer wieder. Es gab auch einen Hang und einen kleinen Wald, wo man im Winter Schlittenfahren und im Sommer Verstecken spielen konnte.

Überhaupt war die Gegend ziemlich idyllisch.

Die Schule lag in einem gelben Klinkerbau aus den fünfziger Jahren. So eine, wie jeder Vorort von Stockholm eine hatte. Zwischen seinem zehnten und seinem fünfzehnten Lebensjahr war Stefan jeden Morgen mit dem Rad hingefahren. Dann hatten seine Eltern ihm ein Moped geschenkt. Er war durch die grauen Gänge gelaufen und hatte sich die scheußlichen Wandbilder angesehen, die Kinder vor langer Zeit, zu Beginn der siebziger Jahre, angefertigt hatten. Ein Gefühl der Unwirklichkeit hatte ihn erfüllt, als ob er eigentlich das Leben eines anderen lebte oder vielleicht nur in einem Film existierte, einem Film über sich selbst.

Er sehnte sich nach etwas anderem, wusste aber nicht, wonach. Vielleicht wartete er darauf, dass das eigentliche Leben anfing, dass etwas passierte, um dieses bohrende Gefühl von Unwirklichkeit zu verjagen.

Stefan war nie gemobbt worden. Er hatte in der Schule Kumpels gehabt, aber es war keine enge oder intensive

Freundschaft gewesen. Zu Hause in der Reihenhaussiedlung gab es einen Nachbarsjungen, mit dem er sich ab und zu traf. Sie hörten sich selbst aufgenommene Kassetten an und lasen englische Musikzeitschriften, die am Zeitungskiosk im Einkaufszentrum Gallerian verkauft wurden.

Meistens aber war er allein.

Allein, wenn er durch den Vorort radelte, allein in seinem Zimmer, wenn er lernte oder Bücher las. Allein auf dem Gang in der Schule. Er wusste, dass die anderen ihn wie ein Ufo sahen. Dass sie ihn komisch fanden, seltsam.

In der Schule gab es drei Gruppen, denen man angehören konnte. Die langhaarigen, coolen Typen, die abends am See herumhingen, Bier tranken und mit coolen Mädchen mit Stufenfrisuren zusammen waren. Die Fußballfans, Mitglieder der Lokalmannschaft, die der Stolz des Vororts war, trainierten mindestens dreimal die Woche und redeten vor allem über die schwedischen und englischen Meisterschaften.

Und dann die Dussel. Die Missgeburten mit den trutschigen Klamotten und den Nickelbrillen, die auf dem Gang dicht nebeneinander liefen, um sich gegenseitig zu beschützen. Die in Mathe und Physik die besten Noten holten und im Schulorchester Tuba spielten.

Er selbst kam sich vor wie ein einsamer Satellit, er umkreiste die unterschiedlichen Gruppen, kam aber nie wirklich an sie heran, war nie dabei. Er fand es schrecklich. Er sehnte sich weg. Er sehnte sich danach, dazuzugehören, brachte es aber nicht über sich, so zu werden wie die anderen. Sich anzupassen. Also entschied er sich für die Einsamkeit. Seine Eltern wechselten besorgte Blicke, fragten, wie es ihm ging, aber er lachte nur, sagte, es sei schon okay. Er habe doch Tobias, den Nachbarn. Ihm fehle nichts.

Dann kam die magische Wende. Die alles veränderte. Der

Umzug aus dem Reihenhaus in die Stadt. Die große Wohnung in der Rörstrandsgata. Und dann das Gymnasium. Die Schule in der Innenstadt, frei von den selbstverständlichen Gruppierungen und den vorherbestimmten Plätzen in der Hierarchie des Vorortes. Plötzlich wurde er ein anderer. Definierte sich selbst neu. Verwandelte sich von einem Sonderling in einen, der dazugehörte. Anders, der zu seinem besten Freund wurde, brachte ihn dazu, sich auf ganz neue Weise zu sehen. Dieses Gefühl, plötzlich einem anderen Menschen wirklich nahezustehen. Einem gleichaltrigen Menschen. Es war wie eine heftige Verliebtheit. Wie seine fehlende Hälfte zu finden. Wie einen Bruder zu bekommen.

Stefan hörte Schritte vor der Tür, knarrende Bodenbretter, die die Anwesenheit eines anderen Menschen ankündigten. Die Klinke wurde heruntergedrückt, und er sah die Silhouette seiner Mutter in der Türöffnung. Sie trug ihren rosa Morgenrock, und ihre blonden Haare waren zerzaust.

»Bist du wach, Stefan?« Ihre Stimme war sanft und ein wenig heiser. »Mir kam es so vor, als ob ich dich gehört hätte.«

»Ich habe geträumt.«

Stefan setzte sich im Bett auf und zog die Decke mit dem blaugeblümten Bezug um sich zusammen. Es war noch immer kalt im Zimmer. Seine Mutter kam herein und setzte sich neben ihm ins Bett, strich ihm über die Haare. Er war längst über das Alter hinaus, wo er aufgeschrien hatte, wenn sie versuchte, ihn zu umarmen. Jetzt gefielen ihm ihre Zärtlichkeitsbekundungen. Er roch ihr Parfüm und etwas anderes. Sie roch nach Mama. Geborgenheit und Kindheit. Rosinenbrötchen und Milch. Fast sofort überkam ihn ein Gefühl des Wohlbefindens.

»Alles in Ordnung mit dir? War das ein Albtraum?« Sie legte den Kopf schräg und sah ein wenig besorgt aus. Stefan konnte sich ein Kichern nicht verkneifen. Sie sah aus wie der Inbegriff der besorgten Mama.

»Ist schon gut. Wirklich. Nur ist im Moment so viel los, das Abi und die Prüfungen und alles. Wieso bist du denn schon auf? Müsstest du nicht schlafen?« Stefan musterte seine Mutter, sah ihr vertrautes Gesicht und die scharfe Furche zwischen den Augen, den hellblauen Augen.

»Da war ein Vogel. Der muss durch mein Fenster gekommen sein. Als ich aufwachte, lag er mit gebrochenem Genick auf der Fensterbank.« Sie schüttelte den Kopf und machte ein trauriges Gesicht. »Das war scheußlich. Weißt du noch, was dein Urgroßvater immer gesagt hat?«

»Wenn ein Vogel stirbt, stirbt auch bald ein Mensch?« Stefan erinnerte sich an den Urgroßvater, sehnig und grauhaarig, der in einem mit Samt bezogenen Sessel in der Seniorenwohnung in Kalmar saß. Krumm und gebückt und voller Schwänke über Kobolde und Trolle.

»Aber Mama, das ist doch nur Aberglaube.« Er streichelte ihren Handrücken, und sie schaute ihn an, legte den Kopf schief und lächelte.

»Willst du mich trösten, mein Junge?«

»Ja, sieht ganz so aus.« Auch Stefan lächelte und wurde von dem seltsamen Gefühl erfüllt, das dieser Rollentausch in ihm erweckte. Zärtlichkeit, gemischt mit einer beängstigenden Vorahnung von Erwachsenenwelt und Verantwortung.

»Schlaf jetzt. Es ist erst vier! Du kannst die Ruhe gut brauchen.«

Stefan legte sich wieder hin, und seine Mutter beugte sich über ihn, genau wie sie das getan hatte, als er noch klein gewesen war. Dann flüsterte sie »Gute Nacht« und verließ ganz leise das Zimmer. Ihre Anwesenheit aber war noch zu spüren, und Stefan merkte, wie die Ruhe sich in ihm ausbreitete. Er schloss die Augen. Nur noch einen Monat bis zum Abitur. Die weiße Studentenmütze lag in Seidenpapier eingeschlagen in seinem Kleiderschrank.

Dann schlief er ein.

Stockholm 2010

Montag bedeutet Besprechung in der Praxis. Unsere kleine Teeküche duftet nach Kaffee und Zimtschnecken, die Marianne auf dem Weg hierher gekauft hat. Sie dreht sich um, stemmt für einen Moment die Hände in die breiten Hüften, reißt die Augen auf und schaut mich fragend an.

»Was?«

»Kaffeetassen«, sage ich ohne weiteren Kommentar.

Marianne ist unsere Rezeptionistin und Sekretärin. Ein ganzes Jahr mussten wir ohne sie zurechtkommen, während sie nach einem schweren Autounfall, der sie fast das Leben gekostet hatte, in der Reha war. Aber obwohl sie nun hier steht und so aussieht wie immer, hat sie einen hohen Preis bezahlt. Sie ist nicht mehr dieselbe. Mariannes Ärzte sprachen von diffusen Schäden in den Frontallappen des Gehirns. Verletzungen, die für eine seltsame Persönlichkeitsänderung sorgen. Marianne, die früher ein Wunder an Effektivität und Energie war, ist jetzt verschlossen und schweigsam. Sie zeigt keine starken Gefühle mehr, eigentlich zeigt sie überhaupt keine Gefühle. Und ihr scharfer Witz ist verschwunden. Sie missversteht unsere ironischen Scherze, kann bei unseren langen Diskussionen nicht mithalten und scheint manchmal minutenlang in irgendeine Art von Trance zu versinken.

Sie ist Marianne und ist es eben doch nicht.

Noch bevor er das Zimmer betritt, höre ich Sven auf dem Gang pfeifen. Das bedeutet, dass er guter Laune ist. Er ist jetzt meistens guter Laune, genauer gesagt, seit er Sara kennengelernt hat.

Sara ist sechsundzwanzig und arbeitet bei der Missbrauchsgruppe des Sozialamtes von Södermalm. Sven ist achtundfünfzig. Ich denke müde, dass das ja reichen muss, um guter Laune zu sein.

»Guten Morgen, ihr schönen Nymphen«, sagte er grinsend, als er sich auf den weißen Stuhl mir gegenüber sinken lässt, aber ich bringe keine Antwort über die Lippen, ich muss mir einfach Svens neueste Errungenschaft ansehen. Gelb und blau gemusterte Turnschuhe, ein Modell, von dem ich nicht wusste, dass es auch für erwachsene Männer hergestellt wird. Aina, die gleich hinter ihm hereingestürzt kommt, hat sie auch schon entdeckt.

»Was ist denn aus deinen Birkenstocks geworden, mein Lieber?«, fragt sie und wickelt ihren langen lila Schal ab, streift die Lederjacke ab und gleitet auf einen Stuhl. Hemmungslos schnappt sie sich die beiden größten Zimtschnecken aus der Schüssel.

Aber Sven lässt sich nicht beeindrucken. Er lacht und gießt Kaffee in eine der braunen Tassen, die Marianne auf den Tisch gestellt hat.

Marianne lässt sich mühsam auf dem Hocker am anderen des Tisches nieder. Sie hat zugenommen. Aina glaubt, dass sie im Essen Trost sucht, jetzt, da sie wieder ledig ist. Ich denke, ein erwachsener Mensch von fast fünfzig sollte doch essen und trinken dürfen, was er will. Ohne dass die ganze Umgebung sich dazu eine Meinung bildet. Ein bisschen Fett hat ja wohl noch keinen Menschen umgebracht.

»Fangen wir an?«, fragt Marianne mit heiserer Stimme.

»Klar«, antwortet Aina mit vollem Mund.

»Wir haben in dieser Woche zwei Neue. Eine Caroline

Helsén, die zu Siri soll. Ja, das war die, die nicht sagen wollte, weshalb sie herkommt.«

Ich nicke schweigend. Es kommt nicht so selten vor, dass Klienten ihre Gründe nicht nennen wollen, wenn sie am Telefon einen Termin ausmachen. Manchmal muss ich ganz schön hart arbeiten, ehe sie sich öffnen. Nicht allen fällt es leicht, zu einer Therapeutin zu gehen und zu reden. Für viele ist es eine grundlegende Erfahrung, sich einem Menschen, den sie nicht kennen, zu öffnen und ihre problematischsten Gedanken preiszugeben.

»Ja.« Marianne zögert. »Dann ist da der Lagerarbeiter, der seinen Kollegen mit dem Gabelstapler totgefahren hat, der kommt vom Gesundheitsmanagement der Baugewerkschaft. Es geht ihm offenbar sehr schlecht. Sie hatten ihm auch einen Kontakt zu einem Psychiater vermittelt, und da wäre es sicher gut, wenn du sie anrufen und die Sache ein wenig abstimmen könntest, Aina.«

»Sicher«, murmelt Aina, noch immer mit vollem Mund. »Wann kommt er?«

»Ihr habt für Donnerstag einen Termin. Ich kann dir die Nummer der Kontaktleute von der Baugewerkschaft mailen.«

»Ich kann auch gern neue Klienten übernehmen«, meldet sich jetzt Sven zu Wort.

Aina schaut mich kurz an, hebt die Augenbrauen und lächelt. Sven hat schon lange nicht um weitere Klienten gebeten. Aber diese neue Beziehung, über die wir einfach immer reden müssen, hat ihm den dringend nötigen Energieschub gegeben.

»Und dann ist da noch die Sache mit der Betriebskonferenz«, sagt Marianne und verstummt, denn es verwirrt sie, dass wir uns nicht einigen können, wie die Konferenz angelegt werden soll. Aina und ich finden, wir könnten sie bei jemandem von uns zu Hause abhalten, Essen und Wein mitbringen. Sven will elegant essen gehen, in einem Restaurant, und sich am besten für den Tag noch in ein schickes Hotel einbuchen.

»Yaruragi«, sagt er gedehnt mit vielsagendem Lächeln. »Man kann in allerlei Becken und Quellen baden. Drinnen und draußen. Und es gibt japanisches Essen und …«

»Also echt, weißt du, was das kostet?«, unterbricht ihn Aina aufgebracht, die jetzt die Zimtschnecken total vergessen hat.

»Aber wir verdienen doch jetzt jede Menge Geld«, murmelt Sven mit dumpfer Stimme. »Haben wir da nicht auch ein kleines Extra verdient?«

»Du weißt so gut wie ich, dass das nur vorübergehend ist. Bald läuft die Abmachung mit der Stadt aus, und dann sitzen wir wieder im Dreck. Und die Miete soll erhöht werden, hast du das gehört?«

»Musst du immer so negativ sein? Dann müssen wir eben neue Klienten an Land ziehen. Es ist einfach eine Sache der Bemühungen«, sagt Sven und klopft mit seiner Pfeife auf den Tisch. »Für dich wäre es auch privat nicht schlecht, deine Einstellung ein wenig zu ändern. Manchmal muss man sich anstrengen, um eine Veränderung herbeizuführen. Ehe ich Sara kennengelernt habe …«

Wir werden plötzlich von Marianne unterbrochen, die aus dem Zimmer verschwunden war, aber jetzt mit einem Paar verschlissener Sandalen in der Hand in der Tür steht. Sie hält die Schuhe mit triumphierender Miene hoch.

»Svens Birkenstocks! Die standen im Schrank in seinem Zimmer.«

Marianne schaut sich um und scheint auf Lob zu warten. Sven steht auf und nimmt die alten Sandalen. Dann nickt er

Marianne beifällig zu und bedankt sich. Diskret wechseln wir Blicke.

Ein ganz normaler Montag, denke ich.

»Anders Holmberg?«

Markus schaut nachdenklich aus dem Fenster. Kleine Schweißperlen stehen auf seiner Stirn, und die blonden Haare sind feucht. Er hat eben Holz hereingeholt. Der terpentinähnliche Duft des Holzes, der sich langsam in der Küche verbreitet und die Fenster von innen beschlagen lässt.

»Und wann soll das gewesen sein?«

»2005, unmittelbar bevor … ja, du weißt schon. Bevor Stefan … das war seine Todesanzeige, die ich gestern erwähnt habe.«

»Interessierst du dich deshalb so sehr dafür?«

Ich betrachte die vergilbte, zerknitterte Todesanzeige.

»Ja, das ist wohl der Grund.«

Markus nickt.

»Kaffee?«, fragt er.

Ich nicke ebenfalls und lasse mich zurücksinken, damit ich Erik im Wohnzimmer sehen kann. Er sitzt gebannt vor den Teletubbies und hat seinen neugekauften gelben Bagger zwischen seinen Knien in sicherem Verwahr. Unter seiner Nase ziehen sich zwei glitzernde Rotzfäden dahin.

Markus putzt sich mit einer Papierserviette die Nase und schaut abermals aus dem beschlagenen Fenster, über die gefrorene Bucht, wo kleine Gestalten, vermutlich Besucher aus der Stadt, sich langsam über das Eis bewegen.

»Der Karlaplanmord, ich erinnere mich sogar daran.«

Die Kaffeetasse, die er mir hinhält, dampft, und sie ist so heiß, dass ich mir fast die Finger verbrannt hätte. Wie immer vergisst er, dass ich Milch in den Kaffee will, deshalb stehe ich auf, gehe zu unserem unmodernen Kühlschrank und nehme eine Packung Milch heraus.

»Das war im letzten Jahr auf der Polizeihochschule. Es wurde ganz schön über diesen Mord geredet. Weil er ja nicht aufgeklärt werden konnte. Nichts im Hintergrund dieses Burschen erklärte, warum irgendwer ihn hätte umbringen wollen. Keine Drogen, keine unklaren Affären oder Eifersuchtsdramen. Er war einfach ein ganz normaler Spießer mit zwei Kindern, arbeitete als Jurist und spielte in seiner Freizeit Golf. Viele glaubten, der Mörder habe den Falschen erwischt, der Täter habe einen anderen umlegen wollen. Alles sei ein furchtbarer Irrtum gewesen. Neulich kam etwas über diesen Mord im Fernsehen.«

»Im Fernsehen?«

»Ja, in Ungelöste Fälle oder das Verbrechen der Woche, in so einer Sendung. Ich hab es nicht gesehen, aber auf der Wache wurde darüber geredet.« Er schweigt eine Weile, und aus dem Wohnzimmer höre ich, wie eine weitere Folge dieser unerträglichen Soap für Kinder ihren Anfang nimmt.

»Habt ihr ihn erwischt?«

»Ihn?« Markus lacht, beugt sich vor und küsst mich auf den Kopf. »Du hast ganz schön viele Vorurteile, weißt du das? Nein, ich glaube nicht, dass wir ihn oder sie erwischt haben. Als wir darüber geredet haben, jedenfalls noch nicht. Aber vielleicht haben die Kollegen die Sache jetzt aufgeklärt. Ich habe diesen Fall ja nicht gerade aufmerksam verfolgt.«

»Kannst du das mal überprüfen?«

Er zuckt mit gleichgültigem Blick die Schultern und schaut seine Handflächen an. Und jetzt sehe ich, dass er vom Schneeschippen Blasen hat.

»Ist das wichtig für dich?«

»Nein, oder doch«, sage ich unschlüssig. »Ich will wissen, warum Stefan diese Todesanzeige aufbewahrt hat.«

»Mal sehen«, sagt er, und ich lese den Zweifel in seinem Blick.

Immer so verdammt korrekt, diese Polizisten.

»Danke«, sage ich und nehme seine Hand. Lasse meine Finger vorsichtig über die rote gerissene Haut wandern. Blase ein wenig auf die Handfläche und küsse sie.

»Du«, sage ich und stecke seinen kleinen Finger in den Mund.

Er schaut mich fragend an. Ein Lächeln spielt in seinen Mundwinkeln, als er mich an sich zieht. Ich stehe auf, gehe um den kleinen Tisch herum, setze mich rittlings auf ihn und verpasse ihm einen hastigen Kuss.

Mein Mann.

Das Unfassbare ist noch einmal passiert. Und hier sitzen wir jetzt. In dem Haus, in dem Stefan und ich einmal gewohnt haben, und wieder habe ich das Gefühl, etwas Verbotenes zu tun, irgendeiner Naturkraft zu trotzen. Aber das hitzige Gefühl im Zwerchfell will nicht nachlassen, quillt nach oben, und ohne mich beherrschen zu können, kichere ich und schmiege mein Gesicht an seinen Hals, sauge den Geruch von Schweiß, feuchter Wolle und Rasierwasser ein, der nur ihm gehört.

»Was ist los?«, fragt er und drückt meinen Hintern, und ich höre seiner Stimme an, dass er lacht.

»Nichts«, sage ich. »Nichts.«

Ich liege wach da und lausche auf Markus' Atemzüge. Der Wind ist stärker geworden und heult um unser Haus. Wellen dagegen sind nicht zu hören. Die Bucht ruht schon längst gefroren unter der dicken Schneedecke. Nackte Zweige zeichnen sich im schwachen Licht des neuen Mondes vor dem Himmel ab.

Im Bett ist es trügerisch warm. Das Haus an sich scheint im Winter nie richtig warm werden zu können. Und sobald Wind aufkommt, verbreitet die Kälte sich unbarmherzig in den Zimmern. Ich kann den kalten Hauch an meiner Wange spüren, als ich hier so liege, unter der dicken Daunendecke in Schlafanzug und Wollsocken.

Ich drehe mich zu Markus um, der tief zu schlafen scheint. Er sieht seltsam friedlich und jung aus.

Unbeschwert. Wie ein Kind.

Und plötzlich werde ich von Zärtlichkeit und Staunen erfüllt, aber auch von etwas anderem, einem eher beängstigenden Gefühl. Einem kalten, klebrigen Gefühl. Es ist, als ob ich nicht richtig wage, dem Leben zu vertrauen. Ein Teil von mir glaubt, dass alles zusammenbrechen wird. Dass es nur eine Frage der Zeit ist, bis dieses zerbrechliche, verfrorene Schärenidyll Risse wirft und ich in den schwarzen Abgrund stürze, den ich so gut kenne.

Ich setze mich im Bett auf. Ziehe die Jacke dicht um mich zusammen und stehe auf, gehe zum Fenster. Die Fensterscheibe ist von innen mit Reif bedeckt. Das passiert nur, wenn draußen klirrende Kälte herrscht.

Feine metallische Schneeflocken fegen an den Fenstern vorbei.

Langsam schleiche ich mich auf den Dachboden. Gehe vorsichtig, damit ich auf meinen Wollsocken nicht auf der glatten Treppe ausrutsche. Lasse mich dann in den alten Cordsessel sinken und knipse die wackelige Stehlampe mit dem Messingfuß an.

Der Karton steht zu meinen Füßen. Und auf irgendeine Weise scheint er mir zuzuflüstern, scheint Stefan durch diesen alten Umzugskarton zu mir zu reden. Durch die vielen Jahre, durch den Tod.

Ich fahre mit der Hand darüber. Staub sammelt sich unter meinen Fingerspitzen.

Ein Geräusch vom Bett her.

Markus dreht sich um, ich sehe vor mir, wie er in der Dunkelheit nach mir tastet. Ich kann hören, wie sein Atem sich ändert.

»Siri?«

»Ja.«

Meine Stimme klingt schwächer, als ich erwartet hatte. Kraftlos. Als sei alle Energie in den Umzugskarton zu meinen Füßen gesogen worden.

»Was machst du da?«

»Nichts«, antworte ich viel zu schnell. Ich stehe auf und knipse die Lampe aus. Steige mit drei Schritten die Treppe hinunter, trotz der gefährlich glatten Wollsocken, und schmiege mich an seinen warmen Körper ins Bett.

»Wie spät ist es?«, fragt er hellwach und legt dabei den Arm um meine Taille.

Ich gebe keine Antwort, sondern schaue nur den Schnee

an, der im Mondschein umherwirbelt. Bald darauf klingt sein Atem wieder ruhig und regelmäßig.

»Und Sie wollen also sagen …«

Caroline Helsén starrt mit verlegenem Lächeln und hart zusammengebissenen Zähnen zu Boden, als ich zum dritten Mal frage, was sie herführt. Ich beschließe abzuwarten. Gieße mir aus der blauen mundgeblasenen Karaffe, die immer neben der Kleenexschachtel auf dem Tisch steht, ein Glas Wasser ein.

Draußen scheint die Sonne vor einem klaren blauen Himmel, ein Lichtstrahl durchschneidet die staubige Luft in meinem Sprechzimmer, färbt Carolines Haare golden.

Sie sieht jung aus.

Vielleicht, weil sie nicht geschminkt ist, die blonden Haare achtlos aufgesteckt hat und ein zerknittertes T-Shirt und Jeans trägt. Sie könnte irgendein beliebiger Teenager sein, der vor meiner Praxis unten über die Götgata geht. Aber ich weiß, dass es nicht so ist. Sie ist fast dreißig.

Die Stille füllt das Zimmer, nimmt zwischen uns Platz, und ich kann sehen, wie unbehaglich Caroline sich fühlt. Vielen Klienten fällt es schwer, Fragen sofort zu beantworten. Und nur wenige können die Stille ertragen.

Sie lacht wieder und schaut mich aus hellen, schmalen Augen an. Die Lachfältchen werden tiefer.

»Aber nun sagen Sie doch was«, sagt sie und kichert.

Ich zucke mit den Schultern und sehe sie einfach nur an.

»Meine Freunde meinten, ich sollte herkommen.«

Zuerst sage ich nichts, schaue verstohlen auf die Uhr auf meinem Schreibtisch. Fünfzehn Minuten ihrer ersten Stunde sind vergangen, und sie hat noch immer nicht erzählt, warum sie hier ist.

»Ihre Freunde?«

»Ja.«

Wieder verstummt sie und sieht mich an. Plötzlich ist sie ernst. Die Lachfältchen sind verschwunden, ihre Haltung eine andere. Sie lässt sich im Sessel zurücksinken und holt tief Luft.

»Sie finden, ich müsste weiterkommen.«

Ich nicke ihr zu und zeichne auf meinen Notizblock ein Dreieck. Aus der Küche höre ich Svens gedämpfte Stimme und ein schrilles Lachen, das ich für Ainas halte. Wir wollen wie immer um drei Uhr Kaffee trinken, und ich gehe davon aus, dass sie Kaffee kochen und den Kuchen auspacken.

»Warum finden Ihre Freunde, dass Sie weiterkommen müssen?« Caroline versinkt noch tiefer im Sessel. Runzelt die Stirn und verschränkt die Arme.

»Sie sagen, ich müsste Darius loslassen, meinen Exfreund. Weiterkommen. Mich zusammenreißen. Einen neuen finden.«

»Warum sagen sie das?«, frage ich und zeichne noch ein Dreieck auf meinen Block.

»Weil, als er … mich verlassen hat … da ist mein Leben irgendwie stehengeblieben«, sagt Caroline und schlägt plötzlich die Hände vors Gesicht. Ihre Schultern beben, aber von ihrem Weinen ist nichts zu hören.

Vorsichtig beuge ich mich vor und schiebe ihr die Kleenexschachtel hin.

»Sie sagen, er hat Sie verlassen. Können Sie beschreiben, was geschehen ist?«

Sie seufzt tief. Nimmt ein Papiertuch und putzt sich laut hörbar die Nase.

»Verzeihen Sie«, schluchzt sie. »Ich weiß ja, wie banal sich das anhört. Dauernd wird irgendwer verlassen.«

Ich gebe keine Antwort, nicke nur.

»Es war vor drei Jahren. Wir haben hier in Stockholm studiert, ich war im letzten Semester BWL. Darius und ich hatten eine Studentenwohnung. So eine etwas größere, mit zwei Zimmern. Wir waren seit zwei Jahren zusammen, waren verlobt, und sicher, ich weiß, es klingt wie ein Klischee, aber wir waren wirklich füreinander geschaffen. Wir hatten zusammen Spaß, hatten eine Menge gemeinsame Interessen, genau die gleichen Ansichten, es gab auch sehr viel erotische Spannung, die verschwand nie. Ich mochte seine Familie und er meine. Sie liebten Darius. Mein Vater sagte immer, jetzt hätte er endlich den Sohn, den er nie bekommen hatte. Alles war … perfekt. Verstehen Sie?«

Ich nicke, neugierig darauf, wohin diese Geschichte uns noch führen wird.

»Aber dann ist etwas passiert?«

Caroline nickt und putzt sich wieder die Nase.

»Darius hat eine Schwäche. Eine einzige verdammt kleine Schwäche in all der Perfektion, und zwar, dass er ungeheuer abhängig ist von Bestätigung. Fragen Sie mich nicht, warum, es hat sicher mit seiner Kindheit zu tun. Sie waren viele Geschwister. Ich nehme an, dass sie um die Aufmerksamkeit ihrer Eltern wetteifern mussten oder so. Jedenfalls«, Caroline schaut aus dem Fenster, kneift in der scharfen Wintersonne die Augen zusammen, »leider ist er an die Falsche geraten. An eine, die diese Schwäche gefunden und ausgenutzt hat.«

»Wie meinen Sie das, dass sie die Schwäche ausgenutzt hat?«

Sie lächelt traurig, fährt sich mit zerstreuter Miene über die nackten Arme.

»Darius hat Staatswissenschaft studiert. In seinem Kurs war diese Alexandra, und sie war total verknallt in ihn. Und

Darius ist ja eben so. Er begriff nicht, dass sie nur mit ihm spielen wollte, dass sie seine Sehnsucht nach Bestätigung ausnutzte. Ihn manipulierte. Obwohl sie wusste, dass er mit mir glücklich war. Ich weiß noch, wie mir zuerst aufgegangen ist, dass etwas nicht stimmte. Wir saßen an einem späten Abend zu Hause und büffelten fürs Examen, aber Darius konnte sich nicht konzentrieren. Er redete über sie, über ihren Bruder, der Krebs hatte, und über ihren Vater, der nach Polen zurückgegangen war und Frau und Kinder in Schweden gelassen hatte. Darüber, wie schwer ihr Leben gewesen war. Als ob das für ihn eine Rolle spielen könnte. Zuerst reagierte ich nicht so darauf, dass diese Alexandra immer wieder in unseren Gesprächen auftauchte. Aber dann spürte ich, dass etwas nicht stimmte. Und dann begriff ich. Er musste sie einfach immer wieder erwähnen, weil er in sie verliebt war. Wahrscheinlich war ihm das damals selbst noch nicht klar, es gab nur jede Menge Gefühle und Gedanken, die an die Oberfläche steigen mussten. Aber ich wusste es, ich kannte ihn ja in- und auswendig.«

Sie verstummt und spielt an der Schachtel mit den Papiertüchern herum, die auf ihrem Knie steht, streichelt die Schachtel wie eine Katze.

»Was passierte dann?«

»Sie trafen sich häufiger, das habe ich später herausgefunden. Aber er hat es nie zugegeben. Damals nicht. Er änderte sich nur. Wurde schweigsam. Wollte nicht mehr mit mir über wichtige Dinge sprechen. Schloss mich aus. Und dann hatten wir keinen Sex mehr, obwohl wir immer verrückt nacheinander gewesen waren. Und obwohl ich doch weiß, dass er mich noch immer wollte und mich liebte. Ich wusste ja natürlich, was da vor sich ging, aber ich begriff auch, warum. Dass er mit seinem ungeheuren Bedürfnis nach

Bestätigung zu einer leichten Beute wurde für diese … Egal. Eines Morgens im Juni wurde ich wach, und er war einfach verschwunden. Der Verlobungsring lag auf dem Nachttisch. Er hatte einen Zettel danebengelegt. Und auf den Zettel hatte er geschrieben: ›Verzeih mir.‹«

Ich nicke. Sie erzählt durchaus keine ungewöhnliche Geschichte. Ich hatte schon viele Klienten, die nach einer überraschenden Trennung oder Scheidung in eine Krise geraten waren.

»Sie haben erwähnt, dass Ihre Freunde meinen, Sie müssten weiterkommen. Was glauben Sie, warum sagen die das?«

»Das hat sicher mit den Möbeln und allem zu tun«, murmelt sie.

»Den Möbeln?«

Sie erwidert meinen Blick.

»Ich habe seine Sachen noch alle«, sagt sie mit einem gewissen Trotz in der Stimme. »Er hat gesagt, ich sollte sie einfach wegwerfen, aber ehrlich gesagt gebe ich der Beziehung von Alexandra und Darius keine größere Chance als einem Softeis im Sonnenschein. Sie passen nicht zueinander. Darius ist viel zu empfindsam für sie. Er braucht eine, die ihn versteht. Eines Tages …« Sie zögert, schaut mich forschend an, als frage sie sich, ob sie mir vertrauen kann. »Eines Tages kommt er zurück, da bin ich mir sicher.«

Ich schaue auf meinen Block, der jetzt von allerlei geometrischen Figuren und einigen kurzen Notizen bedeckt ist.

»Darf ich eine Frage stellen? Meinen Sie nicht, dass Sie Darius in dieser Sache entmündigen? Und wäre es möglich, dass Sie dieser anderen Frau zu große Macht zuschreiben? Zu sagen, er sei in diese Beziehung hineingelockt worden, kann doch eine Möglichkeit sein, um ihm die Verantwortung zu nehmen.«

»Bei jedem anderen außer Darius würde ich Ihnen recht geben. Aber er ist wirklich … ein großes Kind. Ich kann verstehen, dass Sie das nicht so sehen, aber ich glaube, dass sie ihn manipuliert hat. Das Problem ist, dass so etwas auf Dauer nicht gutgeht. Man kann keine Beziehung auf Lügen aufbauen. Es ist nur eine Frage der Zeit, bis alles zusammenbricht. Deshalb habe ich alles so gelassen, wie es war. Habe noch alle seine Möbel und Kleider. Und das regt meine Freunde jetzt so auf.«

»Sie wohnen also noch immer in dieser Studentenwohnung?«

Abermals warte ich ab, lasse das Schweigen wirken, lasse ihr Zeit, um die richtigen Worte zu finden.

Sie nickt.

»Was haben Sie für einen Beruf?«

Sie schüttelt den Kopf so heftig, dass die hochgesteckten Haare hin und her wippen.

»Ich studiere, habe ich doch gesagt. BWL.«

»Immer noch? Sie waren doch im letzten Semester. Und das ist mehrere Jahre her.«

»Ja, es war alles zu viel. Ich bin einfach noch nicht fertig geworden.«

»Na gut, Sie studieren also weiterhin dasselbe Fach? Und Sie wohnen noch in derselben Wohnung? Und die teilen Sie mit den … Sachen Ihres … Exfreundes?«

Plötzlich sieht sie trotzig aus. Sie beißt die Zähne zusammen, und ich höre ein leises Geräusch, als die Kleenexschachtel unter ihrem Griff reißt.

»Wie gesagt, er wird zurückkommen. Sie können doch nicht wissen, wie das alles enden wird. Alle behaupten, sie wollten nur mein Bestes. Aber die können das auch nicht wissen. Oder was?«

Ich blicke in ihre rotgeränderten Augen und nicke langsam.

»Darüber werden wir sprechen, wenn wir uns treffen, Caroline. Wie Sie mit dieser Situation umgehen sollen. Verstehen Sie?«

Sie nickt und stellt die zerrissene Schachtel vorsichtig wieder hin.

»Entschuldigung, das war keine Absicht.«

Sven öffnet die Tür und lacht strahlend, als er mich und Markus sieht. Dann bückt er sich, geht in die Hocke und begrüßt Erik. Sanft und behutsam grüßt er, als seien ihm Eriks Schüchternheit und Skepsis bekannt. Und das Wunder geschieht. Erik lugt zwischen seinen Fingern hindurch und erwidert das Lächeln.

Wir betreten die Wohnung. Sven lebt jetzt zusammen mit Sara, nur wenige Straßen von unserem Büro entfernt. Ich bin zum ersten Mal hier. Er hat alle aus der Praxis eingeladen. In Begleitung, falls gewünscht. Zu einem Sonntagsbrunch. Ursache unbekannt. Sven hat nur gesagt, er finde es an der Zeit, dass alle Sara richtig kennenlernen.

Er führt uns ins Wohnzimmer. Ein viereckiger Raum im Bauhausstil, mit großen Fenstern und offenem Kamin. Es wirkt sehr gemütlich, die Möbel individuell ausgewählt. An den Wänden hängt eine Mischung aus abstrakter Kunst, Fotografien und Plakaten. Eine Frau mit Afrofrisur, die für internationalen Feminismus kämpft, gemischt mit neuen Bildern von Sven und Sara: verliebt, engumschlungen vor einem umwerfenden Wasserfall. Die Reise nach Thailand zu Weihnachten, vermute ich. Sara kommt mit einem beladenen Tablett aus der Küche, ihre Arme sind braungebrannt und muskulös, ihr Lächeln weiß, als sie vorsichtig ihre Last absetzt und auf uns zukommt, um uns zu begrüßen. Wir wechseln ein paar Höflichkeitsphrasen, und Sara und Markus werden einander vorgestellt. Ich überlege mir, dass für Außenstehende sicher sie wie ein Paar wirken. Sie sind nur wenige Jahre auseinander. Wieder klingelt es an der Tür, und Sven geht öffnen. Ich höre Ainas Lachen und dann Mariannes heisere Stimme. Als alle Begrüßungen erledigt sind, sitzen wir vor dem überwältigenden Büfett auf dem Sofa. Erik hat sich auf Ainas Knie verkrochen. Er ist hin und weg von seiner Patentante, und diese Begeisterung beruht auf Gegenseitigkeit. Aina ist ungeheuer gern mit Erik zusammen. Ich überlege mir, dass sie sicher eine wunderbare Mutter wäre.

Aina ist wieder Single, nach einer misslungenen Affäre mit einem egozentrischen Schauspieler. Ab und zu frage ich mich, ob sie sich immer solche hoffnungslosen Typen aussucht, um sich sicher fühlen zu können. Sie weiß schon vorher, dass die Beziehung nicht gutgehen wird, und vielleicht ist das das Verlockende. Aber die Tatsache, dass sie Single ist, müsste sie ja nicht davon abhalten, sich ein Kind zuzulegen, wenn sie eins wollte. Wenn Aina etwas will, dann schafft sie es auch, und ein Detail wie das Fehlen eines möglichen Vaters würde sie nicht aufhalten. Aber ich vermute, dass sie der Ansicht ist, im Leben gehe es nicht nur darum, sich fortzupflanzen.

Sara füllt die Gläser und nimmt sich ein Mineralwasser. Sven erwidert meinen Blick und hebt sein Glas, auch das ist mit Kribbelwasser gefüllt. Wir lächeln einander verständnisinnig zu. Für uns gibt es keinen Alkohol. Nach seiner Trennung von Birgitta hat Sven eine ähnliche Reise zurückgelegt wie ich. Im vergangenen Jahr ist sein Interesse an seiner Gesundheit dann immer stärker gewachsen. Er joggt, geht ins Fitnessstudio und ernährt sich gesund. Er hat etliche Kilo abgenommen und gibt oft gute Ratschläge für Ernährung und Sport, über die Aina und ich heimlich kichern.

Aber er sieht wirklich gut aus. Die graumelierten Haare

sind nach hinten gekämmt und ein wenig zu lang, und die Sonnenbräune des Winterurlaubs ist noch vorhanden. Er sieht zufrieden aus. Harmonisch. Ich ertappe mich bei einem Lächeln, und Sven lächelt zurück, als wisse er genau, was ich denke.

Markus hat unseren stummen Dialog mitbekommen und sieht uns belustigt zu. Er legt mir diskret die Hand auf den Oberschenkel und drückt behutsam zu, während er zugleich mit Sara über den Zusammenhang zwischen Missbrauch und Sexualität diskutiert. Mich durchfährt ein Schauder. Ein Schauder aus Lust, Freude und Sehnsucht.

Sven klopft an sein Glas und räuspert sich. Wir verstummen, und alle schauen ihn an. Er sieht erwartungsvoll aus. Gespannt. Er räuspert sich noch einmal und fängt an zu reden

»Liebe Kolleginnen, und natürlich Markus und Erik.«

Sven verstummt, und ein Lächeln huscht über sein sonnenbraunes Gesicht, als sein Blick bei Erik anhält, der sich auf Ainas Knien zusammengerollt hat.

»Ich bin so froh, dass ihr alle hier bei uns seid. Dass ihr hier seid, um mit uns zusammen zu feiern. Denn wir haben wirklich etwas zu feiern. Oder was sagst du, Sara?«

Sven und Sara fassen einander an den Händen. Sie sehen ernst und verliebt aus, und ich denke, dass Liebe wirklich schön sein kann. Sara nickt, wie um Svens Worte zu bestätigen. Sie haben etwas zu feiern.

»Ihr müsst in der Praxis eine Weile ohne mich auskommen. Nicht sofort, aber im nächsten Jahr. Wir bekommen im Juli ein Kind.«

Aina atmet langsam aus und lacht dann.

»Das ist doch einfach wunderbar! Verdammt, Sven, ich hatte schon gedacht, ihr hättet geheiratet oder so. Aber ein

Kind Das ist doch … Wahnsinn. Wir können bald in der Praxis eine eigene kleine Krabbelgruppe aufmachen.« Sie springt auf und umarmt Sven und Sara. Erik klatscht in die Hände und lacht laut.

Markus und ich wechseln einen Blick und lächeln. Sven hat keine Kinder. Ich hatte immer gedacht, das sei so gewollt, aber jetzt frage ich mich, ob vielleicht Birgitta die Kinderproduktion unterbunden hat. Oder vielleicht konnten sie kein gemeinsames Kind bekommen. Was weiß ich. Ich weiß nur, dass Sven und Sara ehrlich glücklich aussehen.

Marianne schweigt als Einzige. Sie sitzt stumm da und sieht aus, als ob sie im Kopf eine komplizierte mathematische Gleichung löst. Sie fährt sich mit der Hand über ihre blonden Löckchen, die gerade nach oben stehen, hüstelt dann und verkündet mit ihrer heiseren Stimme:

»Du wirst ein sehr alter Vater sein. Wenn dein Kind zwanzig ist, wirst du achtundsiebzig sein. Wenn du dann noch lebst, heißt das. Und du wirst müde sein. Ungeheuer müde.«

Marianne nickt nachdenklich, als hinge sie ihren Worten, ihren Erkenntnissen nach. Sara und Sven lachen nur einfach weiter, und Sven hebt fast unmerklich die Augenbrauen. Ich ahne Belustigung in seinem Blick.

»Weißt du was, Marianne? Da hast du absolut recht. Ich werde ein verdammt alter Papa sein. Aber Sara ist jung und stark und ungeheuer energisch. Wirklich energisch.«

Marianne nickt wieder und durchbohrt Sara mit Blicken. Einen kurzen Moment habe ich die Vorstellung, dass sie ein Zuchttier bewertet, aber ich versuche, diese Vorstellung ganz schnell abzuschütteln. Marianne sagt ja nur, was wir alle denken, und Sven und Sara wissen auch, was alle denken. Natürlich haben sie das alles schon längst durchgesprochen.

»Sara ist in einem guten Alter. Und sie ist wunderbar, einfach wunderbar.«

Mariannes Gesicht öffnet sich zu einem Lächeln, und sie nimmt noch ein gefülltes Weinblatt und schluckt es auf einen Bissen hinunter.

Auf der Heimfahrt sind wir aufgeregt wie kleine Kinder. Der klare blaue Februarhimmel ist unendlich, als wir auf dem Weg nach Värmdö über die Brücken fahren. Die Sonne wärmt den Wagen. Ich fühle mich frei und froh. Das Glück von Sven und Sara ist so greifbar, so ehrlich, dass man es einfach akzeptieren muss. Alle Einwände über den Altersunterschied und geile Greise verlieren ihre Bedeutung.

»Sollten wir vielleicht auch?« Markus erwidert meinen Blick im Rückspiegel, er sitzt neben Erik, der auf seinem Kindersitz eingeschlafen ist.

»Sollen wir was?«

»Es so machen wie Sven und Sara, du weißt schon … noch ein Kind.«

Noch ein Kind. Einen Bruder oder eine Schwester für Erik. Natürlich haben wir schon darüber gesprochen, aber es kam mir so weit weg vor. Jetzt erscheint es plötzlich als ein überaus realistischer Plan.

»Möchte der junge Herr Stenberg also ein Kind mit mir? Versuchen Sie, mir das zu sagen?«

»Der junge Herr Stenberg möchte dir gern wieder einen dicken Bauch machen.« Markus klimpert mit den Wimpern, grinst und senkt den Kopf.

Ich strecke den Arm nach unten, und er fängt meine Hand ein und drückt sie fest.

An diesem Abend legen wir Erik früh schlafen. Dann lieben wir uns mit einer Intensität und Konzentration, die ungewöhnlich sind, als ginge es um Leben und Tod. Danach ist Markus fast sofort eingeschlafen. Wie ein Kind ruht er schweißnass in meinen Armen.

Ich befinde mich in einem seltsamen traumlosen Halbschlaf. Gleite immer wieder hinein und hinaus. Draußen schneit es wieder. Morgen früh werden wir uns den Weg freischaufeln müssen. Der Mond lugt zwischen den Wolken hervor, malt den Rasen mit breiten silbrigen Pinselstrichen an. Aus irgendeinem Grund bin ich nicht müde. Vorsichtig befreie ich mich aus Markus' Griff. Drehe mich auf die Seite und schaue auf die Nachttischuhr: 00.22.

Ich stehe auf, ziehe mein langärmliges Nachthemd an – eine Notwendigkeit in unserem kalten Haus – und gehe leise zu Erik hinüber. Vorsichtig lege ich ihm die Hand auf den Brustkorb, überzeuge mich davon, dass er atmet. In dem schwachen Licht kann ich seine rosigen und ein wenig wunden Wangen sehen, die Folge des langen Spaziergangs, den wir nach dem Besuch bei Sven und Sara durch den beißend kalten Wind gemacht haben.

Ohne richtig zu wissen, warum, gehe ich zur Treppe zum Dachboden. Lasse die Hand einige Sekunden auf dem Geländer ruhen und steige dann nach oben. Ich gebe mir alle Mühe, leise zu sein, will nicht riskieren, Markus oder, schlimmer noch, Erik zu wecken.

Dann ziehe ich die schiefe kleine Holztür hinter mir zu, setze mich in den einsamen Sessel und mache Licht. Der Lampenschirm mit den goldenen Troddeln schwankt. Da sind sie – die Kartons mit Stefans Sachen. Und ich spüre, wie mein Herz schneller schlägt, als ich die braunen, verstaubten Kartons berühre. Vorsichtig hebe ich den obersten Karton herunter, den, der Anders Holmbergs Todesanzeige und Stefans Fotos enthält, und öffne den darunter. Der Karton stöhnt laut auf, als ich ihn öffne, und ich fluche stumm und hoffe, dass unten nichts zu hören war.

Oben liegt Stefans Armbanduhr. Ich habe sie zuletzt vor Jahren gesehen, und das Wiedersehen verschafft mir einen leichten Krampf im Zwerchfell und eine Andeutung von Übelkeit. Lange, lange hatte ich die Uhr auf dem Nachttisch liegen, bin jeden Abend mit ihr in der Hand eingeschlafen.

Vorsichtig lege ich sie an, spüre das Gewicht des kalten Metalls. Die Uhr hängt an meinem dünnen Handgelenk, denn sie ist viel zu groß.

Dann: ein T-Shirt mit dem Aufdruck *The Smiths*. Ich halte es an mein Gesicht und atme den Geruch von Staub und Schimmel ein. Nicht den von Stefan, denke ich. Aber ich erinnere mich noch immer daran, oder hat er sich mit anderen Gerüchen vermischt, vielleicht sogar mit dem von Markus?

Ich weiß noch, dass ich in diesem T-Shirt geschlafen habe, als ich das Kind erwartete. Das Kind, das gestorben ist. Sicher habe ich das T-Shirt deshalb aufbewahrt, denn ich kann mich nicht erinnern, dass es für Stefan sonderlich wichtig gewesen wäre. Zögernd ziehe ich es über meinen Kopf, über mein langärmliges Nachthemd. Ich fühle mich dabei gespannt. Ich bin fasziniert davon, dass ich das alte T-Shirt gefunden habe, aber es kommt mir auch verboten vor, es anzuziehen, als würde ich etwas Unmoralisches tun.

Als wäre ich untreu.

Ich lasse mich in dem alten Cordsessel zurücksinken, der sofort ein wütendes Ächzen ausstößt, und greife zu einem Stapel vergilbter Briefe, der unter dem T-Shirt gelegen hat. Eine elegante, schöne Handschrift bedeckt eine Seite nach der anderen. Ich erkenne sie sofort als die von Maj. Stefans

Mutter. Die Briefe scheint sie an Stefan geschrieben zu haben, als er in Kristianstad sein praktisches Jahr absolvierte.

Ich überfliege zwei davon. Alltägliche Mitteilungen, Berichte über die Renovierung zu Hause in der Rörstrandsgata. Die Mahnung, nicht den fünfundsiebzigsten Geburtstag der Großmutter zu vergessen. Ich unterdrücke ein Gähnen. Wonach suche ich eigentlich? Plötzlich weiß ich es. Ich will wissen, warum. Warum Stefan beschlossen hatte, mich zu verlassen, das Leben – und mich – loszulassen, tief im dunklen Wasser der Ostsee.

Ganz unten im Karton, neben einem Stapel alter Schuljahrbücher, liegt ein kleines schwarzes Buch. Ein vages Gefühl des Wiedererkennens flattert vorüber wie ein vom Wind eingefangenes Blatt, aber so schnell, wie es gekommen ist, ist es wieder verschwunden. Ich greife zu dem Büchlein, und als die in Leder gebundenen Seiten in meinen Händen ruhen, weiß ich, worum es sich handelt: Stefans Kalender.

Die Seiten kleben zusammen und haben sich durch die Feuchtigkeit wie ein kleines Akkordeon zusammengezogen. 2005, das Jahr, in dem Stefan gestorben ist. Ich blättere vorsichtig. Der Kalender ist gefüllt mit kurzen Aufzeichnungen über Patienten, Besprechungen und Freizeitaktivitäten – Bandy, Tauchen. Er hat über sein Lauftraining genau Buch geführt: 5. Januar, 13 km. 69 Minuten.

Ich hole tief Luft und spüre, wie mich wieder Übelkeit und klaustrophobische Trauer überkommen. So weit weg und doch so nah.

Dann fällt etwas aus dem Kalender. Ich hebe das quadratische kleine Stück Papier hoch. Es ist das Passfoto eines jungen Mädchens. Dunkle kurze Haare, große schwarze, ein wenig schrägstehende Augen. Sie ist schön und erinnert auf eine vage Weise an mich, das geht mir auf, als ich im Lampenschein das Bild betrachte. Vorsichtig drehe ich es um. »Alicia HT-87«, steht dort in einer krakeligen Schrift, die ich nicht kenne. Vorsichtig lege ich das Bild wieder in den Kalender. Lese weiter Stefans Notizen.

Dann hören die Aufzeichnungen auf. Eine leere Seite nach der anderen ruht unter meinen Fingern. Der Sommer 2005. Der erste Sommer ohne Stefan. Ich blättere zurück, will die unbeschriebenen Blätter nicht sehen, will die glatte, inhaltslose, unbefleckte Oberfläche nicht unter meinen Fingerspitzen spüren. Ich schaue lieber vorn hinein.

Januar 2005.

Mein Blick fällt auf eine kurze Notiz. »A treffen.« Das bezieht sich auf einen Montagabend, also gehe ich davon aus, dass hier nicht von einem Patienten die Rede ist. Vorsichtig blättere ich die von Feuchtigkeit schweren Seiten um. Die Woche darauf. »A treffen, Kaknästurm, 18.00.« Und ich denke, Kaknästurm, warum trifft man sich dort? Will man hochfahren und den Ausblick genießen oder soll es der Ausgangspunkt zu einem Spaziergang sein? Mit wem geht man an einem Mittwochabend spazieren? Stefan war kein großer Spaziergänger. Er lief oder lag auf dem Sofa, aber ich kann mich nicht erinnern, dass er jemals einen Spaziergang gemacht hätte.

Ich blättere weiter. Jede Woche ist ein Treffen mit »A« vermerkt. Ein kaltes Gefühl breitet sich in meinem Magen aus, und plötzlich scheine ich zu ahnen, was nun kommt. Am 22. Februar finde ich die letzte Notiz über »A«. Die übrigen Notizen gehen bis zum Sommer weiter, aber aus irgendeinem Grund haben diese Begegnungen, die Treffen mit »A«, im Februar aufgehört.

Mit schweißnassen Händen ziehe ich Anders Holmbergs vergilbte Todesanzeige aus dem anderen Karton.

»Gestorben am 25. Februar 2005.«

In diesem Moment wird die kleine Holztür geöffnet. Markus steht nackt und schlaftrunken und mit fragender Miene vor mir.

»Siri, was…?«

Ich kann nicht antworten, schüttele nur stumm den Kopf. Ohne richtig zu wissen, warum, verstecke ich Stefans Kalender auf meinen Knien. Lege die Hände darüber, wie über ein verletzliches kleines Tier, das ich vor der Welt beschützen muss. Ich sehe, dass Markus mich forschend mustert, sich jedes Detail einprägt, und plötzlich geht mir auf, wie seltsam ich aussehen muss, in Stefans T-Shirt und mit seiner Uhr am Arm.

»Du hast *sein* T-Shirt angezogen.«

Das ist eine Feststellung, keine Frage. Ich gebe keine Antwort.

Markus sieht besorgt und verwirrt aus, und ich verfluche mich, denn ich kann es nicht ertragen, wenn er sich meinetwegen Sorgen macht, kann diese viele Fürsorge nicht aushalten.

»Ich konnte nicht schlafen«, flüstere ich.

»Was machst du hier oben, mitten in der Nacht, in *seinen* Kleidern? Geht es dir nicht gut? Ist etwas passiert?«

Seine Stimme ist gefüllt mit unterdrückter Unruhe. Einen Moment darauf hockt er neben mir, legt seine starken Arme um meinen Hals und küsst meinen Nacken.

»Bitte, du. Kannst du nicht zu uns nach unten kommen?«

Ich spüre seinen schweren, heißen Atem an meiner Schulter. Für eine Sekunde bin ich gereizt, überlege, ihm zu sagen, zu erklären, dass ich jedes Recht der Welt habe, hier oben zu sitzen und Stefans Nachlass durchzusehen, wenn ich das will.

»Ich komme schon«, sage ich stattdessen und küsse ihn auf den Mund. Langsam erhebe ich mich, lösche die Lampe und gehe die Treppe hinunter, noch immer mit Stefans Kalender versteckt an meine Brust gepresst.

In dieser Nacht schlafe ich schlecht und träume von Stefan. Er sitzt im Bett, im Mondschein, zwischen mir und Markus, mit Erik im Arm, und obwohl ich weiß, dass es nur ein Traum ist, denke ich über die Symbolik nach. Erik lacht hingerissen und spielt mit den Resten von Tang und verfaulenden Blättern, die Stefans Schultern bedecken. Stefan selbst grinst zahnlos, und dabei sträuben sich mir die Haare am ganzen Leib.

Und zugleich weiß ich mit Sicherheit noch im weichen Vergessenheitskokon des Traums, dass Stefan tot und auf ewig verloren ist und durchaus nicht hier sitzen und mit seinen kalten Armen mein Kind umarmen kann. Aber Stefan scheint sich nicht um meine Zweifel zu kümmern. Vorsichtig legt er die Hand an meine Wange, und ich spüre, wie die Trauer das Entsetzen durchdringt. Wie ein Messer schneidet sie in mein Fleisch, und es tut furchtbar weh, und gleichzeitig ist es unendlich schön, dass es noch immer wehtut.

Ich sehe ihn an. Er lacht wieder, seine Zähne sind gar nicht verschwunden. Sie sind nur bedeckt vom Schlamm des Meeresbodens, auf dem er gelegen hat.

Der Bürgersteig ist bedeckt von brüchigem Eis und nur spärlich gestreut. Ich gehe vorsichtig, mit kleinen Schritten, habe Angst auszurutschen, obwohl ich mich auf den Kinderwagen stützen kann. Auf der Straße vor mir geht ein Mann mit einem Kind in einem Wagen und einem größeren Jungen neben sich. Auf der anderen Straßenseite kommen zwei Teenies Arm in Arm. Sie lachen schrill und reden mit lauter Stimme. Der Himmel ist von weicher blaugrauer Farbe. Die Wende ist passiert. Das Licht kehrt zurück, und das spüren wir jeden Tag daran, dass die Tage schon länger werden. Der kälteste Winter seit Menschengedenken verliert die Stadt aus seinem eisernen Zugriff.

Bei der Allhelgonakirche steht sie in einer engen und vermutlich eiskalten schwarzen Lederjacke und einem breiten gestreiften Schal. Sie hat die Haare mitten auf dem Kopf zu einem achtlosen Dutt zusammengesteckt.

»Er schläft«, sage ich und schiebe die Haube des Kinderwagens ein wenig nach oben, damit Eriks rosa Gesichtchen zu sehen ist.

»Perfekt«, sagt Aina. »Wir gehen zum Brunch zu Vijay. Was hast du vor?«

Die Frage kommt unerwartet, obwohl sie doch auf der Hand liegt. Ohne richtig zu wissen, warum, fühle ich mich überhaupt nicht wohl in meiner Haut.

»Ich muss zum Zahnarzt«, lüge ich.

Aina hat eine kleine, aber deutliche Falte zwischen den Augenbrauen. Wir kennen einander so gut, haben so viel geteilt. Ich kann sie nicht belügen, und sie kann mich nicht belügen. In dem Moment, in dem ich sage, dass ich zum Zahnarzt will, weiß sie, dass ich lüge. Und sie weiß, dass ich das weiß. Aber statt mich zu drängen und nach dem wirklichen Grund zu fragen, nickt sie nur stumm und sieht dann wieder den friedlich schlafenden Erik an.

»Und er hat gegessen?«

»Ja, aber gib ihm ein Butterbrot, wenn er Hunger bekommt.«

Sie nickt und streicht sich eine Strähne ihrer langen blonden Haare aus dem Gesicht.

»Bis dann also. Viel Glück beim ... Zahnarzt.«

Es ist es seltsames Gefühl, wieder durch die Rörstrandsgata zu gehen. Stefan und ich waren hier so oft auf dem Weg zu seinen Eltern spazieren, aber jetzt war ich schon lange nicht mehr hier. Ich weiß noch, wie seine Mutter mir einmal vor langer Zeit erzählt hat, dass dieses Viertel »Klein-Paris« genannt wird, da die Gegend an die französische Hauptstadt erinnert. Ich biege vor der Birkahalle in die Vikingagata ab und gehe den Torweg entlang. Ich habe Maj angerufen und gesagt, dass ich sie sehen möchte. Sie war überrascht, hat sich aber gefreut. Und gesagt, das beruhe ganz auf Gegenseitigkeit.

Im Fahrstuhl riecht es wie immer. Eine Mischung aus Essen und etwas anderem: organisch, Übelkeit erregend, undefinierbar. Ein plötzliches Déjà-vu überkommt mich, und für einen Moment ist der Schmerz fast betäubend.

Stefan.

Wohin zum Teufel bist du gegangen? Und warum?

Maj öffnet die Tür. Wir haben uns fast fünf Jahre nicht mehr gesehen. Natürlich haben wir ab und zu telefoniert, und jedes Jahr kam eine Weihnachtskarte, die ich hinter dem Brotkasten versteckt habe, weil es wehtat, sie anzusehen.

Sie hat sich verändert. Die stattliche, kräftige Maj ist geschrumpft. Sie ist in sich zusammengesunken und hat neue Falten in ihrem schönen Gesicht. Noch immer elegant, aber gealtert und vielleicht müde. Sie umarmt mich, und ich erlaube mir, einige zusätzliche Sekunden in ihrer vertrauten Umarmung zu ruhen.

»Wo ist Stig?«

Ich schaue mich in der länglichen Diele um und rechne damit, dass Stefans Vater aus der Küche oder dem Wohnzimmer auftaucht. Maj schüttelt fast unmerklich den Kopf.

»Stig und ich leben nicht mehr zusammen. Nach Stefans Tod haben wir festgestellt, dass wir einander nicht mehr sehr viel zu sagen hatten.« Sie lächelt bedauernd, als fürchte sie, diese Mitteilung könne mich enttäuschen. »Ein Kind zu verlieren hat eine seltsame Wirkung auf eine Beziehung. Und man trauert auf unterschiedliche Weise. Stig konnte nie darüber sprechen, was mit Stefan passiert war. Er wollte weiterkommen. Und ich …«

Wieder dieses bedauernde Lächeln. Ich denke, dass es traurig ist, dass Maj und ich nach Stefans Tod nie miteinander gesprochen haben. Wir hätten einander vielleicht eine Stütze sein können. Aber ich kapselte mich ein, ließ niemanden in meinen Raum des Schmerzes. Er war meine eigene, private Domäne, wo ich meine Trauer mit einer erschreckenden Intensität pflegte.

Ich folge Maj in die Küche und setze mich auf die alte Küchenbank. Alles ist so vertraut. Hier haben Stefan und ich bei so vielen Essen sonntags, zu Ostern und zu Weihnachten gesessen. Da liegt die hellgelbe Tischdecke mit den blauen Blumen, ein Mitbringsel aus der Provence. Die geschmackvolle, dezente Kunst an den Wänden, die dänische Designerlampe. Alles, was wohlhabende Mittelklasse mit kulturellen Ambitionen signalisiert.

Maj bietet Tee und selbstgebackenes Sauerteigbrot an. Scherzt darüber, dass sie in ihrem neuen Dasein als Rentnerin nichts Besseres zu tun hat, als mit den Eltern im Erziehungsurlaub darum zu wetteifern, wer den besten Teig ansetzen kann. Maj hat ihr ganzes Erwachsenenleben an einem Gymnasium Sprachen unterrichtet, nur nicht in den Jahren, als Stefan klein war.

»Was machst du denn jetzt so, Siri?«

Sie schaut mich neugierig an.

»Das Übliche eigentlich. Die Praxis, du weißt schon. Ich, Aina und Sven.«

»Und wie geht es dir? Lebst du allein oder hast du jemanden kennengelernt?« Ihre Fragen kommen vorsichtig, behutsam, sie scheint sich über ganz dünnes Eis zu bewegen. Wägt jeden Schritt ab, versucht zu berechnen, ob die brüchige Unterlage halten kann.

»Ich lebe mit einem Mann zusammen. Markus. Er ist bei der Polizei. Und wir haben einen kleinen Jungen. Erik. Er wird bald zwei. Jetzt, im April.«

Ich sehe, wie Maj erstarrt, und für einige Sekunden fällt es ihr sehr schwer, ihre Gesichtszüge zu beherrschen. Sie verzieht ganz leicht das Gesicht, vor Schmerz vielleicht oder vor Neid. Und ich fühle mich schuldig. Wegen meines Glücks. Wegen der Tatsache, dass Stefan tot ist, während ich noch lebe. Weil seine Mutter hier sitzt, einsam in einer Fünfzimmerwohnung in Vasastan. Ohne ihren Sohn, ohne das Enkelkind, nach dem sie sich so sehr gesehnt hat. Dann lächelt

Maj wieder und ist wie immer. Freundlich, wohlwollend, froh meinetwegen.

»Aber wie schön für dich, Siri. Wirklich.« Sie streckt die Hand aus und streift meinen Arm, wie um zu betonen, dass sie das wirklich so meint.

Wir nippen am Tee und füllen weiter die Zeitlücke, die seit unserer letzten Begegnung entstanden ist. Maj erzählt, dass Stig ins Sommerhaus der Familie in Schonen gezogen ist, während sie selbst nach der Scheidung die Wohnung in der Stadt behalten wollte. Ich erzähle von meinen Eltern. Dass sie noch in ihrem Haus in Segeltorp wohnen, dass sie jetzt aber beide im Ruhestand sind.

»Aber ich wollte dich etwas ganz anderes fragen.« Ich bücke mich und hebe meine Handtasche hoch. Ziehe die Mappe mit Stefans Papieren hervor und nehme die Todesanzeige heraus. Maj nimmt das dünne Stück Papier und hält es mit beiden Händen fest. Legt es dann auf die Tischdecke und streicht es vorsichtig glatt, während sie ihre Lesebrille aufsetzt.

»Anders.« Sie nickt und macht ein trauriges Gesicht.

»Maj, wer ist er? Und woher kannte Stefan ihn?«

»Anders Holmberg und Stefan waren früher eng befreundet. Sie gingen auf dem Gymnasium in dieselbe Klasse. Auf den naturwissenschaftlichen Zweig des Norra Real Gymnasiums. Sie waren wirklich gute Freunde. Unzertrennlich, die beiden. Zeitweise hat Anders fast bei uns gewohnt. Es war, wie zwei Söhne zu haben.«

»Und was ist dann passiert?«

»Das weiß ich eigentlich gar nicht. Er kam ums Leben, wurde offenbar überfallen, als er auf dem Weg zu seiner Familie war. Wir haben in der Zeitung darüber gelesen. Entsetzlich.«

Maj schüttelt den Kopf. Wie um zu betonen, dass es auf der Welt nicht gerecht zugeht.

»Weißt du, ob sie noch Kontakt hatten nach dem Abitur?«

Ich denke an den abgegriffenen schwarzen Kalender, an die Notizen über die wiederholten Treffen mit »A«. Die Notizen, die plötzlich aufhörten, als Anders Holmberg nicht mehr lebte.

»Das weiß ich gar nicht. Ich glaube, Stefan war auf der Beerdigung. Wir haben nur einmal darüber geredet, und er sagte, er wolle hingehen. Aber ich hatte das Gefühl, dass sie sich seit vielen Jahren nicht mehr gesehen hatten. Stefan wollte nicht darüber reden. Er war so erschüttert von Anders' Tod, hat es wirklich schwer genommen.«

»Warum hat Stefan mir nie von ihm erzählt? Oder von dem Mord?«

Ich fühle mich betrogen. Hintergangen. Ich habe nie von diesem Anders gehört, der Maj zufolge für Stefan wie ein Bruder war.

»Nach dem Abitur haben sich ihre Wege getrennt. Sie haben ihre Wehrpflicht wohl an unterschiedlichen Orten abgeleistet, und dann hat Stefan ja hier Medizin studiert, und Anders war in Uppsala, glaube ich.«

»Aber der Mord, warum hat er mir nichts von dem Mord erzählt?«

Meine Stimme ist schrill und vorwurfsvoll. Ich sehe Majs erschrockenes Gesicht, und mir ist klar, dass ich zu weit gegangen bin.

»Aber Siri, bitte. Ich weiß es nicht. Woher soll ich das denn wissen? Stefan war in der letzten Zeit nicht er selbst. Wer weiß, warum er sich entschieden hat, wie er das eben getan hat. Ich kann dir das nicht sagen. Ich kann nichts von dem erklären, was Stefan getan hat. Meinst du denn, ich hätte mir nicht Tag und Nacht den Kopf darüber zerbrochen, was in ihm vor sich ging? Ob ich es auf irgendeine Weise hätte verhindern können … Ich weiß noch, dass ich vorgeschlagen habe, er solle mit dir sprechen. Dass ich ihm erklärt habe, dass die meisten Lasten leichter werden, wenn man sie teilt, und dass die Ehe da ist, um Freuden und Kummer zu teilen. Aber er lachte nur und sagte, du seist die Letzte, mit der er darüber reden könnte.«

Maj ist rot geworden und sieht aufgewühlt aus. Ihre graugesprenkelten Haare lösen sich, und ihre Augen sind blank.

»Mein Sohn ist tot. Siri. Er wird immer tot sein, und nichts kann daran etwas ändern. Stefans Tod ist nicht nur deine Tragödie. Es ist auch meine und Stigs. Ein Kind zu verlieren, das versteht niemand, der das nicht selbst mitgemacht hat.«

Sie stellt die Tasse mit einem Knall auf den Tisch, und die heiße Flüssigkeit schwappt über. Wird zu großen feuchten Flecken in der Tischdecke.

»Entschuldige. Entschuldige, dass ich hergekommen bin und …« Ich verstumme und wende mich ab. Kann ihren Blick nicht ertragen.

»Siri.« Maj legt ihre schmale trockene Hand auf meine und drückt sie mit überraschender Kraft. »Liebe Siri. Es freut mich so, dich zu sehen, und ich freue mich für dich. Das musst du mir glauben. Ich wünsche dir alles Gute.«

Maj lächelt und steht dann auf, um die Rolle mit dem Küchenpapier zu holen. Mit kurzen, wohlüberlegten Bewegungen fängt sie an, die braunen Flecken zu trocknen, die sich auf der gemusterten Decke ausgebreitet haben.

Verlegen suche ich meine Sachen zusammen, stecke Anders' Todesanzeige zurück in die Mappe. Plötzlich fällt etwas heraus und auf die Tischdecke – das Passfoto des dunklen hübschen Mädchens. Maj beugt sich vor, kneift die Augen zusammen und mustert das Bild.

»Weißt du, wer das ist?«

Aber sie schüttelt nur den Kopf und lächelt müde.

»Nein, tut mir leid. Ich habe sie noch nie gesehen.«

Beim Abschied umarmen wir uns fest und lange. Sie kommt mir klein und knochig vor wie ein Kind und riecht vage nach Seife und irgendeinem maskulinen Parfüm. Maj nimmt meine beiden Hände und sagt, ich müsse sie bald wieder besuchen. Dass wir in Kontakt bleiben müssen. Ich nicke und verspreche, das zu tun, sehe ihren Augen aber an, dass auch sie weiß, dass wir uns nie wiedersehen werden.

Caroline Helsén sieht mürrisch aus, sie verschränkt die Arme und lässt sich abwartend im Sessel zurücksinken. Sie erinnert mich an eine Lehrerin, die mit ihren Schülern unzufrieden ist und überlegt, wie sie die am besten zusammenstauchen kann.

Draußen fällt Schneeregen über Stockholm, der Himmel hängt schwer und blauviolett über den Dächern.

Caroline hat eine rote Stoffjacke über den Stuhl neben der Tür geworfen, und fast hätte ich sie daran erinnert, dass wir bei der Eingangstür durchaus eine Garderobe haben, aber ihre verbissene Miene lässt mich zögern.

»Ich wollte gar nicht kommen«, murmelt sie.

»Warum nicht?«

Langsam zuckt sie mit den Schultern und starrt ihre Knie an. Ihre Haare hängen in feuchten Strähnen um ihr blasses Gesicht, und Tropfen fallen in den Sessel, bilden in dem grauen Schaffell kleine Pfützen.

»Ich verstehe einfach nicht, wozu das hier gut sein soll.«

»Warum sind Sie dann hergekommen?«

Ein kurzes, freudloses Lachen. Sie verdreht die kleinen hellen Augen.

»Das habe ich doch schon gesagt. Meine Freunde meinten …«

»Ja …?«

Ihre Haltung wird lockerer, und sie stößt ein kurzes Lachen aus.

»Die halten mich für verrückt oder so.«

»Und was meinen Sie?«

Wieder zuckt sie mit den Schultern.

»Verrückt, nein. Aber ich kann verstehen, dass es schon seltsam wirken kann, dass ich noch immer Darius' Kram in der Wohnung habe und so. Aber eigentlich bin ich ganz normal. Das können Sie mir glauben. Ich bin nicht verrückt.«

»Das glaube ich auch nicht. Aber ich frage mich, was Sie mit der Therapie erreichen wollen. Welches Ziel haben Sie? Dann wenn alles so gut ist, wie Sie behaupten, brauchen wir dieses Gespräch doch eigentlich gar nicht.«

Caroline schaut aus dem beschlagenen Fenster, scheint nachzudenken, streicht sich einige feuchte Haarsträhnen hinter das Ohr und räuspert sich fast unhörbar.

»Es kommt mir vor, als wollten alle mich zwingen, ihn zu vergessen.«

»Warum glauben Sie, dass die anderen das wollen?«

»Sie wollen, dass ich weiterkomme. Irgendwann Examen mache. Mir eine Arbeit suche. Einen Typen und zwei Kinder. Das ganze Programm. Sie wissen schon. Das Leben sozusagen.«

Ich nicke und sehe sie an. Ich weiß genau, was sie meint. Ich weiß genau, was es bedeutet, die Vergangenheit nicht loslassen zu können.

Das Leben sozusagen.

Caroline blickt mich fragend an und spielt mit einer feuchten Strähne. Ich weiß, dass sie irgendeine Antwort von mir erwartet. Als ob ich die Antwort wüsste. Als ob es eine Antwort geben könnte.

Also mache ich etwas, das ich nur sehr selten tue. Ich beschließe, zuerst Mitmensch zu sein und erst dann Therapeutin.

»Ich spreche eigentlich nicht mit meinen Klienten über mich selbst, aber vor einigen Jahren ist mein Mann bei einem Unfall ums Leben gekommen. Auch ich dachte, mein Leben sei zu Ende. Sah keinen Grund, weiterzumachen. Lag vor allem zu Hause im Bett und roch an seinen T-Shirts, Sie kennen das, ja?«

Caroline lächelt ein wenig, und etwas in ihrem Gesicht ändert sich. Sie entspannt sich, der harte Zug um die Kiefer verschwindet. Die hellen Augen weiten sich, und zum ersten Mal sieht sie mich mit wirklichem Interesse an.

»Was ist passiert?«

Ihre Stimme ist ein Flüstern.

»Es war ein Unfall. Eigentlich weiß niemand, was genau passiert ist. Sie glauben, dass er beim Tauchen die Kontrolle verloren hat, und … sie haben ihn in neunzig Meter Tiefe gefunden.«

Sie nickt ernst.

»Und heute?«

Mein Lächeln ist echt.

»Ich habe einen neuen Freund, Markus. Und ein Kind, Erik. Ich bin glücklich. Aber ich habe lange gebraucht, um weitergehen zu können. Und meine Freunde glaubten, dass ich wirklich den Verstand verloren hätte. Meine beste Freundin, Aina, ist sogar vorübergehend zu mir gezogen. Wurde sozusagen zu meinem Kindermädchen. Hat aufgepasst, dass ich esse und schlafe. Dass ich morgens aufstehe und dusche. Hat mich gezwungen, mit ihr in die Stadt zu gehen. In Restaurants. Bars. Ins Kino. Wir haben Tauben gefüttert, sind spazieren gegangen. Waren im Museum. Im Supermarkt. Haben den Alltag trainiert.«

»Wie haben Sie es geschafft, ihn loszulassen?«

Caroline mustert mich aufmerksam. Jetzt mit ernster Miene.

»Wer behauptet, ich hätte ihn losgelassen?«

Sowie ich das sage, merke ich, was das für ein blödsinniger Kommentar ist. Vor mir sitzt eine Frau, deren ganzes Leben stehengeblieben ist. Eine Frau, die in einem einzigen erstarrten Augenblick lebt, eingeschlossen in eine Blase aus Trauer und Abwehr.

»Was ich meine, ist, dass ich ihn noch in mir habe, in gewisser Weise ist er immer bei mir, aber ich bin in meinem Leben weitergegangen. Verstehen Sie den Unterschied?«

Sie nickt langsam.

Der Schnee ist in Regen übergegangen, und der Regen prasselt immer härter gegen die Fensterscheiben, während die dunklen Wolken sich wie ein Deckel über Södermalm schieben. Mein Zimmer kommt mir plötzlich bedrohlich finster vor.

»Genau«, sagt sie. »Genau so will ich das auch. Ich will ihn behalten, die Erinnerung an ihn, als alles gut war. An das, was wir zusammen hatten. Und ich will weiterkommen. Können Sie mir helfen?«

»Sie können das«, sage ich. »Ich werde Ihnen helfen, damit Sie sich selbst helfen können.«

Samstagvormittag. Erik sitzt im Wohnzimmer auf dem Fußboden. In der Hand hält er einen blauen Plastiktopf und rührt mit einem Holzlöffel darin herum. Er ist in sein Spiel vertieft und schaut mit höchster Konzentration in den Topf. Draußen strahlt die Sonne, und Schmelzwasser tropft vom Dach auf die Fensterbank. Es sind drei Grad über null.

Markus ist schon längst zur Arbeit in die Stadt gefahren, und ich lasse mich aufs Sofa fallen und greife zu meinem Laptop. Markus hat erzählt, dass eine Reportage über den Mord an Anders Holmberg in einer dieser Sendungen über ungelöste Verbrechen gesendet worden ist. Vor nicht allzu langer Zeit. Und die will ich sehen.

Ich sehe ja ein, dass ich von dieser Sache so langsam besessen bin. Als ob ich, wenn ich mehr über Anders Holmberg erfahre, auch die Antwort auf die unmögliche, immer wieder quälende Frage finden könnte: Warum ist Stefan gestorben? Und das alles, obwohl ich geglaubt hatte, mich mit der Ungewissheit abgefunden zu haben und mich in der Tatsache auszuruhen, dass mein Leben weitergegangen ist.

Aber ich weiß ja, dass ich eigentlich loslassen müsste, die Kartons oben auf dem Dachboden verschließen und die Toten in Ruhe lassen müsste, aber ich bringe das einfach nicht über mich.

Ich muss es wissen.

Das Gespräch mit Maj, die Sache mit Stefans Jugendfreund

Anders und die regelmäßigen Treffen mit einem unbekannten »A«, die sofort nach Anders Holmbergs Tod ein Ende nahmen, lassen mich einen Zusammenhang ahnen. Das und die Tatsache, dass Stefan mir nie von Anders und seinem Tod erzählt hat. Auf irgendeine Weise hängt alles zusammen.

Das weiß ich.

Rasch finde ich das, was ich suche. Eine Reportage über den ungeklärten Mord an Anders Holmberg kam vor einem knappen Monat in *Das Verbrechen der Woche*. Ich klicke mich bei SVT Play ein, und es geht los. Ich habe mir diese Sendung noch nie angesehen. Ich will keine Schilderungen von Gewalt und Tod ansehen müssen. Vielleicht, weil ich in meinem eigenen Leben genug davon hatte. Eine Moderatorin kündigt die Reportage an, und neben ihr sitzt ein bekannter Professor mit offenbar enzyklopädischen Kenntnissen über Verbrechen und Strafe.

Die Kommentatorenstimme setzt ein, und Bilder von Anders Holmberg wechseln sich ab mit Aufnahmen eines windigen, vereisten Spazierwegs in der Nähe des Karlaplan auf Östermalm, einem von Stockholms angesagtesten Vierteln. Dann kommt eine Frau ins Bild, sie ist in meinem Alter. Gesträhnte blonde Haare, blaue Augen. Ihr Blick ist blank.

Das ist Anders Holmbergs Frau.

»Ich kann nicht verstehen, wer ihm etwas antun wollte. Anders hatte keine Feinde. Er war ein ganz normaler Mensch. Wir haben ein normales Leben geführt. Er hatte keine Feinde. Nichts Ungewöhnliches.«

»Die Polizei ist lange von einer Verwechslung ausgegangen, dass Anders einfach mit einem anderen verwechselt wurde. Was sagen Sie dazu?« Jetzt eine weibliche Stimme. Sanft, einfühlsam. Vielleicht die Moderatorin.

»Das ist die einzige Erklärung, die logisch wirkt. Eine andere Antwort gibt es nicht.« Rasch blinzelt die Frau eine Träne weg. Und in ihrem Blick finde ich meine eigene Verwirrung und Leere. Das Gefühl, dass etwas zerbrochen ist und niemals wieder heil werden kann. Verwirrung und Sehnsucht nach einer Antwort, einer Erklärung.

Dann Schnitt, und wir sind wieder im Studio. Die Moderatorin wendet sich dem Professor zu.

»Ja, der so genannte Karlaplanmord ist ja noch immer nicht aufgeklärt. Wurde Anders Holmberg das Opfer einer Verwechslung?«

Der Professor hustet und atmet besorgniserregend schwer.

»Das ist eine mögliche Erklärung, aber ich weiß nicht. Sie kommt mir doch gesucht vor. Meistens ist die einfachste Erklärung auch die wahrscheinlichste.« Abermals hustet er.

»Was ist also Ihre Theorie?«

»Wenn wir hier herschauen, sehen wir den Weg des Opfers.«

Der Professor hat sich mühsam erhoben und zeigt auf eine Luftaufnahme der Umgebung, lässt den Finger über eine gestrichelte Linie wandern.

»Hier geht er durch den Gustaf-Adolfs-Park, eigentlich also nicht beim Karlaplan, wenn man pingelig sein will. Der Karlaplan liegt noch hundert Meter weiter. Genau hier, bei der Kirche, wird er erschossen. Hier scheint jemand auf ihn gewartet zu haben, jemand, der seine Gewohnheiten kannte und wusste, dass er immer diesen Heimweg nahm.«

»Ein Überfall, der aus dem Ruder gelaufen ist?«

»Wenn er erstochen worden wäre, könnte ich das vielleicht glauben. Das hier ist eine typische Stelle für einen Überfall. In der Nähe des Zentrums und der U-Bahn und doch abgelegen. Aber in Schweden werden bei Überfällen auf Einzelpersonen ja noch immer nur sehr selten Schusswaffen verwendet. Die Klientel, die solche Waffen benutzt, treibt sich nicht in Parks herum, um zufällig ausgewählte Passanten zu überfallen. Außerdem war seine Brieftasche noch vorhanden, samt Karten und Bargeld.« Der Professor verstummt, fährt sich über den ergrauenden Bart und zieht seine gesteppte Jagdweste gerade.

»Aber was ist denn Ihre Theorie?«

»Mama, Hilfe.«

Plötzlich steht Erik neben mir und zieht an meinem Arm, verlangt Aufmerksamkeit.

»Sofort. Mama kommt sofort. Ich muss nur schnell dem Onkel zuhören«, sage ich zerstreut.

Erik scheint sich damit zufriedenzugeben und geht wieder zu seinem Topf.

»Es gibt eigentlich nur zwei Erklärungen«, sagt jetzt der Professor, langsam. »Entweder gibt es im Leben dieses Mannes noch Dinge, von denen wir nichts wissen, oder es war wirklich eine Verwechslung. Aber in diesem Fall glaube ich, dass wir die entscheidende Information im Hintergrund des Opfers finden können. Man muss nur tief genug graben.«

»Aber es gab doch auch eine Zeugin?«

»Ja, es gab eine Zeugin, die im Zusammenhang mit dem Mord vernommen worden ist. Ein junges Mädchen, fast noch ein Kind, das die ganze Tat miterlebt hat. Aber es war ja nun so, dass sie unter Drogen stand, total zugedröhnt, genauer gesagt. Sie konnte den Ermittlern leider nicht viel mehr berichten als die Tatsache, dass es ein Mann war und dass Opfer und Täter sich vor dem Mord gestritten haben. Aber natürlich könnte und sollte diese Zeugin noch einmal befragt werden.«

Der Mann räuspert sich und lässt sich dann wieder in seinen Sessel sinken.

»Wie oft kommt es vor, dass sich so viel später noch Zeugen einfinden?«

»Tja, das passiert schon. Aber es ist schwer zu sagen, was eine Konstruktion im Nachhinein ist und was wirklich geschehen ist. An sich sollte man die Zeugen sofort nach einem Verbrechen vernehmen. Gerade in diesem Fall aber, wo Drogen mit im Spiel waren, noch dazu Halluzinogene, ist es wohl zweifelhaft, welchen Beweiswert die Zeugenaussage hat. Aber es kann ja noch andere Zeugen geben, die sich jedoch nicht gemeldet haben.«

»Genau. Und deshalb ist es wichtig, dass alle, die sich am besagten Abend gegen halb sieben Uhr abends in der Nähe des Karlaplan aufgehalten haben, sich bei der Polizei melden. Und damit weiter zum historischen Verbrechen der Woche.«

Die Frau schaut in die Kamera und lächelt. Der Professor blickt zu Boden, und schon folgen schwarze körnige Bilder von altmodischen Streifenwagen und uniformierten Polizisten mit schräggerückten Mützen.

Plötzlich ist aus der Küche Gebrüll zu hören.

Ich lasse den Laptop los und stürze hinüber. Erik sitzt auf dem Boden und presst sich die Hand auf die Stirn. Hellrotes Blut strömt zwischen seinen Fingern hindurch.

Er weint, und der Anblick des vielen Blutes scheint seine Angst noch größer zu machen. Neben dem Spülbecken liegt ein umgekippter Stuhl. Erik muss versucht haben hinaufzuklettern, um irgendetwas zu holen, und dann umgefallen sein.

Ich gehe in die Hocke und nehme vorsichtig seine Hand. Eine klaffende Wunde zieht sich von der Augenbraue zum Haaransatz. Das Blut quillt zwischen meinen Fingern hervor, als ich versuche, Eriks Kopf stillzuhalten, um mir ein Bild der Verletzung zu machen. Es ist klar, dass ich ins Krankenhaus muss. Diese Wunde muss genäht werden, und vielleicht hat er sich eine Gehirnerschütterung zugezogen.

Mein Sohn hat sich verletzt, weil ich in die Vergangenheit vertieft war, statt hier zu sein, im Jetzt. Vorsichtig hebe ich ihn hoch, greife zu einem Küchenhandtuch, das ich auf die Wunde drücke. Dann ziehe ich mein Mobiltelefon hervor und rufe ein Taxi.

Auf dem Weg in die Stadt verständige ich Markus. Er meldet sich beim zweiten Klingeln und verspricht, ins Krankenhaus zu kommen. Erik weint, und das Blut tränkt das weiße Handtuch mit entsetzlicher Schnelligkeit.

Ich begegne im Rückspiegel dem Blick des Taxifahrers. Ein junger Mann mit schwarzen Haaren und großen dunklen Augen. Er sieht gestresst aus. Fährt schnell, sehr schnell, über die Autobahn, scheint auf den restlichen Verkehr nicht zu achten. Und doch kommt es mir so vor, als stehe im Taxi die Zeit still, und als wir endlich ankommen, habe ich das Gefühl, seit einer Ewigkeit unterwegs zu sein. Markus wartet am Eingang. Vorsichtig nimmt er Erik auf den Arm und streichelt meine Wange. Wischt eine verirrte Träne weg.

Wir kommen sofort an die Reihe, und eine energische Ärztin mit kurzen Haaren erklärt uns, dass die Wunde genäht werden muss. Erik wird betäubt und bekommt fünf säuberliche Stiche auf die Stirn. Nach einigen Stunden Beobachtung dürfen wir nach Hause fahren.

»Aber was ist eigentlich passiert?« Markus fährt und schaut sich kurz zu mir und dem ruhig in seinem Kindersitz schlafenden Erik um.

Ich schweige und schaue den Wald an, der vor dem Fenster vorüberzieht, Kilometer um Kilometer von verschneiten Tannen und Kiefern.

»Siri, verdammt, was ist passiert? Erik muss mit fünf Stichen genäht werden, und du kannst mir nichts erzählen?« Markus redet sich in Rage, und ich muss an seine Verwirrung denken in der Nacht, als er mich in Stefans Hemd auf dem Dachboden gefunden hat.

»Ich wollte doch nicht …«

»Was wolltest du nicht, Siri? Was ist passiert? Du hattest doch wohl nichts getrunken?« In Markus' Blick mischen sich Angst und Wut.

»Denn wenn du wieder mit dem Saufen anfängst, musst du Hilfe suchen. Alkoholismus ist eine Krankheit, und ich will nicht mitansehen, wie …«

Ich falle ihm ins Wort.

»Ich hatte nichts getrunken, ich war eingeschlafen. Entschuldige. Ich war auf dem Sofa eingeschlafen, ich war so müde. Hatte Migräne. Erik hat ganz ruhig gespielt, und gleich darauf wurde ich von seinem Geschrei geweckt. Es tut mir so unendlich leid.«

Jetzt kommen die Tränen, ich kann sie nicht zurückhalten.

»Entschuldige, ich wollte wirklich nicht …«

Markus fährt vorsichtig an den Straßenrand, schaltet das Warnlicht ein und verlässt das Auto. Kommt zu mir nach hinten und nimmt mich in die Arme.

»Siri. Das ist nicht deine Schuld. So etwas kann jedem passieren.«

Er streichelt meine Haare, und ich denke, wenn er nur wüsste, dann würde er wissen, dass es doch so ist.

Dass es meine Schuld war.

Stockholm 1988

»Wieso später?«

»Ja, was willst du später machen? Du willst doch sicher nicht hier vermodern?«

Anders drückte unter seinem Schuh die Zigarette aus, ließ sie vom Wind forttreiben und öffnete die Tür zur Bäckerei Lindquist, hielt sie höflich für ihn auf und zwinkerte. Stefan verspürte irgendwo im Bauch eine vage Unlust.

Später.

Natürlich hatte er daran gedacht, aber es wirkte noch so weit weg. Im Moment wurde es erst einmal Frühling. Jetzt mussten sie ihr Abitur machen. Danach könnte das Leben dann richtig losgehen. Das Jetzt – nur eine Ouvertüre für das wirkliche Leben, das nach dem Sommer anfangen würde.

»Ich weiß nicht.«

»Unsinn, Stefan, natürlich weißt du das.«

Anders grinste breit, strich sich eine schweißnasse blonde Strähne aus dem Gesicht und betrachtete skeptisch den Tresen, auf dem sich belegte Brote, Rosinenbrötchen und Kuchen stapelten. Sein Gesicht war viereckig, jungenhaft, zugleich aber mit markanten Zügen. Die Nase kräftig, leicht geschwungen und von Sommersprossen bedeckt. Er sah gut aus, wie ein Sportler oder ein Pfadfinder. An seinem Kinn wuchsen spärlich zentimeterlange Haare. Stefan vermutete, dass er sie stehenließ, in der Hoffnung, dass sie sich vermehrten und sich nach und nach zu etwas verdichteten, was im Glücksfall dann aussehen würde wie ein Bart.

»Zwei Kaffee. Nein, nichts zu essen. Oder, Stefan, möchtest du vielleicht einen kleinen Kuchen? Eine kleine … Zimtschnecke zum Lecken?«

»Sehr komisch.«

Stefan steifte das Jackett ab und ging in die angrenzende Kaffeestube. Weiß-rote Decken lagen auf den Tischen, und das Fenster zur Odengata ließ gerade so viel Licht herein, dass man sich durch den engen Raum bewegen konnte. Ganz hinten gab es einen freien Tisch, und sie ließen sich auf die schmalen Holzstühle sinken.

»Ich meine ja nur.« Anders hob stirnrunzelnd die Tasse zum Mund. »Du kannst verdammt froh sein, wenn du weißt, was du willst. Wusstest du immer schon, dass du Arzt werden willst?«

Abermals zog sein Magen sich zusammen. Stefan schaute auf den Tisch, auf die Krümel, die braunen Kaffeeringe, die auf der karierten Decke ein unregelmäßiges Kreismuster bildeten.

»Hexenringe«, sagte er.

»Was?«

»Das hier sieht aus wie Hexenringe«, sagte er und zeigte auf die Flecken.

Anders hob die Augenbrauen und schien für eine Sekunde an seinem Verstand zu zweifeln.

»Hexenringe? Was hast du denn geraucht? Ich meine, es ist ein verdammtes Privileg, genau zu wissen, was man will. Hast du dir das schon mal überlegt? Was du für ein Schweineglück hast, dass du weißt, womit du den Rest deines Lebens verbringen willst?«

Er schaute zu Anders hoch, erwiderte einen Blick, der in dem trüben Lokal dumpfgrau war.

»Warum glauben alle, dass meine Zukunft schon fix ist? Ich weiß ja noch nicht mal, ob ich einen Studienplatz kriege.«

»Hör auf, red hier keinen Scheiß. Du mit deinen Noten, klar wirst du sofort genommen.«

Er zuckte mit den Schultern.

»Was weiß ich, verdammt. Was, wenn irgendein Lehrer mich in die Pfanne haut. Nur aus purer Bosheit, meine ich.«

Anders schien darüber nachzudenken, nippte an seinem Kaffee und schaute hinaus auf die Odengata, wo der Frühlingswind Papierfetzen, Plastiktüten, altes Laub und Staub aufwirbelte. Ein roter Bus fuhr auf dem Weg zum Valhallaväg vorüber.

»Das würde mich überhaupt nicht überraschen«, sagte Anders dann. »Unsere Lehrer sind doch solche Versager. Was ja eigentlich nur logisch ist. Wer wird denn überhaupt Lehrer? Hast du dir das schon mal überlegt? Jedenfalls nicht die Allerhellsten.«

Er grinste.

»Der Waldschrat«, murmelte Stefan.

»Genau. Der ist doch ein Scheißmongo. Glaubst du, der hätte außerhalb des Klassenzimmers irgendeine Autorität? Im Klassenzimmer der König zu sein ist seine … *raison d'être*. Ich kann dir sagen, der Kerl hat nie auch nur einmal gefickt. Er sitzt zu Hause und wichst zu irgendwelchen Heimatsendungen, wenn du mich fragst.«

Anders machte mit der Hand in der Luft Wichsbewegungen, und Stefan merkte, wie das Lachen ihn übermannte, unkontrollierbar und befreiend.

»Verdammt, Anders. Manchmal bist du einfach nur verdammt … widerlich. Verstehst du?«

Anders lachte laut.

»Ich werde jedenfalls weiterbüffeln. Und irgendwann so

viel verdienen, dass ich nie mehr von solchen wie dem Waldschrat abhängig sein werde. Verstehst du? Ich will nie mehr mit solchen Idioten zu tun haben, solchen zurückgebliebenen Hirnis wie unseren Lehrern.«

Sein Blick war jetzt ernst. Das Lächeln verschwunden. Er zog nachdenklich an einem der blonden Haare an seinem Kinn, und die Haut bewegte sich.

»Ehrlich gesagt«, fing Stefan an, »solltest du dir vielleicht die Schamhaare vom Kinn abrasieren.«

Anders krümmte sich vor Lachen, und eine kleine Kaffeefontäne spritzte aus seinem Mund und auf die verschmutzte Tischdecke. »Scheiße, was ist das hier für ein Dreck! Wo sind denn die alten Omas, die hier putzen?«, murmelte er und hob abermals die Hand ans Kinn. »Die Mädels finden den Bart toll.«

»Klar doch.«

»Wirklich, stimmt. Die mögen gern ... reinbeißen und daran lutschen.«

»Du bist doch total krank. Hab ich dir das schon mal gesagt?«

»Du wiederholst dich, ja.«

»Du willst also reich, stark und unabhängig werden?«, fragte Stefan und schob dabei mit dem Zeigefinger Krümel zu einem kleinen Hügel zusammen. »Ein echter Übermensch?«

»Nimm dich in Acht.« Anders hob einen warnenden Finger. »Keiner wird so falsch verstanden wie Nietzsche. Von Strindberg, den Christen, den Nazis. So ein Übermensch würde sich wohl kaum als SS-Offizier verkleiden und einen auf Hooligan machen. So ein Übermensch wäre ...«

» ... allen anderen überlegen?«

»Genau. Jemand, der die Sklaverei des Christentums durchschaut hat, der das menschliche Bedürfnis entlarvt hat,

Gottesgestalten zu erfinden, um dem Dasein einen Sinn zu geben, und die Regeln und Falsch und Richtig zu definieren, um den Pöbel unter Kontrolle zu halten.«

Stefan seufzte. Sie führten diese Diskussion nicht zum ersten Mal, und er hatte eigentlich keine Lust auf eine Wiederholung. Aber dann sah er eine Gruppe Mädchen aus der Schule einen Tisch hinter ihnen. Stumm, andächtig lauschend.

Er beschloss, dass das hier nicht der richtige Moment sei, um die Diskussion zu beenden

Jetzt nicht. Er sah Anders an, dass auch der die Mädchen bemerkt hatte.

»Aber du willst doch nicht allen Ernstes behaupten, dass es nichts gibt, das richtig oder falsch ist?«, fragte er.

Anders lächelte, ließ sich zurücksinken, und der schmale Stuhl ließ ein bedrohliches Knacken hören.

»Genau das will ich behaupten. Gut und Böse sind nur Konstrukte. Wer sich über diese Konstrukte erheben kann, hat auch das Recht, sich über das zu erheben, was wir das … äh … Rechtssystem nennen.«

»Na gut.« Stefan zögerte, spielte an dem kleinen Krümelhaufen herum, den er auf der Tischdecke zusammengetragen hatte. »Wenn wir jetzt ein Beispiel aus der Wirklichkeit nehmen. Der Mord an Catrine da Costa. Der Ärztin und Obduzentin. Meinst du, der Täter hatte das Recht zu dieser Tat?«

Anders strich sich die blonde Mähne hinter die Ohren, beugte sich verschwörerisch vor, senkte die breiten Schultern über den Tisch.

»Sie sind ja bislang noch nicht verurteilt, oder? Sie müssen doch den Prozess neu aufrollen, weil diese inkompetenten Schwuchteln von Geschworenen sich in *Aftonbladet* ausgeheult haben. Also, rein technisch wissen wir gar nicht, ob sie schuldig sind. Aber okay, angenommen, sie sind schuldig. Ich sage nicht, dass ich meine, sie hätten richtig gehandelt. Das Ganze ist doch widerlich, oder? Eine Schweinerei. Ich sage nur, dass unsere Vorstellung von Recht und Unrecht ein menschliches Konstrukt ist. Tiere töten sich doch dauernd gegenseitig. Um Nahrung zu erlangen, um sich zu vermehren, um die Macht über ihr Revier zu behalten. Recht und Unrecht gibt es nicht. Demut, Gehorsam, Moral. Damit hat das Christentum die Massen versklavt. Aber nur die, die sich versklaven lassen, können versklavt werden.«

Schweigen.

Anette Lindell am Tisch hinter ihnen saß mit halboffenem Mund da und sah blöd aus.

»Es ist vielleicht sogar so, dass die Menschen versklavt werden wollen?«, fragte Stefan, den die Diskussion an sich eigentlich weniger interessierte als ihre Wirkung auf die Mädchen an dem anderen Tisch.

»Genau«, sagte Anders und schielte zu Anette hinüber, während er zugleich die Haare an seinem Kinn berührte. »Genau so ist es. Die Leute freuen sich, wenn man sie wie Dreck behandelt. Dann haben sie das Gefühl, dass sie dazugehören, einen Platz in der Hierarchie einnehmen. Sie bitten im Grunde darum, in den Arsch gefickt zu werden.«

Kichern am Tisch hinter ihnen.

»Soll ich das beweisen?«, fragte Anders, der jetzt unter den Sommersprossen auf den sonst so blassen Wangen rot geworden war.

»Beweisen?«

»Schau zu und lern, Steffe.«

Anders sprang mit der verschmutzten Kaffeetasse in der Hand hoch und brüllte: »Gibt es denn kein Personal in dieser Scheißklitsche?«

Es wurde ganz still im Café, sogar das Klirren aus der

Küche hörte auf. Ein älterer Herr verließ eilig auf unsicheren Beinen das Lokal. Alle schauten Anders an, der mit lodernden Wangen mitten im Raum stand.

»Es ist so verdammt dreckig hier, ihr solltet euch schämen. Das hier ist ein Schweinestall, kein Café«, rief er nun laut.

Ein leises Gemurmel aus der Küche, eine Schwingtür öffnete sich, und eine kräftige Frau in weißer Schürze mit fettigen grauen Haaren und dicken fleischfarbenen Strümpfen, die locker um ihre Knöchel hingen, kam mit gesenktem Kopf näher.

»Verzeihung«, murmelte sie. »Verzeihung. Ja, es ist wirklich schmutzig hier. Ach, ach, ach.«

Sie machte einen Versuch, Stefans Kaffeetasse zu nehmen.

»Ich bin noch nicht fertig.«

Er hörte selbst, wie hart seine Stimme klang. Wie scharf und klar sie aus seiner Kehle kam, wie ein Messer. Zugleich staunte er darüber, wie leicht es war, wie vollkommen natürlich es ihm vorkam, diese ältere Frau zurechtzuweisen. Nicht ohne Beschämung registrierte er das Gefühl der Befriedigung, verboten, aber dennoch ein Genuss.

»Verzeihung«, murmelte die Frau noch einmal und fing an, das verschmutzte Tischtuch zusammenzufalten, erwischte aber nicht alle Krümel. Die rieselten nun wie Schnee auf Stefans Knie.

»Jetzt passen Sie doch auf«, murmelte er, fast gelähmt von dem Wirrwarr aus Gefühlen, die in ihm geweckt worden waren.

»Was habe ich gesagt?«, kommentierte Anders und ging auf den Ausgang zu, ohne weiteren Blick auf die Frau, die sich noch immer nervös an der Tischdecke zu schaffen machte.

Stefan stand ebenfalls auf und folgte ihm. Sein Herz hämmerte wie wild, seine Füße schienen zu schweben, die Blicke der Mädchen brannten in seinem Rücken und trugen ihn weiter.

Er fing die Verachtung und das Erstaunen der übrigen Gäste auf, registrierte alles, ließ sich davon aber nicht beeinflussen. Alle diese Gefühle waren jetzt zweitrangig. Sie trieben wie Laub an der Oberfläche der Erregung und der Euphorie, die in ihm brodelten, dem Meer von verbotenen und verlockenden Gefühlen. Jeder Quadratzentimeter seines Körpers, jede Zelle, war gefüllt von diesem seltsam berauschenden Gefühl. Die Macht über die rundliche Frau mit den zu Wülsten aufgerollten Strümpfen.

Stockholm 2010

Vijay streckt seinen Arm über den wackeligen Tisch und nimmt sich noch eine Portion von dem indischen Gericht. Aina trinkt ihren dritten Kingfisher und stochert eher gleichgültig in den vielen Schüsseln auf dem Tisch herum. Ich trinke Cola light und nehme das letzte Nanbrot.

Wir sitzen im Shanti, einem der wenigen indischen Restaurants, gegen die Vijay keine Einwände hat. Wie immer ist es voll und laut. Ich bin satt und entspannt. Glücklich über diesen ganzen Abend zusammen mit Vijay und Aina. Keine Termine, die eingehalten werden müssen, kein Kind, das um halb sechs aufwacht und mit Autos spielen will. Markus hält zu Hause die Stellung, und ich werde bei Aina übernachten.

Mich überkommt ein Déjà-vu-Gefühl, Erinnerungen an eine lange zurückliegende Zeit, verlockend und nicht mehr greifbar. Eine Zeit, die niemals zurückkommen wird, vor Stefan, vor Markus. Späte Abende in rauchigen Kneipen. Katerfrühstück mit Aina im Helgalunden.

»Also wird Sven auf seine alten Tage noch Papa.« Vijay grinst und wischt sich rote Soße aus dem struppigen Schnurrbart.

»Neidisch?«

Aina streichelt Vijays Wange und lächelt dann unschuldig. Er nickt nachdenklich.

»Klar, ich bin verdammt neidisch. Das wisst ihr. Einen Mann kennenzulernen und Kinder zu bekommen, danach sehne ich mich ja, aber beides scheint verdammt schwer zu bewerkstelligen zu sein.«

»Was ist mit diesem Typen geworden, den du im Internet kennengelernt hast, diesem Bastian?« Ich bin unsicher, ob mir vielleicht eine wichtige Information entgangen ist. Vijay und Aina sind, was ihr Singledasein betrifft, absolut unterschiedlich. Aina will frei sein. Sie hat gern eine Beziehung, macht aber einen Rückzieher, wenn es zu ernst wird. Vijay hat erst jetzt die ersten Verabredungen, obwohl es zwei Jahre her ist, dass Olle ihn verlassen hat. Bastian ist der erste Mann, den Vijay nach Olle erwähnt hat.

»Ja, was ist eigentlich passiert? Ich weiß es nicht. Er war so komisch, als er mir gesagt hat, dass nichts aus uns wird. Es sei nicht mein Fehler, sondern seiner. Und ich bin ein wunderbarer Mann, mit einem tollen Charakter, ihr wisst ja … Als ob an meinem Äußeren etwas nicht stimmt! Verdammt, ich komme mir vor wie dreizehn und die Hauptperson in einem Scheißjugendbuch. Müssen die Leute so verdammt regressiv sein, wenn es um Beziehungen geht, sodass alles sich anhört wie aus einer Kummerkastenkolumne?«

Vijay lacht und fährt sich mit der Hand durch die graugesprenkelten Haare. Trotz seines ironischen Tonfalls sehe ich, dass er traurig ist.

»Und du?« Er schaut Aina an, die nur lacht und den Kopf schüttelt.

»Gerade im Moment keiner. Will erst mal allein sein. Aber im Frühling könnte ein feuriger Lover sich gut machen.«

»Und Kinder?« Vijay sieht Aina neugierig an.

»Kinder?«

»Ja, die biologische Uhr und der ganze Kram. Hast du nie Sehnsucht?« Vijay hebt sein Bierglas und trinkt einen langen Zug. Aina lacht laut mit offenem Mund.

»Wie nennen wir das noch …? Projektion vielleicht? *Du* willst Kinder, Süßer. Nicht ich. Ich begnüge mich mit einem Bier und der Hoffnung darauf, dass der Frühling bald kommt.«

»Ein Bekannter von mir, er und sein Partner haben sich in Indien eine Leihmutter gesucht. Eine Frau, die schon mehrere Kinder hat und die dadurch ihre Kinder auf gute Schulen schicken kann … aber ich weiß nicht. Mir kommt das nicht richtig vor. Was werden sie dem Kind sagen, wenn es größer ist? Deine Mama war eine arme Frau, und wir haben ihr Geld gegeben, um dich zu bekommen und damit deine Geschwister zur Schule gehen können? Ich finde das moralisch, gelinde gesagt, zweifelhaft. Nein … ich werde wohl erst mal kinderlos und Single bleiben. Es muss andere Möglichkeiten geben, um einen Sinn im Leben zu finden. Frühling und Bier und überhaupt. Prost!« Vijay hebt sein Bierglas, und wir stoßen an und trinken. Aina und Vijay vertiefen sich jetzt in eine Diskussion über die ethischen Probleme der Leihmutterschaft. Es fällt mir schwer, mich darauf zu konzentrieren, und meine Gedanken wenden sich dem ermordeten Anders Holmberg zu. Noch einmal gehe ich alles durch, was ich weiß. Die Tatsache, dass Stefan Anders Holmberg gekannt hat, dass er mir nichts über Anders' Tod gesagt hat. Die Notizen über die Treffen in Stefans Kalender. Die aufbewahrte Todesanzeige. Eigentlich bedeutet das alles nichts, rein gar nichts.

Aber dennoch, auf irgendeine Weise weiß ich, dass das alles mit Stefans Tod zu tun hat. Es muss einen Zusammenhang geben, vielleicht einfach nur die Tatsache, dass der Tod seines Freundes ihn deprimiert hat.

Aber warum hat er mir das alles verschwiegen?

»Siri, hallo!« Aina fuchtelt genervt vor meinen Augen herum. »Wir möchten das auch wissen, also lass uns rein, bitte!«

Ich zögere eine Sekunde, weiß nicht, ob es eine gute Idee ist, mit Vijay und Aina über Anders Holmberg zu sprechen.

»Erinnert ihr euch an einen Mord vor fünf Jahren? Einen Mann, der auf dem Heimweg von der Arbeit erschossen wurde? In den Medien war die Rede vom Karlaplanmord.«

Ich musterte ihre Gesichter. Aina runzelt die Stirn, sieht unsicher aus, schüttelt den Kopf. Vijay wirkt konzentriert, als suche er in seiner Erinnerung.

»Ich kann mich ziemlich gut erinnern. Ich hatte damit zwar nichts zu tun, aber ein Kollege im Karolinska-Krankenhaus hat der Polizei geholfen. Ganz normaler Typ, der da umgebracht worden war. Nichts in seinem Leben konnte den Mord erklären. Angeblich hat der Mörder den Falschen erwischt. Aber das glaube ich nicht. Es gibt eine Zeugin, die gesehen hat, wie sie miteinander sprachen. Und wenn man jemanden umbringen will, dann erkennt man diese Person ja wohl, wenn man so nahe herangeht, dass man miteinander reden kann. Wenn du mich nach meiner Meinung fragst.«

Vijay legt die Fingerspitzen aneinander. Im Bruchteil einer Sekunde hat er die Rolle gewechselt, vom Privatmann zum Profi.

»Wer ist diese Zeugin?« Ich bin neugierig. Irgendwo muss es doch Auskünfte darüber geben, wer diese Zeugin ist und was sie eigentlich gehört hat.

»Ja, das war ja wirklich tragisch. Die Zeugin war eine zugedröhnte Jugendliche, die von einem Date mit ihrem Dealer nach Hause ging. Sie hatte Gott weiß was eingeworfen. Amphetamin, LSD … Sie hat gesagt, dass sie dort im Park Halluzinationen hatte, dass sie zuerst glaubte, dass ein Monster sie mit einem Samuraischwert jagte. Jedenfalls hat sie mit größter Sicherheit den Mord beobachtet, aber ihre Aussage ist aus begreiflichen Gründen ohne Wert. Sie wusste nicht, ob der

Mörder sie nicht gesehen hat oder ob er begriffen hat, dass sie total weggetreten war, und ob er sie deshalb in Ruhe gelassen hat. Auf alle Fälle hatte sie Glück. Er hätte sie ja auch umlegen können. Und ob nun dieser Mann oder jemand anders ermordet werden sollte, die Tat wurde kaltblütig durchgeführt und ging schnell.«

»Herrgott, eine Jugendliche, ganz allein? Und unter Drogen?«

Vijay lächelt mitleidig.

»Jetzt bist du naiv, Siri.«

»Naiv? Nur weil ich die Vorstellung einer zugedröhnten Jugendlichen widerlich finde?«

»Warte mal. Warum willst du das alles wissen?« Aina blickt mich fragend an. Beugt sich über den Tisch nach vorne. In ihrem Blick ahne ich Unruhe.

»Weil Anders Holmberg und Stefan Jugendfreunde waren und weil Stefan seine Todesanzeige aufbewahrt hat, aber er hat mir nie etwas über Anders' Tod erzählt. Warum verschweigt man so etwas? Auf dem Gymnasium waren sie offenbar enge Freunde. Maj hat gesagt …«

»Maj hat gesagt?« Plötzlich lodern Ainas Wangen, vielleicht vom Bier und der Hitze, vielleicht vor Irritation.

»Wann hast du mit Maj gesprochen? Du hast sie seit … wie lange … fast sechs Jahren nicht mehr gesehen, hast ihre Weihnachtskarten nicht beantwortet. Und dann hörst du von dieser Sache und meldest dich bei ihr? Siri, was zum Teufel ist los?«

»Und? Dir kann es doch egal sein, ob ich mit Maj zu tun habe?« Meine Stimme klingt fremd, schrill und genervt.

»Weil du immer wieder auf Stefan zurückkommst. Weil du, obwohl du einen wunderbaren Mann und ein kleines Kind hast, Stefan noch immer nicht loslassen kannst. Er ist tot, und das musst du akzeptieren und weitergehen. Ab und zu gibt es keine Antwort, sosehr man sich auch danach sehnt. Stefan hat sich umgebracht, und niemand weiß warum, und du musst trotzdem weiterkommen. Was glaubst du übrigens, was passiert, wenn du herausfinden kannst, warum dieser Anders gestorben ist? Was wird so viel besser werden, wenn du es weißt? Das ist nur eine Illusion, etwas, das dich in der Trauer festhält. Außerdem idealisierst du ihn, machst aus ihm eine Art Heiligen. Weißt du, Stefan war nur ein normaler Mensch, mit Fehlern und Unzulänglichkeiten wie alle anderen auch.«

Aina stellt ihr Bierglas mit dumpfem Knall ab, springt auf und läuft zu den Toiletten.

Ich suchte Vijays Blick, und er schüttelt unmerklich den Kopf. Auch er begreift nicht, warum Aina so wütend ist.

»Ich weiß nicht, Siri, aber vielleicht hat Aina recht. Vielleicht solltest du die Sache wirklich loslassen. Ich kann ja verstehen, dass du das wissen willst, aber es hilft doch nichts, in der Vergangenheit herumzuwühlen. Vermutlich hat der Tod dieses Freundes Stefans Depression verschlimmert. Das war alles. Und vielleicht hat er es einfach nicht über sich gebracht, dir davon zu erzählen. Wer weiß denn, was er zuletzt gedacht hat, vielleicht war es logisch für ihn, in seiner Welt. Du weißt doch, wie depressive Menschen argumentieren.«

Vijay blickt mich fast flehend an.

Ich nicke stumm. Ich weiß, dass er auf eine bestimmte Weise recht hat. Ich werde niemals eine Antwort finden. Aber ich muss es versuchen. Man kann nicht einfach aufhören, es zu versuchen. Kein Mensch, der unter unklaren Umständen einen nahen Angehörigen verloren hat, kann so ganz akzeptieren, dass die Wahrheit niemals ans Licht kommen wird, auch wenn es eben so ist. Der Wille zu verstehen, zu wissen, ist so unbezwinglich, so stark. Und jetzt sitze ich hier mit etwas, das wie ein letzter Strohhalm wirkt, dem Schatten einer Möglichkeit, vielleicht mehr zu begreifen, Gewissheit zu erhalten. Wie soll ich diese Möglichkeit denn loslassen können? Sie verschwinden sehen?

Aina kommt zurück und lässt sich mir gegenüber auf den Stuhl fallen. Ihre Augen sind rot, und ich weiß, dass sie geweint hat. Was bei Aina sehr selten vorkommt. Ich strecke die Hand aus und drücke ihre. Fest.

»Entschuldige, dass ich so verdammt zickig war. Es tut mir so leid.« Aina nuschelt und wischt sich die Augen mit einem Papiertaschentuch.

Vijay sieht besorgt aus und runzelt energisch die Stirn.

»Es ist etwas passiert«, sagt Aina jetzt. »Es ist sicher nichts, aber …« Sie schüttelt den Kopf und lächelt, sie sieht aus wie ein tapferes kleines Kind, das sich große Mühe gibt, nicht zu weinen, obwohl sein Lieblingsspielzeug in tausend Stücke zerbrochen ist.

»Was ist nichts?«, fragt Vijay energisch nach.

»Es ist sicher nichts. Nur so ein kleiner Knoten, in der Brust. Ich war heute zur Untersuchung.« Sie lächelt wieder dieses aufgesetzt tapfere Lächeln, und ich spüre, wie sich in mir eine Eiseskälte ausbreitet. Ainas Großmutter ist mit fünfzig an Brustkrebs gestorben. Eine Tante ist kurz nach ihrem vierzigsten Geburtstag derselben Krankheit erlegen.

Aina schaut mich an und lächelt wieder.

»Es ist sicher falscher Alarm. Bestimmt ist es falscher Alarm.«

Vor meinem Fenster tanzen die Schneeflocken durch die Dämmerung. Verschwunden sind alle vagen Hoffnungen auf Frühling und Wärme. Der einsame Huflattich, den Erik und ich kürzlich hier beim Haus gefunden haben, ist jetzt unter dichten Schneeschichten begraben.

Irgendwo in dem wirbelnden weißen Schnee machen Erik und Markus einen Spaziergang. Dass ich das Wetter für zu schlecht befand, hat Markus nicht weiter interessiert. Er gab mir zu verstehen, dass ich zu weichlich sei. Dass ein wenig Schnee noch keinem Kind geschadet habe und dass dieses Wetter in Norrland als mild gelten würde.

Man kann nur etwa zehn Meter weit sehen, und ich kann die Tannen im Wasser nur erahnen. Ich hoffe wirklich, dass Markus nicht mit Erik aufs Eis hinausgegangen ist. Das scheint sein Lieblingsausflug zu sein: rauf auf das dünne Meereseis vor unserem kleinen Haus, am liebsten mit Erik, der total hilflos wäre, wenn sie durch das Eis brächen. Ich stelle mir vor, wie sich sein Nylonoverall mit kaltem schwarzem Wasser füllt und ihn wie ein großes rotes Bleigewicht in die Tiefe zieht, in das Schwarze.

Hinab zu Stefan.

Vor mir auf dem Küchentisch liegt Stefans kleiner schwarzer Kalender zusammen mit etlichen Papieren aus dem Karton, die ich noch nicht durchgesehen habe, und der Kalender scheint mir zuzuflüstern, scheint mich unwiderstehlich anzuziehen. Ich lasse die Hand darauf ruhen, glaube fast zu spüren, wie er vibriert, wie er lebt. Es kommt mir vor wie eine Art Surren, als wimmele er nur so von winzigen Insekten. Als enthalte er Stefans gesamte Geschichten. Seine Geheimnisse. Die er mit in die Tiefe genommen hat.

Das Feuer im Kamin knistert, und ich schaudere unwillkürlich. Was passiert hier eigentlich? Was glaube ich, mit alldem erreichen zu können? Stefan wird jedenfalls nicht zurückkehren.

Ich ziehe einen großen leeren Bogen im Format A3 hervor, den ich von der Arbeit mitgebracht habe. Überlege eine Weile und ziehe dann eine Linie über das gesamte Papier, 2005 schreibe ich ganz oben hin. Dann trage ich die Monate ein, die etwas bedeutet haben. Die letzten Monate, Januar, Februar, März, April, Mai und Juni. Meine Hand zittert, und mitten im Sommer 2005 gibt es einen hässlichen Riss im Papier.

Ich öffne das schwarze Buch, suche mir sorgfältig alle Treffen mit »A« heraus und trage sie in die Zeitlinie ein. Insgesamt waren es dreizehn. Das letzte ist für den 22. Februar 2005 vermerkt und hat nur den Text »A treffen«. Ich nehme einen anderen Stift, einen roten, und mache auf der Zeitlinie eine Notiz. 25. Februar 2005: Anders Holmberg tot.

Eine Woche vor Anders' Tod fehlt im Kalender. Jemand scheint sie herausgerissen zu haben. Vorsichtig streiche ich mit den Fingerspitzen über den abgerissenen Blattrand. Warum hat Stefan diese Seite herausgerissen? Langsam schließe ich das Buch, lege es auf den Tisch und mustere mein Werk, die graphische Zusammenstellung des Ereignisverlaufs. Aber ich werde nicht klüger. In Stefans Treffen mit »A« kann ich kein Muster erkennen. Sie sind anfangs nicht häufiger als am Ende. Sie scheinen sich hier und dort getroffen zu haben: Kaknästurm, Frescati, Nytorg. Bei den meisten Einträgen steht allerdings nicht, wo sie waren. Ich schiebe das Blatt mit der Zeitlinie beiseite, greife zu den Papieren und lege sie vor mich auf den Esstisch.

Alles, was jetzt noch übrig ist, ist ein kleiner Stapel aus unterschiedlichen Papieren und Zeitungsausschnitten, die ich noch nicht durchgesehen habe. Ganz oben ein Artikel über Knieprobleme beim Laufen und allerlei Dehnübungen, die dabei helfen können. Ich lege den Artikel beiseite. Dann das Jahrbuch des Norra Real Gymnasiums von 1988. Ich blättere langsam hindurch. Bilder von Lehrern, Mensapersonal und Mitgliedern des Kulturvereins. Dann die Schüler, zuerst die unteren Klassen, dann der Abiturjahrgang.

Ich erkenne Stefan fast sofort, er steht mitten im Bild, in einem schwarzen kragenlosen Hemd und mit einem breiten Lächeln auf den Lippen. Er hat die Haare dunkel gefärbt, fast schwarz. Der Pony hängt ihm über das eine Auge. Seine Hände ruhen auf den Schultern des vor ihm sitzenden Klassenkameraden. Ich lese die Namen: Robert Armfeldt, Sebastian Olofsson, Anders von Bahr – fast nur Jungen.

Dann sehe ich den Namen: Anders Holmberg.

Ich streiche mit dem Finger über die Gesichter, zähle. Der Dritte von links. Er sitzt in der ersten Reihe, hat blonde, fast halblange Haare, die er ordentlich hinter die Ohren geschoben hat, und ein Band aus Sommersprossen, das sich über seine Nase zieht. Stefan steht dahinter und hat die Hände auf seine breiten Schultern gelegt, und es ist nicht zu übersehen, dass es ein wenig demonstrativ wirkt, als ob die Geste etwas klarstellen soll.

Zusammengehörigkeit? Kontrolle? Dominanz?

Ich blättere noch eine Weile weiter durch das Jahrbuch, vielleicht finde ich das dunkle Mädchen vom Passfoto. Aber nirgendwo gibt es eine Alicia mit kurzen schwarzen Haaren.

Draußen ist der bleiche Nebel des Nachmittags in eine intensiv blaue Dämmerung übergegangen. Als ich aus dem Fenster schaue, sehe ich nicht mehr den weiterhin fallenden Schnee, sondern mein eigenes müdes Spiegelbild. Ich frage mich, ob Markus mit Erik zurückkommen wird, überlege abermals, ob das Eis trägt, und verspüre einen Stich der Irritation, weil Markus immer so stur ist, immer mit Erik ins Unwetter hinaus muss, auch wenn ich das nicht will.

Vorsichtig lege ich das Jahrbuch zur Seite und sehe weiter die Papiere durch. Eine Textsammlung über Urologie. Ich blättere die hier und dort zusammenklebenden Seiten durch.

Ganz unten eine Kopie eines Artikels aus dem *New England Journal of Medicine*, es geht um Schmerzlinderung. Ich schaue mir das Veröffentlichungsdatum an: 23. Mai 2005. Nur ein paar Wochen vor Stefans Tod.

Das ist alles.

Mir kommt plötzlich eine Idee, ich greife wieder nach dem kleinen schwarzen Buch. Blättere zu der herausgerissenen Seite weiter und sehe mir die nächste genau an. Auf dem Papier sind deutlich die Abdrücke einer Handschrift zu sehen, die vermutlich auf der herausgerissenen Seite zu lesen war.

Ich gehe zum Spültisch, ziehe eine Schublade heraus und wühle zwischen Scheren, Klebeband und anderen Dingen. Finde endlich, was ich suche. Rasch und mit leichtem Griff fahre ich mit dem Bleistift über die Seite. Langsam treten die Notizen hervor: »Ausziehtisch bis 18.30 holen.« Ich lache, als ich das sehe. Ausziehtisch. Ich sitze jetzt an dem Tisch, den Stefan damals abholen wollte, und ich weiß noch genau, wie wir in ihn in einem kleinen Laden am Vasapark gekauft haben. Wir hatten nicht genug Geld bei uns, deshalb musste Stefan ihn später abholen. Wieder spüre ich diese seltsame Verbindung zur Vergangenheit. Als ob ein Tunnel sich öffnet und mir erlaubt, auf das Geschehen zurückzublicken, mich daran zu erinnern, was es für ein Gefühl war.

Ich fahre mit den Finger über die abgenutzte Platte des Ausziehtisches und versuche dann weiter, den Text auf der herausgerissenen Seite zu rekonstruieren. »10 km, 49 Minuten.« Dann sehe ich etwas, das mich erstarren lässt. »Muss mit A Schluss machen.« Ich beuge mich über den Kalender, kneife die Augen zusammen. Sehe ich wirklich richtig?

Aber der Text ist deutlich: »Muss mit A Schluss machen.«

Was bedeutet das?

In diesem Moment höre ich von draußen Eriks Weinen. Ohne eigentlich zu wissen, warum, raffe ich die Papiere zusammen, lege sie und den schwarzen Kalender in eine Küchenschublade und schlage die Tageszeitung beim Feuilleton auf.

Mein Alibi. Das Feuilleton.

Eriks Weinen wird immer lauter, als er ins Haus kommt. Hebt und senkt sich mit seinen Atemzügen und wird am Ende ein andauerndes Geheul. Markus kommt mit Eriks nassem Overall herein, hängt ihn an einen gusseisernen Haken über dem Ofen und sieht mich an.

»Du könntest wohl nicht in die Diele kommen und mir ein wenig mit ihm helfen?«

»Du musstest ja unbedingt bei diesem Wetter rausgehen.«

Ich hebe den Blick nicht von der Zeitung, obwohl ich merke, dass er mich ansieht. Dann macht er kehrt und geht wieder in die Diele. Ungefähr eine Minute später hört das Weinen auf, Markus kommt mit Erik auf der Hüfte in die Küche.

»Würdest du vielleicht den Brei machen?«

Ohne zu antworten, stehe ich auf, greife zur Breipackung.

»Du hast wieder den Messlöffel verschusselt«, stelle ich fest.

»Nein, der liegt in der Packung.«

»Tut er nicht.«

»Tut er wohl.«

»Tut er nicht.«

»Dann liegt er in der Schublade.«

Markus sinkt auf die Knie, lässt Erik auf den Boden gleiten und zieht dann eine Schublade nach der anderen auf, auf der Jagd nach dem kleinen roten Plastikmesslöffel. Ich stehe dabei, triumphierend, die Breipackung in der Hand.

»Was zum Teufel?«

Seine Stimme ist scharf und hart, und ich brauche lange, um zu begreifen, was passiert ist. Er gleitet ins Sitzen, lehnt am Kühlschrank, mit den Papieren in der Hand. Langsam faltet er die Zeitlinie auseinander. Hält sie ins Licht, als enthielte sie eine verborgene Botschaft, ein Wasserzeichen vielleicht oder unsichtbare Tinte.

»Was machst du da?«

Ich strecke die Hand nach den Papieren aus, aber er ist schneller, weicht aus, hält mich mit der freien Hand von sich weg. Legt die Zeitlinie auf den Flickenteppich und mustert sie skeptisch. Erik fängt wieder an zu weinen, leiser diesmal – ein quengeliges dauerhaftes Gejammer.

»Was ist das hier?«

»Nichts.«

»Wühlst du noch immer in dieser Sache herum?« Er klingt eher belustigt als empört, aber ich ahne einen unzufriedenen kleinen Unterton.

»Ich wollte nur …«

Erik weint jetzt lauter, Rotz läuft aus seinem Näschen in den Mund. Seine Wangen glühen in der Wärme.

»Ich habe etwas gefunden. Eine Notiz, die mich nachdenklich gemacht hat. Etwas, das Stefan geschrieben hat.« Langsam fange ich an, Markus die Sache zu erklären. Erzähle von den seltsamen Worten im Kalender. Den geheimnisvollen Treffen mit »A« und meiner Angst, dass Stefan vielleicht etwas mit Anders Holmbergs Tod zu tun hatte. Markus sieht mich die ganze Zeit an, konzentriert, während er zugleich versucht, Erik mit dem gelben Bagger abzulenken.

»Bist du schon auf die Idee gekommen, dass es eine Menge anderer überaus einleuchtender Erklärungen gibt?« Seine Stimme klingt formaler als sonst, die Worte sind distanziert, und ich ahne, dass er sein Polizei-Ich übergestreift hat. Ich rede nicht mehr mit meinem Lebensgefährten, sondern mit einem Polizisten.

Ich nicke, schaue zu Boden. Betrachte die Zeitlinie und die Papiere, die vor mir liegen.

»Wirklich, Siri. Wenn du glaubst, etwas gefunden zu haben, das mit dem Mord an Anders Holmberg zu tun hat, dann solltest du zur Polizei gehen. Wenn nicht, hör auf. Du solltest dir ein anderes Hobby zulegen. Zur Privatdetektivin bist du nicht so ganz geschaffen.«

Ich merke, wie meine Wangen rot werden, und wende mich von ihm ab, nehme Erik auf den Arm. Ich streichele seine Haare und wiege ihn langsam hin und her. Vielleicht hat Markus recht. Zeit, meine privaten Ermittlungen an den Nagel zu hängen. Aber schon fällt mir diese Notiz wieder ein. *Muss mit A Schluss machen.*

Nachts träume ich, dass wir über das Eis laufen, alle vier. Ich halte Markus an der Hand, und Stefan trägt Erik auf seinen Schultern. Die Sonne geht gerade über Rönnskär unter, und die Schatten über dem Schnee, der die Inseln umhüllt, sind lang und blau. Stefan hat gefrorenes Laub in den Haaren, und bei jedem Schritt fallen einige Blätter herunter. Erik johlt vor Begeisterung, er sitzt so gern huckepack und hat den vollen Überblick über alles, was passiert.

Das Eis ist blank und schwarz und durchzogen von großen klaffenden Spalten, die das Meer darunter entblößen. Wir müssen uns die ganze Zeit in Acht nehmen, um nicht zu fallen, die ganze Zeit über die Spalten steigen, die sich noch dazu dauernd bewegen, sie erweitern sich, verschieben sich, reiben sich aneinander, und das führt zu einem dumpfen Dröhnen und Knacken.

»Wir müssen vorsichtig sein, damit wir nicht einbrechen«, sage ich. »Erik kann nicht schwimmen. Er würde sofort untergehen. Sein Overall würde sich mit Wasser vollsaugen, und er würde untergehen.«

»Ich trage ihn«, sagt Stefan.

Dann kommen wir zu einem Spalt, der größer und länger als alle anderen ist. Er zieht sich offenbar die ganze Strecke von Rönnskär bis zum Festland und vergrößert sich rasch. Kaltes Wasser quillt heraus und umschließt unsere Füße. Ich springe über die Rinne auf die andere Seite. Als ich lande, wogt das Eis, und mir geht auf, dass ich auf einer kleineren Eisscholle stehe, die sich losgerissen hat.

Stefan nimmt Erik von seinen Schultern, und eine Handvoll Laub kommt hinterher, flattert in Richtung Festland davon, wie rotbraune Schmetterlinge in der leichten Brise.

»Ich gehe vor«, sagt Stefan, und gleich darauf steht er neben mir, ohne über den Spalt gesprungen zu sein, der jetzt fast einen Meter breit ist. Er scheint einfach von der anderen Seite verschwunden zu sein und sich dann neben mir materialisiert zu haben. Das schwarze Wasser kocht zwischen den Eisschollen, spritzt hoch und durchnässt uns.

»Hier«, rufe ich und strecke die Arme nach Erik aus, aber Markus schüttelt nur den Kopf.

»Nein«, sagt er. »Es ist zu weit.« Und jetzt sehe ich, dass der Spalt weiter gewachsen ist, dass mehrere Meter schwarzes schäumendes Wasser uns trennen.

»Erik«, schreie ich und spüre zugleich Stefans kalte Hand auf meiner Schulter.

Markus schreit ebenfalls, aber ich höre nicht, was er sagt.

Fünfzig Meter trennen uns, und ein Sturm zieht herauf. Die Eisscholle, auf der ich stehe, ist geschrumpft, ist kaum noch größer als ein Surfbrett und wogt hin und her auf unheilverkündende Weise. Um mich herum gibt es nur schwarzes Wasser, und Stefan setzt sich mit dem Rücken zu mir und lässt die Füße ins Wasser baumeln, ungerührt davon, was geschieht.

»Du hast dich für ihn entschieden«, höre ich Markus schreien, ehe er und Erik aus meiner Sichtweite verschwinden, zwei schwarze Punkte, die sich vor dem sich rasch entfernenden Festland abzeichnen. Sie verblassen und verschwinden hinter den Schneewehen, die durch die Bucht fegen.

Caroline Helsén schluchzt auf und nimmt sich noch ein Kleenex. Der Tisch ist schon bedeckt von weißen kleinen Papierknäueln, und ich verspüre den plötzlichen Impuls, in die Küche zu gehen, mir die dicken grünen Gummihandschuhe anzuziehen und alle verrotzten Überbleibsel unseres Gesprächs wegzuräumen.

»Ich weiß, dass Darius kein Engel ist«, sagt sie. »Natürlich ist mir klar, dass er mich im Stich gelassen und mich betrogen hat. Aber ich kenne ihn doch so verdammt gut. Und gerade deshalb kann ich verstehen, wie das möglich war. Wie jemand, der seine Schwäche erkennt, ihn leicht manipulieren konnte. Dafür gesorgt hat, dass er sich bestätigt und männlich fühlt oder was immer ihm bei mir nun gefehlt hat.« Wieder schluchzt sie los, beugt sich vor und reißt mit zitternden Händen weitere Kleenextücher an sich.

»Wenn wir jetzt über Sie reden und nicht über Darius«, sage ich vorsichtig. »Wie sieht Ihr Leben heute aus? Was ist gut und was ist schlecht?«

Caroline schaut zur Decke hoch, beißt sich in die Lippe.

»Ich nehme an, es ist okay.«

»Sie nehmen an, es ist okay?«

Sie nickt und sieht mich mit müdem Blick an.

»Aber trotzdem sitzen Sie hier, in meinem Sessel, um über diese Sache zu reden.«

»Meine Freunde meinten …«

»Vergessen Sie Ihre Freunde jetzt mal. Was meinen *Sie*? Sie sind schließlich hergekommen.«

Sie nickt stumm.

»Na also. Was ist gut an Ihrer Situation, so wie sie heute aussieht, Caroline?« Ich erhebe mich aus dem Sessel, gehe zur Tafel und fange an zu zeichnen. Ein großes Plus. Caroline sieht mir zu, zögernd, ehe sie antwortet, als wolle sie sich davon überzeugen, dass sie die richtigen Worte findet.

»Auf jeden Fall habe ich gute Freunde. Und eine Familie, der ich wichtig bin.«

Ich nickte ihr aufmunternd zu, damit sie weiterredet, schreibe »gute Freunde« unter das Pluszeichen.

»Und dann bin ich ja gesund.« Sie kichert. »Entschuldigen Sie, ich weiß, wie blöd sich das anhört. Aber nein, jetzt fällt mir nicht mehr ein. Im Moment jedenfalls nicht.«

Sie schlägt demonstrativ die Arme übereinander und schließt die Augen. Ich vermute, das Gespräch wird jetzt anstrengend und wir nähern uns dem Problem. Dem Grund, aus dem sie hier ist. Ich ergänze die Liste durch »gesund« und zeichne dann ein Minuszeichen.

»Und was ist nicht so gut?«

Caroline schlägt die Hände vors Gesicht.

»Ach Gott«, sagt sie und schluchzt wieder los. »Der Rest, der ganze Scheiß. Dass ich das Examen nicht schaffe. Dass mein Kleiderschrank mit seinem Kram vollgestopft ist. Sogar die Zahnbürste steht noch im Badezimmer. Verstehen Sie, wie krank das ist? Ich habe seit Jahren keinen anderen mehr geküsst, weil ich irgendwie überzeugt davon bin, dass trotz allem Darius und ich zusammengehören. Aber wenn ich mich nun irre? Wenn ich noch in zehn Jahren allein mit seiner Zahnbürste dasitze? Wenn ich irgendwie richtig verrückt werde und mich an seinem Gürtel aufhänge oder so was?«

»Denken Sie manchmal an Selbstmord?«

»Nein. Gott, das nun wirklich nicht. Aber ich begreife ja, wie verrückt das alles ist. Es ist so, als ob ich neben mir stehe und die Situation ganz klar sehen kann. Verstehen kann, dass er nicht mehr da ist. Weil er das so wollte. Und nicht nur, weil diese … weil sie ihn verführt hat.«

Sie schnäuzt sich wieder und zieht die Jacke um ihren dünnen Körper zusammen, als ob sie friert. Ich fange abermals an zu schreiben, versuche ihren Wortschwall in kurzen Punkten zusammenzufassen. Kein Examen. Einsam. Angst, verrückt zu werden.

»Sie sagen, dass Sie die Situation von außen betrachten können. Sie können verstehen, dass er nicht mehr da ist, dass er das so wollte. Wann sind Sie zu dieser Erkenntnis gelangt? Bei unserem letzten Treffen haben Sie gesagt, Sie seien davon überzeugt, dass Sie beide zusammenkommen, dass er die andere verlassen und zu Ihnen zurückkehren wird.«

Eine Bewegung im einen Mundwinkel, vielleicht die Andeutung eines schwachen Lächelns. Langsam lockert sie ihren Griff um das Papiertuch. Legt die kleinen schönen Hände auf ihre Knie.

»Ich habe daran gedacht, was Sie über Ihren Mann erzählt haben, dass Sie loslassen und weitergehen mussten.« Sie legt sich die Hand aufs Herz und fügt hinzu: »Ich fand Sie so inspirierend, Sie und Ihre Kraft. Ich dachte, wenn Sie das geschafft haben, muss mir das doch auch gelingen.«

Wir schweigen ein wenig. Ich weiß plötzlich nicht, was ich sagen soll. Ein Gefühl des Unbehagens und etwas anderes erfüllen mich. Scham. »Jetzt haben wir etwas, womit wir arbeiten können«, murmele ich. »Wenn es nun so ist, dass er für immer fort ist – was bedeutet das für Sie rein praktisch?«

»Wie meinen Sie das?«

»Ich denke daran, dass seine Sachen noch in Ihrer Wohnung liegen, dass Sie keine anderen Männer kennenlernen. Und dass Sie Ihr Studium nicht beenden konnten, obwohl Sie mehrere Jahre Zeit hatten.«

Sie seufzt tief, zupft wieder an ihrer Jacke, wickelt sich hinein wie in einen Kokon.

»Ich müsste mich von Darius' Sachen trennen.«

»Sie sollten einen Plan aufstellen«, sage ich. »Sie schreiben alles in Ihrem Leben auf, das stehengeblieben ist, seit er Sie verlassen hat, und dann schreiben Sie auf, was Sie daran ändern können.«

Sie nickt und sieht noch bleicher aus als sonst.

»Die Sachen«, murmelt sie. »Das ist doch unendlich viel. Und alle Papiere. Und Kleider …«

»Man kann Möbel und andere Sachen holen lassen, von wohltätigen Organisationen. Das muss nicht so viel Arbeit sein.«

Sie nickt stumm. Schweigt dann eine Weile und scheint nachzudenken. Draußen wird es jetzt dunkel.

»Es wird leer sein.«

»Das ist das eigentliche Problem. Wenn Sie das Vergangene losgelassen haben, werden Sie Ihr Leben mit einem neuen Sinn füllen müssen. Und diesen Sinn müssen Sie finden.«

»Es ist vielleicht Zeit dafür?«

»Das können nur Sie entscheiden.«

»Meinen Sie, es ist Zeit?«

»Es ist jedenfalls keinen Tag zu früh«, antworte ich voller Überzeugung.

Als sie gegangen ist, sitze ich an meinem Schreibtisch und bringe es nicht über mich, meine Notizen von den Terminen dieses Tages in unser neues Computersystem einzugeben. Alle Kraft scheint aus meinen Händen verschwunden zu sein, sie liegen wie taub auf meinem Knie, wie zwei unbrauchbare Fleischstücke. In den Ohren habe ich ein dauerndes Rauschen, ein wenig wie das Brausen des Sturms, der im Albtraum über das Eis gejagt ist.

Ich denke, dass der Sturm jetzt vielleicht hier ist, dass alles, was ich in diesen vielen Jahren zu verdrängen versucht habe, mich jetzt einholt. Dass man dem eigenen Schicksal vielleicht nicht weglaufen kann.

Ich beuge mich über meine abgenutzte Handtasche, wühle zwischen Kaugummipäckchen, Handschuhen und Mobiltelefon und finde es endlich.

Stefans Buch.

Es liegt kühl und schwer in meinen kraftlosen Händen. Langsam blättere ich zum Datum des Tages weiter. Es gibt zwei gekritzelte Notizen. Die eine ist fast unleserlich, aber nach genauer Untersuchung geht mir auf, dass es um einen Patienten geht, der zum Onkologen überwiesen werden muss. Bei der anderen geht es um das Laufen. »Odde-Kiosk – Buden – Müllstation, 10 km, 49 Minuten.« Stefan hat eine Joggingrunde in der Umgebung unseres Hauses beschrieben.

Ich stehe auf und gehe zum Fenster, schaue hinaus auf den Medborgarplatz, wo die Leute in der Dämmerung umherwimmeln, dann fasse ich meinen Entschluss. Schalte den Rechner aus, suche meine Sachen zusammen und verlasse die Praxis.

Ich will sehen, was er gesehen hat. Ich will spüren, was er gespürt hat: den kalten Wind im Gesicht, die Stöße des gefrorenen Bodens, die sich ins Schienbein fortpflanzen. Genau diesen Weg hier ist Stefan gelaufen. Am gleichen Tag, nur fünf Jahre früher. Ich will wissen, was er gedacht hat.

Anders Holmberg.

Blonde Haare. Sommersprossen über der Nase, breite Schultern. Eine selbstsichere, aber offene Miene. Stefans Hände, die auf seinen Schultern liegen, berichten von Zusammengehörigkeit. Warum hat er mir nie von Anders erzählt, von seinem Tod?

Ich verdränge die bohrenden Gedanken. Konzentriere mich auf das Laufen.

Der Boden ist starrgefroren. Glatte Eisflecken bedecken den schlecht beleuchteten Weg. Ich ziehe mir die Mütze tiefer über die Ohren, sehe die Odde, die sich vor dem Horizont abzeichnet. Ich habe eine Stunde, ehe Markus und Erik aus dem Schwimmbad kommen. Es ist eine Ewigkeit her, dass ich Joggen war, und ich weiß, dass zehn Kilometer viel zu viel sind, wenn man nicht trainiert ist, aber alle Zweifel und alle Müdigkeit scheinen verschwunden zu sein. Mein Herz hämmert, meine Lunge brennt, meine Beine fühlen sich wie Stöcke an. Als ich an der Odde vorbeikomme, muss ich mein Tempo drosseln. Ich merke, dass ich total erschöpft bin, und dabei habe ich noch nicht einmal den Kiosk erreicht.

Langsam jogge ich an Autos vorbei, die bei dem kleinen Fähranleger geparkt sind. Kein Mensch ist zu sehen. Am Strand ist das Eis geschmolzen und hat schwarzem schäumendem Wasser Platz gemacht. Laub vom vorigen Jahr treibt an den Steinen im seichten Wasser.

Ich überlege, ob Aina recht hat, ob ich Stefan idealisiere? Vielleicht wegen meiner eigenen Schuldgefühle darüber, was geschehen ist, über meine Unfähigkeit vorauszusehen, was er vorhatte, und ihn daran zu hindern. Und plötzlich bin ich einfach sicher. Er hat etwas mit sich herumgeschleppt. Ein Geheimnis. In all den Jahren habe ich geglaubt, seine Schwermut läge an dem Kind, das wir verloren haben, an dem Leben, das seinen eigenen Gang ging, das uns im Stich ließ. Aber was, wenn es etwas anderes gab, das ihn belastet hat?

Ein Geheimnis, von dem ich nie gewusst habe?

Ich nähere mich dem Kiosk, der um diese Jahreszeit geschlossen ist. Eine mit Brettern zugenagelte dunkelgrüne Bude, die einsam und schief an einem schwarzen Felsen lehnt. Zwei ramponierte Fahrräder liegen daneben auf dem Boden, die Räder in die Luft gestreckt, wie die Skelette von längst verendeten Tieren. Plötzlich überkommt mich ein unbehagliches und unerklärliches Gefühl, verfolgt zu werden. Ich bleibe stehen, beuge mich vor und lasse die Hände auf den Knien ruhen, so erschöpft, dass ich mich zuerst nicht wieder aufrichten kann. Nach einigen Minuten bin ich zu Atem gekommen, ich strecke mich und schaue mich um. Zu meiner Rechten nur Tannenwald. Einzelne Straßenlaternen beleuchten den Kiesweg, in den Lichtkegeln sehe ich braunes Gras und starrgefrorene Pfützen. Was zwischen den Laternen ist, kann ich nicht sehen. Ich bekomme eine Gänsehaut. Links zieht sich die Bucht dahin, nach Rönnskär und weiter zum Meer hinaus, wie eine endlose schwarze Zunge. Ich sehe nirgendwo jemanden, weder Mensch noch Tier.

Ich beschließe kehrtzumachen und nach Hause zu laufen.

Obwohl ich nicht die ganze Strecke geschafft habe, sind Erik und Markus schon nach Hause gekommen. Ich kann sie schon aus der Entfernung durch die großen Glasfenster sehen. Markus beugt sich über den Küchentisch. Erik reckt sich vergeblich nach etwas, das auf dem Tisch liegt.

»Bist du gelaufen?«

Markus macht ein überraschtes Gesicht. Er weiß, dass ich nicht regelmäßig trainiere. Aber zugleich sieht er zufrieden aus. Für ihn, wie für die meisten Polizisten, ist physische Aktivität eine Selbstverständlichkeit, und er hat mir oft vorgeschlagen, mehr zu trainieren. Als ob das alle Probleme lösen könnte.

»Ich musste nach der halben Strecke aufgeben.«

»Bei den ersten drei Runden ist das immer so. Bald schaffst du die ganze Strecke. Wie weit wolltest du denn laufen?«

»Zehn Kilometer.«

Er hebt die Augenbrauen.

»Warum zehn Kilometer? Du müsstest mit einer kürzeren Strecke anfangen. Fünf wäre vielleicht genug. Oder drei?«

Ich nicke, spüre, wie meine Wangen heiß werden, weil es im Haus warm ist, aber auch weil ich mich schäme. Denn jetzt kann ich nicht erzählen, was das eigentliche Ziel der Joggingrunde war.

Ich küsse ihn rasch auf die Wange, laufe ins Schlafzimmer, lasse meine Jacke fallen und schaue mich um. Markus schneidet Salat und wirkt beschäftigt. Rasch ziehe ich das T-Shirt mit dem *The Smiths*-Aufdruck aus, rolle es zu einem kleinen Ball zusammen und lege es in meinen Nachttisch.

Dienstagmorgen. Es sind mehrere Grad über null, und die Verheißung des Frühlings wird immer stärker. Das Licht ist wieder da. Morgens werden wir vom Gesang der Vögel geweckt. Wassertropfen schlagen auf die Fensterbank.

Ich habe Erik in der idyllischen Kita bei Gustavsberg abgeliefert und bin unterwegs in die Stadt. Um ein Uhr kommt der erste Klient, aber vorher haben wir noch eine Besprechung. Ich weiß, dass Markus sich ärgern würde, wenn er wüsste, was ich vorhabe, aber er braucht es ja nicht zu erfahren. Ich mache das hier ja nur meinetwegen. Meinetwegen und um die auffordernden Stimmen zum Verstummen zu bringen, die sagen, ich müsse begreifen, wissen warum.

Was spielt es für eine Rolle, ob ich mich mit Anders Holmbergs Vater treffe? Wem kann das denn schaden?

Ich fahre über die vielen Brücken auf dem Weg in die Stadt, noch immer liegt Eis, aber bald wird es bersten, und die Wasserwege werden sich mit eleganten Segelbooten und klobigen motorbetriebenen Monstern füllen.

Ich bin unterwegs nach Lidingö, wo Bengt und Maud Holmberg wohnen. Es war nicht schwer, sie zu finden. Ihre Namen standen in den Artikeln über den Mord, und danach brauchte ich nur zu googeln. Ein kurzer Anruf mit der Erklärung, wer ich bin, und die Bitte, sie zu Hause aufsuchen zu dürfen.

Ich bin nervös. Mein Magen krampft sich zusammen. Als

ich die Lidingöbrücke hinter mich gebracht habe, suche ich mir meinen Weg durch die verschlungenen Straßen von Torsvik, bis ich die protzige Steinvilla gefunden habe, in der Bengt und Maud wohnen. Das schöne hellrosa Haus sieht aus wie aus einem Märchen entsprungen und liegt halb versteckt hinter wintergrünen gestutzten Hecken auf einem geräumigen Grundstück. Ich steige aus dem Wagen und gehe über den gepflegten und mit Sand bestreuten Weg.

Die Türglocke ist aus Messing und sieht frischgeputzt aus, mein Finger hinterlässt einen Fettfleck, und vor meinem Inneren sehe ich eine Frau in Zofentracht, die ihre Tage mit dem Putzen von Türklinken zubringt.

Die Tür wird sofort geöffnet, als habe hinter der kräftigen Holztür schon jemand gestanden und gewartet. Mit seinen langen mageren Beinen und dem gebeugten Oberkörper erinnert der Mann vor mir an einen klapprigen Vogel. Er nimmt meine Hand und presst sie, hält sie ein wenig zu lange fest. Zugleich mustert er mich durch seine starke Brille mit Schildpattfassung, stellt sich als Bengt vor und bittet mich ins Haus.

Von innen ist das Haus ebenso schön wie von außen. Abgeschliffener Holzboden, tiefe Fensternischen und hohe Wände. Wir setzen uns in ein Zimmer voller Bücherregale, in denen sich Titel von Freud, Klein und anderen wichtigen Namen der Psychoanalyse mit Standardwerken über Psychiatrie und Medizin drängen. Bengt Holmberg sieht, dass ich die Buchrücken lese, und lacht.

»Das sind Mauds Bücher. Sie ist Psychiaterin, stellen Sie sich das vor? Ich halte mich an die Geschäfte. Mir ist das, was man sehen kann, lieber als das Verborgene. Ja, ich bin Rechtsanwalt, aber den größten Teil meines Lebens war ich in der Finanzbranche tätig.«

Er lacht, setzt sich in einen der abgenutzten englischen Ledersessel und bietet mir mit einer Handbewegung den Sessel neben seinem an.

»Also, Siri, was kann ich für Sie tun? Was möchten Sie über Anders wissen? Und warum möchten Sie das wissen?«

Sein Blick fängt meinen auf, und ich bin dankbar dafür, dass wir uns hier treffen und nicht an einem Verhandlungstisch oder in einem Gerichtssaal. Hinter der jovialen Fassade ahne ich Härte, die vor der Umwelt sorgfältig verborgen wird.

»Wie ich schon am Telefon gesagt habe, war ich mit Stefan Bergman verheiratet.«

»Stefan, ein lieber Junge – und begabt. Er schien wirklich eine Zukunft zu haben. Er und Anders waren auf dem Gymnasium unzertrennlich, die beiden und noch zwei Jungs. Dass er tot ist, tut mir aufrichtig leid. Ein Unfall beim Tauchen, wenn ich das richtig verstanden habe.«

»Ein Unfall oder Selbstmord.«

Ich staune darüber, dass diese Aussage so leicht über meine Lippen kommt. Lange Zeit brachte ich es nicht über mich, an Stefans Tod als an einen Selbstmord zu denken. Dass ich dieses Wort jetzt zu einem Fremden sagen kann, ist befreiend und beängstigend zugleich. Bengt schaut mich wieder mit seinem durchdringenden Blick an und schüttelt den Kopf, fast unmerklich.

»Er soll sich das Leben genommen haben? Das kann ich mir kaum vorstellen. Passt nicht zum Wesen dieses Jungen. Stefan war keiner, der sich so leicht geschlagen gab. Er war eigensinnig, hat alles zu Ende gebracht. Ich weiß noch, wie er und Anders auf dem Grundstück auf Möja Baumstümpfe ausgraben sollten, wir haben da ein Haus. Anders wurde nach einigen Stunden müde, Stefan dagegen machte einfach weiter. Hörte erst auf, als alle ausgegraben waren. Dieser Junge packte zu. Aber Sie wissen das sicher besser, Sie waren ja mit ihm verheiratet, und wenn Sie sagen, dass es Selbstmord war, dann ist es wohl so. Das Leben geht seltsame Wege.«

Bengt Holmberg schaut mich wieder an, und ich ahne Zweifel in seinem Blick, auch wenn er den gut versteckt. Ich kann ihn so gut verstehen. Es ist schwer, Selbstmord zu akzeptieren. Krankheit und Unfälle oder sogar ein Mord sind viel leichter. Vielleicht sitze ich ja gerade deshalb hier. Ich habe mich zwar damit abgefunden, dass Stefan sich das Leben genommen hat, aber sein Grund ist noch immer undeutlich, rutscht mir davon, wie ein Schatten.

Bengt Holmberg hüstelt diskret, und mir geht auf, dass ich schon zu lange schweige.

»Jedenfalls weiß ich jetzt, dass Stefan und Anders einander kannten, und ich wüsste gern, ob sie am Ende Kontakt hatten, vor Anders' … Tod.«

»Ich glaube nicht, dass sie nach dem Abitur noch Kontakt hatten. Eigentlich seltsam. Sie waren so gute Freunde. Aber Anders war beim Militär und hat danach in Uppsala Jura studiert. Ist dorthin gezogen. Ich nehme an, sie haben sich ganz einfach aus den Augen verloren.«

Ich denke daran, was Maj über Anders und Stefan gesagt hat. Zwei unzertrennliche Freunde. Warum beendet man eine solche Freundschaft so plötzlich? Nur, weil das Erwachsenenleben angefangen hatte, oder gab es andere Ursachen?

»Aber vor dem Ende, vor dem Mord. Haben sie sich da getroffen?«

Bengt Holmberg blinzelt hinter der dicken Brille und schaut die Wand hinter mir an, schüttelt langsam den Kopf. Ich nehme an, dass er sich konzentriert.

»Er war bei der Beerdigung, das weiß ich noch. Sie waren alle drei da. Stefan. Ulrik Lundin und Mikael Arvidsson. Die vier waren das Quartett. Aber Stefan und Anders waren wohl der Mittelpunkt. Sie waren alle auf dem Norra Real.« Er lächelt kurz, und Wehmut und Nostalgie verschleiern seinen Blick. Die Härte von vorhin ist verschwunden, und vor mir sitzt jetzt nur noch ein alternder Mann, der seinen geliebten Sohn verloren hat. Wieder erinnert er mich an einen alten Vogel, wie er so in sich zusammengesunken und mit krummem Rücken vor mir im Sessel sitzt.

»Haben Sie bei der Beerdigung mit Stefan gesprochen?« Meine Stimme ist leise und kann die Worte kaum tragen. Plötzlich kommt es mir lebenswichtig vor, zu wissen, was Stefan gesagt, was er gedacht hat.

Bengt nickt.

»Ja, wir haben einige Worte gewechselt. Er hat mir sein Beileid ausgesprochen. Ich habe gefragt, was er macht, und er hat erzählt, er sei Arzt und sei verheiratet. Er wohnte wohl draußen auf Värmdö.«

Ich nicke kurz, und Bengt erzählt weiter.

»Anders' Tod hatte ihn mitgenommen. Aber so ging das ja allen. Maud hat monatelang Sobril genommen, obwohl sie diese Art Medikament eigentlich verabscheut. Aber ja, mitgenommen, bleich niedergeschlagen. Er ging direkt nach der Beerdigung, kam nicht mehr mit zum Kaffee. Ich glaube nicht, dass sie sich vorher getroffen hatten, aber ich weiß es nicht. Anders war am Ende so verändert. Wer weiß, ob er alte Freunde aufgesucht hat.«

»Verändert? Wie meinen Sie das? In welcher Hinsicht hatte er sich verändert?«

Bengt steht aus dem Sessel auf und geht zum Fenster. Kehrt mir den krummen Rücken zu und schaut zum blauen Himmel hinauf.

»Ein halbes Jahr, ehe Anders ermordet wurde, war er in

einen Autounfall verwickelt. Er fuhr gern schnell und konnte unachtsam, unvorsichtig sein. Und es kam, wie es kommen musste. Im Krankenhaus sagten sie, es sei ein Wunder, dass er überlebt hatte. Das Auto war nur noch Schrott, aber er kam so ziemlich ungeschoren davon. Gehirnerschütterung und ein gebrochener Arm. Ein paar blaue Flecken. Rebecca war außer sich vor Zorn. Sie hatten doch die Kinder und… Jedenfalls, dieser Unfall hatte Anders verändert. Es war, als ob er eine zweite Chance erhalten hätte. Seine eigene Sterblichkeit erkannt. Was für eine Ironie, dass er nur wenige Monate darauf ermordet wurde!«

Ich kann Bengts Gesicht nicht sehen, höre aber den Schmerz in seiner Stimme. Und finde mich darin wieder. Dieses ewige Warum, der Begleiter, der immer neben uns geht, der unsere Aufmerksamkeit fordert.

»Worin hat sich diese Veränderung gezeigt?«

Ich versuche, meine Stimme weich und verständnisvoll klingen zu lassen. Gespräche zu führen ist mein Beruf, und ich kann es gut. Fast automatisch gleite ich in meine Psychologinnen-Rolle.

»Er fing an zu laufen, sowie der Arm verheilt war. Trank keinen Alkohol mehr. Passte auf eine neue Weise auf sich auf. Und dann… Anders war Wirtschaftsjurist, aber plötzlich fing er an, sich ehrenamtlich für Opfer von Verbrechen zu engagieren. Sagte, es sei seine Schuldigkeit, seine juristischen Kenntnisse nicht nur zum Geldverdienen zu verwenden. Und er zeigte deutlich, dass er nicht mit dem zufrieden war, der er gewesen war.«

Jetzt ist Zweifel in Bengts Stimme zu hören.

»Es war, als ob er glaubte, etwas sühnen zu müssen. Eine Schuld zurückzuzahlen.«

Stockholm 1988

Stefan saß allein in der Kaffeestube der Bäckerei Lindquist und wartete darauf, dass Anders' Deutschstunde zu Ende wäre. Er selbst hatte Französisch gewählt und hatte deshalb donnerstagnachmittags eine Freistunde. Er nippte an einer Tasse mit heißem schwarzem Kaffee. Der bittere Nachgeschmack verriet, dass der Kaffee zu lange auf der Wärmeplatte gestanden hatte. Die Kaffeestube war vollbesetzt und der Raum von Stimmen und Gelächter erfüllt. Fast an allen Tischen saßen Schüler des Gymnasiums.

Die Luft war vom vielen Zigarettenrauch trübe, und Stefans Augen brannten, und sein Hals juckte. Dennoch steckte er sich auch selbst eine Zigarette an. Danach zog er ein Taschenbuch hervor. Anders hatte das Buch empfohlen, ein Roman über einen Mann, der mit einem Würfel den Zufall alle seine Entscheidungen treffen lässt. Das Buch war unterhaltsam, und er konnte verstehen, warum es Anders gefiel, bei den gesellschaftskritischen Ideen, die der Autor offenbar vermitteln wollte.

Er selbst hatte seine Zweifel. Er konnte ja zustimmen, dass Moral und Ethik nur Konstrukte seien, das Ganze war interessant als intellektuelle Erörterung, als Gedankenspiel. Aber zugleich … wie sähe denn eine Gesellschaft ohne Normen aus? Außerdem müsste man sein Leben dahin lenken können, wohin man wollte, ohne sich von einem Würfel oder von ungeschriebenen Gesetzen lenken zu lassen. So war er jedenfalls erzogen worden, mit der Devise, dass jeder seines Glückes Schmied ist.

»Ist hier noch frei?«

Stefan schaute auf und sah Magdalena aus der Parallelklasse. Sie beugte sich ein wenig vor und lächelte mit geschlossenem Mund. Ihre langen braunen Haare hingen ihr ins Gesicht, und sie strich sie fast mechanisch weg mit einer Geste, die sie offenbar schon oft ausgeführt hatte. Stefan kannte Magdalena, da Anders kurz mit einer ihrer Freundinnen zusammen gewesen war. Sie waren sich bei Schulbällen und Partys begegnet. Aber kennen war zu viel gesagt, er wusste, wer sie war. Sie grüßten einander und plauderten kurz, das war jedoch alles. Er wusste nicht, ob er sich über die unerwartete Gesellschaft freuen oder ärgern sollte, aber er lächelte ebenfalls und nickte zu dem Stuhl neben seinem hinüber. Magdalena stellte ein Tablett mit Tee und einem Käsebrot auf den Tisch und setzte sich.

»Was liest du?«

Sie schaute zuerst das abgegriffene Taschenbuch und dann Stefan an. Er erzählte kurz über das Buch. Magdalena machte ein skeptisches Gesicht und schüttelte den Kopf.

»Das klingt doch ein bisschen verrückt. Soll das heißen, er hat seine Nachbarin vergewaltigt, weil der Würfel ihm das gesagt hat?«

»Ich weiß nicht, ob man das alles so wortwörtlich nehmen soll, es geht wohl vor allem darum, wie wir von Erwartungen und Konventionen geleitet werden. Das andere ist eher … dazu da, dass es Wirkung hat, dass es schockt.«

Stefan fuhr sich mit der Hand durch die Haare und lachte kurz. Er sah, dass Magdalena ihn aus großen braunen Augen anschaute. Sie schüttelte den Kopf und zuckte dann mit den Schultern.

»Einwandfrei nicht das richtige Buch für mich. Ich wäre nur wütend, wenn ich das lesen müsste. Klingt verrückt, finde ich. Und bescheuert.«

Sie trank einen Schluck Tee und biss energisch in ihr Käsebrot.

»Entschuldige, dass ich so losfresse, aber ich hab einen Wahnsinnshunger. Das ist mein Mittagessen. Ich wollte diesen ekligen Fischauflauf in der Mensa nicht essen.«

Sie rümpfte die Nase und sah plötzlich sehr jung aus. Diese Geste hatte etwas Kindliches und zugleich Rührendes. Er ertappte sich bei dem Gedanken, dass sie hübsch sei, und darüber hatte er noch nie nachgedacht. Sie war einfach nur Heddas Freundin gewesen, keine, die ihn interessiert hatte oder die er hatte kennenlernen wollen.

»Kommst du auf Anders' Fest?« Er wusste nicht, warum er das fragte. Was spielte es für eine Rolle, ob sie hingehen wollte oder nicht? Zugleich hoffte er eben doch, dass sie eingeladen war und auch hingehen würde.

»Am Samstag? Bei ihm zu Hause? Doch, ich bin eingeladen. Und du wirst natürlich auch dort sein.«

Das war keine Frage. Alle wussten, dass Stefan und Anders im Prinzip unzertrennlich waren. Wenn man den einen sah, war meistens auch der andere in der Nähe. Sie biss noch einmal in ihr Käsebrot, und ein Krümel blieb an ihrer Wange kleben. Ohne weiter darüber nachzudenken, beugte Stefan sich vor und wischte ihn weg. Eine unerwartet intime Geste. Magdalena schaute ihn erstaunt an, und rote Flecken tauchten auf ihren Wangen auf. Wieder lächelte sie, jetzt verlegen.

»Du hattest Käse oder Brot oder so was ...«

Stefan verstummte und fing abermals Magdalenas Blick auf. Er war überrascht von seiner eigenen Reaktion. Er war daran gewöhnt, das Kommando zu übernehmen, wenn es um

Mädchen ging, war nur selten unsicher, aber etwas an Magdalena brachte ihn dazu, sich wie eine scheue und stotternde Unschuld aufzuführen. Er begriff, dass er sie mochte, dass er sich vielleicht sogar für sie interessierte.

»Ach, hier sitzt ihr zwei Turteltauben.« Anders kam angeschlendert, zwängte sich an einer Gruppe von jüngeren Schülern, die sich um einen Tisch drängten und fast den Weg versperrten, zu dem Ecktisch weiter, an dem Stefan und Magdalena saßen.

Anders musterte die beiden belustigt. In diesem Grinsen lag etwas, das Stefan ärgerte. Anders war sein bester Freund, aber manchmal konnte er ganz schön nerven. Und jetzt fühlte Stefan sich noch dazu ertappt, als ob er und Magdalena hier wirklich ein romantisches Rendezvous gehabt hätten.

Magdalenas Gesicht rötete sich noch mehr, und sie stand eilig auf.

»Ich muss jetzt los. Ich treff mich gleich mit Hedda und Caroline.« Sie lächelte und hob die Hand zu einem kleinen Gruß, dann drehte sie sich um und suchte sich eilig einen Weg zwischen den vollbesetzten Tischen, um durch die Tür zur Odengata zu verschwinden.

»Hab ich gestört?« Anders grinste noch immer und rührte seinen Kaffee um.

»Nein, keine Panik.« Stefan war schroff und wich Anders' Blick aus. Machte sich stattdessen am abgegriffenen Einband des Buches zu schaffen.

»Es hat aber so ausgesehen. Ich meine, du hast doch ihre Wange gestreichelt. Wie bei einer kleinen Miezekatze.« Anders legte den Kopf schräg und miaute.

»Also echt, Anders, hör auf. Sie hat sich hier hergesetzt und ein Brot gegessen. Es war der einzige freie Stuhl. Wir hatten kein geheimes Rendezvous. Es tut mir leid, dich enttäuschen zu müssen, aber so war das nun mal.« Stefan hob in einer entwaffnenden Geste die Handflächen. Aus irgendeinem Grund wollte er seine Überlegungen über Magdalena nicht mit Anders teilen. Vielleicht, weil er selbst nicht so ganz wusste, wie er über sie dachte. Und vielleicht, weil Anders meistens das, was mit Mädchen zu tun hatte, nicht weiter ernst nahm.

»Was du nicht sagst, Steffe. Und wann seht ihr euch wieder? Vielleicht am Samstag bei mir? Kommt sie zum Fest?« Anders musterte ihn mit neutraler Miene, aber Stefan kannte ihn zu gut, um einen dermaßen ungeschickt ausgelegten Köder zu schlucken.

»Ich weiß nicht, aber du musst doch deine eigene Gästeliste im Kopf haben.« Er trank einen Schluck von dem inzwischen kalt gewordenen Kaffee, schluckte die bittere Flüssigkeit ganz schnell hinunter.

»Wie gefällt dir also das Buch?« Anders hatte Stefans Wink offenbar erkannt und wollte das Gesprächsthema wechseln.

»Das Buch? Ja, verdammt, ich hab zwei Würfel für dich mitgebracht. Dachte, wir könnten das mal ausprobieren.« Sie lachten beide, und Stefan spürte, wie sich die Erleichterung in ihm ausbreitete. Es wurde nicht mehr über Magdalena geredet. Sie waren wieder beim alten Jargon, der ihm so vertraut war, bei dem er sich sicher und am richtigen Ort fühlte. Er beschloss, bis auf Weiteres nicht an Magdalena zu denken. Er würde am Samstag genug Zeit haben, um mit ihr zu reden.

Stockholm 2010

Eine ganze Weile vor der Mittagspause bin ich wieder in der Praxis. Der Duft von frischgekochtem Kaffee und Zimtschnecken schlägt mir entgegen, als ich die Post vom Boden in der Diele aufhebe und die junge Frau grüße, die im Wartezimmer sitzt und liest.

In der Küche nimmt Marianne Kaffeetassen aus der Spülmaschine und stellt sie in den Schrank. Ich sehe, dass ihre graublonden Haare auf der einen Seite platt anliegen, als habe sie darauf geschlafen und sie dann nicht ausgekämmt.

»Hallo, Siri«, sagt sie und lächelt, und ich nicke als Antwort.

»Kann man was abhaben?«

»Ja, das kann man.«

Sie gießt die heiße braune Flüssigkeit in eine Souvenirtasse vom Eiffelturm und reicht sie mir. Ich höre in einem anderen Raum jemanden pfeifen.

»Sven ist offenbar gut gelaunt.«

Marianne lächelt ein in sich gekehrtes, schwer zu deutendes Lächeln.

Als Sven hereinkommt, hat Marianne für ihn schon eine Tasse Kaffee eingegossen, schwarz, mit Zucker, so, wie er das gern hat.

»Wie geht es Sara?«, frage ich und schlürfe das heiße Getränk.

Sven strahlt mich an und schiebt die Brust ein wenig vor, wie ein stolzer Hahn.

»Ihr geht es wunderbar. Ihr wird nicht schlecht, und sie hat schon einen wunderbar schönen kleinen dicken Bauch. Ich muss zugeben, dass wir ungeheuer glücklich sind. Das mit der Zweisamkeit, das wird unterschätzt. Ich finde ja eigentlich, dass …« Er verstummt und blickt auf.

Aina steht im Raum, sie trägt noch ihre Jacke. Ihre Haare hängen ungekämmt um ihr Gesicht, ihre Augen sind gerötet, und ihr Mund ist zu einem dünnen Strich zusammengekniffen. Sie ringt sich ein müdes Lächeln ab.

»Jetzt glotzt doch nicht so, es ist alles in Ordnung«, sagt sie als Antwort auf die Frage, die niemand gestellt hat. »Ich bin heute einfach nicht in Form, hab nachts nicht geschlafen. Hatte Migräne. Oder so.«

Sie macht eine abwehrende Handbewegung und sinkt auf den Stuhl neben mir. Ehe sie noch etwas sagen kann, ist Marianne da. Kaffee mit Milch. Kein Zucker. Marianne kennt sich aus.

Aina lächelt ihr müde zu. Sie dreht sich zu mir um und schüttelt fast unmerklich den Kopf. *Nein, nichts. Nein, keine Antwort.*

Ich drücke unter dem Tisch ihre eiskalte Hand, staune darüber, wie klein die mir vorkommt, wie die eines Kindes. Marianne räuspert sich.

»Du hast um eins einen Klienten«, sagt sie und nickt mir zu.

»Weiß ich, mal sehen, ob er kommt. Vorige Woche war er krank, behauptete aber, auf dem Weg der Besserung zu sein.«

Marianne runzelt die Stirn und legt die Hände in die kräftigen Hüften. Ihre sonnengebräunten Brüste drohen die enge rote Bluse zu sprengen.

»Wo liegt der?«

»Was meinst du?«

»Der Weg der Besserung, wo liegt der?«

Sven erwidert meinen Blick, und ich sehe den Schmerz in seinen Augen. Wir alle haben Mariannes langen Weg vom Unfall durch die Reha zurück zu uns in die Praxis verfolgt.

Aina steht auf, umarmt Marianne kurz.

»Das ist nur eine Redensart, Liebes«, höre ich sie flüstern.

»Ach so, ja«, murmelt Marianne, und wieder einmal frage ich mich, wie klar sie sich über ihre verlorenen Fähigkeiten ist. Auf irgendeine Weise hoffe ich, dass sie es nicht versteht, bilde mir ein, das sei barmherziger.

»Ich wollte eigentlich nach Hause gehen«, sagt Aina. »Aber Siri, kannst du mir einen Gefallen tun?«

»Natürlich.«

»Wir müssen den Antrag an das Gesundheitsamt mit Infos über die Praxis ausfüllen. Du weißt schon, das Übliche: wie viele Angestellte mit welcher Ausbildung und so weiter. Kannst du das abschicken? Du kannst dieselben Zahlen nehmen wie bei den früheren Bewerbungen, aber es ist wahnsinnig wichtig, dass sie es heute bekommen, sonst werden wir nicht berücksichtigt. Und davon hängt viel ab. Wenn wir den Zuschuss bekommen, sind alle unsere finanziellen Probleme für das kommende Jahr gelöst. Ja, entschuldige, ich würde dich nicht darum bitten, wenn ich es selbst machen könnte.«

Ihre Stimme bricht.

»Kein Problem. Ich habe heute Nachmittag nicht viel vor. Ich mach das.«

Mein Klient lässt sich nicht blicken. Ich stehe an meinem Fenster und schaue auf den Medborgarplatz. Die Nachmittagssonne lässt ihn glühen, schimmern, trügerisch einladend wirken. Aber ich weiß, dass es eine Illusion ist. Es ist eiskalt, und ein harter Wind kommt von Norden her. Die Schlange vor dem griechischen Imbiss reicht fast bis in die Götgata. Durchgefrorene Stockholmer stehen dicht an dicht und warten auf Souflaki und frittierte Tintenfischringe.

Ich lasse mich vor dem Rechner nieder, spüre die Unruhe kommen. Schaue die Bilder auf meinem Schreibtisch an. Markus in Badehose beim letzten Griechenlandurlaub. Erik im Schlitten, die Familie meiner Schwester im Weihnachtswichtelkostüm. Alle, die mir nahestehen. Alle, die ich liebe.

Und wenn Stefan noch lebte?

Dieser Gedanke kommt von irgendwo, aber er ist nicht unlogisch. Ich habe viele Jahre mit Stefan geteilt, habe ihn wirklich geliebt. Da ist es doch kein Wunder, dass ich mich frage, was hätte sein können? Aber in der letzten Zeit befällt mich dieses seltsame Unbehagen, wenn ich an ihn denke, an Stelle von Sehnsucht und Trauer. Ein Verdacht, der sich mir aufdrängt. Habe ich Stefan wirklich gekannt? Gab es Dinge, die ich über ihn nicht gewusst habe? Denn wenn es so ist, dann … Wenn es so ist, ist auch mein Leben, wie ich es sehe, eine Lüge.

Muss mit A Schluss machen.

Ich kneife die Augen zusammen. Schlucke. Wage nicht, es auszusprechen. Will nicht einmal den Gedanken denken.

Was Maj erzählt und was Anders' Vater gesagt haben, ist für mich verwirrend und beängstigend. Nicht nur, weil Stefan mir nie von diesem Anders erzählt hat, der ihm doch offenbar so nahestand, sondern auch, weil diese Beschreibung nicht mit meinem eigenen Bild von Stefan übereinstimmt. In meinen Augen war er begabt, überlegt, sensibel. Für Bengt war er ein Kämpfer, hart. Ein Mann, der vollendet, was er angefangen hat.

Gibt es eine Wahrheit?

Ich fröstele, ziehe meine Jacke an und schalte den Rechner

ein, denke daran, dass ich unbedingt den Antrag schicken muss, um den Aina mich gebeten hat. Schreibe sicherheitshalber einen gelben Merkzettel und klebe ihn auf den Bildschirm.

Das Internet wird verseucht von allerlei Foren von unterschiedlicher Qualität zu allen möglichen Themengebieten. Ich habe einige Abende damit verbracht, in ein paar Foren Threads zu folgen, in denen es um den Mord an Anders Holmberg geht. Es gibt noch ein paar interessante, aber alte Threads, die ich dazu lesen will. Einige Klicks später habe ich *Flashback* aufgerufen, tippe »Karlaplanmord« ein und habe mehr als zwanzig Treffer. Die meisten habe ich schon gelesen. Ich folge einem der ältesten Threads von 2005.

User »Dash98« schreibt, die Tat sei Teil eines Komplotts, um einige führende Köpfe aus der Rüstungsindustrie zu beschützen. Welche Verbrechen diese Personen begangen haben sollen, bleibt unklar, und ich muss den Eintrag mehrere Male lesen, um überhaupt die Argumentation zu kapieren, da die Sprache so mies ist.

»Latinlover2«, der ein Foto von sich in einer äußerst knappen Badehose hinzugefügt hat, kann mitteilen, dass ein nach einem Überfall auf einen Geldtransport verurteilter Mann einige Jahre zuvor nur fünfzig Meter vom Tatort entfernt gewohnt hat. »Außerdem«, fügt er hinzu, »gibt es Beweise dafür, dass Teile der Beute im Park versteckt wurden.«

»LenaMie« schreibt: »Du bist nicht nur bescheuert, du siehst auch scheiße aus, Latinlover. Wo sollten die denn die Beute versteckt haben? Im Sandkasten, lol?«

»Treuundglauben« steuert hilfsbereit bei, dass just an jenem Abend über Uppsala mehrere Ufos gesichtet wurden, was die Medien aber leider nicht berichtet haben. Das wiederum ist auch die Folge einer weltweiten Verschwörung. Und so weiter und so weiter.

Verschwörungstheorien mischen sich mit Klatsch und unnützem Wissen. Ich gähne unfreiwillig.

Leise wird an die Tür geklopft. Marianne schaut herein. Ihr Blick ist unruhig.

»Liebes Kind, du sitzt ja im Dunklen …«

Zu meiner Überraschung sehe ich, dass es draußen dunkel geworden ist. Ich schalte die Schreibtischlampe ein und massiere meine steifen Finger. Lächele verlegen. Aber Marianne ist nicht zu erweichen.

»Geh jetzt nach Hause, Siri.«

»Klar, ich muss nur schnell …«

»Nein, das musst du nicht. Du hast eine Familie, die zu Hause auf dich wartet.«

»Gib mir fünf Minuten.«

Sie nickt ernst und schaut auf die Uhr. Ich weiß, dass sie alles wortwörtlich nimmt, das gehört zu ihrer Krankheit. In genau fünf Minuten wird sie wieder klopfen.

Langsam und lautlos schließt sie die Tür.

Ich wende mich wieder dem Forum zu. »Daniel78« möchte wissen, welche Droge das Mädchen, das den Mord gesehen hat, genommen hatte. »Hellraiser« tippt auf Speedball, »Gurke« schwört dagegen auf LSD. »Anders10« schreibt, ohne Alkohol und Drogen gäbe es in unserer Gesellschaft nicht so viele Verbrechen. Und die, die wider Erwarten noch geschähen, würden blitzschnell aufgeklärt werden, da die möglichen Zeugen nüchterne und auf diese Weise zuverlässige Informationsquellen wären. Er fügt einen Link zur Seite einer christlichen Abstinenzlerorganisation hinzu.

Dann sehe ich es.

User »Lynette« schreibt: »So einfach ist das nicht, Anders. Ich habe mich nie dazu entschlossen, Junkie zu werden. Aber ich habe beschlossen, das, was ich gesehen habe, der Polizei zu erzählen. Ich finde, dass ich jedenfalls meine Verantwortung übernommen habe.«

Ich lese den Beitrag mehrmals und merke, wie mir eine Gänsehaut kommt. Wie sich eine unerklärliche Kälte um mich herum ausbreitet. Kann das wirklich stimmen? Kann »Lynette« die Zeugin aus dem Park sein?

Ich zögere eine Sekunde, beuge mich dann über die Tastatur, klicke auf das Profil von »Lynette« und schreibe.

Aina kauert in der Nische vor dem halb geöffneten Fenster. Ihre Hand hängt schlaff nach draußen. Ab und zu beugt sie sich vor und zieht gierig an der Zigarette. Neben ihr steht ein fast leeres Weinglas. Ich sitze am Küchentisch und trinke Tonic mit Zitronen. Die eiskalte Luft, die durch das Fenster hereinströmt, macht mir eine Gänsehaut. Vom Wohnzimmer her ist Jocke Bergs ein wenig nasale Stimme zu hören. Wir lassen in einer Nostalgieorgie alte Kent-Scheiben laufen. Aina ist jetzt ziemlich angetrunken, und obwohl ich nicht mehr trinke, werde ich in ihre Stimmung hineingezogen. Fühle mich fast beschwipst und lächele glücklich.

Solche Treffen zwischen uns sind selten geworden. Aber als Markus von dem Knoten in Ainas Brust und davon hörte, dass sie auf das Untersuchungsergebnis warten muss, drückte er mir den Wagenschlüssel in die Hand und sagte, ich sollte fahren. Und jetzt sitzen wir hier in Ainas Wohnung. Die kleine Einzimmerwohnung in der Blekingegata wurde in eine Dreizimmerwohnung mit Blick auf Helgalunden getauscht. Man kann doch nicht das ganze Leben wie ein Teenager hausen, erklärte Aina, als sie die schöne Wohnung aus den zwanziger Jahren kaufte. Man muss mit Würde altern.

»Warum hat es eigentlich nie mit jemandem geklappt?« Meine Frage überrascht sogar mich selbst. Ainas Männergeschichten sind etwas, über das wir meistens in scherzhaftem

Tonfall reden. Als ob die Sehnsucht nach Zweisamkeit ihr nichts anhaben könnte.

»Gute Frage.« Aina zieht wieder an ihrer Zigarette und schüttelt fast unmerklich den Kopf. »Aber im Ernst, Siri. Ich weiß es wirklich nicht. Früher dachte ich, das sei die Schuld der Typen, aber ich vermute, dass es vielleicht an mir liegt. Dass ich eigentlich gar nicht will.«

»Aber hast du nie Sehnsucht? Nach etwas, das, ich weiß nicht …«

»Nach einem, mit dem ich den Alltag teilen kann? Ratenzahlungen und Hausputz? Supermarkt und Abwasch? Sex, der achtlos zweimal im Monat im gemeinsamen Bett ausgeführt wird?«

Aina grinst.

»Nein, meine Liebe, da ist mir mein einsames Leben mit ab und an ein bisschen Sünde und Leidenschaft doch lieber.«

Ich bin für einen Moment traurig. Aina spottet über die Zweisamkeit, das Leben, das ich mir ausgesucht habe, ohne das ich nicht sein will. Ich verstehe, warum sie das tut, aber ich fühle mich verletzt.

»Es gibt auch draußen im Brei-Dschungel guten Sex und intellektuellen Austausch.«

Aina schaut erschrocken auf.

»Aber Siri, ich wollte dich doch nicht kritisieren. Wirklich nicht. Ich sehe ja, dass du mit Markus glücklich bist. Dass ihr zusammen ein gutes Leben habt. Es ist nur … für mich geht das nicht so. Ich will nicht, was du hast, und das muss doch nicht falsch sein.«

»Was willst du dann?«

Aina springt von der Fensterbank und zieht das Fenster zu. Trinkt einen Schluck von dem Rotwein, der in dem trüben Licht fast schwarz aussieht.

»Weißt du, was mir an diesem verdammten Knoten in meiner Brust vor allem Angst macht?« Ihr Blick ist jetzt finster. Die Augen groß und blank. Ich schüttele den Kopf, lasse sie weiterreden.

»Die Vorstellung, dass ich schwach und krank werden könnte. Mich nicht selbst versorgen. Anderen zur Last fallen. Ich habe keine Angst vor Verantwortung oder davor, für andere da zu sein, aber ich ertrage es nicht, nicht selbst zurechtzukommen. Ich werde gern gebraucht, aber ich will nicht brauchen.«

Tränen laufen über Ainas Wangen, und ich beuge mich zu ihr vor, nehme ihr Handgelenk. Was sie sagt, ist so richtig. Solange ich Aina schon kenne, war sie immer für andere da. Immer hat sie zugehört, getröstet, war da. Aber nie hat sie um etwas gebeten.

»Aber warum ist das so schrecklich?«

Aina fängt an zu kichern, befreit sich von meiner Hand, wischt sich mit dem Handrücken die Tränen ab.

»Was ist das Schlimmste, was passieren kann? Und was würde das dann bedeuten? Bla, bla, bla … Du bist nicht meine Therapeutin, Süße. Ich kann dir keine Antwort geben. Ich will einfach nicht schwach sein, okay? Wir scheißen jetzt darauf. Wie laufen deine Ermittlungen? Hast du noch mehr rausgefunden?«

Ainas plötzlicher Themenwechsel verwirrt mich. Sie hat bisher nichts über Anders Holmberg oder Stefan hören wollen, und die Tatsache, dass sie es jetzt tut, macht mir klar, dass sie noch viel weniger über Schwäche, Einsamkeit und Krankheit reden will.

»Ich habe mich mit seinem Vater getroffen, dem Vater von Anders Holmberg. Ich weiß, dass du wütend sein wirst, aber so war das jedenfalls.« Ich starre die Tischplatte an, lasse meine Finger an meinem Tonic-Glas auf und ab wandern. Die Küche ist fast ganz dunkel. Nur einige Kerzen brennen, und das fehlende Tageslicht scheint die Wirklichkeit zu verändern, sodass wir über Dinge sprechen können, die in unserem normalen Leben Sperrgebiet sind.

»Ich verstehe einfach nicht, warum du das tust.« Ainas Stimme ist weich, fast mütterlich. »Was glaubst du, was du dabei erfahren kannst? Es gibt doch absolut keinen Hinweis darauf, dass Stefan mit diesem Mord etwas zu tun gehabt haben könnte.«

»Ich glaube, sie haben sich getroffen, ehe Anders Holmberg erschossen worden ist. Ich kann nur nicht verstehen, warum Stefan mir das nicht erzählt hat. Er war bei der Beerdigung, hat den Vater getroffen, die Familie. Ich verstehe das nicht, warum hat er nichts gesagt? Es ist so … unlogisch.«

»Kann sein, aber es braucht doch nicht zu bedeuten, dass Stefan etwas mit dem Mord zu tun hatte. Stefan war depressiv, zutiefst depressiv. Er hat dir vielleicht tausend verschiedene Dinge verschwiegen. Wir werden das nie erfahren. Und das musst du akzeptieren. Dass du es niemals erfahren wirst.«

»Ich will das nicht akzeptieren. Ich kann das nicht akzeptieren. Ich muss wissen, warum Stefan gestorben ist.«

Ich spreche die Wahrheit aus, die schon so lange in mir gelegen hat. Ich hatte sie für mich behalten. Sie unter Schichten aus Erklärungen und scheinbar klugen Wörtern versteckt. Darüber hinwegkommen, weitergehen, akzeptieren. Wörter, nichts als Wörter.

»Und wenn du es nicht herausfinden kannst?«

»Dann habe ich es immerhin versucht. Ich weiß nicht, Aina, aber hier stimmt etwas nicht. Das weiß ich. Ich war verdammt viele Jahre mit Stefan zusammen, und nie habe ich über Anders Holmberg oder jemanden anderen vom Gymnasium gehört. Das ist seltsam. Ich finde alte Fotos, die ich nie gesehen habe. Ich bekomme Einblick in Teile von Stefans Leben, von denen ich nichts wusste. Ich glaube langsam, dass ich ihn überhaupt nicht gekannt habe. Dass er mir Dinge verheimlicht hat. Anders Holmberg wurde ermordet, und nur wenige Monate später ist Stefan tot.« Ich schüttele den Kopf und merke, wie Frustration und Trauer mich wieder einholen.

»Das Problem ist, dass du dich in etwas vergräbst, das vor Jahren geschehen ist, und darunter leidet das, was du jetzt hast.«

Aina. Noch immer ruhig und klug. Keine Wut, keine Verärgerung.

»Markus versteht das. Er versteht, dass ich das wissen muss.«

»Wirklich?«

»Er versteht das.«

»Ich weiß nicht, Siri, und es gefällt mir nicht.« Aina ist im Sessel in sich zusammengesunken. Als hätte sie die Diskussion aufgegeben. »Es ist einfach kein gutes Gefühl. Vielleicht wirst du es bereuen. Nicht alle Geheimnisse müssen ans Licht.«

Dann zuckt sie plötzlich zusammen, setzt sich gerade auf, schaut mich an. Der Blick aufmerksam, intensiv.

»Übrigens, das hab ich vergessen. Hast du gestern unseren Antrag ans Gesundheitsamt ausgefüllt und losgeschickt?«

Etwas in meinem Magen ballt sich zusammen, und ich merke, wie meine Wangen heiß werden. Den Antrag? Ich habe einen gelben Zettel an den Rechner geklebt, um es nicht zu vergessen. Und dann … habe ich diesen Thread auf *Flashback* gefunden.

Ich öffne den Mund, ohne etwas zu sagen.

»Nein«, flüstert sie. »Sag, dass das ein Witz sein soll.«

Ich schüttele den Kopf, kann ihr nicht antworten. Ich weiß sehr wohl, dass die Zukunft unserer Praxis von diesem Antrag abhängen kann. Und ich denke, dass alles meine Schuld ist, ich habe es geschehen lassen. Ich habe die Vergangenheit mein Leben übernehmen lassen. Wie ein Gift breitet sie sich in meinem Dasein aus, beeinflusst alle, die mir nahestehen, meine Familie, meine Kollegen. Eine Sekunde lang wird mir schwindlig und schlecht. Ich beuge mich vor, drücke das Gesicht zwischen die Knie, sehe, wie unter mir das Parkett wogt, wie ein Meer im Sturm.

Aina fasst meine Hand.

»Ich weiß nicht, was mit mir vor sich geht«, flüstere ich.

Sie gibt keine Antwort, sondern presst nur meine Hand.

Stockholm 1988

Der große Raum war bis zum Bersten voll. In einer Ecke war eine provisorische Bar aufgebaut worden. Eine Frau, die knapp über zwanzig sein mochte, mischte Drinks und verkaufte Bier in Flaschen. Die Tische waren entfernt worden, und eine ziemlich mitgenommene Lautsprecheranlage pumpte die von dem langhaarigen DJ aufgelegte Musik heraus. Hunderte von Menschen bildeten eine kompakte Masse, die sich rhythmisch bewegte. Die weißen Mützen leuchteten im blauen Dämmerlicht.

Abifest.

Stefan hielt sich mitten in der verschwitzten Menschenmenge auf. Er blinzelte, ließ die Musik durch seinen Körper strömen, spürte, wie der Bass ihn im Rücken hämmerte. Er hatte noch nie so gut getanzt wie an diesem Abend. Es hatte noch nie einen so schönen Abend gegeben. Der Glücksrausch, der sich in ihm ausbreitete, hätte ihn fast laut aufschreien lassen. Nur noch Wochen übrig vom Schuljahr, dann ein langer freier Sommer mit Interrail und Spätsommerferien auf Gotland. Universität und Militär schienen weit weg zu sein. Es gab nur das Jetzt.

Er kniff die Augen zusammen und entdeckte plötzlich Anders mitten im Menschenmeer, er sah zufrieden aus. Sein Lächeln erinnerte mehr an ein wölfisches Grinsen, und Stefan fragte sich, auf wen er es abgesehen hatte. Auf jeden Fall schien er Erfolg zu haben. Stefan lächelte vor sich hin. Anders hatte sich einen Fick verdient, schließlich hatten er und Ulrik Koks erster Klasse besorgt.

Die Musik änderte sich, Orup statt Prince. Stefan versuchte die Tanzfläche zu verlassen. Es fiel ihm schwer, schwedischer Schlagermusik etwas abzugewinnen, weshalb er sich auf die Bar zubewegte. Durch Zeichensprache machte er der Blondine im engen schwarzen Kleid mit der kleinen weißen Schürze klar, dass er ein Bier wollte.

Als sie ihm das Bier reichte, nahm er für einen Moment ihre Hand, streichelte ihre langen Finger, die nach vielen Stunden im Solarium braungebrannt waren. Sie erwiderte seinen Blick, lächelte belustigt, fast überlegen. Auch Stefan lachte. Nicht einmal das herablassende Lächeln einer Barfrau konnte seine gute Laune stören.

Er war doch König. An diesem Abend war er König.

Ein Stück von ihm entfernt stand Ulrik am Tresen und spielte lässig mit einem Weinglas. Die dunklen Haare fielen ihm in die Augen, er biss die Zähne zusammen. Sein ganzer schmaler, sehniger Körper strahlte etwas Angespanntes und Hartes aus.

Stefan ging zu ihm, tippte seinen Rücken an und schrie ihm ins Ohr:

»Was ist dir denn für eine Laus über die Leber gelaufen?«

Ohne zu antworten nickte Ulrik zur Tanzfläche hinüber.

Stefan schaute auf das Meer aus Menschen, das hüpfte, wogte und sich aneinander rieb. Dann sah er sie.

Mirjam und Harald. Engumschlungen mitten auf der Tanzfläche. Sie bewegten sich kaum. Mirjam legte den Kopf in den Nacken, sodass die langen Haare ihr bis ins Kreuz fielen. Harald beugte sich über sie und versteckte sein Gesicht in ihren Haaren, seine Hände lagen wie angewachsen auf ihrem Hintern. Es sah aus, als ob er sie massierte.

»Huch«, sagte Stefan.

»Dieser verdammte Drecksschwule kriegt eins auf die Fresse«, murmelte Ulrik verbissen.

»Sieht ja so aus, als ob er nicht mehr aufs Arschficken versessen ist.«

»Willst du auch eine verpasst bekommen?«

Stefan hob abwehrend die Hand.

»Zieht der Stoff dich runter, oder was?«

Ulrik sagte nichts, aber sein Mund war zu einer Grimasse verzogen und die Wangenmuskeln arbeiteten energisch, als ob er auf etwas Zähem herumkaute.

»Ich geh raus, kommst du mit?«

Als Ulrik keine Antwort gab, machte Stefan kehrt und ging durch das Meer aus verschwitzten, berauschten Körpern auf den Ausgang zu. Frische, nachtfeuchte Luft schlug ihm entgegen. Es duftete nach Flieder, feuchter Erde und etwas, das er nicht identifizieren konnte. Schwer und honigähnlich erfüllte es den Park. Das rote Gartenhaus war erleuchtet, und vor den Torpfosten brannten Fackeln.

Er setzte sich auf eine Bank unter einen Baum und nahm sich eine Zigarette.

Trotz des Kokainrausches verspürte er ein leises unangenehmes Gefühl von Neid.

Anders hatte alles.

Alles gelang ihm.

Stefans eigene Eltern waren durchaus nicht arm, sie gehörten zur wohlhabenden und gesicherten Mittelklasse, aber ihre Wohnung in Vasastan wirkte schäbig im Vergleich zum Haus von Anders' Eltern. Die schöne Villa auf Lidingö blickte auf das Meer, und vor der Garage stand Papas frischgewaschener Porsche.

Stefan blinzelte und zog an der Zigarette. Vielleicht sollte er sich ein anderes Studienfach suchen. Er wollte zwar am liebsten Arzt werden, aber Ärzte wurden nicht reich. Nicht so reich. Nicht wie Anders' Vater. Doch er wusste ja, dass dieser Gedanke oberflächlich und banal war. Er hatte immer schon Arzt werden wollen. Es hatte nichts mit Geld oder Status zu tun, sondern mit einer Faszination für die Möglichkeiten und Fähigkeiten des menschlichen Körpers, verbunden mit einer diffusen Sehnsucht danach, etwas Gutes zu tun. Anderen zu helfen, einen Unterschied auszumachen.

Aber hier in Anders' Garten schlich sich der Neid bei ihm ein. Die Sehnsucht danach, einmal ein ebenso großes Haus zu haben, ein ebenso schnelles Auto. Die Vorstellung von totaler finanzieller Unabhängigkeit wirkte verlockend.

Der Wunsch, gesehen, respektiert und vielleicht auch beneidet zu werden.

Er dachte an Calle Cederborg, der ein Jahr zuvor sein Abitur gemacht hatte und in Papas Rolls Royce von der Schule abgeholt worden war. Oder an Eric Creutz aus seiner Klasse, der in einer Prachtwohnung auf Östermalm wohnte und auf dem Norra Real angefangen hatte, nachdem er von Lundsberg geflogen war. Strohdumm zwar, schaffte nicht mal die grundlegendste Chemie und begriff weder Philosophie noch Sozialkunde. Würde vermutlich in den meisten Fächern miese Noten holen.

Aber was spielte das für eine Rolle?

Er war mit dem hübschesten Mädchen der Schule zusammen. Nach dem Abitur würde er eine Stelle im Finanzimperium seines Vaters bekommen, und es würde ihm niemals an etwas fehlen. Nicht an Geld. Nicht an Frauen.

Aber dennoch war Eric fast schon zurückgeblieben, und kein Geld auf der ganzen Welt könnte daran etwas ändern.

Stefan lächelte. Er würde in allen Fächern die besten Noten

bekommen, und das bedeutete, dass er sein Schicksal beeinflussen könnte. Während Eric Creutz also reich und blöd war, würde er selbst reich und gescheit sein.

Er lachte vor sich hin, und der Glücksrausch stellte sich wieder ein. Die Welt gehörte ihm, und er würde sie erobern. In welcher Form, würde sich noch herausstellen. Im Notfall könnte er ja Schönheitschirurg werden, die verdienten Geld wie Heu und machten die Menschen froh.

Das wäre immerhin ein Ausweg.

Plötzlich hörte er Stimmen, und unbewusst duckte er sich, verschwand im Schatten unter der großen Eiche, bei der die Bank stand. Es waren Anders und Magdalena, die engumschlungen um das Haus gingen. Es war wie ein Tritt in den Bauch. Und doch typisch Anders. Er hatte Stefan und Magdalena bei Lindquist gesehen, hatte sie gesehen und Stefans frisch erwachtes Interesse gewittert. Und deshalb hatte er natürlich beschlossen, Stefan herauszufordern. Ihm zu zeigen, wer hier der Überlegene war. Anders musste sich immer mit anderen messen, sie übertreffen.

Magdalena stöckelte unbeholfen in ihren hochhackigen weißen Schuhen. Plötzlich stolperte sie, und beide fielen zu Boden und lachten dabei schallend. Sie zog die Schuhe aus und versuchte aufzustehen, kippte aber wieder um. Stefan begriff, dass sie stark angetrunken sein musste.

Anders konnte sie hochziehen, und gemeinsam gingen sie zum weiter oben gelegenen Gartenhaus. Magdalenas weiße Bluse leuchtete in der Sommernacht, und Stefan ging mit einem Mal auf, wie unglaublich schön sie war. Er überlegte, warum sie sich plötzlich für Anders interessierte und nicht für ihn. Denn zwischen ihnen hatte es doch etwas gegeben, da bei Lindquist. Aber vielleicht war sie von der Umgebung geblendet, oder sie hatte sich die Sache einfach anders überlegt.

Der Paar verschwand im Gartenhaus und schloss sorgfältig hinter sich die Tür. Stefan stand auf. Der Garten war leer. Er ging zum Fenster des großen Wohnzimmers und schaute hinein. Die Blondine stand noch immer hinter der Bar, und die Warteschlange war lang. Sie sah sich um, als ob sie nach etwas suchte, während sie weiterhin Rum und Cola mixte und Bier verkaufte. Sie sah sauer aus. Nicht mehr so hübsch.

Er machte kehrt, ging auf das Gartenhaus zu. Beugte sich vor und lauschte an der Tür. Gedämpfte Stimmen, dann kicherte Magdalena.

Er drückte auf die Klinke.

Vor der einen Wand stand ein mit Rosenmuster bezogener Diwan. Darauf lag Magdalena mit aufgeknöpfter Bluse und offenen hellbraunen Haaren. Ihre Brüste waren klein und die Brustwarzen hellrosa. Das sanfte Licht einer Kerze malte ihren Körper golden. Anders saß vor ihr auf dem Boden und ließ die Hand ihren Oberschenkel hochwandern.

Magdalena entdeckte ihn zuerst. Ihre Wangen wurden tiefrot, und sie griff nach ihren Kleidern, stieß Anders' Hand weg und knöpfte ihre Bluse zu. Anders drehte sich um, erblickte Stefan und grinste breit.

»Hey, Bruder!«

Er lachte und winkte Stefan näher. Magdalena runzelte die Stirn, sah verwirrt und unzufrieden aus.

»Ihr seid doch keine Brüder, oder?«

Sie nuschelte, es fiel ihr schwer, Stefans Blick festzuhalten, als sie zu ihm aufschaute. Stefan fragte sich, wie viel sie wohl getrunken hatte, dachte, es liege wohl kaum am Wein, dass ihre Augen so groß und dunkel aussahen. Anders fiel es schwer, sich zu beherrschen, aber er konnte sich das Lachen doch verkneifen.

»Nur im Geiste, könnte man sagen. Wir sind Brüder im Geiste. Wir teilen alles, wie sich das für gute Geschwister gehört.«

Magdalena nickte und lächelte ebenfalls, als ob sie genau verstanden hätte. Stefan sah in Anders' Augen ein seltsames Funkeln. Sah, wie er rasch einen Blick auf Stefan warf und dann wieder Magdalena ansah.

»Ihr scheint euch ja gut zu amüsieren. Störe ich?«

Er versuchte, sarkastisch zu klingen. Wollte nicht, dass Anders verstand, wie verletzt er war. Stattdessen suchte er Magdalenas Blick und lächelte verlegen, fast entschuldigend. Sie sah ebenfalls verlegen auf, schüttelte den Kopf. Sie war sexy, wie sie so auf dem abgenutzten Diwan lag. Die zerzausten Haare und die geöffneten Kleider lockten ihn, und er wollte zu ihr gehen und sie berühren, diese weiche, braungebrannte Haut anfassen. Die kleinen Brustwarzen küssen. Ihren Duft in sich aufnehmen. Er sah Anders an, der seinen Blick erwiderte, die Augenbraue hochzog und sein Raubtiergrinsen zeigte. Er machte eine Handbewegung, wie um Stefan zum Mitmachen aufzufordern.

Und plötzlich ging Stefan auf, dass Anders genau das wollte.

Er schaute wieder Magdalena an und merkte, wie er hart wurde. Er war betrunken, angetörnt und die Welt drehte sich in wildem Tempo. Und er wollte sie. Er wollte sie, seit sie bei Lindquist gesessen hatten und sie sich die Haare aus dem Gesicht strich und ihn mit den großen braunen Augen ansah. Und jetzt war sie hier, vor ihm. Doch zugleich drängte sich ein unwillkommener Gedanke auf. Dieser Gedanke, dass er kehrtmachen und gehen müsste, dass er gar nicht hier sein dürfte. Dass Magdalena betrunken war und nicht so recht wusste, was sie hier machte. Dass es so total falsch war. Dass er mit Magdalena in seinem Zimmer in der Rörstrandsgata knutschen müsste, statt hier zu stehen, betrunken, high, in einem hässlichen feuchten Gartenhaus, zusammen mit Anders, und auch nur daran zu denken, sie anzufassen.

Anders schien seinen Zwiespalt zu ahnen, das Zögern davor, einen Schritt zu weit zu machen, die unsichtbare Grenze zu übertreten, die nicht übertreten werden darf. Anders, der immer seine Schwäche durchschaute und nie zögerte, ihn deshalb zu verspotten. Natürlich auf eine kumpelhafte, freundschaftliche Weise, aber doch mit einer Überlegenheit, die Stefan niemals besitzen würde. Auf irgendeine Weise war es immer Anders, der anführte, und Stefan, der willenlos hinterhertappte. Dieser Gedanke machte ihn wütend und gereizt, und plötzlich wollte er hinaus in den kühlen Sommerabend. Weg aus dem stickigen, muffigen Gartenhaus.

Anders beugte sich vor und flüsterte Magdalena etwas ins Ohr. Sie wurde wieder rot und kicherte, dann schüttelte sie den Kopf und drehte sich zu Stefan. Sah ihn aus ihren großen blanken, braunen Augen an. Anders flüsterte noch etwas, nahm ihre Hand. Sah sie bittend an.

Magdalena seufzte und zog dann ihre Bluse aus. Sie sah verlegen und zugleich zufrieden aus, als sie mit nacktem Oberkörper dasaß. Stefan trat einen Schritt näher, in dem Bewusstsein, dass er jetzt die Grenze überschritt. Dass er es am nächsten Morgen bereuen würde. Er streckte die Hand aus und streichelte ihre Schulter, spürte die Wärme ihres Körpers. Ließ die Finger über die Rundung ihrer Brust wandern. Aus dem Augenwinkel sah er Anders grinsen.

Magdalena schien zu zögern, aber Anders legte locker die

Hände um ihren Nacken und küsste sie dann hart, presste die Zunge tief in ihren Mund.

»Nein, jetzt hör aber auf. Ich glaube, ich will das gar nicht.«

Magdalena schob Anders' Gesicht weg und sah aus, als gäbe sie sich alle Mühe, nüchtern zu werden.

»Natürlich willst du, Herzchen. Warum hast du denn sonst deine Bluse ausgezogen? Und ich weiß, dass du schon das halbe Schuljahr auf Stefan scharf bist. Jetzt ist er hier. Und ich auch. Besser geht es doch gar nicht.« Er lächelte, und Stefan stimmte ein.

»Ist schon gut, Magda, wir tun nichts, was du nicht willst. Du kennst uns doch.«

Stefan streichelte ihre Büste und erwiderte abermals ihren Blick, und in diesem Moment sah er, wie darin etwas erlosch. Ein Licht, das starb. Und er wusste, dass sie aufgegeben hatte. Er kniff die Augen zusammen und fing an, ihren Rock herunterzuziehen.

Stockholm 2010

Markus hebt die Augenbrauen, als ich die Zutaten aus der Einkaufstüte nehme: Filetsteak, frischer Meerrettich, Eier, Obst, weiße Schokolade.

»Was …?«

Tatsache ist, dass ich niemals etwas Avancierteres koche als Nudeln mit Pesto oder gebratene Falunwurst. Ich bin ja vieles, aber die geborene Köchin bin ich nicht.

»Ich wollte heute Abend mal kochen.«

»Kochen. Du?«

»Ja. Und?«

Er wirft mir diesen Blick zu, belustigt und fragend zugleich.

»Ist ja nur, weil du sonst nie kochst.«

»Tu ich wohl.«

»Nein, tust du nicht.«

»Tu ich wohl.«

Er lacht leise, umarmt mich von hinten, schnuppert ein wenig an meinem Nacken.

»Das ist keine Kritik, Liebling. Niemand freut sich mehr als ich, wenn du ein Essen servierst, und das hier sieht doch … spannend aus.«

Ich kichere unfreiwillig. Werde lockerer. Lasse mich umarmen. Sauge seinen Duft ein. Erik kommt mit seinem großen roten Auto in der rechten Hand aus dem Wohnzimmer gekrochen. Er schaut mich gleichgültig an, dann fährt er weiter, unter den Küchentisch.

»Was gibt es denn?«

»Filetsteak mit Meerrettich und Eigelb und danach warmen Obstsalat.«

Er hebt abermals die Augenbrauen, sieht wirklich überrascht aus.

»Oh, das klingt ja phantastisch.«

Ich wende mich von Markus ab, will seinem Blick nicht begegnen. Was soll ich sagen?

Stefans Lieblingsgericht. Ich musste es einfach noch einmal haben.

Ich nehme Zutaten aus dem Schrank. Stelle die Rotweinflasche auf die Anrichte.

»Ich wollte vor dem Essen noch eine Runde laufen«, sage ich.

Markus schaut aus dem Fenster. Der Schnee fällt dicht, dicht in der Dämmerung. Durchaus kein Laufwetter. Ich kann ihm ansehen, dass er es für eine schlechte Idee hält, aber er nickt nur stumm und fährt sich mit der Hand über die kratzigen Bartstoppeln.

»Danke«, sage ich und küsse ihn auf die stachelige Wange.

»Wofür?«, fragt er verwirrt.

»Dafür, dass du nicht sagst, es sei draußen zu kalt, dunkel oder verschneit. Weil du mich meine verrückten Dinge tun lässt.«

Der Schnee wirbelt lautlos um mich herum, als ich über das Eis auf die Odde zulaufe. Auch Stefan hat das getan. Im Winter die Bucht durchquert, um sich die lange dunkle Strecke durch den Wald vom Haus zur Hauptstraße zu ersparen.

Ich habe Metallspikes für meine Laufschuhe gekauft. Der Verkäufer hat beteuert, dass man damit ganz hervorragend durch Schnee und über Eis laufen kann. Sie lassen bei jedem

Schritt ein leises Ticken hören. Ansonsten ist alles still. Das Haus hat sich in ein kleines helles Viereck verwandelt, das sich vor den hohen Bäumen an die Felsen schmiegt.

Was hat er gedacht, als er hier gelaufen ist, über das Eis? Über das, was sein Grab werden würde, nur wenige Monate später. Das Wasser, das mich zur Odde trägt, ist dasselbe, das seine Lunge gefüllt, das sein Bewusstsein ausgelöscht und sein Leben genommen hat.

Ich laufe schneller.

Jetzt ahne ich das Haus nur noch als schwachen Lichtpunkt im Schneegestöber, und stattdessen ragt vor mir die Odde als breite schwarze Landzunge auf. Das Licht einiger einsamer Straßenlaternen kennzeichnet die Bushaltestelle. Verlassene, eingeschneite Autos stehen daneben, wie Tiere im Winterschlaf.

Ich laufe weiter über das Eis. Die Stacheln klicken bei jedem Schritt laut.

Plötzlich ist sie einfach vor mir.

Die Rinne.

Schwarz und leer klafft sie vor mir. Ein Schlund, bereit, mich ins Meer zu saugen. Ich bleibe stehen, und die Stacheln tun ihre Arbeit, bohren sich in den Schnee, bremsen. Aber das reicht nicht. Ich stolpere, und mein rechter Fuß landet in dem kalten schwarzen Wasser mit einem schlürfenden Geräusch, wie dann, wenn das letzte Abwaschwasser abgesaugt wird.

Ich bleibe eine Weile auf dem Rücken liegen. Ein scharfer Schmerz im Steißbein hindert mich daran, mich zu bewegen.

Um mich herum fällt weiter der Schnee. Große Flocken landen in meinem Gesicht. Ich versuche nicht, sie zu entfernen. Langsam drehe ich mich auf die Seite, fort von der Rinne, und ziehe das Bein aus dem Wasser. Es ist ohne Gefühl und schwer, und ich muss mit der Hand nachhelfen, um es aufs Eis zu wuchten.

Ich zitterte vor Angst, Kälte und etwas anderem. Einem schleichenden Gefühl, dass ich dabei bin, die Kontrolle über mein Leben zu verlieren. Was jage ich eigentlich hier auf dem Eis, in der Dunkelheit?

Stefan? Die Wahrheit?

Meine Wirklichkeit ist hier und jetzt. Das Vergangene ist ein hungriges Tier, das gleich unter der Oberfläche unserer Wirklichkeit auf der Lauer liegt. Es will mir nichts Gutes, das weiß ich. Es will mich in das schwarze Loch ziehen, wartet nur auf den richtigen Augenblick. Den Moment, in dem ich die Sache aus dem Griff verliere. In dem ich nachgebe und widerstandslos in die offene Rinne gleite.

Langsam komme ich auf die Knie. Keuche vor Anstrengung und vor Schmerz im Steißbein. Ich schaue die Rinne an. Sie ist zu groß, um von einem Angler zu stammen. Sie hätte mich problemlos verschlungen, wenn ich hineingefallen wäre. Ich schleppe mich weiter davon weg. Komme auf meinen unsicheren Beinen zum Stehen und mache mich auf den Heimweg.

»Das hätte dein Tod sein können!«

Markus' Stimme ist vorwurfsvoll mit einem dunklen, unheilverkündenden Unterton. Aber er hat recht. Ich hätte da draußen auf dem Eis ums Leben kommen können. Ich hab keine Antwort darauf, zittere nur unkontrolliert.

»Hier.«

Er reicht mir den Tee. Als ich versuche zu trinken, schütte ich mir die Hälfte aufs Knie, spüre aber nichts. Meine Beine sind von der Kälte betäubt.

»Ich begreife nicht, was du da auf dem Eis wolltest. Ich begreife nicht, warum du bei diesem Wetter überhaupt laufen musst. Du bist doch sonst nie gelaufen. Warum fängst du jetzt damit an? Mitten im Winter? Siri, was ist eigentlich mit dir los? Ich kenne dich gar nicht mehr.«

Das Letzte sagt er leise, und in seiner Stimme liegt Trauer.

Ich greife nach seiner Hand.

»Herrgott, du bist wirklich eiskalt.«

Er massiert meine Finger. Küsst meine Fingerknöchel.

»Entschuldige«, flüstere ich.

Er sitzt stumm neben mir, wartet ab.

»Es ist das mit Stefan. Ich muss einfach wissen, was passiert ist.«

»Stefan? Was hat er mit allem zu tun?«

Plötzlich bereue ich meine Ehrlichkeit, ahne, dass die Diskussion kein gutes Ende nehmen wird.

»Stefan ist dort immer gelaufen«, versuche ich zu erklären. »Und ich dachte, dass ... ich weiß nicht. Dass ich vielleicht besser verstehen könnte, wie er gedacht und gefühlt hat, wenn ich das auch mache. Dass mir das helfen könnte zu verstehen, was mit ihm passiert ist.«

Markus lässt meine Hand los und zieht seine zurück. Es wird still. Nur das Knistern des Kamins ist zu hören.

»Was ist nur los mit dir?« Markus' Stimme ist kalt. Er presst die Zähne aufeinander.

»Du trägst seine alten Kleider, du wühlst nachts in seinen Papieren. Du läuft dieselbe Strecke wie er. Meinst du, ich wüsste nicht, dass du in jeder freien Minute diesem Mord nachgehst? Und dass du dich mit seiner Mutter getroffen hast. Das ist doch einfach krank!«

»Wer hat gesagt, dass ich mich mit Maj getroffen habe?«

»Aina hat angerufen. Sie macht sich Sorgen um dich. *Wir* machen uns Sorgen um dich. Du scheinst doch total ...«

»Seit wann verschwörst du dich mit Aina gegen mich?«

Markus hört mich nicht. Er läuft hin und her und hat die Hände vor die Stirn geschlagen. Dann sehe ich Erik in der Tür.

»Papa krank?«

»Nein, Liebling.« Markus sinkt neben ihm in die Knie, hebt ihn sich mit geübtem Griff auf die Hüfte. »Papa ist nicht krank. Und jetzt bringen wir dich ins Bett, Schnuffel.«

»Bitte, Markus«, stammele ich.

Er zögert in der Tür, als rechne er mit einer Entschuldigung.

»Kannst du nicht Stefan und Anders in euren Registern suchen? Ich verspreche, dass das hier … dass du nicht darunter leiden wirst, wir nicht. Ich muss nur wissen, was passiert ist. Bitte, versuch, das zu verstehen.«

Ehe er das Zimmer verlässt, kann ich noch seinen Blick auffangen, in dem ich etwas Hartes sehe.

In dieser Nacht schlafe ich auf dem Sofa. Es ist eng und unbequem, und mir geschieht total recht. Ich habe mein Leben aufs Spiel gesetzt, um einem sinnlosen Rätsel nachzugehen, dessen Lösung ich ja doch nie finden werde. Aus dem Schlafzimmer höre ich Erik wimmern. Noch einer, den ich liebe und den ich vernachlässigt habe. Die Wunde auf seiner Stirn ist gut verheilt. Aber es hätte ganz anders enden können.

Ich denke, dass es jetzt reicht. Dass ich Stefan loslassen, ihn in diese Rinne gleiten lassen muss, zurück in die Vergangenheit, und dass ich selbst hier in der Wirklichkeit bleiben muss.

Dann piepst mein Mobiltelefon, leuchtet vor mir auf dem Couchtisch. Eine Mail. Ich schaue auf die Uhr. 01:42. Wer mailt um diese Zeit? Ich klicke mich in die Mailbox, kenne den Absender nicht.

»Hi, du schreibst, dass dein Mann ein Kumpel von dem Typen war, der vor meinen Augen im Park erschossen wurde. Du weißt ja, dass ich der Polizei schon alles gesagt habe. Ich kapier nicht so ganz, wie es dir helfen soll, mit mir zu reden. Aber wenn es stimmt, dass dein Mann auch gestorben ist und dass du glaubst, das hier kann dir helfen, dann von mir aus. Dann können wir uns treffen und reden. Wenn du mir deinen Namen und deine Nummer mailst, ruf ich dich an. Aber erst schau ich nach, wer du bist. Damit ich weiß, dass du die bist, für die du dich ausgibst. Anna.«

Mein Magen krampft sich zusammen. Ich antworte ihr sofort, während in mir die Neugier wächst. Wer ist sie, dieses Mädchen, das in der kalten Februarnacht im Drogenrausch den Mord an Anders Holmberg miterlebt hat?

Es war leicht, Ulrik Lundin zu finden, einer der drei, die Maj als Stefans engste Freunde auf dem Gymnasium bezeichnet hat. Mir geht mehr und mehr auf, dass sich heutzutage alle Informationen im Internet finden lassen – wo du wohnst, mit wem du zusammenlebst, wie viel du verdienst.

Ulrik Lundin ist, wenn man der von mir gefundenen Info glauben will, verheiratet mit Lisa Lundin und arbeitet als Chefanalytiker bei der Finanzfirma Carnegie, was immer das für ein Posten sein mag. Sein Einkommen wurde im vergangenen Jahr auf 3 587 400 Kronen veranschlagt, mehr als zehnmal so hoch wie meines.

Ich stehe vor dem überwältigenden Haus im Havsstig in Saltsjöbaden. Es gibt also Menschen, die wirklich hier wohnen. Das Haus, ein kleineres Herrenhaus mit weißem Verputz, wird wohl um die Jahrhundertwende erbaut worden sein. Es thront in einsamer Majestät auf der verschneiten kleinen Anhöhe, mit freiem Blick auf Saltsjön. Ich drücke auf die silberne Klingel am Tor, höre ein Surren und sehe, wie eine Überwachungskamera sich auf mich richtet.

Als ich anrief, hörte er sich zuerst reserviert und gleichgültig an, aber seine Stimme wurde sofort weich, als er hörte, dass ich mit Stefan verheiratet war. Und sicher, klar wollte er sich mit mir treffen. Warum nicht schon in dieser Woche? »Wir bauen gerade die Küche um, deshalb bin ich Freitag zu Hause. Komm doch dann, ich mache Kaffee.«

Dann steht er vor mir auf der anderen Seite des Tores. Nicht viel anders als der Junge auf dem Foto im Jahrbuch der

Schule. Kleiner als in meiner Vorstellung, mit dunklen, leicht gelockten Haaren, die an den Schläfen grau werden. Er ist sehnig, fast schon mager, mit leicht eingesunkenen Wangen und hellgrauen Augen. Er begrüßt mich mit breitem Lächeln wie eine alte Bekannte.

»Siri, richtig?«

Ich nicke und erwidere sein Lächeln, gehe durch das Tor, das automatisch und lautlos geöffnet wird.

»Schönes Haus.«

Er nickt und macht ein nachdenkliches Gesicht. Zögert einen Moment.

»Doch, es ist natürlich ein gewaltiges Privileg, hier wohnen zu können, aber es kostet. Finanziell und auch sonst. Ab und zu habe ich das Gefühl, dass ich dem Haus gehöre und nicht umgekehrt.« Er lächelt kurz und starrt den Kies an, als ob er bereut, das gesagt zu haben.

Ich lächele verständnisinnig, als wüsste ich genau, wie es ist, von einem Haus besessen zu werden, und folge ihm in die Diele.

Zwei dünn angezogene Männer im Blaumann nähern sich von der Querseite her, gehen auf Ulrik zu und stellen in gebrochenem Englisch eine Frage. Ulrik zeigt auf eine Bude weiter hinten im Garten, und sie trotten weiter.

»Handwerker, du weißt schon.«

Er lächelt, wie um sich zu entschuldigen, gibt an der Haustür einen Code ein und geht ins Haus. Ich folge ihm. Eine ganze Wand ist bedeckt von einem riesigen Schwarzweißfoto einer nackten Frau, die sich einen Totenschädel zwischen die Brüste hält. Die dunklen Haare fallen wie ein Vorhang vor ihr Gesicht. Ulrik muss meinen Blick gesehen haben, denn er lacht leise und tippt meine Schulter an.

»Marina Abramović, serbische Künstlerin. Ja, sie ist das

auch auf dem Foto. Sie ist ... Subjekt und Objekt zugleich, kann man vielleicht sagen. Ich habe es vor einigen Jahren in New York gekauft. Weiß nicht, was ich mir dabei gedacht habe, es war viel zu teuer. Aber kein Tag vergeht, an dem ich nicht hier stehe, vor dem Bild und ... einfach glücklich bin. Es ist fast nicht zu beschreiben. Verstehst du?«

Wieder nicke ich. Das Bild ist hypnotisch, und ich glaube Ulrik. Was er sagt, klingt ehrlich, nicht klischeehaft oder überlegt.

»Komm, wir gehen in die Bibliothek.«

Ich klettere über einen Haufen Legosteine und folge ihm in einen Raum, der wirklich einer altmodischen Bibliothek gleicht. Die an der Wand angebrachten Bücherregale ziehen sich überall von der Decke bis zum Boden. In einer Ecke steht eine Leiter. Mitten im Zimmer liegen Stapel von zusammengefalteten Umzugskartons. Er sieht meinen Blick.

»Wir gehen ins Ausland. Aber nur für ein halbes Jahr, deshalb nehmen wir nur das Nötigste mit.«

»Die Legosteine?«

»Genau.« Er lacht und winkt mir, mich in einen lindgrünen Carl-Malmsten-Sessel zu setzen.

»Kaffee?«

»Gern.«

Als er in der Küche verschwindet, stehe ich auf und gehe zu einem Bücherregal, lasse die Hand über die Buchrücken wandern. Biografien, Krimis, Fachliteratur. Ulrik scheint alles zu lesen. Viele Taschenbücher – ein sicheres Zeichen dafür, dass der Besitzer gern liest und sich nicht nur mit Büchern einrichtet.

»Lisa und ich lesen beide viel.«

Er steht plötzlich mit zwei dampfenden Kaffeetassen auf einem kleinen Tablett hinter mir.

»Was macht deine Frau?«

»Sie ist Hebamme. Aber sie ist seit vier Jahren zu Hause. Seit wir Sixten bekommen haben. Und jetzt haben wir noch eine Kleine von acht Monaten, Linn. Ja, das siehst du ja.«

Er zeigt auf einige Schnuller, die auf dem Parkettboden herumliegen. Dann mustert er mich mit neuem Interesse.

»Ich habe dich auf Stefans Beerdigung gesehen.«

»Es tut mir leid.« Ich zögere. »Ich kann mich nicht an dich erinnern.«

»Da ist ja wohl kein Wunder. Du hattest wirklich andere Sorgen.«

Ich nicke, schaue die Kaffeetasse auf dem Tablett an. Er hat natürlich recht. In meiner Erinnerung erscheint die Zeit nach Stefans Tod als vager Traum. Dass Aina bei mir eingezogen ist, sich um mich gekümmert hat. Dass ich im Bett lag, bis sie mich im wahrsten Sinne des Wortes aufhob und zum Duschen zwang. Dass mir das Essen so schwerfiel – jeder Bissen blieb mir im Mund stecken, verwandelte sich in einen geschmacklosen aufquellenden Teig, den ich einfach nicht hinunterwürgen konnte.

An die Beerdigung habe ich nur Bruchstücke von Erinnerungen. Der Mosaikboden in der Kapelle. Die Stimme der Pastorin, auf unpersönliche Weise emphatisch. Eine professionelle Seelsorgerin mit halbem Engagement. Das hat mich sehr gestört. Das Leben, wie ich es kannte, hatte doch aufgehört zu existieren. Mir war meine gesamte Zukunft gestohlen worden. Und da stand die alte Kuh und predigte, als ob alles seine Ordnung hätte. Ich erinnere mich auch an den Duft der Blumen, die vielen Kränze und Sträuße und einzelne Blumen, die sich auf dem Sarg und daneben drängten.

Dann: nichts.

Ich weiß nicht mehr, wer da war oder was sie zu mir gesagt

haben, auch wenn ich annehme, dass ich mit den Gästen gesprochen habe. Ich erinnere mich nicht mehr an Kaffee und Kuchen oder wie ich nach Hause gekommen bin.

»Stefan hat dich nie erwähnt«, sage ich.

Ulrik zuckt mit den Schultern und stellt die Kaffeetasse mit einem Knall auf einen kleinen eleganten Marmortisch mit gekrümmtem Fuß.

»Es gab vielleicht nicht so viel zu sagen. Nach dem Gymnasium hatten wir ja kaum Kontakt. Ich bin zum Studium in die USA gegangen, hatte ein Stipendium. Und Stefan, der hat dann doch Medizin studiert. Wir haben uns einfach aus den Augen verloren, nehme ich an.«

»Wir war er damals, Stefan? Ich bin neugierig.«

Ulrik grinst.

»Er war ein unerträglicher Besserwisser. Wir waren alle unerträglich. Überzeugt von unserer eigenen Vortrefflichkeit. Unerträglich und unsterblich.« Er legt eine Pause ein, fährt sich mit der Hand durch die graumelierten Haare. »Wir haben gefeiert, als ob es kein Morgen gäbe. Und das gab es damals ja auch nicht. Niemand, für den wir Verantwortung hätten übernehmen müssen. Nur für uns selbst. Was schwer genug war.«

»Und die anderen?«

»Die anderen.« Er lacht und sieht mich entzückt an. »Du hast den Durchblick, wie ich sehe.«

»Ich habe mit Anders Holmbergs Vater gesprochen. Er hat gesagt, dass ihr immer zusammen wart, du, Stefan, Anders und ein gewisser Mikael Arvidsson.«

Ulrik sinkt in dem grünen Sessel ein wenig tiefer, sein Gesicht wirkt gequält.

»Anders, ja …«

Dann verstummt er.

»Warum ist er ermordet worden, was glaubst du?«

»Ich bin davon überzeugt, dass es ein Versehen war. Kein Mensch hätte Anders etwas tun wollen, das kann ich garantieren. Er hatte niemals Feinde, nicht einmal auf dem Gymnasium, obwohl er ein reicher Protz war und den harten Brocken spielte, aber innerlich war er weich. Wie ein Ei. Und dann, als er Rebecca kennengelernt hat und die Kinder kamen, wurde er ein richtiger Pantoffelheld. Ich glaube, der Kerl hat den Falschen umgelegt, so einfach ist das. So was kommt doch vor?«

Er sieht mich fragend an, als ob ich die Antwort wissen müsste. Aus der Küche höre ich Hammerschläge und ein leises Gespräch auf Polnisch.

»Noch Kaffee?«

Ich schüttele den Kopf.

»Hattest du Kontakt zu Anders?«

»Eigentlich nicht. Er ging nach Uppsala zum Jurastudium. Dann passierte einfach zu viel, ich weiß nicht. Ist das nicht so? Das Leben? Dinge passieren, man entwickelt sich in unterschiedliche Richtungen. Ich bin jedenfalls nicht mehr der von damals, Gott sei Dank. Damals war ich ein echter Arsch.«

Dann beugt er sich vor, als sei ihm etwas Wichtiges eingefallen.

»Aber wir hatten im letzten Jahr einen gewissen Kontakt. Vor … ja, vor dem Mord. Ich weiß nicht, ob sein Vater das erzählt hat, aber Anders hatte doch einen ziemlich schweren Verkehrsunfall, und danach hatte er sich in gewisser Weise verändert.«

»Wie denn verändert?«

Ulriks Blick wandert an den Bücherregalen entlang zum Fenster.

»Er wurde sozusagen… ach, verdammt, ich weiß nicht. Vielleicht nicht religiös, aber auf irgendeine Weise wirkte er ein wenig bekehrt. Als ob er das Leben jetzt anders sähe. Er engagierte sich dann auch für wohltätige Zwecke und so. Und hat sich bei mir gemeldet.«

»Und der Vierte im Bunde, Mikael Arvidsson?«

Ulrik schüttelt langsam den Kopf.

»Arvidsson. Armer Teufel. Er war immer unten in der Hackordnung. Obwohl er sicher der Begabteste von uns war. Aber er war… ein wenig zerbrechlich, anders. Passte nicht richtig dazu, irgendwie. Wir haben ihn immer Mamasöhnchen genannt, das war er nämlich. Aber wer wäre bei der Mutter nicht zum Mamasöhnchen geworden? Obwohl es ja doch verdammt gemein von uns war…«

Pause.

»Tatsache ist, dass er noch immer bei seiner Mutter in Lidingö wohnt. Er ist nie ausgezogen. Ich glaube, er säuft. Ist das nicht seltsam? In dem Alter ist man in gewisser Weise so gleich. Und dann… Heute sind Stefan und Anders tot und Micke säuft. Wer hätte das damals gedacht?«

Seine Stimme versagt.

»Was war mit seiner Mutter?«

Ulrik verzieht den Mund, sein Lächeln wird zu einer anzüglichen Grimasse.

»Sie sah so verdammt gut aus, seine Mutter. Der feuchte Traum aller Jungs. Eine richtige MILF.«

»Habt ihr noch Kontakt, du und Micke?«

»Seit dem Abi nicht mehr. Wir hatten wohl nicht so viele Gemeinsamkeiten im Grunde. Aber warum willst du das alles wissen? Was hat das mit Stefan zu tun?«

Ich schaue aus dem Fenster, auf die Bucht, die tief verschneit draußen liegt. Es ist nicht sehr weit bis zu meinem eigenen Haus. Ohne den vielen Schnee könnte man vielleicht auf Schlittschuhen hinlaufen.

»Ich glaube, ich versuche zu verstehen, warum Stefan sich umgebracht hat.«

»Sich umgebracht? Ich dachte, es war ein Tauchunfall.«

»Das haben wir zuerst alle geglaubt. Später ist mir aufgegangen, dass es Selbstmord war. Aber ich konnte nie begreifen, warum. Und ich will es wissen. Es ist lebenswichtig für mich.«

Er nickt langsam.

»Das kann ich verstehen. Aber was hat das mit mir und Anders und Micke zu tun?«

»Ich habe unter seinen alten Papieren Notizen gefunden. Und ich glaube, dass die mit Anders zu tun haben.«

»Ach?«

»Ich glaube, dass es einen Zusammenhang zwischen Stefans Selbstmord und dem Mord an Anders geben kann.«

Ulrik versinkt tiefer in den grünen Sessel. Sieht plötzlich alt und müde aus.

»Es hat eine Zeit gegeben, in der auch ich nach Antworten und Erklärungen gesucht habe. Jetzt glaube ich, dass die Dinge einfach passieren. Dass es nicht immer einen Grund gibt. Dass das ganze Leben nur ein verdammter Zufall ist.«

Vorsichtig ziehe ich das Passfoto des dunklen Mädchens aus der Plastikmappe, die ich bei mir habe.

»Kennst du sie?«

Er winkt mir zu, damit ich ihm das Bild reiche. Hält es ins Licht. Schüttelt danach traurig den Kopf.

»Nie gesehen. Es tut mir so leid, dich enttäuschen zu müssen, Siri.«

Als wir uns am Tor verabschieden, ist seine Umarmung lang und warm. Er nimmt meine Hand in seine beiden.

»Du, es war schön, dich kennenzulernen. Versprich mir anzurufen, wenn noch etwas sein sollte.«

Die Sonne brennt mir in den Nacken. Es ist warm im Zimmer, und ich muss mich vorbeugen und die Jalousien zurechtrücken, damit Caroline das scharfe Licht nicht in die Augen bekommt. Auf dem Markt draußen ist mehr los als seit langem. Offenbar wollen alle beim Blumenstand Tulpen und Krokusse kaufen. Das schöne Wetter schenkt wieder die Hoffnung, dass dieser ewig lange Winter trotz allem irgendwann loslassen und die Menschen in der Stadt befreien wird, die seit Monaten in Finsternis und Kälte gefangen sind.

Caroline sieht froh aus. Sie trinkt ihr Wasser in langen Zügen, und ein blasser Lippenstiftrand bleibt auf dem Glas zurück, als sie es auf den Tisch setzt. Sie hat sich die Haare gekämmt und trägt ein gebügeltes Hemd und ein Paar Jeans, die neu aussehen. Sie sieht nicht mehr aus wie ein schlampiger Teenie. Kein Mädchen mehr, denke ich.

»Ich bin fertig mit meiner Hausarbeit. Und wissen Sie, was das bedeutet?«

Ich schüttele den Kopf.

»Dass mir nur noch eine Prüfung bleibt. Ich weiß ja, dass es total krank ist und dass ich viel zu lange gewartet habe. Und vermutlich kriege ich mit all den Löchern in meinem Lebenslauf nie einen Job, aber ... es ist so ein schönes Gefühl. Ich bin bald fertig. Und wissen Sie, was noch passiert ist?« Caroline ist jetzt eifrig, beugt sich vor und richtet die hellblauen Augen auf mich. Sieht stolz aus. Wie ein Kind, das seiner Lehrerin etwas erzählen will.

»Was denn?«

»Ich ziehe um.« Sie sagt das triumphierend und lacht dann laut. Es ist unvorstellbar, dass es dieselbe Person ist, die vor nur einem Monat hier saß und weinte, als sie von Darius erzählte. Ich merke, wie mein Hals sich zusammenzieht und mir die Tränen in die Augen treten, und ich muss mich abwenden und husten, damit Caroline das nicht sieht. Was sie tut, ist beeindruckend, und ihre Stärke und Entschlossenheit finde ich rührend.

»Das habe ich vorige Woche beschlossen. Also, die Leute von der Heilsarmee waren vor ein paar Tagen bei mir und haben Darius' Sachen geholt. Mein Papa hat mir geholfen, die vorher einzupacken.«

»Und wie ist es möglich, dass Sie das jetzt alles über sich bringen?«

Caroline verstummt und holt rasch Atem. Ich sehe den Schmerz in ihrem Gesicht, den Schmerz, aber auch die Erleichterung. Der verbissene Zug um ihre Wangenknochen ist verschwunden. Als ob sie nichts mehr mit Gewalt zurückhalten müsste.

»Ja, das ist schon seltsam. Aber … ich nehme an, es war ganz einfach so weit. Dass ich eingesehen habe, dass er nicht zu mir zurückkommen wird.«

Ihre Stimme bricht, und ich greife nach der Kleenexschachtel. Sie schüttelt den Kopf.

»Ist schon gut. Also, es tut mir wirklich leid, darüber reden zu müssen, aber zugleich … etwas in mir scheint sich zu lösen. Wie dann, wenn das Eis schmilzt.« Sie lacht, ihre Metapher scheint ihr peinlich zu sein.

»Wie wenn Eis schmilzt?« Ich wiederhole ihre Worte und

höre selbst, wie seltsam ich klinge. Wie der widerliche Inbegriff der Psychotherapeutin, die nur wiederholt, was die Klientin sagt.

»Ja, wie wenn das Eis schmilzt.« Caroline errötet. »Es tut mir leid, ich weiß, es klingt blödsinnig, aber ich habe wirklich das Gefühl, wieder etwas empfinden zu können. Früher war ich nur deprimiert, es ging mir schlecht, ich hatte Angst und überhaupt. Jetzt trauere ich. Aber es ist eine reine Trauer. Ich bin traurig, und es tut weh, aber nichts ist noch eingefroren oder versteckt. Ich versuche nicht, nichts zu empfinden. Oder mir einzureden, dass Darius zurückkommen wird. Denn das wird er nicht.«

»Und mit dieser Erkenntnis können Sie jetzt leben?« Meine Stimme zittert, als ich diese Frage stelle. Caroline weiß es nicht, aber mir ist es klar. Dass ich plötzlich zur Klientin geworden bin und sie zur Therapeutin. Dass ihre Antwort ungeheuer wichtig für mich ist.

»Es ist schwer. Ich werde mich immer fragen, was gewesen wäre, wenn er geblieben wäre. Hätten wir heute Kinder? Und wie würden die aussehen? Oder hätten wir uns doch getrennt, einige Jahre später? Ich bin alle möglichen Szenarien durchgegangen Aber ich muss akzeptieren, dass es eben so ist. Und dass das Leben weitergehen muss. Mein Leben muss weitergehen.«

Sie lächelt und schüttelt den Kopf, wie um zu betonen, wie naiv sie bisher war, ehe sie zur Erkenntnis kam. Ich selbst sitze still da und starre auf das Raster aus Sonne und Schatten, das die Jalousie an die Wand malt. Plötzlich finde ich keine Worte.

»Was ist los?«, fragt sie verwirrt, als ich so lange schweige.

»Sie haben erzählt, dass Sie die Wohnung ausgeräumt haben. Können Sie noch mehr erzählen?«

Caroline lächelt, und sie scheint mein Schweigen als eine Art therapeutischen Handgriff hinzunehmen. Ich bin dankbar dafür, dass sie mich nicht durchschaut.

Nicht meinen Neid sieht, meine Schwäche.

»Genau. Also, da saßen wir dann und hatten alles zusammengepackt und warteten auf die Leute von der Heilsarmee, und dann fingen wir an, über die Wohnung zu reden. Wir haben natürlich schon früher darüber geredet, aber da habe ich alles abgewiesen. Es gab immer jede Menge guter Gründe, um dort wohnen zu bleiben: die Miete, der Wohnungsmangel, die Nähe zur Uni … Aber jetzt merke ich, dass es das einzig Richtige ist. Ich muss da ausziehen. Und da sagte mein Vater, dass er und Yvonne ihr Haus verkaufen werden, und sie werden gut daran verdienen, weil sie seit einer Ewigkeit dort wohnen. Wenn sie dann eine Wohnung gekauft haben, dann bleibt noch Geld übrig, und Simon, das ist mein Stiefbruder, und ich werden etwas abbekommen. Als Vorschuss auf das Erbe sozusagen. Und das reicht für die Anzahlung für eine neue Wohnung.« Caroline sucht meinen Blick, scheint nach Zeichen für Unzufriedenheit oder Einwänden zu suchen. »Meinen Sie, es ist zu früh? Sollte ich noch warten?«

»Das kann ich nicht beantworten, das müssen Sie selbst entscheiden.«

Ich sehe die Enttäuschung in ihrem Blick und begreife, dass sie sich nach Bestätigung sehnt. Der Versicherung, dass sie auf dem richtigen Weg ist.

»Aber so wie Sie das erzählen, finde ich, es klingt wohlüberlegt. Und klug.«

Caroline strahlt. Ihre Augen füllen sich mit Tränen, während sie zugleich lacht.

»Gott, Sie müssen mich ja für total verrückt halten. Aber es ist ein so wunderbares Gefühl. Und wissen Sie was?«

Ich schüttele den Kopf, habe keine Ahnung, was sie sagen will.

»Das ist Ihr Verdienst. Ich freue mich so sehr, dass ich auf meine Freunde gehört habe und hergekommen bin. Ich wäre ohne Ihre Hilfe nie so weit gekommen. Ich habe wirklich alles nur Ihnen zu verdanken.«

Caroline sieht mich an und lächelt wieder. Ich lasse mich auf dem abgenutzten Laminosessel zurücksinken, blinzele und wünschte, ich könnte für mich selbst eine ebenso gute Therapeutin sein wie für andere.

Marianne hält einen blauen Schuhüberzug hoch, lässt ihn an ihren Fingern baumeln, damit alle ihn sehen.

»Der ist schmutzig«, sagt sie langsam. »Schmutzige Schuhüberzüge kommen in den weißen Korb. Neue liegen im blauen. Irgendwer hier hat einen Schuhüberzug benutzt, ihn aber in den falschen Korb gelegt. Jemand hat ihn in den blauen Korb gelegt.«

Caroline ist nach Hause gegangen, und wir haben uns in der Teeküche zu einer Besprechung versammelt.

Sven räuspert sich verlegen.

»Es tut mir leid, Marianne. Ich kann das gewesen sein. Ich werde versuchen, sie in Zukunft in den richtigen Korb zu legen.«

»Ist ja nicht so schlimm«, sagt Marianne tonlos. »Und jetzt weißt du, was du das nächste Mal zu tun hast.«

Wir schweigen alle. Ich spüre Trauer und Sehnsucht wie ein Gewicht auf dem Zwerchfell. Ein bohrendes Gefühl, das nicht verschwinden will. Aina schaut mit leerem Blick aus dem Fenster. Eine blasse Sonne wirft ihr Licht auf den abgenutzten Linoleumboden, leuchtet die kleinen Staubkörner an, die durch die Luft wirbeln.

Die Mikrowelle klingelt. Marianne faltet den blauen Schuhüberzug sorgfältig zusammen und steckt ihn in eine kleine Plastiktüte, steht auf und watschelt zum Ofen, um das Blech mit den dampfenden Zimtschnecken herauszunehmen.

»Von gestern. Haben nur die Hälfte gekostet.«

»Wie gut«, sagt Sven ohne Begeisterung.

»Wir müssen über die Finanzen reden«, sagt Aina.

»Ich verstehe nicht, wie du vergessen konntest, die Bewerbung an das Gesundheitsamt zu schicken«, murmelt Sven.

In seiner Stimme liegt Irritation, und ich kann ihm da keinen Vorwurf machen. Die Bewerbung war wichtig für uns. Wenn wir den Zuschuss bekommen hätten, hätten wir im nächsten Jahr in eine größere Praxis umziehen können. Hätten vielleicht sogar noch jemanden einstellen können.

Aina lugt zu mir herüber. Aus irgendeinem Grund hat sie die Schuld dafür übernommen, dass wir die Bewerbung nicht rechtzeitig abgeschickt haben, hat gesagt, sie habe die Mail an das Gesundheitsamt vergessen.

»Da kann man wohl nichts machen«, sage ich. »Wir werden im kommenden Jahr also einiges an Einkünften verlieren, und da sollten wir uns wohl unsere festen Kosten ansehen. Können wir irgendwas einsparen?«

»Was denn?«, faucht Sven. »Dienstwagen, Studienreisen, Kuren, Bonusgelder …?«

»Hör auf«, sagt Aina leise.

Sven verschränkt demonstrativ die Arme und seufzt.

»Wie konntest du das einfach vergessen?«

Alles schweigt.

»Hör auf, Sven«, sage ich. »Aina war das nicht, ich war das. Ich hab die Sache verschissen. Okay?«

Ich drehe mich zu Aina um.

»Ich verstehe nicht, warum du das auf dich nimmst. Ich

habe dich nicht gebeten, für mich zu lügen. Ich brauche nicht beschützt und verhätschelt zu werden.«

Sven und Aina wechseln einen Blick, und ich kann ahnen, was sie denken, spüre, wie ihre Unruhe mich in der engen Teeküche einhüllt. Wie ein unangenehmer Geruch – unsichtbar, aber unentrinnbar.

Sven nimmt sich eine Zimtschnecke und wickelt sie auseinander wie ein Wollknäuel.

»Hier macht niemand irgendwem Vorwürfe. Ich möchte nur wissen, was wir jetzt machen sollen. Diese Bewerbung hätte uns ganz schön viel Geld einbringen können.«

»Und ich sage, dass wir sparen müssen«, sage ich.

»Dann kannst du vielleicht untersuchen, was wir sparen können?«

»Das kann ich vielleicht.«

Bedrücktes Schweigen senkt sich über den Raum. Das Einzige, was wir hören, sind das Rauschen der Spülmaschine und das Knirschen des Perlzuckers, als Sven jetzt seine Schnecke isst, die sich auf seinem Teller in ein langes Teigband verwandelt hat.

Die Sonne verschwindet hinter den Wolken, und plötzlich wird es dunkel im Zimmer.

Stockholm 1988

Er schämte sich. Stefan hatte sich nicht mehr so geschämt, seit er mit zwölf Jahren versucht hatte, im Kaufhaus Domus in Skärholmen eine Single von DAF zu stehlen. Eine empörte Verkäuferin hatte ihn erwischt und in ein Personalzimmer hinter den Kassen geschleppt. Dort hatte ein ernster Abteilungsleiter ihm die Leviten gelesen und ihm erklärt, dass es immer mit Stecknadeln anfing und mit Silberschüsseln endete.

Dann war sein Vater angerufen worden, und der hatte ihn abgeholt, mit düsterem Blick und aufeinandergepressten Lippen. Der Vater hatte gefragt, wie er nur so dumm sein könnte und ob er nicht mehr wisse, was die Eltern ihm beizubringen versucht hätten. Stefan hatte den Blick des Vaters nicht erwidern können, er hatte nur zu Boden gestarrt und sich gewünscht zu sterben.

Zu verschwinden.

Der Boden sollte sich vor ihm auftun und ihn auf irgendeine Weise von all den schrecklichen Dingen befreien. Auf der Heimfahrt brach er in Tränen aus und bat seinen Vater um Verzeihung. Erklärte, dass er nicht genug Geld bei sich gehabt und aus dem Impuls des Augenblicks gehandelt habe. Dass er es niemals wieder tun werde. Der Vater hielt vor der Garage und umarmte ihn und versprach, Mama nichts zu sagen.

Jetzt saß Stefan auf einer Bank auf dem Schulhof und musterte Magdalena aus der Entfernung. Ihre braunen Locken wehten im Wind, und ihre Wangen waren apfelrund und hellrosa. Sie war von Freundinnen umgeben, sie lachte und rauchte. Wirkte ganz allgemein guter Dinge. Aber Stefan glaubte, in ihren Augen ein trauriges Funkeln gesehen zu haben. Als er an diesem Tag in der Mensa an ihr vorbeigegangen war, hatte sie bei seinem Gruß seinen Blick nicht erwidert.

Er wusste, dass er sich unverzeihlich aufgeführt hatte. Magda war so betrunken gewesen, dass sie kaum noch hatte gehen können, und sie hatten mit ihr Sex gehabt, das war nicht richtig gewesen. Es war erniedrigend. Außerdem brauchte er ein Mädchen nicht betrunken zu machen, wenn er Sex haben wollte, das wusste er. Aber dennoch, er hatte sich mitreißen lassen. Als hätte er der Versuchung nicht widerstehen können, hätte unbedingt sehen müssen, wie weit sie gehen könnten. Er ließ sich zurücksinken und schaute hinauf in den blauen Himmel. Beobachtete den Tanz einiger Schwalben hoch oben. Seufzte tief.

Stefan ahnte Anders eher, als dass er ihn gesehen hätte. Er wusste nur, dass es Anders war, als jemand sich neben ihn setzte. Er drehte sich um, musterte den Freund. Die Sommersprossen waren dunkler geworden und hatten sich vermehrt, jetzt, wo der Sommer näherrückte. Die blonden Haare waren frisch geschnitten, aber am Kinn wuchsen noch immer die wenigen Barthaare. Stefan überlegte, ob er etwas über Magdalena sagen sollte. Er wünschte sich, der Freund könnte ihm Absolution erteilen, ihm vergeben. Ihm sagen, alles sei in Ordnung. Sie hätten nichts Schändliches getan. Es sei nur die veraltete Sexualmoral seiner Eltern, die ihm im Kopf herumspuke, und es gebe beim Sex kein Falsch und Richtig. Solange alle mitmachten und es freiwillig geschähe, könne niemand Einwände erheben.

»Du siehst aus, als ob du einen Moralischen hast.« Anders schien ihn zu durchschauen, sein Blick war gerade und durchdringend.

»Ich denke an Magdalena.« Stefan machte eine vage Handbewegung in Richtung der Mädchen. »Es kommt mir einfach nicht richtig vor. Das, was auf dem Fest passiert ist.«

Anders nickte nachdenklich. Rieb sich das Kinn, als ob es juckte.

»Ich habe gewusst, dass du es bereuen würdest. Aber ehrlich, Steffe. Sieh dir Magda doch mal an, sieht sie aus, als ob es ihr schlecht geht?«

Stefan schielte zu den Mädchen hinüber. Magda legte gerade den Kopf in den Nacken und lachte, laut und nur ein ganz kleines bisschen zu schrill. Vielleicht bildete er sich auch alles nur ein? Vielleicht war alles erste Sahne? Vielleicht ging es allen supergut?

»Nein, das nicht gerade. Sie sieht okay aus.« Das gab er widerwillig zu.

»Eben. Es geht ihr einfach gut. Mir geht es einfach gut. Und bei dir sollte das auch so sein. Es war eine einmalige Sache. So was kann eben passieren. Wir waren blau und zugedröhnt. Ist schon in Ordnung.« Anders lachte kurz. »Gib zu, es war heftig? So was erlebt man nicht jeden Tag. Daran kann man in fünfzehn Jahren denken, wenn man verheiratet ist und Wauwau, Villa, Volvo und Wickelkind hat. Als Trost sozusagen.«

Stefan musste einfach lachen. Er konnte sich Anders nur sehr schwer mit diesem ganzen kleinbürgerlichen Familienpaket vorstellen. Anders war zu anderen Dingen bestimmt.

»Ich will mir am Kiosk eine Limo kaufen. Kommst du mit?« Anders war aufgestanden, wischte sich einige unsichtbare Krümel von der Hose. Stefan schüttelte den Kopf. Er hatte gleich Chemie, während Anders eine Freistunde hatte. Es wäre zwar wohl kein Problem, so kurz vor Schuljahresende noch zu fehlen, aber Stefan ging kein Risiko ein.

Anders beugte sich zu ihm vor und legte ihm die Hand auf die Schulter. Drückte zu.

»Hör mir jetzt mal zu, Steffe. Wenn wir die philosophischen Erörterungen für einen Moment vergessen. So mal frisch von der Leber weg. Du bist total in Ordnung. Du bist ein guter Mensch.«

Und dann machte er kehrt und ging. Stefan sah ihm nach, als er um die Ecke verschwand. Fühlte sich plötzlich ein wenig leichter. Nicht mehr ganz so bedrückt. Er machte sich auf den Weg zum Chemiesaal und entdeckte Magdalena, die allein auf dem Schulhof stand und sich an die rote Klinkermauer lehnte. Sie wühlte in ihrer Tasche. Es war ein Impuls, aber Stefan gab ihm nach.

»Magdalena, hallo.« Er lächelte und versuchte, ihren flackernden Blick einzufangen. Wollte, dass sie ihn ansah.

»Hallo, Stefan.« Ihre Stimme war weich, und sie schaute zu Boden. Er sah, dass sie ein wenig rot wurde.

»Ich wollte nur sagen, dass … dass es mir wirklich leidtut … das, was passiert ist. Dass wir das Gefühl hatten, dass du nicht wolltest …« Er stammelte, die Wörter, die er zu sagen versuchte, kamen nicht richtig aus seinem Mund. Alles hörte sich nur falsch an. Unbeholfen.

Magdalena schaute plötzlich zu ihm auf. Erwiderte seinen Blick aus kalten blauen Augen.

»Jetzt verstehe ich wirklich gar nichts mehr. Wovon redest du da?«

Stefan merkte, wie seine Wangen zu glühen begannen, wie er es plötzlich war, der rot wurde. Er war doch gekommen, um um Verzeihung zu bitten. Um zu erklären, dass er nicht so ein Typ war. Aber statt Verständnis zu finden, schien er sie abzustoßen.

»Ich dachte, du bereust es vielleicht, oder, ja, dass es dir nicht gutgeht.«

Magdalena schüttelte den Kopf und verdrehte die Augen.

»Ich tu nichts, was ich nicht will. Du oder Anders, ihr könnt mich nicht zu etwas bringen, das ich nicht will. Keiner von euch.«

Er sah den Zorn in ihrem Gesicht. Den Blick, der voller Verachtung und Abscheu war.

»Ich wollte nur sagen, wenn du kein gutes Gefühl hast, ja, dann können wir vielleicht drüber reden?«

Er machte einen Schritt auf sie zu. Streckte die Hand nach ihr aus. Magdalena trat rasch zur Seite, und jetzt sah er etwas anderes in ihrem Gesicht. Angst.

»Ist schon gut. Wirklich gut, meine ich.« Sie wich weiter von ihm zurück und drehte sich um. Hängte sich die Tasche über die Schulter und lief über den Kiesweg zum Schuleingang.

Stefan blieb stehen, verwirrt und geschockt. In Gedanken hörte er einen Ton, ein lautes Geräusch, wie ein Feueralarm, der stieg und seine Lautstärke steigerte. Er schüttelte den Kopf, schlug die Hände vors Gesicht. Merkte, wie er hilflos, genau wie in einem Albtraum, in die Angst stürzte, in ein schwarzes klaffendes Loch.

Stockholm 2010

Die anderen sind schon fort, und ich bin allein in der Praxis. Marianne hat nur eine halbe Stelle, und Aina und Sven sind früher gegangen, weil sie zu einem Nachmittagsseminar über die Behandlung von Paniksyndromen wollten. Ich selbst hatte vor, mich an den Papierkram zu setzen. Krankenberichte schreiben, Rechnungen bezahlen und Briefe verschicken. Aber stattdessen sitze ich hier und starre die Unterlagen an, die ich von zu Hause mitgebracht habe. Sie sollen nicht mehr im Schlafzimmer liegen, denn ich weiß, dass Markus sie finden könnte. Und noch mehr Konflikte über Stefan und die Tatsache, dass ich aufhören müsste, in der Vergangenheit herumzustochern, könnte ich nicht ertragen.

Markus kann es nicht verstehen.

Er will es vielleicht nicht einmal verstehen.

Ich lasse meine Finger der Zeitlinie folgen, die ich gezeichnet habe. Stefans Begegnung mit dem geheimnisvollen A, die Notiz darüber, dass mit A »Schluss« sein muss, Anders Holmbergs Tod. Kurz danach Stefans Tod. Neue Namen sind auf die Liste gekommen. Ulrik Lundin und Mikael Arvidsson. Ich überlege mir, dass ich mich auch an Mikael wenden müsste. Ulrik hat gesagt, er wohne bei seiner Mutter auf Lidingö, und das bedeutet, dass er nicht gar so schwer zu finden sein dürfte, auch wenn sein Name eher häufig ist.

Ich klicke mich bei *birthday.se* ein und suche nach Mikael Arvidsson mit Postadresse Lidingö. Ein Treffer. Alter stimmt.

Ein Mikael Arvidsson, der knapp über vierzig ist und im Amorväg wohnt. Ich überprüfe diese Adresse noch einmal, um festzustellen, wer sonst noch dort wohnt, und finde eine Agneta Arvidsson mit derselben Hausnummer. Die Mutter. Noch ein paar Klicks und ich habe Mikaels Mobilnummer. Bevor ich mir die Sache anders überlegen kann, habe ich schon die Nummer gewählt. Es klingelt lange, dann höre ich eine belegte Stimme. Ich vermute, dass ich Mikael aus dem Mittagsschlaf gerissen habe.

»Ja, hallo. Ich heiße Siri Bergman und ich …«

»Wirklich, ich will nichts kaufen. Ich habe schon tausendmal gesagt, dass ihr mich verdammt noch mal nicht anrufen sollt.« Mikael Arvidsson klingt wütend, soeben erwacht und wütend.

»Ich will nichts verkaufen. Ich war mit Stefan Bergman verheiratet. Vielleicht haben wir uns bei seiner Beerdigung gesehen?«

Ich rede rasch, nervös. Habe Angst, er könne das Gespräch abbrechen, weil er mich für eine aufdringliche Verkäuferin hält.

»Siri? Stefans Siri?« Der Zorn ist in Verwirrung umgeschlagen.

»Entschuldige bitte die Störung. Vielleicht habe ich dich geweckt. Ich wollte ja nicht …«

»Ich bin zu Hause, krank. Erkältet. Hatte gerade geschlafen. Macht aber nichts. Was kann ich für dich tun?«

Er redet undeutlich, in kurzen abgehackten Sätzen, und plötzlich geht mir auf, dass er angetrunken ist. Ich erkenne die Anzeichen. Weiß so gut, was man tut, um sich nicht zu verraten. Ich erkläre, dass ich ihm gern ein paar Fragen über Stefan und Anders Holmberg stellen würde.

Es wird still im Telefon. Nur seine Atemzüge sind noch

zu hören. Ich frage mich, ob ich zu weit gegangen bin, ob er sich weigern wird, mich zu treffen. Bisher hat die Tatsache, dass ich Stefans Witwe bin, mir bei Anders' Vater und Ulrik Lundin Zutritt verschafft, aber für Mikael reicht es vielleicht nicht. Und wenn es so ist, kann ich ihm keinen Vorwurf machen, die Frau eines toten Jugendfreundes ruft an und will über Verschwörungstheorien reden, die sich um einen Mord drehen.

»Nicht jetzt. Später diese Woche. Sagen wir Freitag. Geht das?«

Er hört sich plötzlich nüchterner an. Und auch freundlicher. Ich schaue in meinen Kalender. Sehe, dass Caroline Helsén am Freitag einen Termin hat, beschließe aber, den zu verschieben. Wir verabreden uns bei Mikael zu Hause und beenden das Gespräch.

Ich habe soeben das Telefon weggelegt, als es klingelt. Mein erster Gedanke ist, dass Mikael sich die Sache anders überlegt hat, und melde mich sofort, vorbereitet auf eine Absage. Aber statt der belegten dunklen Stimme höre ich eine weiche, fast flüsternde Frauenstimme.

»Spreche ich mit Siri Bergman?«

»Ja?«

»Hier ist Anna. Lynette von *Flashback*. Sie haben mir gemailt, wollten sich mit mir treffen und über den Abend damals reden.«

In meinem Kopf kommt alles zum Stillstand. Lynette. Das Mädchen, das im Drogenrausch zugesehen hat, wie Anders Holmberg erschossen wurde. Ich muss mir ihr reden.

»Anna, danke, danke für deinen Anruf. Ich möchte so gern …«

Sie fällt mir ins Wort.

»Ich kann jetzt nicht so gut reden, aber wenn Sie mich treffen wollen, dann nachher heute Nachmittag. Ich kann in ungefähr einer Stunde, dann hab ich Feierabend. Sie sind doch auf Söder, ja, am Medborgarplatz?«

Es ist eine rhetorische Frage, und mir fällt ein, dass sie gesagt hatte, dass sie mich überprüfen wollte.

»Wir können uns in den Söderhallen treffen, da gibt es gleich links beim Eingang ein Café. Da treffen wir uns um vier? Geht das?«

Ich schaue schnell auf die Uhr. Eigentlich muss ich Erik abholen und müsste bald los, aber ich weiß, dass Markus heute früher aufhört. Ich kann ihn sicher dazu überreden, Erik zu übernehmen.

»Von mir aus gern. Und ich …«

Wieder fällt sie mir ins Wort.

»Gut. Dann bis gleich. Ich weiß, wie Sie aussehen.«

Das Gespräch wird beendet, und ich sitze da mit dem Telefon in der Hand, die ein wenig zittert.

In einer Stunde werde ich Lynette treffen.

In einer Stunde werde ich vielleicht einige der Antworten erhalten, die ich suche.

Mein erster Gedanke ist, dass ich sie mir nicht so klein und zierlich vorgestellt hatte. Dass sie fast aussieht wie ein Kind. Aber dann sehe ich ihren Blick.

Ihre Augen.

Ich erkenne diesen müden, leicht erschöpften Zug um die Augen. Junge Mädchen, die in wenigen Jahren mehr gesehen haben als die meisten von uns in einem ganzen Leben. Ich hätte gern gewusst, wie ihre Geschichte aussieht. Was sie dazu gebracht hat, vor fünf Jahren zugedröhnt und einsam in einer bitterkalten Winternacht auf Östermalm unterwegs zu sein.

Sie stellt sich vor als Anna Kantsow, bindet ihre langen schwarzen, strohigen Haare zu einem Knoten und bittet um einen schwarzen Kaffee und eine Rumkugel. Als die Kellnerin den Kaffee bringt, rührt sie ihn nicht an, sondern schiebt die Rumkugel langsam auf dem weißen, angestoßenen Teller herum. Einen Zentimeter jeweils.

»Ich weiß ja nicht, wie ich Ihnen helfen soll. Ich habe der Polizei alles erzählt, was ich weiß. Mehrmals.« Ihr Gesicht ist ausdruckslos, ich kann nichts darin lesen. Sie zeigt keine Gefühle. Gibt keine Hinweise.

»Mein Mann und Anders Holmberg waren alte Freunde. Vom Gymnasium her. Dann wurde Anders ermordet, und kurz danach starb mein Mann.«

»Ist der auch ermordet worden?«

Ihre Frage ist kurz und präzise, und für einen Moment überlege ich, wer hier wen ausfragt.

»Nein, er hat Selbstmord begangen.«

»Und jetzt glauben Sie, dass er Anders Holmberg ermordet hat und dann mit seinen Schuldgefühlen nicht mehr leben konnte?«

Ihr Gesicht ist noch immer neutral, ihre Stimme leise und klangvoll. Sie scheint nicht zu merken, welche Wirkung ihre Worte auf mich ausüben. Ich höre mitten im Kauen auf. Lege die Zimtschnecke auf den Teller und starre sie nur an. Sie hat das Verbotene ausgesprochen. Das gesagt, wovor ich mich am meisten fürchte. Dass Stefan auf irgendeine Weise in Anders' Tod verwickelt ist. Ich will es nicht glauben, aber sein Selbstmord kommt mir noch immer so unwirklich vor und die Ursachen wirken so verworren, dass ich nicht mehr weiß, was möglich ist. Ich beschließe, die Wahrheit zu sagen. Etwas an Anna lässt mich glauben, dass es hier das Beste ist, aufrichtig zu sein.

»Ich weiß nicht. Ich weiß nicht mehr, was ich glauben soll. Aber der Gedanke ist mir auch schon gekommen.«

Anna nickt, als ob sie das versteht. Ihre Züge werden weicher, und die Feindseligkeit, die so deutlich war, scheint zu verfliegen.

»Mein aufrichtiges Beileid.« Sie sagt das ernst, und es klingt feierlich und ein wenig fremd. Als passe die altmodische Wortwahl nicht so recht zu ihrem Alter und dem schmächtigen Körper.

»Können Sie erzählen, würden Sie erzählen, was passiert ist?«

Ich höre, dass ich flehe. Dass ich fast verzweifelt klinge. Wieder nickt Anna.

»Na gut, ich werde es versuchen. Ich kann mich aus der

Zeit nicht an sehr viel erinnern, das müssen Sie verstehen. Ich habe tausend Dinge getan, die ich nicht hätte tun dürfen. Es war eine harte Zeit. Mein Vater war krank, wir hatten gerade erfahren, dass es Krebs war.«

Ich nicke, denke an Aina, die noch immer auf ihre Diagnose wartet.

»Papa versuchte, ganz normal zu sein, aber wir merkten ja, dass er Angst hatte. Mama hat sich auch alle Mühe gegeben, um uns Kinder glauben zu lassen, dass alles in Ordnung wäre. Aber das ging natürlich nicht, wir wussten doch, dass Papa vielleicht sterben müsste. Mein kleiner Bruder flippte total aus, fing an, sich zu prügeln und Schule zu schwänzen. Mama musste dauernd zu seinen Lehrern, und Papa hatte eine Chemo- und Bestrahlungsrunde nach der anderen. Und niemand schien mich auch nur zu sehen. Dann habe ich im Netz einen Typen kennengelernt. Oder genauer gesagt, einen Mann. Marko.«

Anna seufzt und streicht sich die Haare aus der Stirn.

»Er war meine erste Liebe. Herrgott, was war ich in ihn verliebt. Er war älter als mein Vater. Sie als Psychologin können das vielleicht erklären. Vaterersatz oder so was?«

Sie redet leichthin, fast ironisch, aber ich spüre hinter dem beherrschten Äußeren Schmerz und Trauer.

»Was ist passiert?«

Ihre Geschichte hat mich gepackt, und ich verspüre ehrliche Neugier.

»Was soll schon passiert sein? Er behauptete, mich zu lieben. Wir haben gevögelt. Er machte so allerlei. Dealen, Hehlerei. Ich weiß nicht… Er hatte oben auf Östermalm eine große verfallene Wohnung. Es gab so viele Zimmer, dass man sich verirren konnte. Größer als unser Haus. Ich hab mich in einem Zimmer versteckt, und dann musste er mich suchen.

Und wenn er mich fand, durfte er mich ficken. Albern, was?« Sie sieht düster aus, und zwischen ihren Augenbrauen zeigt sich eine kleine Furche.

»Aber Sie waren erst fünfzehn. Er hat Sie ausgenutzt!« Ich bin wütend über ihre Geschichte.

»Vielleicht hat er mich ausgenutzt, aber ich war mehr als bereit, mich ausnutzen zu lassen. Verstehen Sie? Wenn ich dort war, bei Marko, dann war die ganze Welt wie verwandelt. Die Schule verschwand, genau wie meine Eltern. Meine Freunde … mein normales Leben wurde unwirklich. Es war wie ein Märchen. Ich war glücklich und meistens auch high, ha. Und wie alle Scheißmärchen hatte es ein Ende.«

»Was ist passiert?«

»Ich kam gerade von Marko, als ich sah, wie er erschossen wurde, dieser Anders Holmberg. Zuerst habe ich Marko angerufen, als mir aufging, was ich da gesehen hatte. Er hatte eine Scheißangst, sagte, ich sollte die Klappe halten und ganz schnell abhauen. Und das habe ich auch getan. Aber dann habe ich in der Zeitung über den Mord gelesen. Und ich habe über … seine Frau gelesen. Anders Holmbergs Frau, meine ich, die war dann auch im Fernsehen. Hat von ihren Kindern erzählt. Ich dachte an Mama und Papa und meinen Bruder. Daran, wie mir zumute wäre, wenn mein Papa erschossen worden wäre und kein Zeuge sich meldete. Also hab ich die Polizei angerufen. Ich versuchte, das anonym zu machen, aber sie haben mich überredet, zu ihnen zu kommen. Als Marko davon erfuhr, war er sofort verschwunden. Ich glaube, er ist nach Estland oder so gegangen.«

»Hat die Polizei sich denn für ihn interessiert? Dachten sie, er könnte mit der Sache zu tun haben?«

»Nein, natürlich nicht. Er hatte nichts damit zu tun, aber die kapierten ja gleich, was wir für eine Beziehung hatten und dass ich von ihm Drogen bekam. Und sofort waren Sozialamt und Jugendamt mit im Spiel. Und die Polizei hat ihn gesucht. Für die war er doch pädophil.«

»Haben Sie je wieder von ihm gehört?« Ich weiß nicht, warum ich das frage. Dieser Marko klingt kaum wie ein Tugendbold und nicht wie jemand, den man im Kontakt mit einer Fünfzehnjährigen sehen möchte. Aber Anna lächelt plötzlich und sieht etwas munterer aus.

»Doch, er hat eine Mail geschickt. Sagte, was er getan hatte, tue ihm leid. Er wisse, dass es falsch gewesen sei, aber er habe es nicht lassen können, weil er so in mich verliebt war. Und er sagte, ich würde immer einen Platz in seinem Herzen haben. Lauter Scheißgerede, natürlich. Aber mir war trotzdem besser zumute.« Sie zuckt mit den Schultern und lächelt wieder. »Sie müssen verstehen, dass ich kein Opfer bin. Ich war damals keins, und jetzt bin ich auch keins. Ich habe meine eigenen Entscheidungen getroffen und wurde nicht gezwungen. Ich wollte ihn wirklich. Aber dann kam das Jugendamt, und meine Eltern wurden in die Sache hineingezogen, und alles war nur noch scheußlich. Schmutzig. Ich wurde zu einem missbrauchten Kind. Das Gerücht ging in der Schule herum wie ein Lauffeuer. Ich hätte Drogen genommen und sei vergewaltigt worden. Meine beste Freundin wurde von ihren Eltern von der Schule genommen, weil sie nichts mehr mit mir zu tun haben sollte. Dass sie danach mit der halben Schule gefickt hat …«

Sie verstummt und tippt sich an die Stirn, um zu zeigen, wie irrsinnig sie das alles findet.

»Und Ihre Eltern, Ihr Vater?«

»Dem geht es jetzt gut. Offenbar konnten sie alles rausholen. Er hatte Dickdarmkrebs und hat seither so einen Beutel auf dem Bauch. Aber er lebt. Und das ist das Wichtigste.«

»Und Sie?«

»Ich?« Sie lacht auf, als sei sie erstaunt über diese Frage. »Mir geht es gut. Ich hab dann auch die Schule gewechselt. Jetzt bin ich auf dem Gymnasium, im vorletzten Jahr. Ich habe Sozialkunde mit Schwerpunkt Jura als Leistungskurs. Später möchte ich Jura studieren. Ich bin gut in der Schule. An drei Tagen in der Woche jobbe ich hier auf Söder. Allen geht es gut. Ende der Geschichte. Wollen Sie nicht danach fragen, was Sie wirklich wissen wollen? Denn Sie sitzen hier ja wohl nicht seit fast einer Stunde herum, um sich meine Lebensgeschichte anzuhören. Sie wollen wissen, was ich gesehen habe. Nicht, wer ich bin.«

Das sagt sie ganz nüchtern. Ohne Sentimentalität.

»Werden Sie das erzählen? Was Sie an dem Abend damals gesehen haben?« Ich spüre, wie sich mein Magen vor Spannung zusammenkrampft. Anna hat etwas gesehen. Einen Mord. Ein Opfer und einen Täter.

»Sie müssen sich klarmachen, dass ich zugedröhnt war. Ich hatte Hallus, meine Beine sahen aus wie Spaghetti, und ich habe überall Lichter und Sterne gesehen. Ich dachte, ich würde von einem Mörder mit einem Samuraischwert verfolgt, und das war ja nun nicht so ganz der Fall. Ich habe den gesehen, der es getan hat, aber ich kann nichts darüber sagen, wie er aussah. In meiner Welt war er ein Riese. Fünf Meter groß. Ein schwarzer Schatten. Wie diese Bösen bei *Herr der Ringe*. Ich habe keine Ahnung, wie er aussah oder wie er angezogen war, nur dass seine Kleider dunkel waren.«

»Aber hat er etwas gesagt? Haben sie miteinander gesprochen?«

»Ich weiß nur, dass er Schwede war und ohne Akzent sprach. Und dass es ein Er war. Also ein Mann, meine ich. Keine Frau. Er hatte eine tiefe Stimme.«

»Sie haben also miteinander gesprochen?« Meine Stimme klingt jetzt eifrig, obwohl ich weiß, dass sie von mehreren Polizisten befragt worden ist, die ihr aber keine sinnvolle Information entlocken konnten.

»Er hat geredet. Hat sich über den anderen gebeugt. Hat um Verzeihung gebeten, total krank. Schießt den Typen über den Haufen und bittet dann um Verzeihung.«

»Was genau hat er gesagt?«

Sie lacht los. »Also wirklich, eine Menge clevere Polizisten hat versucht, das zu begreifen. Warum er gesagt hat, was er gesagt hat. Aber das schafft niemand. Warum sollte es Ihnen gelingen?«

»Aber was hat er also gesagt? Bitte!«

»Er hat *verzeih mir* gesagt. Verzeih mir, Nisse.«

»Nisse? Wer ist das?«

»Ich hab doch gesagt, dass Sie das nicht begreifen würden. Aber ja, er hat Nisse gesagt. Und jetzt muss ich los.«

Sie schaut auf ihre Uhr, eine neonrosa Armbanduhr, die viel zu groß an ihrem schmalen Arm wirkt, und steht auf. Dreht sich zu mir um und lächelt wieder dieses seltsame Lächeln, dann geht sie durch die Drehtüren der Söderhallen hinaus auf den Medborgarplatz und verschwindet in der Dunkelheit. Auf dem Tisch steht der weiße Teller mit der Rumkugel.

Ich sitze allein an meinem Schreibtisch in der Praxis. Draußen ist es dunkel geworden. Ich kann feine Schneeflocken sehen, die auf dem Weg zum Pflaster des Medborgarplatzes am Fenster vorbeirieseln. Der Hunger meldet sich zu Wort, aber der Kühlschrank in der Teeküche ist wie meistens leer, bis auf eine halbleere Colaflasche. Mein Telefon klingelt, stört für eine Sekunde die Stille, die sich barmherzig über die Praxis gesenkt hat. Markus ruft zum dritten Mal an, und ich weiß, dass ich rangehen muss.

Er will, dass ich nach Hause komme, lockt mit frischgekochter Pasta. Ich erkläre, so freundlich ich kann, dass ich ganze Stapel von Berichten schreiben muss, dass das Geld, leider, nicht von selbst angerollt kommt. Er scheint sich damit zufriedenzugeben. Berichtet, dass Erik wieder Ausschlag am Po hat, und fragt, ob er vielleicht den Kinderarzt anrufen sollte. Als er auflegt, verspüre ich vage ein schlechtes Gewissen, aber das verschwindet so schnell, wie es gekommen ist. Wie die Schneeflocken vor meinem Fenster.

Vorsichtig breite ich das Papier auf dem Tisch aus, die Zeitlinie, in der ich sorgfältig alle Begegnungen von Stefan und Anders eingetragen habe. Das rote Kreuz, das seinen Tod kennzeichnet. Und die neuen Namen: Ulrik Lundin, Mikael Arvidsson und Anna Kantsow alias Lynette.

Ich hole die Unterlagen aus dem Drucker. Schneide vorsichtig die Bilder aus, die ich im Netz gefunden habe. Ulrik

Lundin im Anzug mit selbstsicherem Lächeln und vor der Brust verschränkten Armen. Ich habe ihn auf der Website seiner Firma gefunden. Dort sind Bilder aller wichtigen Mitarbeiter zu sehen. Nicht der Sekretärinnen. Nicht der Frauen an der Rezeption, aber der Männer mit Macht, dunklen Anzügen und farbenfrohen Schlipsen.

Vorsichtig fahre ich mit dem Klebestift über die Rückseite des Bildes von Ulrik und drücke es auf die Zeitlinie. Schreibe sorgfältig seinen vollständigen Namen rechts neben das Foto: Ulrik Wilhelm Lundin. Geboren am 23. August 1969.

Ich betrachte mein Werk einige Sekunden lang, dann mache ich mich an das nächste Papier. Mikael Arvidsson. Nicht ganz so leicht im Netz zu finden. Ich finde keine Auskünfte über Arbeitgeber oder Ehrenämter. Keine Zeitungsartikel. Das Bild, das ich endlich auf der Website des Sportvereins von Lidingö finde, ist alt und grobkörnig und zeigt drei Schwimmer auf einem Siegertreppchen. Mikael steht rechts vom Sieger, lächelt aber trotzdem breit.

Vorsichtig schneide ich den Sieger weg. Schneide ein sauberes Viereck aus und klebe das Bild unter Ulrik Lundin.

Carl Mikael Arvidsson. Geboren am 23. März 1969.

Das Gesicht von Anders Holmberg ist überall im Netz zu finden. Auf Websites und in Blogs. Der Mord scheint nicht nur in Schweden Aufmerksamkeit erregt zu haben, sondern auch im Ausland. Ich suche mir eines der Bilder mit höherer Auflösung. Die Sommersprossen, die Nase und Wangen bedecken, sind auf dem schwarzweißen Bild deutlich zu sehen.

Ich klebe das Bild von Anders ganz oben auf das Blatt. Zeichne einen roten Rahmen darum und setze sicherheitshalber neben ihn ein rotes Kreuz.

Anders Holmberg. Geboren am 2. Januar 1969. Gestorben am 25. Februar 2005.

Am Ende: Stefan. Das Bild liegt federleicht in meiner Hand. Es ist kein Ausdruck aus dem Netz, sondern eines der Fotos, die ich im Karton gefunden habe. Der dunkle Pony, der weich über sein rechtes Auge fällt. Der magere, schlaksige Körper, der das zu große T-Shirt ungefähr so elegant trägt, wie eine Zeltstange das tun würde. Das Lächeln. Das arglose Lächeln.

Ich schließe die Augen und erlaube mir, mich im Schmerz für eine Weile zu verlieren. Spüre, wie es in meiner Brust brennt, wie etwas Spitzes sich in mein Zwerchfell bohrt.

»Siri, was ist los?«

Sven beugt sich über mich. Ich fahre zusammen, kann meine Überraschung nicht verbergen. Ich war so sicher, dass ich in der Praxis allein bin.

»Verdammt, du hast mich vielleicht erschreckt!«

Er sieht die Zeitlinie auf meinem Schreibtisch an. Runzelt die Stirn.

»Was …?«

»Nichts«, antworte ich rasch und falte das Papier zusammen.

»Ist alles in Ordnung?«

»Absolut. Ich versuche nur …«

»Was?«

Ich sehe die Unruhe in seinen Augen. Sven und Aina – immer bereit, ihre Schlüsse über meinen Gemütszustand zu ziehen. Vereint in der Überzeugung, dass ich verletzlich bin, so verletzlich. Ein Mensch, der vor der Welt geschützt werden muss, vielleicht vor dem Leben.

Ich seufze. Falte das Blatt auseinander und zeige ihm mein Werk. Er schweigt eine Weile und beugt sich über meinen Schreibtisch. Ich kann seinen Atem hören, rieche sein Rasierwasser.

»Was ist das denn?«, murmelt er.

Langsam und sehr leise fasse ich mein Wissen zusammen. Dass ich die Papiere in Stefans Karton gefunden habe, dass ich seinen Kalender durchgegangen bin und die Eintragungen über Anders gefunden habe. Dass ich das einfach nicht für einen Zufall halten kann. Dass ich die Wahrheit herausfinden will – egal, wie Aina und Markus und Sven das sehen.

Sven lässt sich in den Besuchersessel sinken. Plötzlich sieht er alt und müde aus, nimmt die Brille ab und massiert sich die Schläfen.

»Ich mache mir Sorgen um dich«, sagt er kurz und nachdrücklich.

»Hör doch auf. Wenn du und Aina und Markus nur damit aufhören könntet. Ich komme schon zurecht. Es gibt keinen Grund zur Besorgnis.«

Er schweigt eine Weile, spielt mit seiner Brille und schaut aus dem Fenster.

»Manchmal glaub ich, wir sind uns ziemlich ähnlich, du und ich.«

Ich hebe die Augenbrauen. Er hebt die Hand, wie um mich am Reden zu hindern.

»Ich denke jetzt nicht an den Suff. Sondern an etwas anderes. Ich glaube, wir können uns in Dinge verbeißen. Wir können uns so sehr für etwas einsetzen, dass wir darüber die Wirklichkeit aus dem Griff verlieren. Ich will ehrlich sein. Ich finde das hier reichlich weit hergeholt.«

Er zeigt auf die Zeitlinie und schüttelt den Kopf.

»Nur weil einer von Stefans alten Freunden einige Monate vor Stefans Tod ermordet worden ist, braucht es doch keinen Zusammenhang zu geben. Nicht einmal, wenn sie am Ende Kontakt hatten oder wenn Stefan diese seltsamen Einträge über A gemacht hat.«

»Aber warum hat er mir nichts gesagt?«

Sven zuckt mit den Schultern.

Dann sagt er: »Das wirst du wohl nie erfahren. Und deine kleine Untersuchung wird dich nur in das schwarze Loch führen, in dem du nach Stefans Tod gesteckt hast. Sagen wir, es gäbe einen Zusammenhang. Und Stefan hätte aufgrund von Anders' Tod Selbstmord begangen. Was würde das für einen Unterschied bedeuten? Er ist tot und begraben und kommt nicht zurück. Heute hast du Markus und Erik. Ein neues Leben.«

»Bitte, Sven«, flüstere ich. »Darum geht es doch nicht. Ich muss es wissen. Verstehst du das nicht?«

»Dieses Wissen würde nichts ändern«, sagt er entschieden.

Dann geht er. Lässt mich mit meiner Zeitlinie und meinem schlechten Gewissen sitzen.

Auf dem Heimweg fasse ich einen Entschluss. Ich werde mich mit Mikael Arvidsson treffen, aber wenn dabei nichts herauskommt, werde ich aufhören. Mein Zwerchfell zieht sich zusammen. Bei der Vorstellung, weitermachen zu müssen, ohne die Wahrheit zu erfahren, wird mir schlecht. Das Gefühl, des Rätsels Lösung nahe zu sein, ist so deutlich, dass ich es fast greifen kann, als ob jemand neben mir in der Dunkelheit stünde und ich nur die Hand auszustrecken brauchte, um diesen Menschen zu berühren.

Trotzdem weiß ich ja auch, dass ich in meinen Nachforschungen zu weit gegangen bin, dass ich und die, die ich liebe, durch meine Jagd nach der Wahrheit verletzt werden können. Und vielleicht hat Sven recht? Was soll ich mit der Wahrheit machen, wenn ich sie finde? Welchen Unterschied wird sie für mein Leben bedeuten, meinen Alltag?

Kurz vor der Skurubrücke piept mein Mobiltelefon. Aina schickt eine empörte SMS. Die Untersuchung muss wiederholt werden. Die Ärzte sind – wenn man Aina glauben will – unfähige Trottel, zudem ohne jegliches Einfühlungsvermögen. Und sie ist über alle Vernunft hinaus wütend.

Ich ziehe die Handschuhe aus, zögere eine Sekunde. Aina muss zu den Menschen gehören, die ich am allerhärtesten auf die Probe gestellt habe. Wieso nur hat sie es mit mir ausgehalten? Wie konnte sie in den Monaten nach Stefans Tod bei mir wohnen? Woher hat sie die Geduld genommen, als ich wochenlang nur Wein getrunken und geweint habe? Als ich die ganze Welt schwarz sah? Und jetzt das hier. Meine Nachforschungen im Dienste der Wahrheit.

Ich bin plötzlich erfüllt von tiefer Zärtlichkeit, aber auch Sorge um ihre Gesundheit. Rasch suche ich ihre Nummer heraus und rufe sie an. Sie klingt traurig, erzählt mit leiser Stimme, dass bei den Untersuchungen Fehler gemacht wurden und sie neue Proben nehmen müssen, um ein zuverlässiges Ergebnis zu erhalten. Aina ist davon überzeugt, dass sie die Proben ganz einfach verschlampt haben. Ich höre, wie sie sich die Nase putzt.

»Willst du zu uns kommen? Du kannst auf dem Dachboden schlafen.«

»Danke, Liebe. Aber ich hab eine Verabredung.«

»Eine Verabredung? … Aber du klingst doch total fertig.«

»Genau. Irgendwas muss mich doch aufheitern.«

Ein heiseres Lachen Es klingt nicht überzeugend.

»Na dann. Aber du weißt ja, du bist immer willkommen.«

Sie seufzt tief.

»Ich weiß, danke, Siri. Aber heute Abend will ich ficken.«

Der Mann vor mir ist klein und in sich zusammengesunken. Er erinnert mich an einen alten knorrigen Apfelbaum. Von Wind und Wetter gebeutelt, gebückt vom Lauf der Zeit und vom Gewicht seiner eigenen Krone, aber dennoch lebenskräftig und schön.

Rune hat Prostatakrebs im Endstadium. Er ist gekommen, um Bilanz zu ziehen, wie er sagt. Ich erkläre vorsichtig, dass ich keine Geistliche bin. Dass ich keine Vergebung oder Absolution gewähren kann, dass ich aber als Gesprächspartnerin fungieren kann, als Projektionswand für seine Gedanken und Überlegungen.

Rune nickt langsam mit seinem kahlen Kopf und schaut mich aus tief liegenden Augen an.

»Das hört sich doch wunderbar an«, sagt er. Etwas anderes habe er auch nicht erwartet. Und eine Geistliche will er auch nicht. Er hat nichts mit Religion und sonstiger Quacksalberei am Hut. Was er sucht, ist eine Gesprächspartnerin.

Ob ich das wohl sein könnte?

Ich nicke und lächele.

Rune lässt sich im Sessel zurücksinken, sichtlich erleichtert durch meine Mitteilung. Die knochigen Hände umklammern die Armlehne dermaßen, dass die Sonne fast durch die papierdünne vergilbte Haut zu dringen scheint. Große blauschwarze Flecken bedecken seinen Handrücken, die Spuren einer Kanüle.

Alter, denke ich. Krankheit. Wie bereitet man sich darauf vor? Und wie soll ich diesem Mann helfen können, der so unendlich viel länger gelebt hat als ich, der sicherlich Erkenntnisse besitzt, denen ich mich noch nicht einmal angenähert habe?

Jemand klopft an die Tür meines Sprechzimmers, und ich merke, wie in mir der Ärger hochsteigt. Ich will nicht gestört werden, wenn ich Klienten habe, das wissen doch alle. Marianne schaut durch den Türspalt. Ihre Haare stehen heute wie Borsten von ihrem Schädel ab. Sie schüttelt kurz den Kopf.

»Es tut mir so wahnsinnig leid, aber es ist sehr dringend. Kannst du eine Minute herauskommen, Siri?«

Ich sehe Rune an, der nickt und abwehrend seine magere fleckige Hand bewegt.

»Gehen Sie nur, liebes Kind. Ich habe es nicht eilig.«

»Marianne, kannst du vielleicht inzwischen einen Kaffee bringen?«

Marianne nickt kurz und verschwindet.

In Ainas Zimmer sitzt Caroline Helsén. Nasse, zerknüllte Papiertaschentücher sind um ihre Füße verstreut. Sie putzt sich geräuschvoll in einem neuen die Nase, als ich neben ihr in die Hocke gehe und ihr vorsichtig die Hand auf die Schulter lege. Sie schluchzt, so heftig, dass sie nicht sprechen kann.

Ich richte mich auf. Ziehe Ainas Stuhl heran und setze mich neben Caroline. Warte auf sie, aber sie hört nicht auf zu weinen.

»Caroline, ich habe einen Klienten. Wir brauchen noch eine halbe Stunde. Wenn Sie warten können, reden wir nachher?«

Sie lässt das Taschentuch auf den Boden fallen und nickt. Das Taschentuch landet lautlos bei den anderen.

Dann sitzen wir in meinem Zimmer. Rune, der für einen Todgeweihten seltsam ausgeglichen wirkt, ist nach Hause in die Östgötagata zu seinem Dackel gegangen. Statt seiner sitzt Caroline mit rotgeweinten Augen in meinem Sessel und umklammert wie zuvor Rune mit ihren glatten bleichen Fingern die Armlehne.

Junge Hände, denke ich. Du wirst noch viele Jahre leben, Caroline, du musst diese Sache hier in Ordnung bringen.

»Sie kriegen ein Kind. Darius und diese ... Nutte. Sie kriegen ein Baby. Aber wir waren das doch, die eine Familie gründen wollten. Und jetzt ...«

»Einen Moment bitte. Können Sie erzählen, was passiert ist? Wie haben Sie es erfahren?«

Sie nickt stumm, und die Tränen fließen wieder los, diesmal lautlos. Ihr Gesicht ist ausdruckslos und bis zur Unkenntlichkeit geschwollen.

»Entschuldigung. Ich weiß, dass ich hysterisch bin. Ich hatte ja geglaubt, so langsam über diese Sache hinweg zu sein, ihn losgelassen zu haben. Weitergegangen zu sein, sozusagen. Aber dann hat er mich angerufen, einfach so. Ich hatte gerade meine Hausarbeit abgegeben. Klasse Timing, was? In dem Moment, als ich weitergehe, im wahrsten Sinne des Wortes, taucht er auf wie ein Springteufelchen. Ruft mich an. Ein Zeichen vielleicht, der Finger Gottes oder so. Finden Sie nicht? Und als ich seine Stimme höre ... ich dachte zuerst, ich würde ohnmächtig, so ein Schock war das. Alles um mich herum fing an, sich zu drehen. Mein ganzes Leben rotierte. Ich musste mich setzen und die Augen zukneifen, um nicht das Gleichgewicht zu verlieren. Es war in der Universität, vor der Bibliothek. Ich habe mich sicher total komisch aufgeführt, alle starrten mich an.«

»Und was hat er nun gesagt?«

Meine Hand liegt auf ihrem Unterarm. Sie streicht sich einige schweißnasse blonde Haarsträhnen aus dem geschwollenen Gesicht. Schüttelt kurz den Kopf.

»Entschuldigung, ich bin doch total … ich sehe ja ein, wie verrückt das alles ist. Entschuldigung, Entschuldigung«, murmelt sie.

»Das ist kein Problem, Caroline. Aber jetzt erzählen Sie, was er gesagt hat.«

»Er hat gesagt.« Plötzlich fängt sie mitten im Schluchzen an zu kichern. »Verzeihen Sie, das ist doch total absurd, aber als ich seine Stimme gehört habe, dachte ich, jetzt, jetzt ist es so weit. Jetzt ruft er an, um mir zu sagen, dass es Schluss ist, dass alles ein Missverständnis war. Dass er mich doch wieder will.« Ihre Stimme versagt, wird zu einem brüchigen Flüstern. »Entschuldigung«, flüstert sie noch einmal, Schluchzen und Kichern gehen ineinander über. »Ich bin wirklich total durchgeknallt.«

Ich berühre noch einmal ihren Arm. Ist man verrückt, wenn man nicht hinnehmen will, dass eine Beziehung zu Ende ist?, überlege ich. Ist man verrückt, wenn man die Kleider des Verflossenen behält, seine Zahnbürste im Badezimmer stehen lässt, wie eine tote Topfblume auf der Fensterbank? Und was ist eigentlich Verrücktheit? Wo verläuft die Grenze zwischen pathologischem Wahnsinn und gesunder Wut und Trauer? Und wer entscheidet, wo diese Grenze verläuft?

»Sie dachten also, mit den beiden wäre Schluss?«

Sie nickt, lächelt hilflos, lässt sich zurücksinken und schließt die geröteten Augen.

»Ich schäme mich jetzt wirklich, verstehen Sie. Weil mich das so umgeworfen hat, so verrückt gemacht hat. Weil ich so ein verrücktes Huhn bin. Ich will nicht verrückt sein. Ich will normal sein und rational und ausgeglichen und … jedenfalls hat er erzählt, dass sie ein Kind bekommen. Und ich sollte das von ihm direkt hören, nicht auf Umwegen, weil er doch wüsste, dass mich das treffen würde.«

»Und was haben Sie gesagt?«

»Gesagt? Ich habe gar nichts gesagt. Ich bin im Erdboden versunken. Habe aufgehört zu existieren. Und dann habe ich ihn weggedrückt.«

Ich nicke schweigend.

»Und jetzt?«

»Und jetzt, tja.« Sie stößt noch so ein ersticktes Kichern aus. »Damit, dass sie ein Kind kriegen, kann ich umgehen. Aber nicht damit, dass ich verrückt bin. Verstehen Sie? Ich wünschte, er hätte nicht angerufen und es erzählt und ich hätte es nie erfahren.«

»Ich glaube, es ist gut, dass Sie das erfahren haben. Es ist immer besser zu wissen, als in Ungewissheit zu leben. Ich glaube, Sie werden aus dieser Sache eine sehr wichtige Lehre ziehen.«

»Ach, und was soll das sein?«

»Dass Sie eben nicht verrückt werden, dass es Ihnen nur so vorkommt. Dass dieses Gefühl nicht gefährlich ist, denn es ist trotz allem nur ein Gefühl.«

»Wirklich?« Sie sieht mich aus roten kleinen Augen an. »Und Sie meinen, das wüssten Sie?«

Plötzlich schäme ich mich. Vielleicht bin ich zu weit gegangen.

»Entschuldigung«, sage ich und drücke ihren Arm mit der Hand. »Ich meine natürlich nicht, dass das, was passiert ist, gut war. Ich meine nur, dass Sie auch damit noch fertigwerden. Und dann stehen Sie auf der anderen Seite, ohne verrückt geworden zu sein – das verspreche ich Ihnen –, und dann werden Sie stärker sein.«

Langsam, aber entschieden nimmt sie meine Hand von ihrem Arm. Sie steht auf und sieht mich voller Abscheu an.

»Wie können Sie ernsthaft behaupten, das hier sei gut für mich? Sind Sie Sadistin, oder was?«

»Caroline, warten Sie!«

Ich stehe auf und mache einen Schritt auf sie zu, aber sie hat schon die Tür geöffnet und läuft zum Ausgang. Draußen steht Marianne, die Hände in die Hüften gestemmt, der Blick so leer wie der Kühlschrank in der Teeküche. Plötzlich habe ich das Gefühl, dass sie uns belauscht hat.

»Was?«, fauche ich sie an. »Du hast meine Gespräche nicht zu belauschen.«

Sie weicht mit verängstigter Miene zurück, und jetzt sehe ich, was sie in der Hand hält.

»Ich wollte nur … deine Klientin hat den Schuhüberzug vergessen«, murmelt sie.

Ich stehe im Wald vor unserem Haus. Die Finsternis hinter mir ist kompakt, aber das gelbe Licht der Fenster leuchtet den Schnee vor mir an. In der Wärme wartet Markus mit dem Essen. Ich habe beschlossen, noch ein Telefongespräch zu führen, ehe ich hineingehe. Habe beschlossen, dass dieses Gespräch zu wichtig ist, um es bis morgen aufzuschieben.

Das Display leuchtet in der Dunkelheit, und die Kälte beißt mir in die Finger, als ich die Nummer wähle. Er meldet sich nach drei Klingeltönen.

»Ja, hier ist Ulrik.«

»Hallo, hier ist Siri Bergman. Wir haben uns ja kürzlich erst getroffen. Ich bin die, die mit Stefan verheiratet war.«

Auf der anderen Seite folgt ein langes Schweigen. »Siri?«

»Ja, ich wollte nur dafür danken, dass du dir die Zeit für das Gespräch genommen hast.«

»Das war ja wohl das Mindeste, was ich tun konnte.«

Er klingt abwartend. Ich überlege mir, dass es vielleicht einen seltsamen Eindruck macht, dass ich ihn wieder anrufe, abends spät, ohne tieferen Sinn. Ich beschließe, gleich zur Sache zu kommen.

»Ich habe mich mit der Zeugin aus dem Park getroffen. Dem Mädchen, das vor fünf Jahren gesehen hat, wie Anders ermordet wurde.«

»Ach.« Er klingt noch immer reserviert, aber vielleicht auch ein wenig neugierig.

»Sie heißt Anna Kantsow, wohnt hier in Stockholm. Sie war damals, 2005, nicht so ganz bei sich, jetzt scheint sie ihr Leben aber im Griff zu haben. Sie geht aufs Gymnasium. Aber egal, sie hat gehört, dass der Mörder etwas zu Anders gesagt hat.«

»Wie heißt sie, hast du gesagt?«

Plötzlich bereue ich es. Vielleicht hätte ich ihren Namen nicht erwähnen sollen. Soviel ich weiß, ist sie doch die ganzen Jahre lang anonym gewesen.

»Wie sie heißt, spielt eigentlich keine Rolle. Interessant ist, was sie gesagt hat.«

»Und was hat sie gesagt?«

»Sie hat gesagt, verzeih mir. Verzeih mir, Nisse.«

Pause.

»Kannst du das wiederholen?«

»Verzeih mir, Nisse. Sagt dir das irgendwas?«

Wieder schweigt er. Ich höre seine Atemzüge durch die Leitung. Hinter dem Küchenfenster kann ich Markus sehen, der sich über das Spülbecken beugt. Plötzlich habe ich wahnsinnige Sehnsucht nach dem Haus, nach der Wärme, nach Markus und Erik. Nach dem Leben, das ich heute habe. Ohne Dämonen und frei von der Vergangenheit, die meine Träume heimsucht.

»Nein, tut mir leid. Das sagt mir gar nichts. Ich kenne keinen Nisse oder Nils.«

Abermals Schweigen. Ich trampele im Schnee mit den Füßen, um wärmer zu werden, aber die Zehen fühlen sich in meinen schweren Stiefeln wie kleine Eisbrocken an.

»Bist du noch da?«, frage ich.

»Ja«, sagt er. »Aber ich kann dir nicht helfen.«

Auf dem Herd wird Chili con carne warm gehalten. Markus sitzt am Küchentisch vor dem Computer, und nur das Knistern des Herdes ist zu hören.

»Er schläft«, sagt er, ohne aufzuschauen.

Ich gehe zu ihm, bücke mich und küsse seine stoppelige Wange.

»Wie war dein Tag?«

Er reckt sich und reißt den Blick vom Bildschirm los. Ich ahne etwas Düsteres in seinen Augen.

»Der war gut. Aber du hast uns hier gefehlt, Erik und mir.«

Ich gehe neben ihm in die Hocke, fahre mit den Händen durch seine blonden Haare, ziehe ihn zu mir und küsse ihn sanft und feucht.

»Verzeih mir, ich bin hoffnungslos. Ich hatte nur so verdammt viel Arbeit. Aina ist ja nicht in Form, wie du vielleicht verstehst. Ich musste einige von ihren Klienten übernehmen. Sag, dass du das verstehst.«

Er seufzt, umarmt mich halbherzig.

»Klar verstehe ich das. Essen steht auf dem Herd.«

So leicht ist es also zu lügen, denke ich. Nicht schwerer, als einen Kaffee zu bestellen. Und plötzlich weiß ich, dass etwas in mir dabei ist, sich für immer zu verändern.

Ich stehe im Schneematsch vor dem Haus von Mikael Arvidsson im Amorväg auf Lidingö, dem Haus, das er mit seiner Mutter Agneta teilt. Eine bleiche Sonne scheint über dem Wohnviertel, das vor allem aus Häusern aus den vierziger und fünfziger Jahren besteht. Familie Arvidssons Haus liegt versteckt hinter riesigen Thujen und überwucherten Rhododendronsträuchern. Ein weißes Klinkerhaus mit braunem Schnitzwerk. Anders als bei den Nachbarhäusern ist die Einfahrt nicht vom Schnee freigeräumt, nur ein kleiner Trampelpfad führt vom Briefkasten zu der massiven Eichentür.

Ich habe versucht, Mikael anzurufen, um ihn daran zu erinnern, dass wir für Freitag verabredet sind, und damit er einen Zeitpunkt vorschlägt, aber ich konnte ihn nicht erreichen. Am Ende beschloss ich dann, trotzdem zu ihm zu fahren. Ich weiß ja noch, was Ulrik Lindin gesagt hat; dass Micke ein Eigenbrötler ist, dass er trinkt und noch immer bei seiner Mutter wohnt. Vielleicht ist er keiner, der gern ans Telefon geht, vielleicht ist es besser, ganz einfach hinzufahren und anzuklopfen.

Langsam folge ich dem Pfad zur Haustür, zögere eine Sekunde, dann drücke ich auf die Klingel. Jetzt wird es sich entscheiden. Wenn Mikael nichts erzählen kann, das weiterhilft, habe ich mir geschworen, dass ich aufhören werde. Dass ich mit dem Leben, das ich habe, weitermachen und akzeptieren werde, dass ich niemals erfahren werde, welchen Zusammenhang es zwischen Leben und Tod von Anders und Stefan gegeben haben mag. Doch nun wird die Tür einen Spaltbreit geöffnet.

»Ja?«

Vor mir steht eine Frau von Mitte sechzig. Ich kann kaum glauben, dass es dieselbe Frau ist, die Ulrik Lundin mir beschrieben hat: die sexy Mutter, die bei Mickes Kumpels so heiße Gefühle erregt hat. Die Frau im Eingang erinnert mich auf seltsame Weise an die Figuren, die entstehen, wenn man ein Blatt Papier zusammenfaltet und mehrere Personen jeweils einen Teil zeichnen lässt. Die Körperteile scheinen nicht zueinander zu passen. Seltsam magere Arme und Beine wirken wie angeheftet an einen riesigen aufgequollenen Bauch. Die Haut ist von der Sonne dunkel gebrannt, übersät mit Altersflecken und runzelig wie Pergament. In einem Mundwinkel hängt eine Zigarette und trotzt der Schwerkraft, als wäre sie an den runzligen Lippen angeklebt. Die Frau trägt eine enge Lederhose und einen Pullover mit einem riesigen Peace-Zeichen aus Pailletten auf der Brust.

»Wir haben kein Interesse«, sagt sie heiser und kneift die Lippen um die Zigarette zusammen, noch ehe ich meinen Spruch aufsagen kann.

Hinter der Tür höre ich Gebell. Gleich darauf taucht neben Agnetas mit Leder bedeckten Beinen der winzigste Hund auf, den ich je gesehen habe.

»Warten Sie.« Ich hebe die Hand. »Ich will zu Micke. Er weiß, wer ich bin. Ich war mit einem seiner Freunde aus Schulzeiten verheiratet, Stefan.«

Die Frau zieht energisch an der Zigarette und schaut mich aus zusammengekniffenen Augen an.

»Steffe«, murmelt sie und drückt die Zigarette an der Wand aus, sodass auf dem weiß gestrichenen Klinker ein kleiner schwarzer Fleck entsteht.

Ich nicke stumm, hoffe, dass das nicht gegen mich spricht.

»Stefan Bergman?« Sie sieht zufrieden aus, weil ihr der Name eingefallen ist. Dann erstarrt sie. »Aber ist der nicht …?«

»Tot. Doch. Ich bin seine Witwe. Und ich würde gern kurz mit Micke über ihn reden.«

Sie scheint sich ein wenig zu lockern, zuckt mit den Schultern, tritt einen Schritt zurück und öffnet die Tür. Ich gehe hinein, kaum darauf vorbereitet, was mich erwartet. Die Diele ist vollgestopft mit Müll und alten Kleidern. Leere Flaschen und Bierdosen drängen sich wie stumme Zuschauer an den Wänden. Als Agneta Arvidsson ins Wohnzimmer schwankt, sehe ich, dass sie ein Glas in der Hand hält. Es hat große Ähnlichkeit mit einem Cocktail. Sie schwankt ein wenig, dreht sich um, hebt das Glas und schüttelt es, sodass die Eiswürfel klirren.

»Darf man vielleicht etwas anbieten?«

»Nein, danke. Ich fahre.«

Aber sie scheint meine Antwort nicht zu hören. Ist schon unterwegs zu der Treppe auf der anderen Seite des Zimmers. Zögernd fasst sie das Geländer, als müsse sie sich festhalten, um nicht zu stürzen, und ich denke, dass das wohl auch der Fall ist.

»Miiiicke«, ruft sie, »Besuch für dich.« Sie wartet einige Sekunden, beugt sich vor und hängt über dem Geländer, sodass ihr dicker Bauch fast ihre Knie streift. »Miiiiicke, Männlein. Aufwachen.«

Aus dem Kellergeschoss sind Geräusche zu hören. Stöße, ein Stuhl, der verschoben wird. Dann Schritte, die näher kommen.

»Was ist denn los?«

Auf der Treppe sehe ich einen kräftigen Mann mit halblangen ergrauten Haaren und einer kahlen Stelle oben auf dem

Kopf. Unter dem einen Auge ahne ich einen Bluterguss, und eine tiefe Kerbe zieht sich über die Augenbraue. Er sieht viel älter aus als seine vierzig Jahre, als sei das Leben hart mit ihm umgesprungen.

»Besuch für dich«, faucht Agneta. »Zum zweiten Mal in zwei Tagen. Wieso bist du plötzlich so beliebt?« Sie zündet sich eine neue Zigarette an und stapft aus dem Wohnzimmer, ohne sich umzusehen.

Micke mustert mich misstrauisch, als er näher kommt. Als er mir die Hand reicht, nehme ich den unverkennbaren Geruch eines Menschen wahr, der sich sehr lange nicht gewaschen hat. Ich muss mir in die Lippen beißen, um nicht vor Abscheu zurückzuweichen.

Er hebt die Hand an den frischen Schnitt in der Augenbraue.

»Entschuldigung. Sicher sehe ich seltsam aus. Ich … bin gestern gegen etwas gestoßen.«

Ich nicke, lächele. Versuche, nicht die klaffende Wunde anzustarren.

»Ich heiße Siri Bergman. Wir haben vor einigen Tagen telefoniert. Ich war mit Stefan Bergman verheiratet, deinem alten Schulfreund.«

Sein Blick trübt sich plötzlich. Er zwinkert einige Male.

»Stefan? Siri?«, stammelt er und greift nach meinem Arm. »Es tut mir so leid. Komm, setzen wir uns«, sagt er und trottet zur Sitzgruppe aus weinrotem Leder. Die scheint im Vergleich zu den übrigen Möbeln gut in Schuss zu sein, und ich vermute, dass sie nur selten benutzt wird. Abermals wird mir ein Drink angeboten, und ich muss ablehnen.

»Es tut mir leid. Ich war nicht bei der Beerdigung«, murmelt er.

»Das macht doch nichts.«

»Ich war krank. Ich hatte so hart an meiner Abhandlung gearbeitet. Es ging mir nicht gut.«

Ich nicke. Er sieht wirklich krank aus.

»Worüber hast du geschrieben?«, frage ich.

»Ich schreibe«, korrigiert er. »Ich bin noch dabei. Ich bin Biologe. Forsche über Schleimpilze. Du weißt sicher nicht, was das ist?«

Ich schüttele den Kopf.

»Na, das weiß wohl niemand«, sagt er resigniert. »Schleimpilze sind eine eigene Gruppe von Organismen, weder Tiere, Gewächse noch Pilze.«

Dann verstummt er, als rechne er mit weiteren Fragen meinerseits, aber ich bin nicht gekommen, um über seine Forschung zu reden, die vermutlich ohnehin seit Jahren zum Stillstand gekommen ist. Er sinkt in sich zusammen, seufzt tief.

»Stefan war wirklich ein feiner Kerl.« Er schnieft und wischt sich mit dem Handrücken unter der geschwollenen Nase. »Er war so …« Er verstummt, steht auf und geht zum Bücherregal. »Warte, ich zeig's dir.«

Dann kommt er mit etwas zurück, das aussieht wie ein Fotoalbum, setzt sich neben mich, ein wenig zu dicht für meinen Geschmack. Wieder strömt mir der Geruch von Schweiß und ungewaschener Kopfhaut entgegen.

Langsam blättert er im Album, lächelt über manche Bilder, schüttelt über andere den Kopf.

»Hier. Das sind Stefan und ich.«

Ich beuge mich vor. Betrachte die beiden Jungen in Jeans und pastellfarbenen Sweatshirts. So jung, so heil.

Er zeigt auf ein anderes Bild.

»Und hier sind wir alle zusammen. Ulrik, Anders, Stefan und ich. Wir haben auf Möja Mittsommer gefeiert. Haben im

Zelt übernachtet. Genauer gesagt, war das Zelt voll Bier, deshalb hatten wir keinen Platz.«

Er wird plötzlich ernst, verstummt, hält die Hand vor den Mund, wie um die Wörter am Herausströmen zu hindern.

»Wir hatten das ganze Leben vor uns. Und jetzt sind nur noch zwei von uns übrig«, murmelt er und schnieft dann lauthals.

»Ich habe ein paar Fragen an dich, geht das?«

Er sieht mich mit leerem Blick an, als hätte er meine Anwesenheit vergessen.

»Anders«, sage ich und zeige auf den blonden sommersprossigen Burschen auf dem Foto. »Was glaubst du, warum er ermordet worden ist?«

Micke windet sich, als ob die Frage Feuer wäre.

»Da hat sich doch jemand geirrt? War das nicht so? Das stand in der Zeitung.«

»Was glaubst du?«

Er zögert ein wenig.

»Niemand hatte einen Grund, Anders umzubringen. Es muss ein Irrtum gewesen sein.«

»Es gab eine Zeugin …«

»Ach.«

Er klingt gleichgültig. Streichelt Anders' Bild mit dem Daumen und wiegt sich auf dem Sofa langsam vor und zurück.

»Sie hat gesehen, wie Anders ermordet wurde.«

Er gibt keine Antwort, lässt stattdessen den Daumen ein Bild weiterwandern. Streicht über alle: Stefan, Anders, Ulrik und Micke … Als zähle er die Jungs auf dem Foto, überprüfe, dass alle dabei sind.

»Sie hat gehört, wie der Mörder etwas zu Anders gesagt hat.«

Er schaut mich an. Ein leerer Blick.

»Ach«, sagt er gleichgültig.

»Er hat gesagt, Nisse. Verzeih mir, Nisse. Sagt dir das etwas?«

Langsam schüttelt er den Kopf, und für einen Moment heben sich die grauen Strähnen von seinen Schultern.

»Hab nie von irgendeinem Nisse gehört. Bist du sicher, dass du keinen Schnaps willst?«

Stockholm 1988

»So. Die Blüte ist also weiß. Und da Rot eine dominante Erbeigenschaft ist, kann sie keine roten Eigenschaften besitzen, denn dann wäre sie … was?«

Der Waldschrat richtete seine dunkel unterlaufenen Augen auf Hanna, die sofort rot wurde und an einem Fingernagel herumnagte.

»Wie meinen Sie das?«, brachte sie heraus, noch immer mit dem Finger im Mund.

»Wenn die Blüte eine rote Erbanlage hätte – die dominante Eigenschaft –, welche Farbe hätte sie dann?«

Der Waldschrat trat vor, ging von der schwarzen Tafel weg auf Hanna zu, klopfte mit dem Zeigestock auf ihren Tisch, legte die Stirn in tiefe Falten und fuhr sich durch den buschigen schwarzen Bart.

»Orange?«

Der Zeigestock verharrte eine Sekunde auf der Höhe von Hannas Nase. Im nächsten Augenblick schlug er mit voller Kraft auf ihren Tisch, sodass die Seiten des Biologiebuches aufflatterten. Hanna fuhr zusammen. Stefan drehte sich diskret zu Anders um, der links von ihm saß. Anders hob fast unmerklich die Augenbraue.

Eine ganz normale Biologiestunde in dem alten Schulgebäude in der Birger Jarlsgata in Stockholm. An der schwarzen Tafel hatte der Waldschrat, ihr Lehrer, versucht, die Grundprinzipien der Genetik darzustellen. Durch die Glastür der

Abstellkammer hinter dem Pult waren alte gerahmte Schaubilder von Blumen, Pilzen und Tieren zu sehen, die an der Wand lehnten. Ein Skelett stand ganz hinten in der Dunkelheit und sammelte Staub. Glasgefäße mit Formalin und Schweineföten in unterschiedlichen Entwicklungsstadien drängten sich in den Regalfächern des dunklen Raumes. Gerüchte behaupteten, der Waldschrat habe auch ein in Formalin eingelegtes Menschenherz, aber mit eigenen Augen hatte Stefan das nicht gesehen.

»Das war eine außerordentlich unbegabte Antwort«, sagte der Waldschrat und beugte sich über Hannas Tisch, sodass sein Gesicht nur einige Dutzend Zentimeter von ihrem entfernt war. »Aber absolut logisch im Hinblick auf deine mageren Leistungen früher in diesem Schuljahr, was sich auch in deinem Abiturzeugnis zeigen wird.«

Hanna legte den Kopf in den Nacken und sah ihn mit einer Mischung aus Resignation und Angst an. Ein vages Gefühl der Wut breitete sich in Stefan aus. Er war nie einer gewesen, der die Schule hasste, der Lehrer oder Streber verachtete, die sich zu diesem Spiel herabließen und sich widerspruchslos den Launen der Lehrer unterwarfen. Im Gegenteil, er fand die meisten Fächer interessant und mochte die Lehrer leiden. Beim Waldschrat aber war das anders. Ab und zu fragte Stefan sich, ob der Mann wirklich durch und durch böse war, ob ihm seine Machtspiele eine Art kranke Befriedigung brachten. Ob ihm das einen Ständer bescherte.

Draußen schien die Sonne. Die Bäume auf dem Jarlaplan waren hellgrün, soeben erst ausgeschlagen. Im Erikspark, unterhalb des mächtigen Gebäudes des Zimmermannsordens, blühten die Osterglocken, und der wilde Wein an den Mauern hatte jetzt kleine rotbraune Blätter, die mit jedem Tag wuchsen. Bald würde das alles vorüber sein. Er würde nicht mehr den karierten Steinboden abnutzen, nie mehr neben den beiden Statuen in der Eingangshalle stehen und auf die anderen warten. Bald würde er weit weg von hier sein, unterwegs ins wirkliche Leben. Und dann würde niemand ihn mehr schikanieren können.

Der Waldschrat dagegen würde hierbleiben.

Das war ein tröstlicher Gedanke.

Ein diskretes Tippen gegen seinen Arm. Anders schob ihm einen Zettel mit gekritzeltem Text hin.

»Wir gehen dann zu Lindquist?«

Er drehte sich zu ihm um und nickte. Schob zuerst den Zettel vorsichtig weiter nach rechts, wo Micke saß, in sich zusammengesunken mit dem gelben Bleistift zwischen Zeigefinger und Mittelfinger wie eine Zigarette. Die Sonne schien durch die schmutzigen Fensterscheiben, zündete kupferrote Flammen in Mickes Haaren an, als er sich vorsichtig vorbeugte und den Zettel entgegennahm. Er las, dann nickte er rasch.

»Arvidsson«, schrie der Waldschrat. »Was hatten wir über Zettelschreiben während des Unterrichts gesagt? Vielleicht möchtest du dem Rest der Klasse den Inhalt kundtun?«

Micke erstarrte und schüttelte dann so heftig den Kopf, dass ihm die Haare über die Augen fielen.

»Ich höre nichts«, sagte der Waldschrat und tippte mit dem Zeigestock Mickes Schulter an.

»Nein«, flüsterte Micke. »Nein«, sagte er dann. Lauter diesmal.

Ohne ein Wort riss der Waldschrat den Zettel an sich, las schweigend. Stefan blinzelte. Wenigstens stand nichts Verbotenes drauf, dachte er.

Langsam riss der Waldschrat das Papierstück in winzige Fetzen. Die rieselten wie Schneeflocken zu Boden. Die Stille war total.

»Dann kann Arvidsson der Klasse vielleicht mitteilen, welche Farbe die Blume haben würde, wenn sie eine rote Erbanlage besäße?«

»Rot«, antwortete Micke mit klarer Stimme. »Sie wäre rot. Da Rot dominant ist, wäre eine andere Farbe nicht möglich.«

Der Waldschrat gab keine Antwort. Stefan vermutete, dass es auch nicht viel zu sagen gab. Micke war die Koryphäe in allen naturwissenschaftlichen Fächern. Nicht einmal der Waldschrat konnte ihm Fehler nachweisen. Deshalb lief der Lehrer vor der schwarzen Tafel im Kreis hin und her. Zog sich die Strickjacke über den Schmerbauch.

»Und in diesem Fall? Wenn wir diese beiden Exemplare kreuzen?« Er knallte mit der Kreide gegen die Tafel, dass der weiße Staub nur so aufstob. »Welche Farbe haben die neuen Blüten dann, Arvidsson?«

»Drei von vier wären weiß.«

»Ja. Und die übrigen fünfundzwanzig Prozent?«

»Rosa«, antwortete Micke, ohne eine Sekunde zu zögern.

Die ganze Klasse hielt den Atem an. Der Verkehr auf der Birger Jarlsgata war jetzt deutlich zu hören. Der Waldschrat nahm den Zeigestock in beide Hände und schob den Unterkiefer vor, was ihn wie einen Raubfisch aussehen ließ.

»Nein«, sagte er.

»Nein?«, wiederholte Micke verdutzt.

»Du hast gehört, was ich gesagt habe. Die werden nicht rosa.«

»Aber«, murmelte Micke, und der Bleistift fiel aus seinen schmalen blassen Fingern auf den Tisch. »Die müssen doch rosa werden.«

Jetzt stand der Waldschrat vor ihm. Lächelte strahlend, zeigte wohlgeformte, aber gelbliche Zähne oberhalb des Bartes.

»Die werden nicht rosa. Die werden zyklamrot.«

Pause.

»Aber?« Micke war verwirrt. Sah sich unsicher um, erwiderte Stefans Blick. »Das ist doch wohl dasselbe?«

»Nein«, antwortete der Waldschrat kurz. »Das ist nicht dasselbe.« Dann machte er kehrt, schlurfte zum Pult zurück und setzte sich gelassen hin.

Verwirrung breitete sich in der Klasse aus. Stefan rutschte hin und her, schielte zu Anders hinüber, der starr neben ihm saß. Sein Hals hatte sich gerötet, und Stefan konnte sehen, dass die großen sommersprossigen Hände zu Fäusten geballt auf seinen Knien lagen. Dann stand Anders langsam auf. Blieb wortlos stehen, seine Fäuste hingen an seinen Seiten nach unten.

Bewusst langsam schaute der Waldschrat auf.

»Ja?«

»Jetzt machen Sie mal einen Punkt. Rosa und zyklamrot ist doch dasselbe. Das wissen Sie genauso gut wie wir.«

»Nein«, sagte der Waldschrat, setzte die Brille auf und fing an, auf dem Pult in seinen Papieren zu blättern.

»Sie sind ein jämmerlicher Schwächling. Und Sie nutzen jede Gelegenheit, um uns fertigzumachen.«

Anders sprach langsam und mit klarer Stimme. Er betonte jedes Wort gleichermaßen, als läse er traurige Tatsachen vor, pflichtbewusst, aber gleichgültig, fast mechanisch. »Sie rächen sich an uns, weil Sie ein erfolgloser Spießer sind und ein sinnloses Leben führen. Weil Sie nie vögeln können. Hab ich recht?«

Der Waldschrat erstarrte, erhob sich überaus langsam. Schleuderte dann den Zeigestock zu Boden.

»Holmberg, raus. Sofort! Hast du nicht gehört?« Er zeigte mit zitternder Hand auf die Tür, aber Anders rührte sich nicht vom Fleck.

Ein kratzendes Geräusch erklang hinten in der Klasse. Stefan drehte sich um. Ulrik schob langsam seinen Stuhl zurück und erhob sich. Er sah mager aus in dem viel zu großen schwarzen Hemd. Seine Kiefer wirkten verbissen, als ob er soeben etwas Bitteres gegessen hätte.

Ohne weiter darüber nachzudenken, beugte Stefan sich vor, stützte die Hände auf den Tisch und stemmte sich langsam hoch. Der Stuhl kippte nach hinten um und knallte auf den Boden. Dreißig Augenpaare richteten sich auf ihn, aber niemand sagte etwas.

Das Gefühl war wieder da. Stärker als zuvor. Das Gefühl, unterwegs zu etwas anderem zu sein, etwas Größerem. Dass das, was in dem heruntergekommenen alten Biologiesaal vor sich ging, keine Rolle mehr spielte. Dass der Waldschrat bereits tot und begraben und vergessen sei. Dass er selbst im Gras im Eriksbergspark sitze und spüre, wie die Sonne sein Gesicht wärmt. Dass die Zukunft schon begonnen habe.

»Raus! Sofort!« Der Waldschrat schrie so laut, dass seine Stimme brach, ins Falsett umschlug.

Wortlos verließen sie den Biologiesaal, einer nach dem anderen. Zuerst Mikael, dann Anders, Stefan und zuletzt Ulrik.

Stockholm 2010

In der Praxis ist alles still. Ich hatte vier Termine an diesem Tag, habe zugehört, Kleenex verteilt und unzählige Sterne und Blümchen in meinen Notizblock gekritzelt. Vor mir steht der Karton. Es ist ein ganz normaler brauner Pappkarton. Vorsichtig nehme ich das T-Shirt mit dem *The Smiths*-Aufdruck heraus, bohre die Nase in den weichen Stoff und atme tief ein. Noch immer keine Spur von Stefans Duft. Nur der vertraute Geruch von Staub und Schimmel.

Ich gehe zum Schreibtisch. Nehme die Zeitlinie mit den Notizen über Stefans Begegnungen mit Anders und den Bildern von Ulrik, Anders, Stefan und Micke in die Hand. Ich stelle fest, dass ich solide Arbeit geleistet habe. Markus wäre stolz auf mich. Oder vielleicht auch nicht.

Vorsichtig falte ich die Zeitlinie zusammen. Lege auch sie in den Karton.

Das ist kindisch. Ich sehe es ein. Aber ich habe vor, den Karton im Garten zu begraben, wie ein totes Haustier. Ich betrachte es als eine symbolische Handlung. Ich lasse die Vergangenheit los und akzeptiere das Leben so, wie es ist, hier und jetzt.

Ein zaghaftes Klopfen. Ich fahre mit der Hand durch meine kurzen Haare und schaue auf. Ainas Gesicht erscheint in der Türöffnung. Sie sieht bleich aus, hat verkrustete Risse im Mundwinkel.

»Kann ich reinkommen?«

Ich stehe auf. Wische mir den Staub von der Jeans.

»Sicher. Alles in Ordnung?«

Langsam schüttelt sie den Kopf. Lässt sich in meinen Sessel sinken.

»Nein, wenn ich ehrlich sein soll, dann nicht.«

»Und?«

Sie zuckt mit den Schultern. Sammelt ihre langen blonden Haare zu einem Dutt und wickelt ein Gummiband darum.

»Gestern war die neue Untersuchung. Die Antwort soll in einer Woche kommen. Aber ich kenne sie schon.«

Ich verziehe den Mund ein wenig. Kann mir das nicht verkneifen. Aina kann manchmal so dramatisch sein.

»Bitte, Liebes. Das kannst du nicht wissen.«

»Doch«, sagt sie und richtet ihre blassgrauen Augen auf mich. »Ich spüre es. Mein ganzer Körper spürt es.«

Das Zimmer wirkt plötzlich unerklärlich kalt, und mir schaudert. Wie kann sie das wissen? Natürlich kann sie das nicht.

»Weißt du noch«, fange ich an. »Wie Vijay immer ganz sicher war, dass er das Examen vermasselt hatte? Und das hat er allen erzählt, die ihm zuhören mochten. Er schien zu glauben, seine übertrieben negative Haltung könnte den Schlag mildern, falls er – aller Wahrscheinlichkeit zum Trotz – wirklich durchgefallen wäre. Verstehst du, was ich meine?«

»Das schon, aber das ist nicht dasselbe«, murmelt Aina dickköpfig.

»Ich glaube, das ist genau dasselbe.«

»Nein«, sagt sie energisch. »Das hier ist etwas anderes. Ich spüre im ganzen Körper, dass etwas nicht stimmt. Ich bin die ganze Zeit müde. Es ist … etwas, das nicht stimmt. Ich kann das nicht erklären. Warum glaubst du mir nicht? Verstehst du, was ich meine?«

»Natürlich glaube ich dir. Ich sage nur, dass es vielleicht andere Erklärungen dafür gibt, dass du so empfindest.«

Aina schnaubt und zupft an einer Kruste in ihrem Mundwinkel herum.

»Hör jetzt auf mit der Psychokacke, bitte.«

»Also, wie war dein Date?« Ich versuche, unser Gespräch in andere Bahnen zu lenken.

Sie seufzt tief.

»Er war nicht interessant.«

Schweigen.

»Und hast du gevögelt?«

Sie schaut mich an, als ob ich den Verstand verloren hätte.

»Klar hab ich gevögelt. Was hast du denn gedacht?«

Markus ist zufrieden. Er streichelt den Karton wie ein braves kleines Kind, das gerade sein Zimmer aufgeräumt hat. Küsst mich liebevoll auf die Wange.

»Verdammt, ist das schön. Ich hatte schon gedacht, du würdest diese Geschichte nie mehr loslassen. Aber vielleicht war es gut für dich, das eine Weile zu versuchen. Die Privatdetektivin zu spielen. Du kannst jetzt vielleicht leichter weitergehen, wo du weißt, dass es keine Geheimnisse zu entdecken gibt.«

Ich schaue in meine Plastiktüte. Kann seinen Blick nicht erwidern, wenn er mit mir redet wie mit einem Kind. Langsam fülle ich den Kühlschrank mit Milch, Butter, Eiern und Gemüse.

»Du«, er bohrt die Nase in meinen Nacken und zupft liebevoll an meinem Hals. Seine Hände, die meine Taille streicheln, wandern nach oben, legen sich auf meine Brüste. »Ich liebe dich«, murmelt er auf die Weise wie immer dann, wenn er geil ist.

»Ich liebe dich auch.«

»Komm.«

Vorsichtig nehme ich seine Hände von meinen Brüsten.

»Ich muss den Brei für Erik machen.«

Er erstarrt, und ich merke, wie seine Enttäuschung durch seinen Körper weiter in meinen wandert.

»Bitte, Markus. Ich bin so verdammt müde. Es hat nichts mit dir zu tun, okay?«

Verdrossen stapft er ins Wohnzimmer und schnappt sich unterwegs den Laptop. Jetzt warten Stunden mit Computerspiel. Wir werden einen ruhigen Abend haben.

Später. Markus' Atem klingt wie die Wellen in meiner kleinen Bucht im Sommer: gleichmäßig, langsam saugend. Er schläft tief. Zwischen uns in dem schmalen Bett liegt Erik auf dem Bauch und röchelt. Er ist seit zwei Tagen erkältet, will nichts essen, ist ganz allgemein quengelig und jetzt will er nicht mehr in seinem eigenen Bett schlafen.

Ich gleite unruhig in den Schlaf und wieder heraus, gestört durch Eriks Husten und den Wind, der draußen durch die Baumwipfel jagt. Die Zweige der Sträucher schlagen gegen die Fensterscheibe. Als versuchten sie langsam, aber sicher, zu uns ins Schlafzimmer zu gelangen.

Dann, ohne Vorwarnung, ist auch Stefan da. Er sitzt in sich zusammengesunken auf der Bettkante, mit gesenktem Kopf, wie um den alten Flickenteppich auf dem Boden zu mustern. Ich fahre zusammen, spüre, wie das Zimmer sich plötzlich mit eisiger Kälte füllt. Der ganze Winter scheint ins Haus eingebrochen zu sein und es mit seiner frostigen Anwesenheit gefüllt zu haben.

»Was willst du?«, flüstere ich und krieche tiefer unter die Decke. Ziehe die Arme in die Wärme. Die Wärme, die nur Lebende erzeugen können.

Er sieht mich aus leeren Augen an. Die Haut über seinen Wangenknochen ist brüchig und reißt jetzt ein. Dicke Haarbüschel haben sich gelöst und den kahlen Schädel darunter entblößt.

»Hast du vor, mich auch einzugraben?«, fragt er und nickt zu dem Karton hinüber, der meine eigenhändig zusammengestellte Dokumentation der Umstände um Anders' Tod und Stefans letzte lebende Monate enthält.

Ich gebe keine Antwort, wende mich nur ab und kneife die Augen zusammen. Konzentriere mich auf Markus' ruhige Atemzüge. Versuche, die Wellen vor mir zu sehen. Das sommerwarme Meer, das langsam über die Felsen schlägt. Wie es behutsam am Strand leckt, um dann zuverlässig in die Bucht zurückzukehren.

Eine Weile darauf ist er verschwunden.

Ich werde von der SMS geweckt. Es ist kurz nach vier Uhr morgens, und draußen ist der Wind stärker geworden. Ein echter Wintersturm scheint heraufzuziehen.

Erik und Markus schlafen neben mir. Erik liegt auf dem Bauch, die Knie angezogen und die Windel nach oben gereckt. Der Schnuller ist aus seinem Mund gefallen, und er atmet ruhig. Ich rutsche näher an ihn heran, um zu hören, ob er röchelt, aber ich höre nur seine ruhigen Atemzüge. Vorsichtig schiebe ich ihm den Schnuller in den Mund.

Ich greife nach meinem Telefon. Das Display leuchtet auf, als ich die Mitteilung öffne. Erst begreife ich nicht, von wem sie stammt, dann geht mir auf, dass es Anna Kantsow ist.

»Ich werde verfolgt! Wem hast du es gesagt?«

Als der Wecker klingelt, ist der Wind stärker geworden und hat den Schnee vor dem Fenster zu einer massiven Wand zusammengeschoben. Die Zweige peitschen wütend gegen das Schlafzimmerfenster. Und es ist kalt. Es war schon lange nicht mehr so kalt. Mein kleines Haus ist nicht dicht. Eigentlich war es nie als Dauerwohnung gedacht, sondern als Sommerhaus für eine wohlhabende Familie aus der Stadt.

Stefan und ich haben das Haus von einer alten Dame gekauft, die es dreißig Jahre lang als Sommerwohnung genutzt hatte. Wem es vorher gehört hatte, weiß ich nicht. Aber als wir es übernommen haben, war es in einem elenden Zustand. Wir brauchten fast ein Jahr für die Renovierung und zogen während der Arbeiten von Zimmer zu Zimmer.

Das meiste machten wir selbst. Stefan war stark und geschickt. Ich sagte immer, an ihm sei ein Schreiner verloren gegangen. Er antwortete, er sei doch einer. So ein großer Unterschied bestehe nicht zwischen Holz und Knochen, sagte er. Die Arbeit des Orthopäden ähnele der des Schreiners in mancher Hinsicht. Ein Handwerk, das Erfahrung, Geschicklichkeit und Gefühl für Form und Funktion erfordert.

Aina half ebenfalls. In dem Sommer, als wir einzogen, strich sie die halbe Fassade an. Mir geht auf, wie stark Aina ist, physisch und psychisch. Ihr schmaler sehniger Körper ist viel stärker und ausdauernder, als man auf den ersten Blick glaubt. Ihre knochigen Arme können schwere Eichenmöbel heben und Decken anstreichen, stundenlang, ohne Kraft zu verlieren. Ihre Beine können mehrere Dutzend Kilometer hintereinander laufen, und irdische Probleme wie Hunger und Kälte scheinen sie nicht sonderlich zu betreffen. Und andere Probleme auch nicht.

Bis jetzt jedenfalls. Mein Zwerchfell zieht sich zusammen. Ich will diesen Gedanken nicht verfolgen, ich will jetzt loslassen, will bei ihrer Stärke verharren, dieses Gefühl lange festhalten. Ich kann nicht glauben, dass ihr starker Körper wirklich krank sein könnte.

Aina wird nicht krank. Aina kann sieben Klienten an einem Tag haben. Aina kommt zurecht, braucht keinen Mann, um stark oder heil zu sein. Aina landet immer auf den Füßen.

Oder?

Wieder klingelt der Wecker. Markus murmelt etwas und tastet nach dem Schlummerknopf. Erik wimmert. Ich strecke die Hand aus, merke, wie kalt sein Rücken ist, decke ihn zu und setze mich auf.

»Kaffee?«, frage ich.

»Mm«, mehr sagt Markus nicht.

Ich stapfe mit einer Wolldecke über den Schultern in die Küche, merke, wie die Kälte an meinen Beinen hoch- und unter mein Nachthemd kriecht. Das Thermometer zeigt 16 Grad. Meine Hand zittert so sehr, dass ich im Kamin kaum Feuer machen kann. Nach kurzer Zeit gesellt sich Markus zu mir.

»Verdammt, was für ein Wind.«

Ich nicke.

»Wie viel?«, fragt er und zeigt auf das Thermometer.

»Sechzehn«, antworte ich.

»Wir müssten isolieren.«

»Wir müssten dafür sparen, meinst du?«

Er beißt die Zähne zusammen und schaut auf das Schnittbrettchen, während er sich ein Butterbrot schmiert.

»Und du hast gut geschlafen, höre ich?«

»Ich bin um vier von einer SMS geweckt worden.«

Sofort bereue ich meine Worte, aber es ist zu spät.

»Wer schickt dir denn mitten in der Nacht eine SMS?«

Ich seufze und nippe an dem heißen Kaffee, schaue hinaus in den Schneesturm. Es wird noch nicht hell.

»Dieses Mädchen aus dem Park. Die Mordzeugin. Anna heißt sie.«

»Und was wollte sie?«

»Sie behauptet, dass sie verfolgt wird. Und sie scheint zu glauben, das könnte auf irgendeine Weise mit mir zu tun haben.«

»Mit dir zu tun haben?«

Sein Tonfall ist zurückhaltend, und er spricht die Wörter langsam aus, betont jede Silbe, aber ich kann sehen, dass er außer sich ist. Ahne, wie sein bleicher Hals immer weiter nach oben hin rot wird, sehe seinen verzogenen Mund.

»Markus, sei jetzt nicht sauer.«

»Ich bin nicht sauer«, faucht er. »Aber du hast doch erst gestern versprochen, mit diesem Dreck aufzuhören. Oder hast du das vergessen?«

»Bitte. Das hab ich doch. Ich kann nichts dafür, dass sie mir mitten in der Nacht SMS schickt. Soll ich dich denn lieber anlügen?«

Markus schüttelt die Breiflasche und stellt sie in die Mikrowelle, beißt die Zähne noch fester aufeinander.

»Soll ich lieber lügen? Denn wenn du das willst, dann kannst du deinen Willen haben …«

Die Mikrowelle piept. Markus dreht sich langsam zu mir um.

»Ich weiß nicht, Siri. Ich weiß nicht mehr, wann du lügst und wann du die Wahrheit sagst. Ich weiß nicht einmal mehr, ob ich dich noch kenne. Ich weiß nur, dass du einen Haufen Geheimnisse vor mir hast.«

Er verlässt das Zimmer, offenbar zufrieden, weil er das letzte Wort hatte.

Draußen ahne ich das erste bleiche Morgenlicht wie einen hellblauen Farbton in der Mauer aus Schnee.

Ich rufe Anna Kantsow an, sowie ich in der Praxis bin. Der Sturm scheint nicht abnehmen zu wollen, und meine erste Klientin hat angerufen und erzählt, dass sie in einer Schneewehe feststeckt. Im wahrsten Sinne des Wortes. Ob ich bereit wäre, den Termin zu verlegen, ohne das zu berechnen? Das sei doch sicher eine Art höhere Gewalt? Ich kann da kaum widersprechen. Gemeinsam machen wir einen neuen Zeitpunkt ab, und nach dem Gespräch bleibe ich mit dem Telefon in der Hand vor dem Fenster zum Medborgarplatz stehen. Aber heute kann ich draußen nur ein wirbelndes Meer aus Schnee sehen. Nicht einmal die Konturen des Platzes unten lassen sich erahnen.

Dreimal klingelt es, dann meldet sie sich. Ihre Stimme ist leise, und sie spricht schnell, mit kurzen Sätzen, als habe sie es eilig und will sichergehen, dass ich jede Silbe begreife.

»Siri. Gut. Wir müssen uns treffen. Kaffee in der Götgata in fünfzehn Minuten?«

Ihre abgehackten Anweisungen machen mich eine Sekunde lang sprachlos. »Wir müssen uns treffen? Aber können wir nicht nur …«

»Wayne's in fünfzehn Minuten. Ich will mit dir reden.«

»Okay«, antworte ich. »Bis gleich.«

Aber sie hat schon aufgelegt.

Ich erkenne sie direkt im Gewimmel durchgefrorener Stockholmer im Café. Der schmächtige Körper und die langen schwarzen Haare. Sie hebt die Hand, um zu zeigen, dass sie mich gesehen hat.

In dem engen Lokal herrscht eine ausgelassene Stimmung. Ich vermute, vielleicht die Hälfte der nassen Gäste ist nur hier, um dem Schneesturm zu entkommen. Aber dem Personal scheint das egal zu sein, das hat zur Feier des Tages beschlossen, Kaffee zu spendieren. Sturmkaffee, erklärt die vollbusige Blondine lächelnd, als sie meine Tasse vollgießt.

Ich wische mir Schnee vom Mantel, nehme die Tasse und gehe zu Anna.

»Setz dich.«

Ich lächele. Es ist schon irgendwie seltsam, dass diese Frau – fünfzehn Jahre jünger als ich und klein wie ein Kind – beschlossen hat, mich herumkommandieren zu können. Aber ich ahne schon, dass sie nicht wirklich befehlen will, sondern nur gestresst ist. Angst hat.

»Was ist passiert?«

Sie presst die Lippen zu einem dünnen Strich aufeinander, legt den Kopf schräg und zeigt dabei eine Tätowierung am Hals. Als habe sie meinen Blick gesehen, legt sie die Hand auf den Drachen, versteckt ihn vor mir.

»Es hat einige Tage nach unserem Treffen angefangen. Er verfolgt mich überall. Sowie ich mich umdrehe, ist er da. In einiger Entfernung natürlich. Ich kann sein Gesicht nicht sehen. Und das ist ihm auch klar. Abends, wenn ich schlafen gehe, steht er im Park unter meinem Fenster. Morgens ist er in der U-Bahn. Wenn ich einkaufen gehe, steht er vor dem Laden und schaut durch das Fenster.«

Sie seufzt und schlägt die Hände vors Gesicht, murmelt leise, wie an sich selbst gerichtet: »Scheiße, Scheiße, Scheiße.«

»Moment mal. Was ist das für ein Typ? Hast du ihn auch richtig gesehen?«

Sie schüttelt langsam den Kopf. Hebt die Kaffeetasse zum Mund. Ihre Hände zittern so sehr, dass das braune Getränk auf den Tisch schwappt.

»Verdammt. Nein, ich habe ihn nicht richtig gesehen.«

»Woher weißt du denn überhaupt, dass es immer derselbe ist?«

Sie stellt die Tasse mit einem Knall auf den Tisch, und ich ahne Wut in ihrer Stimme.

»Ich weiß ja wohl, was ich gesehen habe. Mittleres Alter, normal groß, Stoffjacke, Jeans. Mehr weiß ich nicht. Er sieht aus der Entfernung aus wie die meisten Leute. Ein ganz normaler Typ eben.«

»Und warum glaubst du, das könnte etwas mit unserem Gespräch zu tun haben?«

Sie fährt sich mit den Händen durch die Haare, massiert die Schläfen. Ich nippe an meinem Kaffee und warte auf ihre Antwort.

»Weißt du, ich hatte Ordnung in mein Leben gebracht. Ich habe versucht zu vergessen. Seit fünf Jahren ist mir nichts Dramatischeres mehr passiert, als dass ich den Bus verpasst habe und für Falschparken blechen musste. Dann meldest du dich … und dann kommt das hier.«

»Aber ich verstehe es trotzdem nicht. Es ist doch mehrere Jahre her, dass Anders ermordet worden ist. Und du hast so oft mit der Polizei gesprochen. Warum taucht das gerade jetzt auf?«

»Ich dachte, das könntest du mir erklären«, sagt sie leise und sieht mich müde an. »Das ist *deine* Schuld, Siri. Begreifst du das nicht?«

Caroline Helsén verspätet sich. Es gab keine Busse, und sie konnte kein Taxi finden. Sie bittet immer wieder um Entschuldigung. Ich hebe die Hand zu einer abwehrenden Geste.

»Ist schon gut. Fast alle meine Klienten haben abgesagt.«

Sie lächelt müde und streift die riesige, vor Nässe triefende Daunenjacke ab. Ihre blonden Haare hängen in Strähnen um ihr Gesicht, und die Jeans ist bis zu den Oberschenkeln aufgeweicht.

»Ich möchte um Entschuldigung bitten«, ist das Erste, was sie sagt, als sie sich in den Lammfellsessel sinken lässt. »Ich war bei unserer letzten Begegnung so wütend, es tut mir leid. Es war so dumm. Sie haben doch recht.«

»Bitte, Caroline, Sie brauchen sich nicht zu entschuldigen. Ich habe mich sehr unsensibel ausgedrückt.«

»Aber es stimmt doch. Sie hatten recht. Und ich bin ja auch nicht verrückt geworden, oder was? Ich sitze doch hier.« Sie nickt, die grauen Augen sehen mich an und weichen nicht aus. »Ich war natürlich unendlich traurig. Und ich habe geweint und geweint. Aber dann … ich weiß nicht. Ich hatte irgendwie keine Tränen mehr.«

»Was ist das jetzt für ein Gefühl?«

»Stellen Sie sich eine sehr tiefe Wunde vor. Sie ist da, Sie wissen, wo. Es tut höllisch weh, aber das ist nicht so schlimm, Sie wissen ja, warum es wehtut. Und Sie wissen, dass die Wunde verheilt. Verstehen Sie? So ein Gefühl ist das.«

Ich nicke, erstaunt über Carolines Fähigkeit, ihre kompliziertesten Gefühle in Worte zu kleiden.

»Und wie war es vorher?«

Sie lächelt, spielt an den nassen Haarsträhnen herum.

»Vorher war es wie Fieber. Es geht Ihnen schlecht, Sie fühlen sich wie gerädert, aber Sie wissen nicht warum. Sie wälzen sich im Bett hin und her. Ein vages Gefühl von Krankheit, davon, dass etwas nicht stimmt.«

»Wo sitzt die Wunde?«

Ich beuge mich vor, bin plötzlich neugierig auf diese Metapher.

»Hier«, sagt sie blitzschnell und legt sich die Hand auf den Bauch. »Sie sitzt hier und reicht bis in den Knochen. Aber sie wird verheilen.«

Ich gieße mir Wasser aus dem blauen Krug ein. Caroline lässt los. Caroline ist auf dem Weg weiter, hinaus ins Leben. Das richtige Leben, nicht die konstruierte Geborgenheit in der alten Studentenbude, wo sie sich an die Erinnerungen an Darius geklammert hat.

Sie ist stark.

Stärker als ich. Ich habe Stefan nicht wirklich loslassen können, obwohl seit seinem Tod fünf Jahre vergangen sind. Ich sage mir selbst, dass ich eben wissen muss, was passiert ist, aber ich frage mich, ob es noch einen anderen Grund gibt. Einen, der tiefer liegt. Eine Unfähigkeit, die Person Stefan loszulassen. Den Mann Stefan. Unsere Liebe, unsere Nähe, die ich durch Markus zu ersetzen versucht habe. Sicher liebe ich Markus, aber nicht auf dieselbe Weise. Es kann niemals dasselbe sein.

»Es kann niemals dasselbe sein«, sagt Caroline, als ob sie meine Gedanken lesen könnte. »Aber es kann gut werden.«

Stockholm 1988

Draußen war es warm. Es war die dritte Woche im Mai, mehr als 25 Grad. Stefan lag in einem Liegestuhl, nur mit einer Badehose bekleidet. In der Hand hielt er ein kaltes Bier, auf dem kleinen Tisch neben ihm lag eine Packung Camel.

Er musterte die anderen: Ulrik, in einem ausgewaschenen schwarzen Hemd mit *The Cure*-Aufdruck und abgeschnittenen Jeansshorts, sprang über den gepflegten Rasen und versuchte, den von Anders geworfenen Frisbee zu erwischen. Sein magerer Körper war glatt, und er hatte schwarze Ringe unter den Augen.

Abifeste und Prüfungen forderten ihren Tribut.

Anders sah dagegen absolut gut aus. Sein heller Pony fiel ihm ins Gesicht, und die weißen Zähne leuchteten, wenn er über Ulriks Anstrengungen grinste. Er war schon etwas gebräunt und sah sauber und gesund aus in seinem frischgewaschenen weißen T-Shirt.

Stefan stellte sich vor, dass die Putzfrau von Anders' Eltern zu Hause stand und seine Kleider bügelte. Dass seine Mutter das machte, hielt er jedenfalls für ausgeschlossen. Micke saß auf einer Gartenbank und blätterte träge in einer alten Nummer einer Skizeitschrift, während er ab und an zu Anders' und Ulriks Anstrengungen hinübersah, die versuchten, einander zu übertreffen. Seine rotbraunen Locken leuchteten in der Sommersonne, und der blaue Himmel und das junge Birkenlaub wurden in seiner Ray Ban reflektiert.

Das hier ist perfekt, dachte Stefan, verdammt, besser kann es gar nicht werden.

Aus dem offenen Küchenfenster waren murmelnde Stimmen zu hören, gefolgt von Musik. Rick Astley. Vermutlich hörten Ulriks kleine Schwester und ihre Freundin sich die Hitparade an. Stefan seufzte leise.

Fast perfekt immerhin.

»Hast du einen Fick abgekriegt?«

Micke ließ die Zeitschrift auf den Rasen fallen und sah Stefan an. »Einen Fick?«

»Auf dem Fest. Mit Magdalena. Was ist da eigentlich passiert?« Micke schob sich die Sonnenbrille auf die Stirn. Seine Augen sahen ungewöhnlich blau aus. Vielleicht war es nur das grelle Sonnenlicht, das die Pupillen klein machte und die fast türkise Farbe betonte.

Stefan wurde es ein wenig schlecht, und plötzlich kam der Tag ihm nicht mehr so schön vor. Er wollte nicht an Magdalena denken. Nicht ihren Blick sehen, in dem sich Verachtung und Angst mischten. Er hatte sich solche Mühe gegeben, um Anders' Version der Geschehnisse zu übernehmen. Alles bestens. Allen geht es gut. Nichts Schlimmes passiert. Aber im Grunde wusste er natürlich, dass das gelogen war. An dem Tag auf dem Schulhof hatte er Magdalenas Blick gesehen und ahnte, dass in ihr etwas zerbrochen war. Und er war schuld daran. Und jetzt kam Micke und stellte neugierige Fragen und verlangte Antworten und Prahlerei über ihre Erfolge.

»Ach, da war nichts Besonderes.«

Stefan versuchte zu lächeln und schaute zu den Frisbeewerfern hinüber. Micke stimmte unsicher in das Lachen ein. Stefan wusste sehr gut, dass Mikael, obwohl er den erfahrenen Weltmann zu spielen versuchte, nur überaus begrenzte Erfahrung mit Mädchen hatte. Zwei Jahre zuvor hatte er in den Sommerferien beim Sprachkurs in Frankreich mit einem Mädchen geschlafen, viel mehr war nicht passiert. Was Stefan, Ulrik und Anders ihn auch nicht vergessen ließen. An Micke war eigentlich nichts auszusetzen, er war absolut in Ordnung. Und er war im Grunde der Intelligenteste von ihnen.

Außerdem war Micke ein wirklich guter Freund. Einer, der immer zuhörte und auf den immer Verlass war. Ihm fehlten Anders' selbstsichere Überlegenheit und Ulriks sture Besserwisserhaltung. Doch das machte ihn zu einem angenehmeren Umgang. Nur wenn Mädchen dabei waren, war er schüchtern und gehemmt und zog sich oft zurück, anders als Stefan oder Anders.

»Hör doch auf, Steffe. Ich weiß, dass etwas passiert ist. Aber was?«

Stefan seufzte und nickte zu Anders hinüber.

»Frag den Philosophen mit dem Frisbee. Der weiß das.«

Stefan sah, dass Micke verwirrt blinzelte. Er schaute Stefan misstrauisch an und musterte dann abermals Anders.

»Anders, komm her und erzähl, was auf dem Fest passiert ist.«

Mickes Rufen brachte Anders dazu, den orangefarbenen Frisbee fallen zu lassen, zu ihnen zu kommen und sich vor Stefan und Micke ins Gras zu setzen. Ulrik kam hinterher, ließ sich neben Anders fallen und schlug die mageren, von Mücken zerstochenen Beine übereinander.

»Micke will wissen, was mit Magdalena passiert ist. Er fragt, ob ich einen Fick abbekommen habe.« Stefan versuchte, wieder zu lächeln, obwohl die Übelkeit und das schlechte Gewissen es ihm schwer machten, unberührt zu wirken. »Erzähl du, Anders. Ich bring das nicht.«

»Ich kapier das nicht, Micke. Wie kann ein Typ wie du,

mit Lidingös heißester Mutter, so eine kleine Unschuld sein? Magst du Mädchen nicht, oder was?«

Anders legte den Kopf schräg und musterte Micke teilnahmsvoll.

»Oder ist deine Mama das Problem?«

Er lachte, und in seinen Augen war etwas zu sehen, Genuss vielleicht, Befriedigung, weil er Micke in Verlegenheit gestürzt hatte.

»Hör doch auf, er kann doch nichts dafür, dass er Mrs Robinson zur Mutter hat.«

Ulrik versetzte Anders einen leichten Stoß, und Stefan konnte sich ein Grinsen nicht verkneifen. Mickes Mutter sah gut aus und flirtete außerdem ein wenig zu gern.

»Keine Panik, Micke. Stefan hat Magdalena gevögelt. Ich weiß es genau, ich war nämlich dabei, wenn du verstehst, was ich meine. Wir durften beide mal ran, könnte man sagen.«

Anders lachte, und Stefan stimmte ein. Aber er dachte an Magdalenas Augen. Diesen Blick. Wie ein Licht, das gleichsam erlosch. Die Resignation. Das Bild war unangenehm, und er kniff die Augen zusammen, versuchte, es abzuschütteln, konzentrierte sich stattdessen auf Mickes verdutzte Miene. Seinen halboffenen Mund.

»Also. Hattet ihr … einen Dreier oder was? Auf dem Fest?« Micke klang skeptisch, als sei er nicht sicher, ob Anders die Wahrheit gesagt habe und ob Stefan sich über ihn lustig mache. Anders nickte und trank noch einen Schluck Bier.

»Es war super. Magdalena ist eine tolle Frau. Ein richtig guter Fick.«

Stefan schaute in eine andere Richtung und verspürte, wie seine Verachtung wuchs. Er hätte aufspringen und die Wahrheit sagen müssen. Dass Magdalena so betrunken gewesen war, dass sie kaum stehen konnte. Dass er und Anders die

Lage ausgenutzt hatten. Aber das schaffte er nicht. Anders war doch sein bester Freund, immer loyal. Stand auf Stefans Seite. Und vielleicht hatte Anders recht. Vielleicht war das Ganze nur eine Bagatelle, etwas, woran er sich in zehn Jahren mit einem Lächeln erinnern würde. Vielleicht sollte er weniger problematisieren und lieber auf Anders hören. Dessen lässige Haltung übernehmen.

»Was für eine kleine Hure!« Ulrik schüttelte den Kopf und wischte sich mit dem blassen Handrücken über die Stirn. »Verdammt, mit der würde ich nicht schlafen wollen. Ist euch nicht klar, wie viele vor euch dran gewesen sein können? Widerlich!«

»Du bist nur neidisch, weil Mirjam mit Harald geknutscht hat.«

Anders sagte das wie eine Feststellung, als ob es ganz sicher zuträfe. Dann beugte er sich vor und nahm sich eine von Stefans Zigaretten, gab sich mit Stefans altem Zippo Feuer und inhalierte tief.

»Habt ihr denn Pariser benutzt?« Micke achtete nicht auf Anders und wandte sich an Stefan. »Ist doch klar, dass das Mädel Aids haben kann. Ich kenne einen, der kam in einer Kneipe mit einer sautollen Frau ins Gespräch. Ich glaube, es war im Opera.« Micke legte eine Kunstpause ein, sah sich um, um sich davon zu überzeugen, dass die anderen ihm zuhörten, dass er sein Publikum hatte. »Sie war einfach super. Sah so ein bisschen aus wie Cindy Crawford. Jedenfalls ging sie dann mit ihm nach Hause und war offenbar total geil. Wollte alles, und sie haben die ganze Nacht gevögelt. Am nächsten Morgen wacht er auf, und die Frau ist weg. Aber als er in die Diele kommt, hat sie mit Lippenstift etwas auf den Spiegel geschrieben, und wisst ihr, was?« Wieder verstummte Micke und sah sich um, ehe er weitersprach. »Da stand: Willkommen im Aidsclub. Kapiert ihr? Sie verbreitet aus purem Jux Aids.«

Anders schüttelte den Kopf.

»Das glaub ich nicht. Das ist doch nur eine Geschichte. Und hier gibt es keine Frauen, die so toll sind wie Cindy.«

Anders lachte, und Stefan und Ulrik stimmten dankbar ein. Stefan meinte, Anders habe recht. Dass es eine Lügengeschichte war. Dass es keine rachsüchtigen Frauen gab, die im Café Opera die Leute mit Aids infizierten. Außerdem kam ihm die Vorstellung, Magdalena könne infiziert sein, einfach blöd vor. Stefan hielt sie für ziemlich unerfahren, und dass Ulrik sie als Hure bezeichnete, machte ihn noch wütender. Aber er spielte weiter mit, tat noch immer so, als sei nichts passiert.

»Wir müssen noch etwas anderes besprechen.« Ulrik beugte sich vor und schaute sich in dem leeren Garten um, überzeugte sich davon, dass sie allein waren. Die anderen folgten seinen Blicken. Stefan war dankbar für die Ablenkung und den Themenwechsel.

»Der Kram?« Anders senkte die Stimme, flüsterte fast.

»Genau, das Koks. Was Rambo da besorgt hatte, war spitze, aber wir brauchen mehr. Am Donnerstag ist ein Fest bei Cissi und dann am Samstag bei den Zwillingen. Und alle werden kaufen wollen.« Ulrik schaute sich abermals um, obwohl der Garten einwandfrei leer war. Nur die Musik aus der Küche war zu hören, aber Ulriks Schwester und ihre Freundin waren nicht mehr zu sehen.

»Na gut, du meinst also, wir müssen mehr besorgen.« Anders sah ruhig aus, selbstsicher. Als rede er davon, in die Apotheke zu gehen und Aspirin zu kaufen.

»Sprich mit Rambo. Oder besser noch, fahr hin. Du kannst mit Stefan fahren.«

Stefan und Anders wechselten einen Blick und nickten dann. Micke sah erleichtert aus. Alle wussten, dass er Rambo verabscheute und durchaus nicht zum Einkaufen nach Rågsved fahren wollte.

Plötzlich waren Schritte auf dem Kiesweg zu hören. Als Stefan aufblickte, sah er Ulriks Vater, der in marineblauen Adidas-Shorts und einem weißen T-Shirt angelaufen kam. Um die Stirn trug er ein dickes Frotteeband.

»Hallo, Jungs. Macht ihr es euch gemütlich?« Kjell Lundin lächelte und trat auf der Stelle, während er zugleich auf die Digitaluhr an seinem Arm schaute. »Ihr solltet lieber mit zum Joggen kommen. Bald ist der Stockholm-Marathon. Wollt ihr nicht mitmachen? Statt hier zu sitzen und Bier zu trinken und zu rauchen.« Er schaute irritiert den überquellenden Aschenbecher und Stefans Zigarettenpackung auf dem Boden an. Ulrik folgte seinem Blick und sah dann seinen Vater an.

»Niemand hat im Haus geraucht. Okay? Die Kippen bring ich nachher weg.«

Kjell nickte, als sei er mit der Erklärung seines Sohnes zufrieden.

»Ja, zehn Kilometer in einer Dreiviertelstunde. Was sagt ihr dazu, Jungs? Nicht schlecht für einen alten Knacker.«

Kjell lächelte zufrieden und schnaufte ein wenig.

»Das könntest du auch schaffen, Ulrik, wenn du dich so um deinen Körper kümmern würdest wie um deinen Intellekt. Den Körper sollte man genauso trainieren wie das Gehirn. Wenn du das tun würdest, statt hier zu sitzen und Bier zu trinken und zu rauchen, dann würdest du nicht aussehen wie eine Spargelstange.« Er beugte sich vor und drückte vielsagend Ulriks dünne Oberarme zusammen, musterte den Sohn mit einer leicht bedauernden Miene, als sei dessen Anblick eine pausenlose Enttäuschung.

»Und schneid dir die Haare, wenn du schon dabei bist, du siehst ja aus wie vom anderen Ufer.« Der Blick des Vaters war voll Ekel, und Stefan hatte seine eigenen Probleme plötzlich vergessen. In dem sonnigen Villengarten schien sich ein griechisches Drama abzuspielen. Die fröhliche Stimmung war verflogen, und Aggressivität und Zorn zwischen Vater und Sohn waren so greifbar, dass sie fast zu sehen waren.

»*At ingenium ingens inculto latent hoc sub corpore*«, sagte Ulrik leise und grinste seinen Vater an.

»Was sagst du da?«

Unsicherheit legte sich auf Kjell Lundins Gesicht. Ulriks Vater war ein Selfmademan. Ein Mann, der das Leben mit Sturheit und Kraft anging, dem aber die akademische Bildung fehlte. Das war der einzige Bereich, wo Ulrik ihn besiegen konnte.

»Eine gesunde Seele in einem gesunden Körper. Du hast recht, Paps. Ich werde also auf die Bahn schreiten.« Ulrik lächelte plötzlich und senkte unterwürfig den Kopf. Sein Vater erwiderte das Lächeln zufrieden und leicht verlegen, dann ging er lachend auf die Verandatür zu. Als er im Haus verschwunden war, schüttelte Ulrik den Kopf und griff nach einer von Stefans Zigaretten. In seinem Blick lag Trotz und noch etwas anderes: Abscheu, Hass.

»Was hast du zu ihm gesagt?« Stefan schaute Ulrik fragend an, musterte dessen verbissenes Gesicht.

»Aber eine große Begabung verbirgt sich in diesem ungepflegten Leib.« Micke spulte rasch die wahre Bedeutung des lateinischen Zitates ab. »Oder was?«

Ulrik schnitt eine Grimasse und nickte zur Bestätigung.

»Na gut, Jungs, jetzt scheißen wir auf meinen Alten. Will hier irgendwer joggen, oder trinken wir noch ein Bier?«

Die anderen lachten, und Ulrik stand auf, um eine neue

Runde Bier zu holen. Micke nickte zu Stefans Bierflasche hinüber, die noch immer halbvoll war.

»Darf man mal kosten, oder kriegt man dann Aids?«

Stefan kniff die Augen zusammen.

Ein fast perfekter Tag.

Stockholm 2010

Aina ruft an, als ich nach Hause fahre. Der Bus ist überfüllt und wegen des Schnees verspätet, und ich kann nur mit Mühe mein Mobiltelefon aus der Tasche ziehen.

Sie klingt munter. Nein, die Ergebnisse liegen noch nicht vor. Sie ist nur guter Laune. Sie erklärt, dass sie eingesehen hat, dass sie unter Verfolgungswahn litt, sich alles nur eingebildet hat. Natürlich ist sie nicht krank. Kann ich das verstehen, kann ich ihr verzeihen, dass sie so unmöglich war?

Wir reden eine Weile. Als ich das Gespräch beende, spüre ich, wie sich in mir eine Wärme ausbreitet. Aina geht es gut. Ich glaube, mir war gar nicht klar, wie sehr mich die ganze Geschichte mit diesem Knoten beeinflusst hat. Sie bedeutet mir mehr, als ich vielleicht zugeben mag. Sie ist meine beste Freundin und die Einzige, die wirklich zu mir gehalten hat, als Stefan gestorben war.

Ich weiß noch, wie sie mit mir zur Krankenhauskapelle gegangen ist, um Abschied zu nehmen. Zuerst wollte ich nicht hineingehen, aber sie nahm meine Hand und versprach mir, ich dürfte die Augen zukneifen, wenn es zu schlimm wäre. Sagte, sie würde für mich sehen, für mich spüren. Aber so schlimm war es dann gar nicht. Er hatte nicht sehr lange im Wasser gelegen, er sah fast normal aus. Nur unnatürlich blass wie eine Wachspuppe. Die Lippen farblos, dünner als in meiner Erinnerung. Die Haut so kalt. Haut soll nicht kalt sein, sie soll warm sein, weich, flaumig und vielleicht ein bisschen feucht.

Nicht kalt.

Das Einzige, das verriet, was geschehen war, war die winzige grüne Strähne aus Seegras, die in seinem einen Ohr steckte und sich zu einem Ball aufgerollt hatte. Die hatten sie übersehen, als sie ihn fertig gemacht hatten. Und da wurde mir klar, dass mein Mann wirklich ertrunken war. Dass er tot war. Dass er auf dem Meeresgrund gelegen hatte, im Dunkeln, zwischen Seegras und Fischen und Gewürm ohne Namen.

Die Beine gaben unter mir nach, und ich griff nach dem Metallrahmen der Bahre, vom Geruch von Blumen und Reinigungsmittel wurde mir plötzlich ungeheuer schlecht. Ich wäre fast auf das graue Linoleum gestürzt. Aber Ainas starke Arme waren schneller. Sie fing mich auf, rettete mich, schaffte das, was ich selbst nicht schaffte. War genauso stark, wie sie das versprochen hatte.

Markus ist noch immer sauer, als ich nach Hause komme. Ich weiß es schon, ehe ich den Schlüssel in die Tür stecke, denn er hat den ganzen Weg bis zur Tür vom Schnee befreit. Ich kann ihn vor mir sehen, wütend, wie er hektisch den Schnee beiseiteschaufelt. Und Erik, der quengelig daneben auf dem Boden sitzt, die runden Wangen rot vor Kälte.

Erik steht in der Tür, er hält seinen Bagger in der Hand und sieht froh aus.

»Hallo, Liebling.«

Ich gehe in die Hocke und küsse ihn auf die Wange. Er lacht, windet sich wie ein Regenwurm, weg von mir.

»Neiiiin, kein Kuss, Mama.«

Dann steht Markus vor mir. Er sieht müde aus, trocknet mit einem Küchenhandtuch eine Plastikschüssel. Mir geht auf, dass er wirklich sauer sein muss, wenn er nicht nur Schnee geschaufelt hat, sondern auch gespült.

»Du hast gestern den Abwasch vergessen«, sagt er, ehe er sich umdreht und wieder in die Küche geht.

Im Schlafzimmer steht noch immer der Karton mit Stefans Sachen. Er scheint mich anzusehen. Ich beschließe, ihn noch an diesem Abend auf den Dachboden zu bringen. Wenn die Erde nicht mehr gefroren ist, werde ich ihn im Garten begraben. Dann wird die Vergangenheit einfach vergangen sein, Stefan wird ein für alle Mal aus meinem Leben verschwinden, und abermals wird sich Ruhe über die kleine Bucht am Meer senken, die ich so liebe und die ich zu meinem Zuhause gemacht habe.

Nachts liege ich lange wach. Es ist seltsam still, ein scharfer Kontrast zum tobenden Sturm in der Nacht davor. Jetzt höre ich nur das Brummen und Seufzen des Kühlschranks in der Küche.

Der Mond leuchtet wie eine Lampe ins Schlafzimmer, und das macht das Einschlafen schwer. Auf irgendeine Weise warte ich auch auf ihn, auf Stefan. Er soll kommen und mir in dem einsamen Bett Gesellschaft leisten – Markus hat sich dickköpfig auf dem Sofa im Wohnzimmer verschanzt.

Aber in dieser Nacht kommt Stefan nicht. Vielleicht hat er etwas anderes vor, vielleicht hat er es auch satt, mir die ganze Zeit zu Diensten zu sein.

Busbahnhof Slussen 2010

Anna Kantsow konnte Ungewissheit nicht leiden. Sie hatte eigentlich nichts dagegen, sich den kleinen Wendungen und Widrigkeiten des Lebens zu stellen – und weiß Gott, daran hatte es ihr bisher nicht gemangelt –, aber mit Ungewissheit konnte sie nicht leben. Sie wollte Kontrolle über ihr Leben haben, vielleicht als Ausgleich für den Mangel an Kontrolle, den sie so viele Jahre lang erlebt hatte.

Vage Erinnerungen daran, zugedröhnt in Wohnungen in allerlei Stockholmer Vororten zu liegen, huschten an ihr vorbei, als sie im Wartehäuschen an der Bushaltestelle stand. Ein Gefühl, dass ihr Körper ihr nicht gehörte. Nein, es war kein Gefühl, es war eine Tatsache. Die Drogen hatten sie besessen, und ihr Körper war nur eine Handelsware gewesen, der gegen Stoff und andere Dinge eingetauscht wurde. Sie nahm sich eine Zigarette und schaute hinaus in die Dunkelheit. Sah sich die fröstelnden Fahrgäste genau an.

Kontrolle.

Ein tiefer Zug und ein Blick hinter sich. Er war nicht da. Das war gut. Dann würde sie vielleicht mit Peter einen friedlichen Abend haben. Einen Film sehen, Popcorn essen, bei ihm übernachten, wie Teenies. Das wäre sehr gut.

Als der blaue Bus in den Busbahnhof einfuhr, drückte sie die Zigarette aus und stellte sich hinten an der Schlange an. Sie wollte genau wissen, wer in den Bus einstieg, wollte keine Überraschung erleben müssen.

Sie dachte, das sei irgendwie schon komisch. Einmal, vor langer Zeit, war sie durch und durch verantwortungslos gewesen, und wenn sie auch nicht unwissend gewesen war, was die Konsequenzen ihres Verhaltens anging, so waren die ihr doch egal gewesen. Aber jetzt – wo sie sich vorbildlich benahm – hatte sie das hier am Hals. Und daran war natürlich diese Siri schuld.

Sie hatte ihr doch nur helfen wollen. Siris Geschichte hatte sie wirklich berührt, und bei ihrer Begegnung war Siri ihr sympathisch gewesen. Sie wirkte verletzlich und stark zugleich, und ihre Intuition hatte ihr gesagt, Siri sei absolut zuverlässig. Dann war das hier passiert. Inzwischen hätte sie das doch wissen müssen.

Man konnte sich nur auf sich selbst verlassen.

Der Bus war nicht ganz halbvoll. Die meisten hatten längst Feierabend und waren zu ihren Familien und Haustieren und Hobbys nach Hause gefahren. Die meisten hatten schon gegessen und saßen bequem in sich zusammengesunken vor miesen Fernsehsendungen oder surften auf Pornoseiten im Internet oder waren in ihrer Einsamkeit schon ziemlich angetrunken. Anna zog ihr Spanischbuch hervor und schaute hinaus in die kompakte Dunkelheit. Grauschwarze Schneehaufen rahmten die Autobahn nach Nacka ein. Eine Tankstelle beleuchtete den Schnee wie ein einsames Wichtellicht in der Nacht. Sie schaute sich rasch um – kein Auto folgte dem Bus.

Vielleicht hatte Siri ja heute doch recht gehabt. Vielleicht war das alles ein Zufall. Der Mann, der sie verfolgte, hatte vielleicht nichts damit zu tun, was sie Siri erzählt hatte, aber das glaubte sie nicht. Sie lebte zurückgezogen. Sie hatte wenige Freunde. In der Schule wich sie aus, hatte keinen Kontakt zu den anderen. Hatte vielleicht nicht das Bedürfnis. Sie hatten jedenfalls keine Gemeinsamkeiten. Worüber hätten sie auch reden sollen? Dann gab es Peter. Sie waren seit fast einem Jahr zusammen. Tatsache war, dass in dieser Zeit in ihrem Leben nichts Besonderes passiert war. Bis jetzt.

Der Bus hielt an einer Haltestelle, und drei Fahrgäste stiegen aus. Ein älterer Mann half einer jungen Frau mit Kinderwagen und zwei schweren Einkaufstüten beim Aussteigen. Anna starrte die spanischen Verben an, merkte plötzlich, wie müde sie war. Vielleicht hätte sie ihn deshalb fast übersehen. Plötzlich stand er einfach vorn im Bus mit seiner dicken Daunenjacke, die Kapuze tief ins Gesicht gezogen. Wann war er eingestiegen? Sie spürte, wie ihr Puls schneller schlug und wie ihr unter der dicken Winterjacke der Schweiß ausbrach. Langsam verstaute sie das Spanischbuch in ihrer Tasche und öffnete den Reißverschluss ihrer Jacke. Übelkeit jagte durch ihr Zwerchfell, als der Bus plötzlich schlingerte.

Der Mann ging langsam durch den Bus, blieb zwei Reihen vor ihr stehen und ließ sich auf den Sitz sinken.

Sie hielt den Atem an.

Er streifte seine Kapuze ab und entblößte zerzauste lange blonde Haare.

Es war eine Frau.

Die Erleichterung war fast greifbar; eine Last wurde ihr von den Schultern genommen. Sie holte Luft. Tief. Ließ sich auf dem Sitz zurücksinken, wischte sich den Schweiß von der Stirn. Vielleicht wurde sie ja doch paranoid. Aber Tatsache war, dass der Mann in der Stoffjacke ihr gefolgt war, er war mehrmals mit diesem Bus hier gefahren. Ehe sie angefangen hatte, sich nach ganz hinten zu setzen, war es vorgekommen, dass er irgendwo hinter ihr in den Bus gestiegen war. Sie hatte auf der ganzen Fahrt gespürt, wie seine Blicke in ihrem Rücken brannten.

Sie näherten sich dem Gewerbegebiet, wo sie aussteigen

musste. Anna nahm ihre Tasche und wartete auf die Haltestelle. Als der Bus anhielt, stieg sie hinaus in die Dunkelheit und zog den Reißverschluss hoch, als die Kälte ihr entgegenkam wie eine Wand. Sorgsam überzeugte sie sich davon, dass sonst niemand ausstieg. Dann stand sie allein da, als der Bus in der Dunkelheit verschwand. Rasch wurde es still. Der Schnee absorbierte das Motorendröhnen so effektiv wie ein Schalldämpfer.

Um sie herum hohe Zäune. Rechts ein Autofriedhof, sie konnte unter dem Schnee Autowracks ahnen. Wie tote Käfer lagen sie mit den Rädern nach oben auf dem Boden. Links der Recyclinghof. Der war verlassen, aber hell erleuchtet, mit großen pädagogischen Schildern zum Thema Mülltrennung. Sie nahm die Tasche über die Schulter und ging auf das Ufer zu. Der Schnee knirschte unter ihrem Gewicht, und ihr Atem bildete in der Dunkelheit vor ihr kleine weiße Wolken. Es war kalt. Sie bohrte die Hände tiefer in die Taschen, suchte nach der Wärme, von der sie wusste, dass sie dort unten irgendwo vorhanden war.

Sie blieb unter einer Straßenlaterne stehen und schaute sich um. Der Weg war menschenleer. Irgendwo in der Ferne konnte sie einen Hund bellen hören. Sie atmete auf. Sonst war hier niemand. Das letzte Haus rechts vor dem Ufer war ein Großhandel für Stein und Sand. Unter der Schneedecke waren Stapel aus Betonplatten zu ahnen.

Sie hoffte, dass Peter etwas zu essen im Haus haben würde. Oft gab es in seinem Kühlschrank nur Bier, Ketchup, Mayonnaise, Limo und andere Grundzutaten, die er brauchte, wenn er sich etwas zu essen machte. Sie selbst war ziemlich genügsam. Aß lieber einen Salat als einen Hamburger. Nicht, dass sie ein Gesundheitsfreak wäre, es schmeckte ihr einfach besser.

Sie erreichte den Fußweg, der aus dem Gewerbegebiet durch den kleinen Tannenwald zum Wasser führte. Hier gab es keine Laternen, und ihre Augen brauchten eine gewisse Zeit, um sich an die Dunkelheit zu gewöhnen. Sie blinzelte einige Male, konnte die Umrisse des Weges erkennen, sah die leeren Bierdosen, die auf der rechten Seite im Schnee lagen, daneben eine schwarze verknotete Plastiktüte, die vermutlich Hundekacke enthielt.

Vorsichtig stieg sie den kleinen Hang hinunter, um nicht auszurutschen. Ehe die ganze Sache mit Siri passiert war, hatte sie sich vor nichts gefürchtet. Sie hatte nachts allein durch den Wald gehen können, ohne auch nur die geringste Furcht zu verspüren. Sie vermutete, es lag daran, dass sie die Hölle bereits gesehen hatte. Ihr konnte nur noch Weniges Angst einjagen.

Dann hatte sie das Wasser erreicht. Ihr blieben noch hundert Meter über das Eis. Sie sah die Wohnsiedlung am anderen Ufer. Die einladenden Lichter der Fenster malten den Schnee um die Häuser in allerlei Goldtönen an. Über ihr war der Himmel schwarz. Tausende Sterne schauten schweigend auf sie herab. Irgendwo in der Ferne ahnte sie den Verkehrslärm der Autobahn als schwache, aber unverkennbare Geräuschkulisse.

Sie stieg von den Steinen am Ufer auf das Eis herab, trat auf starrgefrorenes Schilf aus dem Vorjahr, das wütend zischte. Es war schon lange kalt, das Eis war dick, und es war absolut nicht gefährlich hinüberzugehen. Der Weg war ausgetreten, der Schnee daneben lag einen halben Meter hoch.

Das Wohngebiet, in dem Peter wohnte, lag auf einer Landzunge, die aus dem Wald auf der linken Seite hervorragte. Es sah aus der Entfernung trügerisch idyllisch aus. Erst, wenn man näher kam, ahnte man die charakteristischen Silhouetten des Millionenprogramms, konnte die heruntergekommenen Betonkörper der Häuser erkennen. Vor den Hochhäusern zogen sich am Ufer Reihenhäuser hin, dann kam das Meer.

Weit draußen in der Fahrrinne konnte sie eine Fähre näher kommen sehen. Sie zog die Kapuze hoch, spürte, wie die Wärme ihren Kopf umschloss, und bemerkte plötzlich ihren eigenen Atem. Schaute im Weitergehen zu den Häusern hinüber, die dabei vor ihr wuchsen.

Bald am Ziel.

Morgen hatte sie dann die Spanischprüfung. Sie würde am Abend noch ein wenig büffeln müssen, aber das machte ihr nichts aus. Sie ging gern zur Schule, begriff das ewige Gejammer der anderen nicht. Wenn es so verdammt öde war, warum suchten die sich keinen Job? Es zwang sie ja wohl niemand auf die Schulbank.

Noch zwanzig Meter.

Plötzlich löste sich von den Bäumen am Ufer ein Schatten. Ein Mensch. Einwandfrei ein Mensch. Sie schaute aus zusammengekniffenen Augen in die Dunkelheit, hoffte, einen Hund zu entdecken, sah aber nur die Silhouette eines Mannes im Licht der Betonhäuser. Er stand ganz still unter einer Straßenlaterne – als wolle er von ihr gesehen werden – und ließ die Arme nach unten hängen. Er trug die Kapuze, die sein Gesicht verbarg.

Er war es.

Sie kämpfte sich durch den kniehohen Schnee und suchte verzweifelt in ihrer Tasche nach dem Telefon. Ein rascher Blick zurück zeigte, dass der Mann aufholte. Vor ihr nur Schnee und Eis. Und rechts das Gewerbegebiet. Dorthin wollte sie absolut nicht, dort war um diese Tageszeit kein Mensch.

Ihre Beine brannten vor Anstrengung, als sie versuchte, schneller zu laufen. Irgendwo auf ihrer linken Seite näherte sich die Fähre durch die Fahrrinne im Eis. Dort waren Menschen an Bord. Wenn sie nur ein wenig weiter aufs Eis hinausgelangen könnte, könnte sie vielleicht die Aufmerksamkeit dieser Menschen erregen und ihn verjagen.

Sie hielt ihr Handy in der Hand. Der Akku war fast leer. Mit der linken Hand tippte sie die Nummer ein, während sie weiter durch die Dunkelheit lief, noch einige Schritte machte, fast ausgerutscht wäre, aber das Gleichgewicht zurückgewinnen konnte. Jetzt hörte sie hinter sich seine Schritte, während das Geräusch der Fähre immer lauter wurde.

Sie rief Peter an. Versuchte, ihr Tempo beizubehalten und zugleich auf die Fahrrinne zuzulaufen. Wie weit mochte das sein, fünfzig Meter vielleicht? Es klingelte dreimal. Ihre Beine zitterten vor Anstrengung, ihre Lunge schien zu bersten. Antworte endlich, du Dussel, dachte sie, du sitzt doch wohl nicht wieder vor der Glotze und stopfst dich mit Chips voll?

In diesem Moment hatte der Mann sie eingeholt. Zuerst war sie nur überrascht, sie war sicher gewesen, dass er noch immer weit hinter ihr war. Sie hörte ihn nicht durch den Lärm der Fähre, die sich wie ein riesiger leuchtender Weihnachtsbaum durch die Dunkelheit näherte.

Seine Hand packte ihre Schulter, zog sie zu sich. Der Boden unter ihren Füßen verschwand, er hob sie hoch, nein, schleifte sie zu sich hin. Sie schrie oder versuchte zu schreien. Es kamen keine Wörter, nur ein langes Gebrüll. Er griff nach ihrem Kopf, erwischte die Kapuze. Die wurde dabei von der Jacke losgerissen.

Ohne zu begreifen, woher sie die Stärke nahm, drehte sie sich zu ihm um und rammte ihm ihr Knie in den Schritt. Er sank in sich zusammen, stieß ein ersticktes Stöhnen aus und wurde dann still. Sie holte in der kalten Luft Atem. Das Telefon lag neben dem Mann, das Display leuchtete im Schnee. Sie blieb für eine Sekunde stehen. Sollte sie ihr Telefon holen oder weiterlaufen? Das Telefon lag gefährlich dicht bei ihm, und die Fähre war jetzt in der Nähe. Sie fasste ihren Entschluss, drehte sich um und rannte los.

Auf dem Weg zur Fahrrinne ging ihr die Ironie des Ganzen auf. Fünf Jahre zuvor war sie in einem Stockholmer Park vor einem Mann weggelaufen. Jetzt jagte er sie wieder. Alles bewegt sich im Kreis, dachte sie. Alles kommt zurück.

Sie erreichte die Rinne in dem Moment, als die Fähre vorüberkam. Auf zehn Meter Entfernung sah sie Menschen hinter den beleuchteten Fenstern. Sie schrie und fuchtelte mit den Armen, gab sich alle Mühe, um Aufmerksamkeit zu erregen.

Eine Silhouette war an der Reling zu ahnen. Der kleine glühende Punkt, der in der Dunkelheit blinkte, musste bedeuten, dass da jemand rauchte. Sie winkte dem unbekannten Fahrgast zu, und der winkte zurück. In diesem Moment spürte sie einen Arm um ihre Schultern. Sie drehte sich um, konnte noch das Lächeln in seinem Gesicht sehen, als er die

Hand hob, wie um zu bestätigen, dass hier ein Paar seinen Abendspaziergang machte – wenn auch gefährlich dicht bei der Fahrrinne –, und der vorüberkommenden Fähre fröhlich zuwinkte.

»Du Arsch«, brüllte sie und rannte von der Fähre weg, entlang an der Fahrrinne, sprang über kleine Eisklumpen, die am Rand angefroren waren. Die Fähre entfernte sich jetzt rasch in Richtung Stadt, schrumpfte zu einem gelben Punkt. Eine Wolke schob sich zur Seite, und plötzlich beleuchtete der Vollmond das Eis, gab ihm einen bläulichen Farbton, der es etwas leichter machte, sich zwischen den gefrorenen Eisschollen am Rand der Rinne zu bewegen.

Für einen Moment verspürte sie Hoffnung, eine Art Überzeugung, dass sie die Kontrolle über die Lage zurückgewonnen hätte. Gleich darauf hatte er sie eingeholt, stieß sie auf die Rinne zu, aber sie hatte rasch das Gleichgewicht zurückerobert.

Erst nach einigen Sekunden begriff sie, dass etwas nicht stimmte. Ihr linker Fuß stand nicht – wie sie geglaubt hatte – auf festem Boden. Der Eisblock unter ihrem Fuß schwankte bedrohlich und trieb hinaus in die Rinne. Die Entfernung zwischen ihrem rechten und ihrem linken Fuß wuchs von einer Sekunde zur anderen. Unmittelbar bevor sie ins Wasser fiel, überkam sie die Erkenntnis.

Keine Kontrolle, sie hatte keine Kontrolle.

Sie würde in die Rinne fallen. In das eiskalte Wasser, das vier Grad hatte, und es gab nichts, was sie tun könnte, um das zu verhindern.

Zwei Dinge überraschten sie: Wie kalt das Wasser war und die Tatsache, dass sie rasch wieder an die Oberfläche kam. Sie schrie und machte einige hilflose Schwimmzüge auf den Rand zu, zwang sich, kleine Eisschollen zur Seite zu pressen. Der Rand war glatt, und sie bekam ihn nur mit Mühe zu fassen. Sie versuchte, sich hochzuziehen, aber das Wasser, mit dem sich ihre Jacke und ihre Stiefel vollgesogen hatten, machte sie schwer und unbeholfen, zog sie nach unten, in die schwarze, kalte, bodenlose Tiefe.

Ihre Finger waren starr vor Kälte und wollten nicht gehorchen, als sie den Reißverschluss ihrer Jacke öffnete und sie abstreifte. Wie lange war sie wohl schon in dem kalten Wasser? Zwei, drei Minuten?

Auf irgendeine Weise konnte sie sich auch von ihren Stiefeln befreien, dann packte sie abermals die Eiskante, um sich hochzuziehen.

In dieser Sekunde schoss ein scharfer Schmerz durch ihre Finger, ihre Unterarme und weiter durch ihren Körper. Sie schrie, aber kein Laut kam aus ihrer Kehle. Überrascht schaute sie auf.

Auf ihrer Hand stand der Stiefel des Mannes.

Stockholm 2010

Ich werde von Eriks Weinen geweckt, einem übellaunigen Weinen, das meinen Traum zerreißt und mich ins Bett im Haus an der Bucht zurückholt. Als ich aufstehe, merke ich, wie kalt das Zimmer ist. Ich wickele mich in eine Decke und schalte das Licht an. Nichts passiert. Reflexmäßig lasse ich mich wieder ins Bett sinken und schüttele Markus ein wenig.

»Wir haben keinen Strom.«

Er rührt sich nicht, liegt einfach gelassen unter der Decke. Eriks Weinen im Nebenzimmer wird immer lauter.

»Wir haben wieder einen Stromausfall, du musst aufwachen.«

Widerwillig erhebt er sich auf die Ellbogen.

»Warum muss immer ich …«

»Weil ich mich um Erik kümmern muss.«

Ohne auf seine Antwort zu warten, laufe ich zu Eriks Zimmer und komme dabei durch das Wohnzimmer mit den großen Fenstern. Der Vollmond, der über der Bucht steht und den Schnee mit seinem blauen Schein erhellt, lässt mich für eine Sekunde stehen bleiben. Es ist schön und unheimlich zugleich. Erik schluchzt jetzt immer lauter. Ich stolpere über einige Legosteine, die bei der Tür herumliegen, und fluche in Gedanken. Nehme dann seinen Duft wahr – den Duft meines Kindes – und werde plötzlich von seltsamen Gefühlen erfüllt. Diese Liebe, die uns überwältigt, wenn wir am wenigsten damit rechnen.

Vorsichtig hebe ich ihn hoch, rede beruhigend auf ihn ein und presse meine Nase hinter sein Ohr. Ich merke sofort, wie heiß er ist. Es ist klar, dass er Fieber hat.

»Mamas armer Liebling«, flüstere ich.

Dann wird im Wohnzimmer Licht gemacht, und Markus kommt zu uns. Legt mir vorsichtig die Hand auf die Schulter.

»Geht es ihm gut?«

»Er hat Fieber.«

Ich flüstere, obwohl das nicht mehr nötig ist. Erik ist hellwach und weint laut.

»Soll ich das Thermometer holen?«

»Und ein Alvedon, bitte.«

Er verschwindet in der Küche, nackt. Trotz der Kälte im Haus will er unbedingt ohne Kleider schlafen. Anfangs fand ich das sexy, dann komisch, jetzt geht es mir nur noch auf die Nerven.

Erik hat 39 Grad Fieber. Markus sieht mir besorgt zu, als ich ihm das Alvedon und etwas zu trinken gebe.

»Was kann das sein, was meinst du?«

»In der Kita geht doch so allerlei um. Es ist sicher nicht gefährlich, aber morgen muss er zu Hause bleiben.«

Markus nickt.

»Gut. Kannst du? Ich habe ein Entwicklungsgespräch.«

»Ich habe Klienten. Es wäre gut, wenn du könntest.«

Es macht mich betroffen, dass der Tonfall zwischen uns immer häufiger angespannt ist, auch wenn wir gar nicht richtig streiten. Zivilisiert, aber unangenehm und traurig.

»Ich muss aber zu diesem Entwicklungsgespräch.«

»Dann geh doch«, sage ich und packe ihm Erik ein wenig zu hart in die Arme. Erik wimmert, aber ich mache auf dem Absatz kehrt und verlasse das Zimmer, ohne mich umzusehen. Auf dem Weg ins Schlafzimmer brennen mir Tränen in den Augen. Ich hätte nie erwartet, dass es so sein könnte. So schwer, so ermüdend und so konfliktreich. Nur, weil ein kleines Kind auf die Welt gekommen ist.

Ich lasse mich auf das Bett sinken: 05.30 Von noch einmal Einschlafen kann keine Rede sein. In einer Stunde klingelt der Wecker. Markus kommt, setzt sich neben mich.

»Du?«

»Ja?«

»Alles in Ordnung bei dir?«

»Sicher. Ich bin nur so …«

Ich weiß plötzlich nicht, was ich sagen soll. Ich hoffe, dass Markus mir zu Hilfe kommt, mir hilft, meine Gefühle in Worte zu kleiden. Aber Markus ist ein praktisches Gemüt. Er schaut auf die Uhr.

»Kaffee?«

»Ja, bitte«, sagte ich ohne größere Begeisterung.

Wir trinken in der Küche bei Kerzenlicht Kaffee. Draußen ist es dunkel. Im Radio laufen langsame Liebeslieder, und in den Nachrichten wird mitgeteilt, was in der Nacht geschehen ist: Die Börse in New York hat heftige Einbrüche erlebt, eine junge Frau ist in Nacka im Eis eingebrochen und ertrunken, bald wird es einen Impfstoff gegen Impotenz geben. Ich gähne.

Markus gießt mir Kaffee nach und steht auf.

»Ich muss los.«

Er küsst mich in den Nacken und läuft ins Schlafzimmer.

Und ich sitze da mit einem undefinierbaren Gefühl, einer Unruhe, die ich nicht erklären kann.

Den restlichen Tag verbringe ich lesend auf dem Bett. Erik schläft, und an Arbeit ist für mich nicht zu denken, ich habe alle Unterlagen in der Praxis. Marianne hat die Klienten angerufen und die Termine abgesagt. Draußen leuchtet eine bleiche Sonne, zum ersten Mal seit langem. Kleine hoffnungsvolle Tropfen haben sich an den Eiszapfen vor dem Fenster gebildet. Mit etwas gutem Willen kann man vielleicht das heranziehende Tauwetter erahnen.

Zweimal versuche ich, Anna Kantsow anzurufen, aber sie meldet sich nicht. Ich hoffe, dass es ihr besser geht, und nehme mir vor, dass ich es morgen wieder versuchen werde.

Stockholm 1988

Die U-Bahn schlich vorbei an den südlichen Vororten. Enskede Gård, Sockenplan, Bandhagen. Anders und Stefan saßen einander gegenüber und betrachteten die anderen Fahrgäste. Ein Mädchen, vermutlich jünger als sie selbst, schaukelte einen marineblauen Kinderwagen und versuchte, ein schreiendes Baby zu beruhigen. Ein Mann in Lederjacke hielt ein Tablett mit belegten Broten in der Hand, und Stefan nahm an, dass er die bei einer Haltestelle verkaufen wollte. Zwei Ausländer diskutierten heftig in einer Sprache, die wie Türkisch klang, und fuchtelten wild mit den Händen. Eine Frau mittleren Alters schlief auf dem Sitz ihnen gegenüber. Sie schnarchte laut und hatte eine Weinfahne. Frotteesocken hingen locker um ihre mageren Stöckchenbeine, und die gelblichen Arme waren bedeckt mit Wunden und blauen Flecken.

»Tja«, murmelte Anders. »Verdammt deprimierend, hier herauszufahren. Nur jede Menge Elend.«

Er rieb sich das Kinn, befühlte die wenigen Barthaare.

»Es ist die Mühe wert. Das weißt du. Wir werden ziemlich gut verdienen. Genug für eine ganze Weile.«

Stefan gab sich Mühe, überzeugend zu klingen. Er fühlte sich aber auch nicht wohl in seiner Haut. Außerdem machte Rambo ihm immer eine Scheißangst. Aber das mochte er weder Anders noch Ulrik eingestehen.

Ulrik hatte Rambo kennengelernt, als er im Sommer in der Autofirma seines Vaters gejobbt hatte. Ulrik war so eine

Art Laufbursche gewesen, hatte im Verkauf und in der Werkstatt ausgeholfen. Es war schwer, sich den schwarzgekleideten mageren Ulrik als Autohändler oder beim Auswechseln einer Zündkerze vorzustellen, aber sein Vater hatte gemeint, er müsse alles von der Pike auf lernen. Ulrik hatte den anderen erzählt, das sei alles nur Blödsinn. Er habe nicht vor, nach dem Abi Autos zu verhökern. Er wolle zuerst studieren, und dann könne man ja weitersehen. Jedenfalls nichts mit Autos, aber als Sommerjob sei das ganz okay.

In der Werkstatt arbeitete Rambo. Ein untersetzter Typ mit irren schwarzen Augen, kräftigem Unterbiss, der an eine Art Reptil erinnerte, und einem langen Pferdeschwanz. Obwohl er und Ulrik nicht viele Gemeinsamkeiten hatten, hatten sie doch bald ein Interesse entdeckt, das sie teilten.

Drogen.

Rambo schien unbegrenzten Zugang zu Drogen zu haben, und Ulrik konnte beim Verkauf helfen und sich so etwas dazuverdienen. Einzelhändler, so nannte Rambo ihn. Nach einer Weile durften auch Stefan und Anders mit zu ihm kommen und Geschäfte machen. Micke war einmal dabei gewesen, fand alles aber unangenehm und hielt sich zurück.

»Nächster Halt Rågsved.«

Anders stand von dem braunorangefarbenen Sitz auf, packte eine große Trainingstasche und warf sie sich über die Schulter. Stefan schlenderte hinter ihm her durch die Türen. Sie gingen durch die heruntergekommene Station und weiter über den hufeisenförmigen Platz. Wildrosen und Flieder blühten in den öffentlichen Beeten um die Wette und ließen den warmen Abend nach Sommer riechen. Auf einer Parkbank saßen einige Penner und teilten sich eine Flasche Schnaps. Ein paar kleine Jungs fuhren auf Rädern über den schmalen Parkweg, und Anders musste beiseitespringen, um nicht überfahren zu werden.

»Ja verdammt«, murmelte er. »Was für Scheißpack.«

Aus Rambos Wohnung drang laute Musik. Stefan musste mehrmals klingeln, dann verstummte plötzlich die Musik, rasche Schritte waren zu hören, und Rambo öffnete die Tür. Seine langen Haare hingen offen herunter, und seine Augen waren rot und glasig. Die Wohnung war verräuchert, und süßlicher Haschgeruch schlug ihnen entgegen.

»Hallo, Jungs. Entschuldigung, ich hab gerade ein Nickerchen gemacht. Aber kommt doch rein, kommt rein.«

Sie betraten die überraschend ordentliche kleine Zweizimmerwohnung. Im Wohnzimmer gab es ein schwarzes Ledersofa und einen Tisch aus Rauchglas. An den Wänden hingen gerahmte Pakete von Ikea. Vor der einen Wand stand eine große Stereoanlage, und hunderte von LPs waren an der Wand gestapelt. In einem grünen Plüschsessel schlief eine magere graugetigerte Katze. Vergilbte Yuccapalmen drängten sich vor den Fenstern.

»Und was kann ich für euch tun, Kumpels?«

Er lächelte breit, setzte sich in den Sessel und nahm die schlafende Katze aufs Knie.

Anders hatte sich auf das Sofa gesetzt und erwiderte den Blick aus Rambos seltsam schwarzen Augen. Der grinste und nickte zufrieden.

»Ja, ja, natürlich tun wir uns gegenseitig einen Gefallen. Wart ihr zuletzt mit den Waren zufrieden? Das war richtig guter Stoff, was?«

Stefan und Anders grinsten und nickten zustimmend.

»Und jetzt hab ich noch ein paar Gramm, und die sollt ihr verkaufen. Geht das?«

»Kein Problem, jetzt gibt es so viele Partys, und alle wollen was.« Stefans Stimme klang belegt, und er räusperte sich und hustete gegen seinen Ärmel.

»Ganz hervorragend.«

Rambo streichelte weiter die graue Katze, die jetzt schnurrte.

Er schob die Hand in eine der ungeheuer tiefen Taschen seines Trainingsanzugs und zog ein Bündel kleiner durchsichtiger Tüten hervor, die mit weißem Pulver gefüllt waren, und schob sie über die dicke Tischplatte.

»Ihr kennt die Preise?«

Stefan und Anders nickten.

»Das hier reicht eine Weile. Habt ihr Geld für mich vom vorigen Mal?«

Rambo schob den Unterkiefer vor und musterte sie unter halbgeschlossenen Augenlidern. Wenn Stefan es nicht besser gewusst hätte, hätte er gedacht, Rambo sei kurz vor dem Einschlafen.

»Ja, verdammt.« Anders öffnete seine Tasche, steckte die kleinen Plastiktüten in ein Nebenfach, damit sie nicht zwischen den schmutzigen Trainingssachen verschwanden, und zog ein Bündel Hunderter hervor. Rambo zählte rasch und verstaute sie dann in seiner Tasche.

»Gut, Jungs. Dann ist das abgemacht. Habt ihr übrigens schon mein neues Bett gesehen? Wasserbett. Das beste auf dem Markt. Super zum Schlafen.« Rambo stand auf und nickte zum Schlafzimmer hinüber. »Eine geniale Investition, das könnt ihr mir glauben. Und die Bräute drehen durch, jede will darin vögeln.« Er grinste zufrieden und bugsierte Stefan und Anders zur Wohnungstür.

Sie lächelten höflich, und Anders sagte etwas Nettes über das Design des Bettes, als sie es durch die Türöffnung sahen.

Stefan wollte gerade die Wohnungstür öffnen, als Rambo Anders packte.

»Ihr lasst mich doch wohl nicht hochgehen, Jungs? Ich meine, ihr würdet doch nicht mal auf die Idee kommen?« Sein Gesicht war neutral, abgesehen von einem besorgten Ausdruck in den schwarzen Augen.

»Nein, verdammt.« Stefan antwortete rasch und gab sich alle Mühe, um seriös und zuverlässig auszusehen. Er merkte, wie sein Herz loshämmerte.

»Gut. Denn ich finde euch beide total in Ordnung. Aber wenn etwas verschwindet oder die Abrechnung… unklar wirkt, dann sind meine Lieferanten ganz schön sauer. Verstanden?«

Stefan und Anders nickten stumm. Wagten nicht, einander anzusehen.

»Ihr müsst verstehen, dass das hier kein Spiel ist, Jungs. Ich meine, ich begreif ja nicht so recht, warum ihr das macht. An Geld scheint es euch doch nicht zu fehlen.« Rambo schaute die beiden an, schien ihre Kleider zu mustern und kurz deren Preis zu überschlagen. »Aber wie gesagt, das hier ist kein Spiel, und meine Auftraggeber sind wirklich keine, die ihr als Spielkameraden haben wollt, if you know what I mean. Und es wäre doch verdammt blöd, unsere Freundschaft… beenden zu müssen.«

Rambos Tonfall war alltäglich, sein Blick aber sagte alles.

»Ist schon gut. Sei unbesorgt. Wir sind seriös.«

Anders lächelte strahlend und hielt ihm die Hand hin, und Stefan folgte seinem Beispiel. Sie schüttelten Hände, dann öffnete Stefan die Tür, und einige Sekunden später waren sie auf dem Weg die Treppe hinunter. Als sie sich dem Zentrum näherten, blieb Anders plötzlich stehen, setzte sich auf eine Parkbank. Seine große Sporttasche stellte er vorsichtig neben sich, als habe er Angst, der kostbare Inhalt könne Schaden nehmen. Mit zitternden Fingern nahm er sich eine Zigarette und bot dann Stefan eine an.

»Dieser Kerl macht mir eine Scheißangst.«

Stefan nickte. Er wusste genau, was Anders meinte.

»Was machen wir hier eigentlich? Das ist einfach zu viel …«

»Aber hallo. Hast du Schiss? Willst du kneifen, so wie Micke?«, fragte Anders hämisch.

»Nein. Natürlich nicht«, sagte Stefan und gab sich Feuer.

Stockholm 2010

Dienstagmorgen. Erik ist noch immer krank, aber heute muss Markus zu Hause bleiben. Ich sitze in der Praxis an meinem Schreibtisch und surfe im Immonet. Nicht, weil ich tatsächlich umziehen will, aber es ist einfach ein unwiderstehlicher, krankhafter Zeitvertreib festzustellen, wie viel ich bekommen würde, sollte ich je mein Haus verkaufen wollen.

Die Sonne scheint durch die Jalousie und malt ein goldenes Gitter auf meinen Schreibtisch. Die Menschen, die mir heute auf dem Weg zur Arbeit begegnet sind, hatten Hoffnung in den Augen, einige lächelten mich strahlend an, auch wenn sie zwischen fallenden Eiszapfen und dem wütenden Morgenverkehr im Zickzack laufen mussten. Wir Nordlinge werden so vom Wetter beeinflusst, denke ich, sind so besessen von Temperaturen und Sonnenstunden und der Windrichtung. Unser Verhältnis zum Klima ist symbiotisch und unsere Geschichte so geprägt von Ritualen und Aberglauben, um die Wettermächte zu beschwichtigen. Wenn endlich der Frühling kommt, scheint das Leben an sich zurückzukehren, und es hat eine grundlegende Wirkung, nicht nur auf die Landschaft, die uns umgibt, sondern auch auf unsere Psyche.

Jemand klopft an die Tür, und Marianne steckt den Kopf herein. Sie sieht froh aus. Ihre dürren Haare sträuben sich wie immer, und sie trägt eine Art unkleidsamen Frotteeoverall. Ich finde, der würde besser in einen Kindergarten passen als in eine Praxis.

»Siri. Heute scheint die Sonne«, sagt sie sachlich und in ihrer langsamen Sprechweise.

»Ja. Das ist phantastisch.«

»Ich wollte kurz zur Bäckerei und zur Besprechung um drei ein bisschen Kuchen kaufen. Was möchtest du?«

»Danke, aber ich bin nicht in Kuchenstimmung. Aina und Sven wollen sicher etwas.«

Marianne macht ein verwirrtes Gesicht.

»Kuchenstimmung? Was ist das denn?«

Ich zögere eine Sekunde, weiß nicht, wie ich mit dieser Frage umgehen soll.

»Na gut, ich nehme auch eine Zimtschnecke«, antworte ich und verspüre eine plötzliche Resignation angesichts von Mariannes verminderter Fähigkeit, die feinen Nuancen in der zwischenmenschlichen Kommunikation zu erfassen. Aber meine Antwort scheint sie zufriedenzustellen, denn sie schließt die Tür, und ich kann hören, wie sie auf dem Weg zur Ausgangstür pfeift.

Ich greife zu meinem Mobiltelefon und rufe Anna Kantsow an. Es klingelt dreimal, dann antwortet jemand.

»Peter.«

»Entschuldigung«, sage ich. »Da habe ich mich wohl verwählt.«

»Kann sein«, sagt die Stimme und schweigt dann.

Ich räuspere mich und mache einen neuen Anfang.

»Ich heiße Siri Bergman und würde gern mit Anna Kantsow sprechen, ist sie in der Nähe?«

»Ich weiß, wer Sie sind. Anna hat das erzählt. Sie … meine … Anna ist … tot.«

Ich sitze in meinem Sprechzimmer auf dem Boden, halte das Telefon in der Hand und kann nicht aufhören zu zittern. Ich kann nicht begreifen, was Peter da erzählt hat. Dass Anna auf dem Weg zu ihm durch das Eis gebrochen ist, dass ein Boot, das spät in der Nacht dort vorüberkam, sie zwischen den Eisschollen am Rand der Fahrrinne gefunden hat. Dass die Feuerwehr ihren festgefrorenen Leichnam freihacken musste.

Die Polizei glaubt, dass es ein Unfall war, aber Peter ist sicher, dass jemand sie ins Wasser gestoßen hat. »Ihre Tasche lag fünfzig Meter weiter, und ihr Telefon wurde nur drei Meter entfernt im Schnee gefunden. Und bei einem Unfall hätte sie doch Telefon und Tasche bei sich gehabt? Anna war diesen Weg mindestens hundertmal gegangen und wusste genau, wo die Fahrrinne verläuft. Sie ist bestimmt nicht aus Versehen hineingefallen.«

Selbstmord? Nein, an Selbstmord glaubte er nun wirklich nicht. Sie war glücklich. Sie waren glücklich. Jetzt war sie fort, und er hatte nur ihre Kleider und ihre Bücher und ihr Telefon, das die Polizei ihm in einer Beweistüte aus braunem Papier überreicht hat.

Ob ich verstehen könne, was das für ein Gefühl sei?

Nein, natürlich konnte ich das nicht verstehen.

Und während des ganzen Gesprächs spürte ich die unausgesprochene Anklage. Ich hatte etwas Böses und Gefährliches in Annas geborgenes, organisiertes Dasein gebracht. Ich hatte die Tür zu etwas geöffnet, das sie seit Jahren mit großer Mühe auszusperren versucht hatte.

Langsam schlage ich mit dem Hinterkopf gegen die Wand in dem Versuch, mich von den Bildern zu befreien, die sich wie ungebetene Gäste aufdrängen. Anna im schwarzen Wasser. Festgefroren. Eiskristalle auf den blauen Lippen. Das Telefon, das nur wenige Meter weiter vergeblich klingelt.

Peter hat mich gefragt, ob ich wüsste, wer Anna verfolgt hat. Ich habe wahrheitsgemäß geantwortet, dass ich zwar keine Ahnung habe, aber wüsste, dass Anna selbst dachte, es hinge auf irgendeine Weise mit unserem Gespräch über den Mord im Park vor fünf Jahren zusammen.

Ich schlage die Hände vors Gesicht. Ein Unfall? Natürlich war es kein Unfall. Und plötzlich weiß ich, was ich zu tun habe. Ich kann jetzt nicht loslassen, es hat zu viele Menschen das Leben gekostet. Stefan, Anders und jetzt auch Anna.

Es ist an der Zeit, die Wahrheit zu finden.

Es ist an der Zeit, zumindest eine Art Frieden zu erlangen.

Ich habe zu Hause auf dem Boden die Zeitlinie ausgebreitet. Daneben liegt das Jahrbuch des Norra Real Gymnasiums. Ich schiele zum Spiegel zwischen den Fenstern hinüber, sehe mich in Stefans altem T-Shirt.

Alle anderen Papiere, Gegenstände und jeden Kleinkram habe ich im Karton gelassen. Ich brauche sie nicht mehr. Ich kenne jedes Wort, das dort geschrieben steht, auswendig. Stefans Habseligkeiten sind mir so vertraut, dass ich sie nicht bei mir haben muss, um mich an sie zu erinnern, dass ich sie nicht anzufassen brauche, um zu wissen, wie sie sich anfühlen.

Draußen ist es dunkel. Das Meer, das jetzt Stefan und Anna geholt hat, versteckt sich, lauert unter der dicken Schneedecke. Aus der Ferne ahne ich Licht im einsamen alten Haus auf Rönnskär, und weiter weg sehe ich das Blinken der Fernsehmasten in Nacka.

Als ich höre, wie Markus den Schlüssel ins Türschloss schiebt, fasse ich einen Entschluss. Ich werde nicht lügen. Ich werde die Wahrheit sagen. Es wird ihm nicht gefallen, aber das ist besser, als unser Leben auf Lügen aufzubauen.

Als er hereinkommt, sitze ich mit der Zeitlinie auf dem Flickenteppich. Sein Blick, erst beunruhigt, dann verärgert, nagelt mich fest.

»Was machst du da?«

Ich kann nicht antworten, sitze nur stumm da, und Tränen laufen mir über die Wangen.

»Sie ist tot«, bringe ich heraus. »Anna Kantsow, die Zeugin aus dem Park. Sie ist ermordet worden.«

Markus lässt sich auf das Sofa sinken, starrt vor sich hin.

»Ich dachte, du hättest diesen Dreck aufgegeben. Das hast du doch versprochen? Weißt du das nicht mehr? Der letzte Monat war …«

Er verstummt, schlägt für einen Moment die Hände vors Gesicht.

»Weißt du noch, wie wir an dem Nachmittag von Sven nach Hause gefahren sind? Weißt du noch, wie wir darüber gesprochen haben, für Erik einen Bruder oder eine Schwester zu bekommen? Weißt du noch, wie glücklich wir waren? Was ist eigentlich seitdem passiert? Wie sind wir hier gelandet? Wie bist du hier gelandet, Siri? Warum tust du uns das an?«

»Weil ich wissen muss, was passiert ist, kannst du das nicht verstehen?« Und plötzlich verwandeln sich meine Trauer und meine Verzweiflung in Wut, als ob mein bisheriges schuldbewusstes Leiden zu purer Kraft geworden wäre. »Es ist so verdammt mies von dir, mir Schuldgefühle einzureden, weil ich herausfinden will, was mit Stefan passiert ist. Es ist so kleinlich von dir zu behaupten, dass ich ihn noch immer liebe. Du bist auf einen Toten eifersüchtig, begreifst du das? Du bist ein kleinlicher Mensch, Markus.«

Meine Stimme ist ruhig, meine Worte sind spitz. Markus schweigt.

»Was soll ich denn tun?« Er klingt verwirrt, aber ich ahne auch seinen Zorn.

»Ich will, dass wir wie Erwachsene darüber reden. Ohne uns gegenseitig schuldig fühlen zu lassen.«

»Es gibt nichts zu bereden.«

Seine Stimme ist plötzlich steinhart, doch zugleich sehe ich etwas, das ich noch nie gesehen habe: Markus weint. Tränen strömen über seine Wangen, aber das scheint ihm egal zu sein. Als er aufsteht, sehe ich, dass er nicht mehr wütend aussieht, nur erschüttert.

Ich schaue zur Diele hinüber. In der Türöffnung steht Erik, stumm, mit offenem Mund und noch immer in seinem Nylonoverall.

Ich verbringe noch eine Nacht auf dem Sofa. Ich zittere vor Wut und kann erst gegen Morgen einschlafen. Als ich endlich aufwache, ist Markus schon weg und hat Erik in den Kindergarten gebracht. Benommen vom Schlafmangel und von der Kraft meines frisch erwachten Zorns stehe ich auf und mache mich bereit, um zur Arbeit zu fahren. Hinter meinen Schläfen ahne ich ein dumpfes Pochen, im Magen einen stechenden Schmerz, der mir den Appetit verschlägt. Ich bringe nur eine Tasse schwarzen Kaffee hinunter.

Als ich über die Skurubrücke fahre, klingelt mein Telefon. Es ist die Polizei.

»Wir haben gehört, dass Sie mit der vorige Woche verstorbenen Anna Kantsow zu tun hatten«, sagt eine sanfte Frauenstimme mit vagem ausländischem Akzent. »Wir haben Grund zu der Annahme, dass es sich bei ihrem Tod nicht um einen Unfall handelt, und haben deshalb eine Voruntersuchung eingeleitet. Könnten wir wohl mit Ihnen sprechen?«

Es ist ein deprimierender Tag. Der Himmel ist von dunklen graulila Wolken bedeckt, und ein leichter Dunst hängt über der Stadt. Der Winter wirkt stur und standhaft, wie ein unentschlossener Gast, der schon zu lange da ist und trotzdem noch nicht geht. Überall tropft es von den Dächern, und man muss immer wieder nach oben schauen, wenn man nicht von herabfallenden Eiszapfen getroffen werden will.

Marianne trägt wieder den türkisen Frotteeoverall, und ich überlege, ob ich die Sache zur Sprache bringen soll, beschließe aber, daran nicht meine Energie zu verschwenden. Zumal wir in der Praxis ja keine Kleiderordnung haben, abgesehen von dem blauen Schuhüberzug – dem entkommt man nur, wenn man Pantoffeln mitbringt. Dafür sorgt Marianne.

Ich schiele zu meinem Telefon hinüber. Markus hat nicht angerufen. Irgendwo in mir verspüre ich eine leichte Enttäuschung, irgendwo hatte ich vielleicht doch auf eine rasche Versöhnung gehofft.

Marianne hebt eine runzlige Hand, winkt mir, weil ich warten soll, und beendet dann rasch ein Telefongespräch mit, wie ich vermute, einem wütenden Klienten. Ich höre sie erklären, dass wir immer eine Rechnung schicken, wenn jemand einen Termin absagt. Durch ihre langsame, umständliche Art wirkt sie gelassen und pädagogisch, und ich denke, dass ihr Handicap sich in manchen Situationen wirklich nützlich macht.

Das Nächste formt sie lautlos mit dem Mund, was witzig ist, da an der Rezeption keine Klienten warten.

»Siri, Besuch für dich. Polizei.«

»Oh, sind die schon da?«

Marianne nickt düster.

»Sie sitzen in deinem Zimmer und trinken Kaffee.«

Ich danke ihr und laufe in mein Zimmer.

Ein Mann und eine Frau. Er ist groß, fast mager, hat schüttere Haare und stellt sich vor als Bengt Eriksson, Kriminalkommissar. Sein Händedruck ist so fest, dass ich zusammenzucke. Er lacht übers ganze Gesicht angesichts dieser Reaktion.

»Berufskrankheit«, sagt er und zwinkert mit einem Auge.

Die Frau ist jünger. Dunkel. Schön und durchtrainiert. Sie trägt Jeans und einen engen Wollpullover. Sie heißt Fatima. Wir begrüßen einander, und ich nehme an, dass sie mich angerufen hat, traue mich aber nicht zu fragen. Was soll ich denn sagen? Sie sind so schön, wie Ihre Stimme klingt? Oder, schlimmer noch, ich habe sofort gehört, dass Sie keine Schwedin sind?

Ich setze mich hinter meinen Schreibtisch, versuche es mit einem freundlichen Lächeln.

»Sie haben Anna Kantsow gekannt?«, fragt Fatima, zieht einen Notizblock hervor und setzt eine Brille auf.

Ich nicke langsam. Beschließe, alles von Anfang an zu erzählen und nichts auszulassen. Sie hören sich meine Darstellung der Umstände von Stefans Tod höflich an; wie ich Anders' Todesanzeige gefunden habe und meine Suche in der Vergangenheit begonnen habe, um die Antwort auf die Frage zu finden, die mich seit so vielen Jahren quält: Warum ist Stefan gestorben?

Ich glaube, in Bengt Erikssons Blick Zweifel zu ahnen, als

ich erkläre, was ich für möglich halte: dass Stefan auf irgendeine Weise mit Anders' Tod zu tun hatte, dass er sich deshalb das Leben genommen hat. Ich erzähle von Stefans alter Freundschaft mit Anders, Mikael und Ulrik und dass ich mich mit Mikael und Ulrik getroffen habe. Ich sehe, wie die beiden Blicke tauschen und pflichtschuldigst Notizen machen.

Während unseres ganzen Gesprächs spüre ich ihre Zweifel, aber aus irgendeinem Grund bringt mich das nicht aus dem Gleichgewicht. Sollen sie doch glauben, was sie wollen, ich habe vor herauszufinden, was mit Stefan passiert ist. Ich habe mich in meinem ganzen Leben noch nicht so entschlossen gefühlt. War noch nie so überzeugt davon, was ich tun muss.

»Ich sehe, dass Ihnen das weit hergeholt vorkommt«, sage ich gelassen. »Das kann ich verstehen. Es gibt oft wohl viel einfachere Erklärungen für einen Mord?«

Bengt Eriksson streicht sich mit der Hand über seinen kahlen Schädel, wie um sich davon zu überzeugen, dass seine wenigen verbliebenen Haare noch immer dort sind. Er nickt und lächelt abermals strahlend.

»Das allerdings. Die meisten Mordfälle haben keine sonderlich ausgefeilte oder komplizierte Vorgeschichte. Auch wenn es durchaus schwierig sein kann, sie zu ermitteln. Wenn ich also ehrlich sein soll«, er zögert, »dann kommt Ihre Theorie mir nicht sehr wahrscheinlich vor. Was natürlich nicht ausschließt, dass etwas daran sein kann«, fügt er eilig hinzu.

»Was haben Sie übrigens an dem Abend gemacht, an dem Anna gestorben ist?«, fragt Fatima und erklärt ganz schnell, dass das nur eine Routinefrage ist und dass ich durchaus nicht unter Verdacht stehe. Ich erzähle, dass ich bei Markus und Erik zu Hause war, und füge hinzu, dass Markus, der selbst Polizist ist, das bezeugen kann. Abermals wechseln sie Blicke, aber diesmal sehen sie eher belustigt als skeptisch aus.

»Warum glauben Sie übrigens, dass sie ermordet wurde?«

Unfreiwillig fahre ich zusammen, denke daran, was Peter erzählt hat, dass die Feuerwehr ihren Leichnam aus dem Eis hacken musste. Und abermals ist dieses Bild da. Annas blaue Lippen, bedeckt von Eiskristallen.

»Zeugen auf einer vorüberfahrenden Fähre haben zwei Personen auf dem Eis gesehen. Und wir haben ihre Habseligkeiten über einen großen Bereich verstreut gefunden, was nicht zur Unfalltheorie oder zu einer Selbstmordszene passt. Außerdem«, sie lugt zu ihrem Kollegen hinüber und schweigt eine Weile. »Der Rechtsmediziner hat Verletzungen gefunden, die auf Gewalteinwirkung hinweisen.«

Ich nicke, spüre, wie die Übelkeit in mir aufsteigt. Der Kommissar räuspert sich und streckt die langen Beine aus. Kleine schmutzige Pfützen haben sich unter seinen Schuhen auf dem Boden gebildet. Endlich ist also jemand gekommen, dem Marianne keinen Schuhüberzug aufzuzwingen wagt, denke ich.

»Ihre Finger waren gebrochen«, erklärt er.

Ich sehe offenbar verwirrt aus, denn er beugt sich vor, und plötzlich ist der joviale Mann mit dem strahlenden Lächeln einem anderen, einem härteren, müderen, aber auch energischeren Menschen gewichen, als er sagt: »Jemand hat hart genug auf ihre Hände getreten oder geschlagen, um drei Finger zu brechen.«

Ich verstehe noch immer nicht.

Fatima beugt sich ebenfalls vor.

»Jemand hat auf ihre Hände getreten, als sie versucht hat, sich aus der Rinne zu ziehen«, sagt sie, ohne in ihrem bildschönen Gesicht auch nur eine Miene zu verziehen.

Stockholm 1988

Stefan lag auf Mickes Ikea-Sofa und sah träge ein Video. *Der Himmel über Berlin*. Er kannte den Film schon, fand ihn aber weiterhin genial. Micke saß am Schreibtisch und schrieb konzentriert in ein Heft. Daneben lag ein abgegriffenes Buch mit dem Titel »Philosophische Untersuchungen«. Die Hausarbeit in Philosophie musste übermorgen abgegeben werden, und wie immer war er bis zur letzten Minute beschäftigt. Die Arbeit über Wittgenstein sollte natürlich gut werden, eine von den besten, und Micke brauchte den Zeitdruck, um eine Spitzenleistung zu liefern. Ulrik und Anders saßen auf dem Boden und spielten Backgammon. Anders würde wohl gewinnen, wie üblich.

Micke hatte Glück. Seine Eltern hatten den Keller als Einliegerwohnung eingerichtet, und mit sechzehn war Micke hinuntergezogen. Großes Zimmer mit Kochnische, Badezimmer und nicht zuletzt einem eigenen Eingang. Und Zugang zu allem möglichen Kram. Fernseher, Video und ein Amiga-Computer. Nachdem Mickes Vater mit einer zwanzig Jahre jüngeren Krankenschwester zusammengezogen war, hatte seine Mutter ihren Sohn mit Liebe und Gegenständen überschüttet.

»Jetzt haben wir nur noch zehn Tage. Kapiert ihr?« Anders redete, während er seine Spielfiguren auf dem schwarzroten Spielfeld bewegte. »Zehn Tage bis zur Freiheit und unserer strahlenden Zukunft.«

»Bist du sicher, dass du nicht mit auf Interrail kommen willst, Arvidsson?« Stefan schaute Micke an und grinste.

»Also, es klingt ja wirklich super, aber ich fahr ins Trainingslager.«

»Aber Karate? Bist du sicher, dass du ins Trainingslager fährst und nicht auf eine Verbrechertour mit Paolo Roberto, mit Unterricht in Streetfighting und Bandenschlägereien in Kungsan?« Ulrik sah Micke belustigt an.

»Kung-Fu.«

»Was?«

Ulrik schien gar nichts zu begreifen.

»Paolo Roberto macht Kung-Fu. Glaub ich wenigstens. Ich trainiere Karate. Das ist nicht dasselbe. Und Karate ist nicht nur Training. Es ist eine Lebensphilosophie, und es geht um Harmonie und Gleichgewicht. Es hat nichts mit Schlägereien auf der Straße zu tun. Man braucht Selbstkontrolle. Disziplin.«

»Willst du also Selbstkontrolle üben, während wir in Paris Wein trinken und uns flachlegen lassen?« Stefan grinste. »Dann solltest du zu Hause bleiben, glaube ich.«

»Bist du deshalb nie high oder blau? Weil du dann deine Selbstkontrolle verlieren könntest?« Anders sah Micke neugierig an.

Es wurde still im Zimmer.

»Ja, vielleicht teilweise. Es passt nicht so gut zu meiner Lebensphilosophie. Aber ich meine, feel free. Macht, was ihr wollt. Was spielt das in hundert Jahren für eine Rolle? Und könntet ihr jetzt die Klappe halten? Ich muss das hier fertig machen.«

Micke wandte sich ab und schrieb wieder in sein Heft.

»Und wie war das bei Rambo? War's lustig?«

Ulrik sah Stefan an und grinste. Er war der unter den vieren, der dem Irren mit dem Pferdeschwanz am wenigsten Respekt entgegenbrachte.

»Es war saugut. Er hat uns sein neues Wasserbett gezeigt. Zieht die Frauen an wie ein Magnet, wenn man ihm glauben darf«, sagte Stefan.

»Wasserbett, Arvidsson. Das wär's vielleicht?«

Anders beuge sich zu Micke und bohrte ihm einen spitzen Finger in die Seite.

»Du solltest deine Mama um ein Wasserbett bitten, dann werden die Mädchen hier draußen Schlange stehen.«

Micke lief hellrosa an, lächelte aber und schüttelte so heftig den Kopf, dass die braunroten Locken über seine Wangen fegten.

»Wasserbett klingt widerlich. Unhygienisch. Da entwickelt sich doch bestimmt Schimmel.«

»Außerdem brauchst du doch keine andere als deine Mama. Und ich kann dir da auch keinen Vorwurf machen. Wie konnte dein Alter sich bloß absetzen, wo er sie doch hatte? Können wir nicht tauschen, ich krieg deine und du meine?«

Stefan musste über diesen Versuch eines Tauschhandels einfach lachen. Anders' Mutter war Psychiaterin. Groß, mager, mit kurzen dunklen Haaren und einer großen Brille. Er hatte sie nie lachen sehen, und sie hatte etwas Beängstigendes. Er fühlte sich immer schuldig, wenn er auf sie traf, als ob sie ihn beim Wichsen im Badezimmer überrascht hätte.

»Ich glaube, ich verzichte, aber jedenfalls danke.«

Micke hatte den Kugelschreiber weggelegt. Vielleicht hatte er eingesehen, dass er nichts mehr schreiben würde, solange die anderen dabei waren.

»Kann dir keine Vorwürfe machen, dass du so ein Muttersöhnchen bist. Ich würde sie auch behalten, wenn ich du wäre.«

Anders seufzte und schaute wieder auf das Spielfeld.

»Aber warum hast du nie eine Freundin, willst du nicht, oder?«

Ulrik stellte diese Frage mit neutraler Stimme, sein Gesicht war ausdruckslos.

»Doch, schon, aber …«

Micke wurde noch röter und starrte seinen Block an.

»Es ist doch wohl nicht so, dass du auf Jungs stehst, Micke? Das mit dem Kung-Fu, entschuldige, Karate, ist vielleicht nur ein Vorwand, um den anderen Jungs beim Duschen zusehen zu können?«

Ulrik fragte mit sanftem verständnisvollen Ton, aber seine Augen funkelten widerlich und vorwurfsvoll. Micke sprang so plötzlich auf, dass sein Stuhl umkippte, und nur eine Sekunde darauf stand er vor Ulrik.

»Du Arsch! Du hast keine Ahnung. Kapierst du? Keine Ahnung.«

Das sagte er leise, aber Stefan konnte an seinen Augen und seinen zusammengebissenen Zähnen sehen, dass er außer sich vor Wut war. Stefan und Anders standen gleichzeitig auf und zogen Micke von Ulrik weg.

»Hör jetzt auf. Das war doch bloß ein Witz, Arvidsson, okay? Wir wissen, dass du nicht schwul bist. Wir wissen, dass du mit deiner Mutter schläfst.«

Anders' Versuch, durch einen Scherz die Situation zu entschärfen, war aufgesetzt, aber aus irgendeinem Grund dämpfte er Mickes Wut. Micke drehte sich um, hob den umgekippten Stuhl auf und setzte sich dann wieder.

»Ich bin kein Scheißschwuler, okay?«

Micke schaute sich im Zimmer um, ließ seinen Blick nacheinander an jedem haften. Die anderen nickten, Ulrik murmelte sogar eine Entschuldigung, während Stefan in den grauen Augen etwas anderes ahnte – Befriedigung.

Stockholm 2010

Es ist eine seltsame und vielleicht auch ein wenig unangenehme Ironie, dass Vijay ausgerechnet auf dem Eis spazieren gehen will. Er behauptet, sein Arbeitszimmer im Psychologischen Institut sei zu einengend, zu wenig inspirierend so ganz allgemein. Ich glaube, er sehnt sich zu sehr nach einer Zigarette, um im Haus bleiben zu können.

Ich habe ihm die Wahrheit gesagt, dass ich sicher bin, dass Stefans Tod etwas mit dem Mord an Anders zu tun hat. Zusammen sind wir Stefans Tagebuch und meine eigenhändig konstruierte Zeitlinie durchgegangen. Ich habe von meinen Gesprächen mit Stefans Mutter, Anders' Vater, Ulrik Lundin, Mikael Arvidsson und Anna Kantsow erzählt. Am Ende habe ich den Mord an Anna geschildert. Vijay legte während dieses Gesprächsteils seine Hand auf meine, tröstete mich und versorgte mich mit Kleenex – als wäre er der Therapeut und ich die Klientin.

Jetzt wandern wir langsam über den Brunnsviken durch den Wind. Der imponierende Klinkerbau des Psychologischen Instituts ragt am Horizont auf wie ein Tier, das auf seine Beute lauert. Das Eis ist bedeckt von kleinen blauen Pfützen, die den dunkler werdenden grauen Nachmittagshimmel widerspiegeln.

»Bist du sicher, dass das Eis trägt?«, frage ich.

Er schaut mich belustigt an, kehrt dem Wind den Rücken zu und steckt sich noch eine Zigarette an. Ein Windstoß fängt seine halblangen schwarzen Haare ein, packt sie und lässt sie wie ein Segel zum Himmel flattern. Er grinst fröhlich.

»Shit, und dabei hatte ich sie so schön über die kahle Stelle gekämmt...«

»Du...?«

»Ja?«

»Jetzt mal ehrlich.«

»Ich bin immer ehrlich zu dir, Siri.«

Ich hebe die Augenbrauen und mustere ihn zweifelnd.

»Na gut, fast immer«, er lacht und zeigt die perfekten Zähne unter dem Frank-Zappa-Schnurrbart.

»Glaubst du, meine Theorie ist weit hergeholt?«

Er zieht an der Zigarette und blickt auch auf das Eis hinaus. In der Ferne sehen wir Skiläufer und zwei Väter mit Kinderwagen. Natürlich. Nur Väter würden bei Tauwetter mit einem Kinderwagen aufs Eis gehen, denke ich.

»Nein, ich halte sie nicht für weit hergeholt«, sagt er nach einer für meinen Geschmack viel zu langen Bedenkzeit.

»Aber?«

»Kein Aber. Ich verstehe dich, verstehe, dass du wissen willst. Und ich finde es ja auch verdächtig.«

Er zieht eine Strickmütze aus der Manteltasche und setzt sie auf. Der Wind ist eiskalt, obwohl es zwei Grad über null ist. Ich steige über eine Pfütze, um meine dünnen Stiefel nicht nasszumachen, lande aber dennoch platschend im Eismatsch.

»Also, wer kann es getan haben? Du bist doch derjenige, der Täterprofile erstellt, wenn du nicht forschst«, füge ich eilig hinzu.

Vijay lächelt. Es gefällt ihm nicht, aufs Profilen reduziert zu werden – auch wenn es für Uneingeweihte exotisch und spannend klingt. Vijay will Akademiker sein.

Professor.

Zudem einer der jüngsten in Schweden.

»Das kann ich nicht sagen. Ich weiß viel zu wenig über diesen Fall oder diese Fälle. Wir wissen doch gar nicht, wie der Zusammenhang aussieht. Oder ob es einen Zusammenhang gibt. Aber wenn man dem glauben will, was Anna Kantsow erzählt hat, wenn sie wegen eures Gesprächs verfolgt wurde, dann muss der Täter ja wohl gewusst haben, dass ihr euch getroffen hattet. Wem hast du das gesagt?«

Wem hast du es gesagt, Siri?

Die Frage, die auch Anna gestellt hat.

Ich bohre meine starrgefrorenen Hände tiefer in die Jackentasche, suche in meiner Erinnerung.

»Ich habe Ulrik gegenüber erwähnt, dass ich mit Anna gesprochen hatte.«

»Hast du ihren Namen genannt?«

Ich zögere eine Sekunde, versuche, mich an das letzte Telefongespräch mit Ulrik zu erinnern. Mir fällt ein, dass er kurz angebunden war und dass ihm mein Anruf nicht recht zu sein schien. Wie weggeblasen waren Gastfreundschaft und Interesse, die er bei unserer ersten Begegnung in der riesigen Villa in Saltsjöbaden an den Tag gelegt hatte.

»Ich glaube schon. Ich habe ihren Namen genannt, habe gefragt, ob er ihm etwas sagt.«

»Und was hat er gesagt?«

»Nichts.«

Vijay macht ein nachdenkliches Gesicht, reibt seine bloßen Hände, um etwas wärmer zu werden.

»Und sonst? Wem hast du es sonst erzählt?«

»Mikael Arvidsson. Aber bei ihm habe ich ihren Namen nicht genannt, ich habe nur gesagt, dass ich mit der Zeugin aus dem Park gesprochen hatte.«

»Und was hat er gesagt?«

»Er wirkte total gleichgültig, er war doch sternhagelvoll. Wollte lieber alte Bilder von Stefan ansehen und jammern. Und mit anderen habe ich nicht gesprochen. Ja, außer dir und Aina und Sven natürlich. Aber«, füge ich zögernd hinzu, »etwas stört mich. Anna Kantsow ist doch seit Jahren als Zeugin in diesem Fall in den Akten erfasst. Wenn jemand wissen wollte, wer sie ist, hätten sie das doch längst herausfinden können?«

»Nein, nicht unbedingt.«

»Nicht?«

»In solchen Fällen werden die Namen fast immer gesperrt. Die Ermittlung wird erst öffentlich, wenn Anklage erhoben wird. Man kann nicht einfach die Staatsanwaltschaft anrufen und solche Informationen verlangen. Wenn ihr Tod also damit zu tun hat, was sie vor fünf Jahren im Park gesehen hat, dann ist ihr Name wohl erst jetzt durchgesickert. Aber sie kann ja auch aus anderen Gründen ermordet worden sein.«

»Sie hat doch gesagt, dass sie verfolgt wurde.«

»Wer hat nicht das Gefühl, verfolgt zu werden, vor allem im Beruf?«, sagt Vijay und grinst. Er zieht an der Zigarette, wird plötzlich ernst. »Ich meine nur, es kann auch ganz andere Gründe geben. Eifersüchtiger Freund, unbekannter Irrer, auf den sie zufällig gestoßen ist, Geld. Du weißt schon. Das Übliche.«

Er verstummt, nickt bedächtig, sagt aber nichts, als hätte er irgendeine Information, eine Erkenntnis, die er nicht teilen will. Sein Schweigen stört mich. Ich will Anweisungen, konkrete Ratschläge, kein Schmunzeln und Nicken.

»Was soll ich jetzt tun?«, frage ich deshalb.

Er sieht mich aus seinen dunklen Augen an, schnippt die Kippe über das Eis und räuspert sich.

»Die Frage ist wohl eher, was du tun kannst. Wenn du recht hast, geht das hier ja weit in die Vergangenheit zurück. Und obwohl du Stefan vielleicht besser gekannt hast als irgendjemand sonst, hat er dir ja nie etwas darüber erzählt. Oder? Ich kann mir nicht so recht vorstellen, wie du die Wahrheit ans Licht bringen sollst. Du hast schon mit seiner Mutter gesprochen, hast seine alten Freunde getroffen. Das klingt ein bisschen nach Sackgasse. Du musst dich vielleicht ganz einfach mit der Vorstellung abfinden, dass du es niemals erfahren wirst.«

»Das will ich nicht«, murmele ich und merke, wie sich mein Hals zusammenschnürt.

Vijay scheint nicht zu bemerken, wie elend mir zumute ist.

»Na gut. Das willst du nicht.« Er seufzt, als wäre ich eine seiner weniger begabten Studentinnen. »Aber es geht ja wohl nicht darum, was du willst, oder? Stefan ist seit langem tot und begraben, und mit größter Wahrscheinlichkeit ist das auch sein Geheimnis – falls es also überhaupt erst ein Geheimnis gegeben hat. Und wenn alle Leute, mit denen du gesprochen hast, dir nichts erzählt haben, dann entweder, weil sie nicht wollen. Oder …«

»Oder was?«

»Oder, weil es nichts zu erzählen gibt. Egal aus welchem Grund, ich kann mir kaum vorstellen, wie du daran etwas ändern könntest.«

»Aber ein Mädchen ist doch ermordet worden. Ertränkt wie ein Katzenbaby, das keiner will. Da muss doch jemand …«

Vijay bleibt stehen und dreht sich zu mir um, fasst meine beiden Hände, fast wie zum Tanzen. Sein Atem wird zu kleinen weißen Wolken. Ich würde lachen, wenn ich nicht so empört wäre.

»Meine allerliebste Siri. Hör mir jetzt genau zu. Der Mord

an Anna Kantsow wird untersucht. Es gibt einen Staatsanwalt, der die Ermittlungen leitet, und etliche Polizisten, die daran arbeiten. Du hast erzählt, was du weißt. Jetzt musst du alles andere der Polizei überlassen und dich darauf verlassen, dass sie ihre Arbeit tun. Du hast ihnen doch von Stefan und Anders erzählt. Wenn es einen Zusammenhang gibt, werden sie den finden.«

Ich sehe ihn an, plötzlich unsicher, ob ich meine Hände wegziehen soll – um zu betonen, dass ich nicht seiner Meinung bin, dass ich nicht zurechtgewiesen werden will wie ein Kind – oder ob ich ihm recht geben soll.

Um uns herum wird es jetzt dunkel, in Richtung City schimmern ferne Lichter. Ich fasse neuen Mut und stelle die Frage, die ich nicht auszusprechen gewagt habe, nicht einmal mir selbst gegenüber.

»Glaubst du, man kann mit jemandem zusammenleben, ohne diesen Menschen richtig zu kennen?«, flüstere ich und höre plötzlich, dass meine Stimme seltsam heiser klingt.

Vijay drückt meine Hände ein wenig.

»Warum fragst du?«

Ich schaue das Eis an. Das Wasser frisst sich durch meine Stiefel. Große dunkle Flecken zeichnen sich am Schaft ab. Ich schüttele den Kopf.

»Ich kann das einfach nicht begreifen. Wenn Stefans alte Schulfreunde ihn beschreiben, dann ist das nicht der Stefan, den ich gekannt habe. Mein Stefan war …« Ich zögere, suche nach Worten, »einfühlsam, bodenständig, ohne Interesse an Status und Geld. Aber als ich mit Ulrik gesprochen habe, hat er sie alle als unerträgliche Besserwisser beschrieben, die nur Feiern im Kopf hatten. Ich begreife das nicht.«

»Aber Siri, das war doch auf dem Gymnasium. Hast du da nie gefeiert?«

»Doch. Aber trotzdem …« Ich verstumme, lasse Vijays Hände los und schaue zum dunkler werdenden Himmel hoch. »Wir sollten vielleicht zurückgehen?«

Wir machen kehrt und wandern langsam zurück zum Psychologischen Institut und zur Krebsklinik. Ich merke plötzlich, wie kalt mir ist, ich sehne mich nach Vijays engem Arbeitszimmer, nach dem Geruch der verfaulenden Bananenschalen, von denen ich weiß, dass sie sich unter halbgelesenen Seminararbeiten verstecken, und dem Grummeln der Kaffeemaschine draußen auf dem Gang.

»Er war vielleicht nicht mehr derselbe?«

»Wie meinst du das?«

»Vielleicht war auch er auf dem Gymnasium ein unerträglicher Drecksbengel, aber Herrgott, wer ist das denn nicht? Deshalb kann er doch reifer werden und einfühlsam und bodenständig und … was noch werden?«

»Du hast meine Frage nicht beantwortet«, sage ich. »Glaubst du, man kann mit einem Menschen zusammenleben, ohne ihn wirklich zu kennen?«

Vijay weicht meinem Blick aus. Schaut über das Eis, das die Dämmerung in Blautönen anmalt.

»Ja«, sagt er. »Ja, das glaube ich.«

Es ist eine besondere Art Schande, das Vergangene nicht loslassen zu können, denke ich, als ich in der Dunkelheit über die Skurubrücke und weiter zum Värmdöland fahre. Es ist kälter geworden, und ich fahre langsam, um auf dem Glatteis, das stellenweise die Fahrbahn bedeckt, nicht ins Schleudern zu geraten. Die Straßenlaternen verteilen ihr kaltes blauweißes Licht über den schmutzigen Schnee am Straßenrand und verstärken das gespenstische, verlassene Gefühl, das über der öden Landschaft lastet.

Von jemandem, der ein Trauma durchlebt, vielleicht einen Angehörigen oder Partner verloren hat, wird erwartet, dass er während eines für angemessen erachteten Zeitraums tief und innig trauert. In dieser Zeit ist die Umgebung verständnisvoll und hilfsbereit. Danach soll man schrittweise – und ich vermute, dass mir das misslungen ist – das loslassen, was man zuvor geliebt hat. Auf unsicheren Bambi-Beinen soll man sich dann abermals ins Leben hinausbegeben, nach und nach von allen Möglichkeiten der Zukunft geblendet werden und das Vergangene verblassen lassen, bis nur noch eine schmerzlose Erinnerung übrig bleibt. So ungefähr wie eine gepresste Blume, schön, harmlos, etwas, das man in ein dickes verstaubtes Album steckt, um es ab und zu hervornehmen und über die Schönheit des Verflossenen staunen zu können.

Menschen, die sich weigern, die Erinnerung loszulassen, ihren eigenen Schmerz, die ihn pflegen wie eine empfindliche

Pflanze, erwecken in ihrer Umgebung Abscheu und Unbehagen. Meine Trauer oder Caroline Helséns Trauer sind nicht mehr schön oder auch nur pikant und interessant. Sie sind nur widerlich und beängstigend. Beschämend. Sie müssen totgeschwiegen werden, vor der Umwelt versteckt oder vielleicht durch Medikamente getilgt werden.

Ich denke über Vijays Worte nach, dass er glaubt, man könne durchaus mit einem Menschen zusammenleben, ohne ihn zu kennen. Habe ich vergessen, wie Stefan war? Die Erinnerung an ihn hat angefangen zu verblassen, wie ein altes Polaroidfoto. Ich merke fast, wie es geschieht. Es ist, als werde das Vergangene mit jedem Tag, der vergeht, schwerer greifbar.

Aber habe ich Stefan denn richtig gekannt, damals, als er noch lebte? Kennt man einen anderen Menschen jemals durch und durch?

Ich weiß es nicht mehr. Und das macht mir zu schaffen. Denn wenn ich Stefan nicht gekannt habe, muss das bedeuten, dass ich mich auch auf keinen anderen Menschen verlassen kann.

Dass das Leben selbst unzuverlässig ist.

Ich stelle den Wagen im Wald ab und gehe das kurze Stück durch den Tannenwald zum Haus zu Fuß. Die Fenster leuchten einladend, ich ahne das Geräusch des Fernsehers, höre die Anfangsmelodie der Teletubbies, die sich zwischen den Tannen ihren Weg sucht.

Sowie ich die Tür öffne, sehe ich, dass etwas nicht stimmt. Zwei Taschen stehen gepackt auf dem Boden in der Diele. Markus kommt aus der Küche, wischt sich die Hände an einem Geschirrtuch ab.

»Was ist das denn hier?«, frage ich und zeige auf die Reisetaschen.

Er zögert.

»Erik und ich fahren für eine Weile zu Mama und Papa.«

Dann knüllt er das Geschirrtuch zusammen und wirft es in die Küche. Ich bringe keine Antwort heraus.

»Ich habe mir das lange überlegt. Ich weiß nicht, was mit dir los ist, Siri. Sicher, ich verstehe ja, dass es wichtig für dich ist herauszufinden, was mit Stefan passiert ist, aber du bist doch total … besessen. Du vernachlässigst mich und Erik, um in diesem Dreck zu wühlen. Ich muss nachdenken, brauche Abstand. Ich bring das hier nicht mehr.«

Im Wohnzimmer kann ich Erik singen hören.

Ich sinke auf dem alten Holzstuhl neben dem Schuhregal in mich zusammen. Streife die Jacke ab, bleibe aber sitzen. Bringe es nicht über mich, die Stiefel aufzuschnüren.

»Wie lange bleibt ihr weg?«

»Eine Woche. Glaube ich. Ich brauche Zeit zum Nachdenken. Wenn du mich vor zwei Monaten gefragt hättest, hätte ich gesagt, dass mein Leben perfekt ist. Jetzt …«

Er beendet den Satz nicht, presst nur die Zähne aufeinander, verschränkt die Arme vor der Brust und schaut ins Wohnzimmer.

»Mama und Papa freuen sich jedenfalls sehr auf Erik. Für ihn wird das schön werden«, murmelt er.

Ich ahne Tränen in seiner Stimme und nicke stumm.

Dann wühlt er in seiner hinteren Hosentasche, zieht einen zerknüllten Zettel hervor und hält ihn mir hin.

»Ich habe für dich gesucht. Ich hoffe wirklich, dass es dir weiterhilft. Stefan ist in keinem Vorstrafen- oder Verdachtsregister zu finden. Aber es gibt ihn im Allgemeinen Ermittlungsregister. Er und ein Freund namens Ulrik sind 1988 vernommen worden, als ein Junge namens Nicklas Swan vermisst gemeldet wurde. Hier steht alles.«

Dann reicht er mir den zusammengeknüllten Zettel und geht in die Küche und lässt mich auf dem Stuhl sitzen.

Dort sitze ich noch immer, als Markus und Erik bald darauf aufbrechen. Markus sagt zu Erik, er solle mir einen Kuss geben, und das tut er. Glücklich drückt er sein Gesichtchen an meins, und das tut so weh, so greifbar weh, dass ich mich fast zusammenkrümme. Von Markus bekomme ich keinen Kuss, nur einen Blick, der alles sagt.

»Ich rufe an.«

Ich kann nur nicken. Mein Inneres ist in Aufruhr, und mein Körper ist wie betäubt.

Meine Familie verlässt mich, geht aus der Tür, und ich lasse es geschehen.

Ich weiß nicht, wie lange ich schon in der Diele sitze, als ich mein Telefon hervorziehe und Aina anrufe. Unzusammenhängend bricht die ganze Geschichte aus mir heraus. Der Streit mit Markus, wie ich zu den gepackten Taschen nach Hause gekommen bin und jetzt einsam hier sitze.

»Rühr dich nicht von der Stelle«, sagt sie mit ihrer allerstrengsten Stimme.

Als sie eine Weile später kommt, sitze ich noch immer in der Diele. Ohne ein Wort zu sagen, zieht sie mir die Stiefel aus, führt mich zum Sofa im Wohnzimmer und holt eine Decke, die sie über mich legt.

»Verdammt, du bist ja eiskalt. Ich mach uns was zu essen.«

Ich höre in der Küche Tüten knistern und Töpfe klappern. Langsam breitet sich die Wärme in meinem Körper aus, und nun kommen die Tränen. Ohne Vorwarnung laufen sie über meine Wangen. Ein lautloses Weinen, ein stetiger Strom aus stummen Tränen, die sich ihren Weg über meine Wangen und meinen Hals suchen.

Nachts schläft sie neben mir im Doppelbett, ich rieche den Honigduft ihrer Haare und lausche auf ihren Atem, höre aber nichts, vermute, dass sie wach ist.

»Aina?«, frage ich vorsichtig.

»Mmm?«

»Warum tust du das alles für mich? Immer wieder. Kein Mensch außer dir kann es mit mir aushalten, wenn ich so bin. Wieso kannst du das?«

Ihre Hand, die meine Schulter berührt.

»Schlaf jetzt, Prinzessin.«

Aina streicht eine Strähne ihrer langen Haare glatt und trinkt noch einen Schluck Latte aus dem großen Pappbecher.

»Ich verstehe nicht, warum du dir immer Kaffee kaufst. Wir haben doch eine Kaffeemaschine in der Praxis.« Marianne schaut Aina missbilligend an und schüttelt den Kopf.

»Mir schmeckt das eben besser. Maschinenkaffee hab ich noch nie gern getrunken.«

»Aber das ist teuer. Und es ist doch trotzdem Kaffee. Kaffee ist Kaffee. Ich habe immer Maschinenkaffee getrunken und finde, der schmeckt ganz hervorragend.«

»Ich nehme gerne Kaffee aus der Maschine.« Ich lächele Marianne an und strecke die Hand nach dem großen Keramikbecher aus, den sie mit heißem und viel zu dünnem Kaffee gefüllt hat. Mariannes Launen lenken unser Leben immer mehr, und obwohl es komisch ist, ist es auch eine Belastung. Nicht alle unsere Klienten finden es lustig, beim Reinkommen darüber belehrt zu werden, dass sie den Boden nicht verschmutzen dürfen und die Zeitungen an die Stelle zurücklegen müssen, wo sie sie gefunden haben. Aber egal, Marianne scheint besänftigt, setzt sich und beißt in eine Zimtschnecke. Ausnahmsweise einmal hat Aina sich keine genommen. Sie sitzt nur stumm da und schaut aus dem großen Fenster. Draußen klatscht der Regen gegen die Scheiben. Es ist seit drei Tagen über null Grad, und der Schnee verschwindet so langsam. Der Wetterbericht verspricht Frühling, und an unserer Südwand blühen Krokusse und Schneeglöckchen.

Ich spüre hinter den Augen einsetzende Kopfschmerzen, und glühende Punkte tanzen vor meinem Blickfeld. Ich habe in dieser Nacht nicht viele Stunden geschlafen, und gegen fünf beschloss ich dann, aus meiner verschwitzten, zerknitterten Bettwäsche aufzustehen.

Aina hörte mich, stand ebenfalls auf, und zusammen saßen wir schweigend beim Tee, während vor dem Küchenfenster die Dämmerung erwachte. Ich verstehe noch nicht so richtig, dass Markus und Erik weg sind. Und auch nicht, dass ich sie nicht zurückgehalten habe. Dass ich nicht den Inhalt des Kartons genommen und alle Fotos und Papiere im Kamin verbrannt habe. Dass ich Markus nicht versprochen habe, meine wahnsinnige Privatermittlung sei hiermit beendet.

Stattdessen habe ich nichts gemacht. Rein gar nichts.

»Wo ist Sven?« Marianne schaut auf die schmale Armbanduhr an ihrem kräftigen Handgelenk. »Der ist zu spät dran. Müsste schon seit fünf Minuten hier sein.« Ihre Augenbrauen stoßen fast zusammen, und ihre heisere Stimme klingt beleidigt.

»Liebe Marianne. Hier bin ich.« Sven kommt durch die Tür. Die Schultern seines Blazers sind fleckig vor Feuchtigkeit und seine dichten graumelierten Haare voller Tropfen. In der einen Hand hält er einen Becher mit Latte. Aina und ich wechseln einen Blick. Ich schaue die Tischplatte an und erwarte einen weiteren Vortrag darüber, welche Kaffeesorte hier zu trinken ist. Aber der kommt nicht.

Sven war immer schon Mariannes Liebling, und jetzt lächelt sie ihn nur hold an und greift zu ihrem dunkelblauen Kugelschreiber.

»Praxisbesprechung. Wir reden heute über …« Marianne unterbricht sich und schaut auf den Tagesordnungsplan, der vor ihr liegt. Dann leiert sie die Punkte herunter. Anderer Putztag in der Praxis, Anschaffung eines Kopierers, Probleme mit einem undichten Waschbecken auf der Besuchertoilette, Ferienwochen im Sommer.

Sven räuspert sich leise und sagt, er habe einen zusätzlichen Punkt und wolle mit dem anfangen.

Marianne ändert ihren Plan nur ungern, widerspricht aber nicht. In ihrer Welt ist Sven ja der Chef der Praxis.

»Also, liebe Kolleginnen.« Sven klingt unsicher und spielt an dem dicken Ring aus Weißgold herum, den er am linken Ringfinger trägt. Er und Sara haben eine kurze standesamtliche Trauung ohne Gäste vornehmen lassen. Nur, weil es so viel einfacher ist, wenn man Kinder bekommt, hat Sven erklärt, ohne sein glückliches Lächeln verbergen zu können. Mir geht auf, dass er nervös ist. Dass er nicht weiß, wie er sagen soll, was jetzt kommt.

Mich durchläuft ein kalter Schauer. Wenn nur nichts mit dem Kind passiert ist, mit Sara. Aber Sven sieht nicht traurig aus. Im Gegenteil. Und heute Vormittag habe ich gehört, wie er zu einem Song von Lady Gaga im Radio gepfiffen hat.

Sven wirkt glücklich. Zufrieden.

»Ich weiß wirklich nicht, wie ich das sagen soll.« Sven schaut auf und erwidert meinen Blick. Er sieht verlegen aus. »Wir arbeiten doch schon so lange zusammen. Sehr lange. Schon zehn Jahre. Und ihr seid … wunderbare Kolleginnen. Wirklich, ich habe euch so gern.«

Er lächelt traurig, und seine Worte klingen ehrlich.

Keine von uns anderen sagt etwas. Wir sitzen schweigend da, abwartend. Warten darauf, was Sven zu sagen hat. Dass er uns zum Ende seines wohl vorbereiteten Monologs führt.

»Aber jedenfalls. Ich habe lange mit Sara darüber diskutiert, was wir machen sollen, wenn das Kind kommt. Ich bin ja kein junger Spund mehr. Das weißt du ja, Marianne, du hast ja ausgerechnet, dass ich eigentlich ein wenig zu alt für das Abenteuer bin, auf das ich mich mit meiner lieben Frau begeben habe.«

Marianne nickt bestätigend, sagt aber nichts.

»Und da habe ich mir überlegt, das mit der Zeit, das ist etwas, wovon mir nicht unbegrenzt viel bleibt. Ich bin fast sechzig. Ich möchte so viel wie möglich mit meinem Kind zusammen sein. Und zugleich möchte ich einen alten Traum verwirklichen. Ihr wisst ja, dass ich immer schon schreiben wollte, und ich glaube, jetzt ist es so weit. Ich kann sehr viel mit dem Kind zu Hause sein, und ich kann schreiben. Ich habe mir das wirklich genau überlegt, und ich spüre, es ist jetzt so weit. Zeit, um weiterzugehen. Deshalb habe ich beschlossen aufzuhören. Aus der Firma auszusteigen, ganz einfach. Und das wollte ich sagen.«

Sven lässt sich in seinem Sessel zurücksinken und verschränkt die Arme vor der Brust. Seine ganze Körpersprache signalisiert Unzugänglichkeit, und mir ist klar, dass wir nichts sagen oder tun können, um ihn von seinem Entschluss abzubringen. Sven hat sich entschieden.

»Aber Sven, verdammt.« Aina sitzt auf der Stuhlkante. Ihre Haut ist graubleich und unter den Augen aufgeschwemmt. »Was sollen wir denn jetzt machen? Hast du dir das überlegt?«

»Es geht ja nicht um viel Geld, es ist also kein großes Problem. Wisst ihr noch, wie die Gemeinschaftspraxis auf Norrmalm auseinandergegangen ist? Meine Güte, was für ein Kuddelmuddel. Die reden noch immer nicht miteinander.« Sven schüttelt den Kopf.

»Aber die Miete und Mariannes Gehalt?« Aina klingt verzweifelt und müde. »Siri, was sagst du?«

Ich zögere, weiß nicht, wie ich meine Gedanken in Worte kleiden soll.

»Ich finde, das klingt klug. Ein guter Entschluss, Sven, auch wenn du mir wirklich fehlen wirst. Die Familie ist wichtig. Und wenn du das kannst, dann solltest du das absolut tun. Schreib dein Buch, kümmer dich um dein Kind. Sei mit Sara zusammen.«

Ich schaue Sven an, und er sieht dankbar aus.

»Ja, ich dachte, wo wir die Abmachung mit der Stadt ja nicht verlängert bekommen, lösen sich etliche Probleme von selbst. Ihr könnt meine Klienten übernehmen, und dann seid ihr ausgebucht.«

»Aber du kannst uns doch nicht einfach im Stich lassen.« Aina wird immer wütender. »Wir haben doch Kosten. Was sollen wir mit der Praxis machen, die ist doch viel zu groß, wenn wir nur zu zweit sind. Und die Gehälter …«

Aina verstummt und schaut verstohlen zu Marianne hinüber, die zum Glück offenbar nicht begreift, dass sie ein Kostenfaktor ist.

»Wir finden eine Lösung, Aina. Wir suchen noch jemanden. Wir können das Zimmer vermieten. Und das mit den Gehältern schaffen wir auch. Das findet sich schon.«

Ich klinge optimistischer, als ich mich fühle. Es fällt mir schwer, mir die Praxis ohne Sven vorzustellen, und ich weiß, dass er mir fehlen wird. Zugleich bin ich überraschend gleichgültig. Als ob nichts von dem, was hier passiert, wirklich eine Rolle spielt.

»Aber du kommst doch sicher weiterhin her?« Marianne klingt verwirrt. »Du arbeitest doch hier. Wo sollst du denn sonst arbeiten?«

»Marianne, ich werde mit der Arbeit aufhören. Ich gehe in Rente.« Sven beugt sich zu Marianne vor und schaut ihr in die Augen. Sekunden verstreichen, und Marianne starrt zurück. Dann verzieht sie wütend das Gesicht und stampft mit dem Fuß auf dem Boden auf wie ein kleines Kind.

»Nein. Sven. Du darfst nicht aufhören. Ohne dich ist das hier nicht dasselbe. Nicht dasselbe.«

Heute muss ich keinen Terminplan einhalten. Kein Erik muss aus der Kita abgeholt werden. Obwohl sich schon längst die Dunkelheit über den Medborgarplatz gesenkt hat und Marianne nach Hause gegangen ist, sitze ich noch immer vor dem Computer in der Praxis.

Das Internet ist eine phantastische Erfindung, denke ich wieder. Ein Klick und es gibt Informationen über fast alles, was man wissen will, und über vieles, das man durchaus nicht wissen will. In welche Kategorie mein neues Wissen über Nicklas Swan gehört, kann ich nicht sofort entscheiden. Aber ich habe so ein Gefühl, dass das, was ich lese, nichts Gutes mit sich bringen wird.

Es ist immer besser zu wissen, als im Ungewissen zu leben.

Ich erinnere mich an meine Worte, selbstsicher ausgesprochen, in diesem Zimmer hier, und mir schaudert.

Langsam scrolle ich über den Schirm, klicke den Artikel in *Dagens Nyheter* vom Juni 1988 an.

»Die Polizei hat noch immer keine Spur des sechzehn Jahre alten Nicklas Swan, der am Freitagabend von einem Fest in Stockholm verschwunden ist. Weder Freunde noch in der Umgebung wohnende Zeugen konnten irgendwelche Hinweise geben …« Rasch überfliege ich weitere Artikel. Die Überschriften füllen den Bildschirm: »Taxifahrer als Zeuge im Fall Nicklas Swan …« und »Polizei sucht im Värtahamn nach dem verschwundenen Sechzehnjährigen«.

Ich klicke mich weiter durch, finde eine Website namens *nicklasswan.se* und sehe einen lächelnden Jungen mit blonden, fast weißen halblangen Haaren und einem Ring im Ohr. Er hat die Hand zu einem Gruß erhoben. »Wir werden dich nie vergessen«, steht unter dem Bild.

Meine Hände zittern, als ich den Text lese. An einem ganz normalen Freitagabend im Sommer 1988 verschwindet Nicklas Swan von einem Fest im Värtaväg in Stockholm. Er sagt zu seinen Freunden, er wolle nur kurz etwas holen, und sie nehmen an, er wolle Nachschub an Bier besorgen.

Nun schreibt die Betreiberin der Website, offenbar Nicklas' Mutter, wenn Nicklas also Alkohol oder Drogen holen wollte und jemand etwas weiß, dann könnten unter der unten angegebenen Mailadresse anonyme Hinweise hinterlassen werden.

Ich lese weiter. Nicklas verlässt das Fest gegen 21 Uhr und ist danach spurlos verschwunden. Ungefähr eine Woche darauf meldet sich ein Taxifahrer und gibt an, Nicklas zum Värtahamn gefahren zu haben, doch dort endet die Spur. Die Polizei durchkämmt die Bucht, und Hunde durchsuchen die Umgebung, zu Land und zu Wasser. Bald darauf findet die Polizei den Mann, der mit dem Taxifahrer zum Värtamhamn gefahren ist. Es war nicht Nicklas, und abermals fehlen der Polizei alle Spuren des Sechzehnjährigen.

An die hundert Personen werden im Zusammenhang mit dem Verschwinden vernommen, das in den Medien große Aufmerksamkeit erregt. An Nicklas' Schule, dem Norra Real in Stockholm, bildet sich eine Gruppe namens »Findet Nicklas«, und einige Jahre lang werden Plakate verteilt und auf andere Weise die Aufmerksamkeit auf Nicklas' Verschwinden gelenkt. Wieder einige Jahre darauf wird der Fall im Fernsehen noch einmal aufbereitet, und an die zwanzig neue Hinweise laufen ein, von denen einige hochinteressant wirken. Aber am Ende kommt auch dabei nichts heraus.

Dann Schweigen. Und abermals Schweigen.

Nicklas ist und bleibt verschwunden.

Ich friere dermaßen, dass ich aufstehen und mir aus Ainas Zimmer eine Decke holen muss. Ich kann nicht entscheiden, ob das am Schock liegt oder daran, dass es im Zimmer wirklich kalt ist.

Das Norra Real: die Schule, die auch Stefan, Ulrik und Micke besucht haben. 1988, das Jahr, in dem das Quartett Abitur machte und die Freundschaft sich auflöste. Stefan und Ulrik wurden aus irgendeinem Grund im Zusammenhang mit Nicklas Swans Verschwinden vernommen.

Mein Zwerchfell krampft sich zusammen, und ich spüre, wie mein Herz schneller schlägt.

Ich klicke mich weiter durch die Website. Die Familie beschreibt Nicklas – ein munterer, unbeschwerter Junge, der immer für andere da war. Ein wunderbarer Sohn und Bruder, der beste Freund, den man sich vorstellen kann. Nicklas spielte Gitarre und lief gern Slalom-Ski. Nicklas wollte Musiker werden und vielleicht auch Architekt, wenn das möglich wäre.

Nicklas' Mutter schreibt über Ungewissheit und Trauer. Das Gefühl, niemals frei zu sein, und die Suche nach dem Wissen. Obwohl Nicklas vor mehr als zwanzig Jahren verschwunden ist, scheint sie die Seite regelmäßig zu aktualisieren. Ich begreife, dass ihre Trauer für sie lebendig ist, dass ihr Sohn ihr noch immer so fehlt wie am Tag seines Verschwindens.

In einem Gästebuch haben Fremde und offenbar Familienangehörige Grüße hinterlassen. Mitteilungen an die Familie, teilnahmsvolle Kommentare und Gedichte. Ein weiterer Klick führt mich zu Bildern. Nicklas als Baby auf dem Arm seines Vaters. Nicklas am ersten Schultag, mit einem überdimensionalen Tornister aus Leder. Ein Schulfoto mit einem lachenden Nicklas im Alter von zehn Jahren, sonnengebleichte, fast weiße Haare und viel zu große Vorderzähne. Die hellblauen Augen voller Leben. Mein Blick bleibt an einem weiteren Bild von Nicklas als Baby haften, in einer Windel an einem Sandstrand neben einem ebenso blonden Mädchen von vielleicht drei Jahren. Sie trägt einen lila Badeanzug und hat eine Barbiepuppe ohne Beine in der Hand. »Nicklas und Gabriella« steht unter dem Bild.

Auf eine plötzliche Eingebung hin suche ich nach »Gabriella Swan«. Zwei Klicks weiter und nach einigen Sekunden schaue ich in helle Augen. Das Gesicht ist ernst, und die Arme sind professionell über der züchtigen Bluse verschränkt.

Ich lese die Unterschrift. »Gabriella Swan, Stellvertretende Oberstaatsanwältin, Staatsanwaltschaft Södertörn«.

Gabriella Swan kommt mir am Empfang entgegen, und wir gehen zusammen durch die Korridore zu ihrem Büro. Sie war bereit, mich während der Arbeit zu treffen, und ich konnte ihrer Stimme am Telefon anhören, dass ihr Interesse geweckt war. Das Verschwinden ihres Bruders scheint sie ebenso zu quälen wie ihre Mutter. Ich betrachte sie, als ich hinter ihr herlaufe. Sie ist groß und hat ihre langen blonden Locken zu einem Pferdeschwanz gebunden. Sie ist formell gekleidet mit einer schwarzen Hose und einem karierten Blazer. Sie sieht professionell aus. Konzentriert, kontrolliert.

Wir setzen uns in die kleine Besucherecke in ihrem Büro, und ich nippe an dem heißen Automatenkaffee, den sie mir angeboten hat. Ihr Zimmer sieht aus wie alle anderen Behördenzimmer in Schweden. Möbel von Kinnarps, Lithographien von Lars Jonsson, auf denen Seevögel zu sehen sind, eine Grünpflanze in einem Übertopf. Durch das Fenster sehe ich den Vorortbahnhof, und dahinter erahne ich die Silhouetten der roten und grünen Hochhäuser von Flemingsberg. Gabriella schaut mich an, und ihre Augen sind vom gleichen hellen Blau wie die ihres Bruders.

»Womit kann ich Ihnen behilflich sein, Siri?«

Ihre Stimme ist kühl, aber ihre Miene zeigt, dass sie diese Sache sehr persönlich nimmt. Am Telefon habe ich gesagt, ich hätte eine Frage zu Nicklas und vielleicht auch neue Informationen, die von Interesse sein könnten.

»Ihr Bruder. Nicklas. Mein Mann, mein ehemaliger Mann, wurde im Zusammenhang mit seinem Verschwinden vernommen, und ich möchte wissen, warum.«

»Sind Sie geschieden?« Sie hebt leicht die Augenbrauen und scheint mein Motiv für diesen Besuch ergründen zu wollen. Ein Scheidungskrieg vielleicht, Schmutz wird aufgewühlt, ums Sorgerecht gestritten.

»Er ist tot. Seit fünf Jahren. Er ist bei einem Tauchunfall ums Leben gekommen, der aber vermutlich Selbstmord war.«

»Und jetzt glauben Sie, dass er etwas mit Nicklas' Verschwinden zu tun gehabt haben kann?«

»Ich weiß nicht, aber etwas stimmt nicht. Etwas stimmt hier überhaupt nicht. Mein Mann hieß Stefan Bergman, er war auf derselben Schule wie Ihr Bruder, war aber älter.«

»Stefan Bergman?«

Gabriella schaut mich nachdenklich an. Scheint in ihrer Erinnerung zu suchen.

»Damals sind auf Nicklas' Schule viele vernommen worden. Das muss nichts zu bedeuten haben. Ihr Mann braucht nicht unter Verdacht gestanden zu haben. Wann fand diese Vernehmung statt?«

»Gleich nach dem Verschwinden, 1988.«

»Ich war selbst auf dem Norra Real und bin nicht sicher, ob ich weiß, wer Ihr Mann war. Ich bin 1987 abgegangen, da hätte ich ihn wohl kennen müssen.«

Ich beuge mich vor und ziehe das Schuljahrbuch aus der Tasche. Lege es aufgeschlagen vor sie hin und zeige auf Stefan. Sie mustert das Bild und kichert kurz.

»Ach so, Steffe. Doch, ich weiß, wer das war. Hing immer mit Nietzsche, Arvidsson und Ulrik Lundin zusammen. Sie waren nicht gerade sympathisch. Tut mir leid, das sagen zu müssen, aber sie waren eingebildete, herablassende Drecksbengel. Angeblich verkauften sie Drogen, und Stefan und Nietzsche hat man nachgesagt, kleine Mädels zu verführen. Date Rape, den Ausdruck gab es damals noch nicht, aber das war es wohl so mehr oder weniger. Mädchen vollschütten und sie ins Bett zerren, ob mit oder gegen deren Willen, ganz egal.«

»Nietzsche?«

»Der da. Ich weiß nicht mehr, wie er richtig hieß.« Sie zeigt mit einem gepflegten Fingernagel auf Anders' sommersprossiges Gesicht. »Der hat dauernd irgendwelche Philosophen zitiert, vor allem eben Nietzsche. Da lag der Spitzname doch auf der Hand, und ich glaube, das hat ihm gefallen. Er wollte gern tiefsinnig und intellektuell sein, aber in meiner Erinnerung war er einfach nur ziemlich oberflächlich und kindisch. Aber natürlich. Er war ja jünger als ich. Ich hatte einen Freund und nichts mit ihnen zu tun. Wir sind übrigens verheiratet, haben drei Kinder.« Ein Lächeln auf ihren Lippen, für eine Sekunde oder zwei. Ich nicke und murmele etwas, während ich versuche, Ordnung in meine Gedanken zu bringen.

»Er ist tot. Anders Holmberg, meine ich. Er wurde erschossen.« Ich schaue zu Gabriella Swan hoch, begegne diesen seltsam hellblauen Augen. »Das müssen Sie doch noch wissen. Der Karlaplanmord.«

Sie schweigt, sieht aus, als müsse sie Informationen aus einer inneren Datenbank abrufen.

»Ja, das weiß ich noch. Ich habe zu der Zeit nicht in Stockholm gewohnt. Wir waren einige Jahre in Karlstad, und damals wurde er ermordet, sicher weiß ich das noch. Ich habe nur nie eine Verbindung gesehen.« Sie sieht sich das Foto noch einmal an. »Das war 2005, nicht wahr?«

»Ja.«

»In dem Jahr, in dem Ihr Mann gestorben ist?«

Ich nicke nur. Registriere, wie schnell sie denkt. Dass sie innerhalb von wenigen Sekunden die Tatsachen analysiert, die ich ihr gebe.

»Und Ulrik Lundin? Arvidsson?«

»Ulrik Lundin wohnt in Saltsjöbaden, hat Frau und Kinder. Geld. Gute Stellung. Mikael Arvidsson wohnt bei seiner Mutter auf Lidingö. Forscht, aber nicht besonders viel, glaube ich. Er hat Alkoholprobleme.«

»Sie haben also zwei Männer, die kurz nacheinander gestorben sind. Ein Mord und ein Selbstmord. Und jetzt suchen Sie ein mögliches Motiv?«

Gabriella Swan schaut zu mir auf, scheint auf mehr zu warten. Sicher findet sie, dass meine Geschichte hinkt, dass sie zu dünn ist. »Etwas ist damals passiert. Nach dem Abitur hatten sie keinen Kontakt mehr. Sie haben sich seit 1988 nie wieder getroffen. Nur Stefan und Anders. Ich glaube, die hatten Kontakt. Und Anders hat sich vor seinem Tod seltsam verhalten.« Ich erzähle von dem Unfall und seinem veränderten Benehmen, und Gabriella hört zu und nickt. Stellt Fragen und macht sich Notizen auf einem Block, den sie von ihrem Schreibtisch geholt hat. Vielleicht ist sie noch immer skeptisch, aber ihr Interesse ist geweckt.

Als ich alles erzählt habe, schaut sie schweigend vor sich hin. Dann greift sie zu dem Jahrbuch und blättert darin. Schlägt eine andere Seite auf. Sie zeigt auf ein weiteres Klassenfoto. Ich erkenne ihn an seinen hellen Haaren. Nicklas.

»Nach Nicklas' Verschwinden hat sich alles geändert. Eine neue Zeitrechnung setzte ein. Es gibt *vor* Nicklas' Verschwinden und *nach* Nicklas' Verschwinden, ganz einfach. Wir waren eine ganz normale Familie. Mutter, Vater, zwei Kinder. Wir waren wie die meisten anderen. Meine Eltern blieben zusammen, waren wohl weder besonders glücklich noch unglücklich. Und Nicklas und ich, wir hatten uns gern und haben uns gestritten. Nicklas konnte unglaublich nervig sein und holte sich immer wieder meine Sachen. Aber er war auch lieb und wirklich musikalisch begabt. Er war mein kleiner Bruder, ganz einfach.« Sie sieht das Bild ihres verschwundenen Bruders an, blinzelt rasch einige Male, schaut dann weg und erzählt weiter.

»Nicklas verschwand am Freitagabend von einem Fest bei einem Freund im Värtaväg. Meine Mutter konnte nie schlafen, wenn wir abends unterwegs waren, und wartete darauf, dass Nicklas nach Hause kam. Um drei Uhr morgens hat sie Jörgen angerufen, bei dem das Fest war. Er sagte, dass Nicklas schon gegen neun gegangen sei, noch bevor das Fest richtig angefangen hatte, und nicht zurückgekehrt sei. Meine Mutter wollte sofort die Polizei anrufen. Ich fand das peinlich und nervig. Ich war ganz sicher, dass Nicklas am nächsten Tag auftauchen würde, verkatert und verlegen. Und mein Vater sah das auch so … Aber Nicklas kam ja nie wieder nach Hause.« Gabriella schüttelt den Kopf, als könne sie das alles noch immer nicht ganz glauben.

»Was glauben Sie, was passiert ist?«

»Ich weiß, dass Nicklas tot ist, und ich glaube, dass jemand ihn umgebracht hat. Aber ich weiß nicht, wie oder wer es war. Ich glaube, das zu wissen, würde es mir ein wenig leichter machen, damit zu leben. Dass ein verurteilter Täter ein Gefühl von Sinn und Gerechtigkeit erzeugen könnte. Wir Menschen suchen doch immer nach einem Sinn, wollen verstehen. Und ich glaube, die Ungewissheit lässt ein Vakuum entstehen, man kommt mit dem Leben einfach nicht weiter. Ein Teil von uns steckt immer in der Vergangenheit fest. Mein Vater ist vor fünf Jahren gestorben, ohne zu wissen, was mit

Nicklas passiert war. Das war am Ende seine größte Sorge. Nicht, dass er sterben musste, sondern zu sterben, ohne es zu wissen. Meine Mutter wird immer hoffen, dass die Wahrheit ans Licht kommt. Sie schreibt auf Nicklas' Website im Internet, erkundigt sich bei der Polizei. Sie kämpft noch immer.«

Jetzt weint Gabriella. Sie weint so, wie sie redet, kontrolliert und beherrscht. Tränen, die langsam über ihr winterbleiches Gesicht laufen. Ihre Worte treffen mich im Magen. Ihr Schmerz ähnelt meinem so sehr. Die Ungewissheit, was Stefans Tod angeht. Der verzweifelte Versuch, die Wahrheit zu erfahren. Zu verstehen warum.

Immer dieses Warum.

Ich wünschte, Markus und Aina hätten Gabriella hören können. Und sie könnte ihnen klarmachen, warum man Trauer und Schmerz nicht in ein ordentliches Paket packen und nie wieder öffnen kann. Dass das fehlende Wissen uns in den Wahnsinn treiben kann.

»Und jetzt kommen Sie und erzählen das alles.« Sie steht auf und geht zu ihrem Schreibtisch, nimmt eine Packung Papiertaschentücher aus einer Schublade, putzt sich die Nase und wischt sich dann die Augen. Danach kehrt sie zu ihrem Sessel zurück, setzt sich und sieht mich aus geröteten Augen an.

»Sie müssen damit zur Polizei gehen, Siri. Ich begreife nicht, wie ich Ihnen helfen kann.«

Sie klingt jetzt schroff und schaut auf die Uhr, und mir ist klar, dass sie das Gespräch beenden will. Ich stehe auf, merke, dass mir schwindelig und schlecht ist.

»Ich gehe ja schon«, sage ich, sammele meine Papiere zusammen. Jahrbuch, Zeitlinie, Stefans schwarzes Büchlein.

Dann fällt etwas aus Stefans Kalender: das kleine Passfoto des jungen dunklen Mädchens. Es landet vor Gabriella. Sie erstarrt. Sieht mich mit einem Blick an, der Misstrauen verrät.

»Woher haben Sie das Bild?«

Verständnislos schüttele ich den Kopf.

»Das lag bei Stefans Sachen.«

»Das ist Nicklas' Freundin«, flüstert sie.

Ich sitze in meinem Auto auf dem großen Parkplatz beim Bahnhof und versuche, Ordnung in meine Gedanken zu bringen. Was Gabriella erzählt hat, klingt unbegreiflich. Warum hatte Stefan ein Bild von Nicklas' Freundin? Und die Beschreibung von Stefan kommt mir so fremd vor. Ich versuche, ihn mir als Drogen dealenden Vergewaltiger vorzustellen, aber das ist unmöglich. Mein Stefan war fürsorglich und liebevoll. Mein Stefan würde keinem anderen Menschen wehtun. Und dann, Anders Holmberg. Ein aufgeblasener, arroganter Bengel, der Nietzsche genannt wird.

Plötzlich begreife ich: Nietzsche. Nisse. Nietzsche.

Verzeih mir, Nietzsche.

Ich friere plötzlich, obwohl es im Auto warm und feucht ist.

Anders Holmbergs Mörder wusste sehr genau, wer er war.

Stockholm 1988

Der Nachmittag war bewölkt und drückend schwül. Aus der Ferne war Donner zu hören. Im Sveaväg war ein glänzend roter Porsche 911 in einen Volvo 740 gefahren, und die beiden Fahrer waren jetzt in einen lauten Streit darüber verstrickt, bei wem die Schuld nun wirklich liege.

Menschen, die entlang der von Bäumen gesäumten Straße spazierten, drehten sich um und starrten einen wütenden jungen Mann in einem glänzenden Anzug an, der einen korpulenten älteren Mann mit kurzärmligem Hemd und Gabardinehose anpöbelte. Der ältere Mann zeigte wütend auf seine eingedrückte Stoßstange. Stefan und Ulrik beobachteten den Verlauf der Dinge voller Interesse von einer Bank im Observatorielunden-Park aus.

»Super Unterhaltung.«

Ulrik zog eine kleine Packung Marlboro hervor, schüttelte eine Zigarette heraus und warf die Schachtel dann Stefan zu.

»Ich halte zu dem Porsche, das ist doch klar. Der Volvo hätte nicht vor der Ampel stehen bleiben dürfen. Gelb bedeutet fahren, das wissen doch alle.«

»Mm. Aber rein objektiv gesehen ist wohl der Porsche schuld. An sich ist immer der Wagen schuld, der in einen anderen fährt, glaube ich.«

Stefan kniff die Augen zusammen und versuchte, sich an die Theoriestunden in der Fahrschule zu erinnern.

»Du weißt, was Nietzsche sagen würde. Dass die Wahrheit relativ ist, dass es nur Interpretationen gibt.«

Ulrik grinste und hustete dann.

»Welcher Nietzsche, der richtige oder unser eigener Philosoph?«

»Beide.«

Sie kicherten, dann schwiegen sie und rauchten. Ulrik versuchte es mit einigen Rauchringen, musste sich aber mit zwei Wolken begnügen, die langsam zu dem grauen Himmel aufstiegen. Stefan schaute zum Sveaväg hinüber.

»Glaubst du, die kriegen den, der Palme erschossen hat?«

Ulrik überlegte eine Weile, zog zweimal an der Zigarette und schüttelte den Kopf.

»Ich kapier ja nicht, wieso sie die Kurden wieder freigelassen haben. Sie hatten doch alles auf Band, sie haben über eine ›Hochzeit‹ und ein ›Lamm, das geschlachtet werden soll‹ geredet und was die sonst in diesen primitiven Scheißbergkäffern so machen. Sonnenklare Codes. Klar waren das die Kurden.«

»Und was gestern im *Expressen* stand, dass dieser Ebbe Carlsson eine Art Geheimagent war?«

»Dann stecken wir wirklich im Dreck, wenn wir keine besseren Sicherheitsexperten haben als diesen kleinen Trottel«, murmelte Ulrik. »Ein Buchverleger als Geheimagent? Soll das ein Witz sein, oder was? Was macht er denn, wenn es brenzlig wird? Droht er, das Manuskript zurückzuschicken?« Er ließ sich auf der Bank zurücksinken, blinzelte. Die Sonne schien in sein blasses Gesicht, tilgte fast die dunklen Ringe unter seinen Augen.

»Willst du heute Abend zu Arvidsson? Seine Mutter fährt auf Betriebsausflug nach Åland, also hat er sturmfreie Bude.« Stefan fuhr sich mit der Hand über den Pony, überprüfte automatisch, dass seine Haare richtig lagen.

»Aha, Mama Arvidsson will eine Runde vögeln. Na, ich würde lieber mit ihr nach Åland fahren, als mit euch rumzuhängen, wenn ich die Wahl hätte.« Ulrik grinste und leckte sich die Lippen. »Sie sieht so verdammt gut aus, Mickes Mütterlein. Als ich Micke zuletzt besucht habe, lag sie gerade im Garten und sonnte sich oben ohne. Supertitten, aber es war einfach … zu viel. Und Micke war das natürlich wahnsinnig peinlich. Der Junge kann uns eigentlich leidtun. Ist bestimmt nicht leicht, eine Mutter zu haben, die sich wie eine Nutte aufführt.«

Stefan wusste nicht, was er sagen sollte. Er mochte Mickes Mutter. Die war in Ordnung, bot immer Limo oder Kaffee an, fragte, wie es in der Schule so lief und welche Zukunftspläne er hätte. Und zugleich wusste er auch, was Ulrik meinte. Agneta Arvidsson flirtete gern, trug tief ausgeschnittene Blusen und benutzte niemals einen BH. Selbst im Haus hatte sie immer hochhackige Schuhe an und schwenkte die Hüften, wenn sie über den Parkettboden trippelte. Als wisse sie, dass er sie die ganze Zeit anstarrte, und wolle sich einen Jux mit ihm machen. Aber Ulrik urteilte hart. Zu hart. Angefeuert von einer Wut und Verbitterung, die Stefan nicht begriff. Er registrierte nur, dass Ulrik offenbar immer kritischer, negativer und härter wurde. Und dass Micke aus irgendeinem unerfindlichen Grund zur Zielscheibe dieser Wut geworden war.

Er beschloss, Ulriks Kommentar zu ignorieren.

»Scheiß auf das Mütterlein. Komm einfach mit. Wir wollen Bier trinken und Backgammon spielen. Vielleicht fahren wir danach noch ins Pipeline, das kommt darauf an. Es kann doch nett sein, es einfach nur ruhig laufen zu lassen, nicht immer mit allen Abiturienten zusammen zu sein.«

Ulrik zuckte mit den Schultern und sah wieder die beiden Männer an, die einander noch immer anschrien.

»Sieh mal, jetzt kommt dein Freund und Helfer. Typisch.«

Ein Streifenwagen fuhr neben den beiden Streithähnen vor, und zwei uniformierte Polizisten stiegen aus. Es war nicht zu hören, was sie sagten, aber ihre Körpersprache zeigte, dass sie versuchten, die erregten Männer zu besänftigen. Ziemlich bald hatte der Konflikt sich beruhigt, und sie füllten zusammen mit den Polizisten Schadensmeldungen aus.

»Schade, dass es keine Schlägerei gegeben hat. Ich hätte gern gesehen, wie der Finanzheini dem Fettsack eine reinsemmelt. Oder umgekehrt. Aber von mir aus. Ich glaube, ich komme heute Abend. Wenn wir danach ins Pipeline gehen. Ich bin ganz deiner Meinung. Ich hab es satt, dauernd Leute mit Abiturientenmützen zu treffen.«

Ulrik berührte scheinbar unbewusst den weißen Samt seiner Abiturientenmütze, die er sich in die Stirn gezogen hatte.

»Aber diese Hitze!« Ulrik zeigte auf die Autofahrer. »Die Hitze, die macht die Leute aggressiv. Ich sag's dir, in den USA steigt die Mordrate um 75 Prozent, wenn es da über dreißig Grad werden. So ist es auch hier. Es ist schweineheiß, und die Leute sind wie verrückt. Entweder wollen sie sich prügeln oder … du weißt schon, ficken.«

Ein großer schmaler Junge mit langen blonden Haaren und einem Gitarrenkasten auf dem Rücken kam auf sie zu. Seine Bewegungen zeigten ein Zögern, als habe er Angst, sich ihnen zu nähern, und tue das nur mit großem Respekt.

Stefan und Ulrik tauschten einen raschen Blick.

»Hallo, Swan, wie geht's denn so?«

Ulrik lächelte strahlend, und Stefan nickte als Gruß.

»Hallo.« Der Junge lächelte angespannt und streckte die Hand aus. Begrüßte die beiden Älteren förmlich. »Gut, und euch?«

»Doch, gar nicht so schlecht. Jetzt sind es ja nur noch ein

paar Tage, und dann ist endlich Schluss mit dem Dreck. Wird schön sein, die Idioten vom Norra nicht mehr zu sehen. Und dann mach ich BWL.« Ulrik zeigte durch den Park auf das große ockergelbe Gebäude auf der anderen Seite des Sees. Stefan schaute Ulrik überrascht an, das Studium an der Handelshochschule war ein neuer Plan, von dem er bisher nicht gehört hatte. Nicklas Swan schaute Ulrik beeindruckt an und sah dann zur Hochschule hinüber.

»Oh, cool. Ist das nicht verdammt schwer, da reinzukommen? Braucht man da nicht einen Wahnsinnsdurchschnitt?«

»Genauso ist es. Es ist sauschwer, und nur die Creme von Schwedens Intelligenzia kommt da rein. Und dazu gehöre ich zufällig.«

Ulrik lächelte fröhlich, und Stefan lachte. *Die Creme von Schwedens Intelligenzia.* Was für ein Scheißspruch.

»Klar doch, Ulrik. Du musst dich wohl doch wie alle anderen Mittelmäßigen mit BWL begnügen.« Stefan versetzte Ulrik einen Stoß in die Rippen, und Ulrik starrte ihn wütend an. Nicklas Swan stand stumm daneben, lächelte unsicher und spielte nervös an seinen abgeknabberten Fingernägeln herum.

»Was können wir für dich tun, Nicklas? Spuck's aus.«

Ulrik schaute Nicklas an, nachdem er Stefan den Finger gezeigt hatte.

»Äh … also. Ich wollte fragen …« Nicklas drehte sich um, schaute nach, ob jemand zuhören könnte oder besonderes Interesse an ihnen zu haben schien, aber die Menschen in der Nähe schienen mit ihren eigenen Angelegenheiten beschäftigt zu sein.

»Ja. Du möchtest vielleicht etwas kaufen?« Ulrik musterte Nicklas Swan mit ausdruckslosem Blick.

»Genau. Jemand hat gesagt, du könntest das besorgen. Man könnte bei dir kaufen. Speed oder Koks. Stimmt das?«

»Das stimmt absolut. Aber nicht hier und nicht jetzt. Weißt du, wo der Amorväg liegt? Auf Lidingö.«

Nicklas schüttelte den Kopf, so dass seine Mähne hin und her flog.

»Nö, aber das kann ich im Telefonbuch nachsehen. Soll ich da hinkommen, oder was? Welche Hausnummer ist das denn?« Er hörte sich eifrig und bemüht an, wollte gefallen.

Ulrik zog ein Notizbuch aus seiner Tasche, kritzelte Mickes Adresse darauf, riss dann das Blatt heraus und reichte es Nicklas.

»Komm nicht vor acht und bring Kohle mit. Du musst den Kram ja bezahlen können. Und zu keinem Menschen ein Wort. Klar?«

Nicklas nickte stumm, schob vorsichtig die Gitarre beiseite, um den Zettel in die hintere Tasche seiner Jeans stecken zu können, ging dann rückwärts von ihnen weg, hob die Hand zu einem Gruß und war verschwunden.

»War das denn nötig, Swan zu Micke einzuladen? Jetzt wird doch sicher seine ganze Klassenstufe heute Abend bei Mickes Haus herumlungern.« Stefan ärgerte sich über Ulriks Art, Einladungen auszusprechen, ohne erst Micke zu fragen.

»Reg dich ab, Steffe. Swan ist cool. Der wird allein kommen und mit niemandem reden. Er weiß, dass er die Fresse halten muss. Verlass dich auf mich.«

Stefan nickte kurz und schaute in den grünen Park. Ulrik hatte recht. Swan würde dichthalten, seinen Kram kaufen und dann verschwinden. Und sie selbst würden in aller Ruhe zechen können und dann zu der illegalen Kneipe in Hammarbyhamnen weiterfahren. Es würde ein guter Abend werden.

Ein richtig guter Abend.

Stockholm 2010

Der Medborgarplatz kauert sich im Regen zusammen. Einsame Stockholmer ziehen die Köpfe ein und laufen im gedämpft sepiabraunen Nachmittagsdunkel über den Platz. In dem Moment, in dem ich vor dem Tor den Regenschirm zusammenklappe, gehen die Straßenlaternen an.

Ich bin munter, fast schon euphorisch. Nicht vor Freude, sondern aus einem anderen Grund. Aufregung, ein Gefühl, dass etwas plötzlich in Reichweite liegt: die Wahrheit.

Plötzlich bin ich sicher, wie alles zusammenhängt. Jemand in Stefans Clique hatte mit Nicklas' Verschwinden zu tun, und dieser jemand war bereit, weit zu gehen, um sein Geheimnis zu vertuschen.

Wie weit? Weit genug, um Anders Holmberg und Anna Kantsow zu ermorden?

Plötzlich habe ich das Bedürfnis, meine Gedanken an jemandem zu testen. Meine Theorien bestätigt zu bekommen. Ich schüttele den dunkelblauen Regenschirm mit dem Logo des Pharmakonzerns ein letztes Mal und ziehe mein Telefon hervor.

Vijay antwortet nicht, und ich habe keine Lust, eine Mitteilung zu hinterlassen. Ich schließe die schwere Sicherheitstür zur Praxis auf und gehe hinein. Es ist dunkel und leer. Sven ist bei einem Kurs, und Marianne hat heute früher Feierabend gemacht. Wo Aina steckt, weiß ich nicht.

Ein leichter Geruch nach Kaffee und Putzmittel hängt in

der Luft. Ich mache in der Rezeption Licht und gehe in mein Zimmer, das grüne Zimmer, wähle Ainas Nummer und rufe sie an.

»Hallo?«, fragt sie nach zwei Klingeltönen. Ihre Stimme klingt atemlos, und ich habe das Gefühl, sie bei etwas Wichtigem gestört zu haben. Ich gehe zum Fenster, schaue auf den Medborgarplatz, der rasch in der Dunkelheit versinkt.

»Störe ich?«

Sie kichert.

»Nicht direkt. Ich mache Yoga.«

Ich stelle mir Aina im Delphin, Fisch oder Hund, oder wie das heißt, vor. Schaue auf den Platz, der plötzlich seltsam leer ist, und streife dabei die Lederjacke ab.

Unten ist nur eine Gestalt zu sehen. Ein Junge mit halblangen weißblonden Haaren und einer Schultertasche. Er läuft durch die Schatten vor dem Forsgrenska-Bad. Und ich staune darüber, wie sehr er Nicklas Swan ähnelt. Nur einige Jahre älter. Als wäre er niemals verschwunden, sondern einfach nur eine Cola kaufen gegangen.

»Hallo? Bist du noch da?«, höre ich Aina aus der Ferne fragen.

Ich schaue verständnislos das Telefon in meiner Hand an, schaue dann wieder aus dem Fenster.

Aina öffnet mir in Trainingshose und einem engen Top. Sie hat die Haare auf ihrem Kopf zu einem Dutt hochgesteckt und sieht aus wie die Kleine My aus den Muminbüchern.

»Komm rein. Aber schnell, verdammt. Du bringst Kälte mit.«

Unsanft zieht sie mich in ihre dunkle Diele und knallt die Tür hinter mir zu.

»Heute musst du dir die Schuhe selbst ausziehen, Prinzessin.«

Aina ändert sich nicht, ist eine Konstante in meinem turbulenten Dasein. Manchmal noch mehr, ein Rettungsring vielleicht.

»Möchtest du etwas? Cola, Tee, Schwarzgebrannten?«, fragt sie dann.

»Was nimmst du denn?«

Sie sieht plötzlich müde aus, und mir fällt auf, dass ihre Augen rot sind. Ihre Wangen wirken geschwollen, und die Nagelhaut ist gerötet, als ob sie daran genagt hätte.

»Ich hab einen Kater, hab mir heute Nachmittag freigenommen«, murmelt sie und wendet rasch ihr Gesicht ab.

»Ich kann dir einen Wodka mit Kopfschmerzmittel und Eis und Zitrone machen«, biete ich an.

Sie grinst, verschwindet in der Küche. Ich höre das Wasser laufen, als sie die Teekanne füllt. Ich gehe hinterher, setze mich auf einen der abgenutzten Holzstühle, zünde das Teelicht auf dem Tisch an. Draußen senkt sich die Dämmerung über die Allhelgonakirche. Die Straße liegt leer und regenblank im Dunklen. Nicht einmal die Hundebesitzer mit ihren pinkelbedürftigen Haustieren scheinen an diesem Abend losgehen zu wollen.

Ich zögere.

»Aina, ich glaube, ich weiß jetzt, wie der Tod von Stefan mit dem von Anders zusammenhängt. Ich weiß, warum sie sich in dem Frühling getroffen haben, in dem Stefan gestorben ist.«

Ich kann meine Erregung kaum verbergen, stolpere über die Wörter, erzähle alles in der falschen Reihenfolge. Aina kehrt mir den Rücken zu, gießt Tee in die Tassen, und obwohl ich ihr Gesicht nicht sehen kann, ahne ich, dass ihr das, was sie hier hört, nicht gefällt. Ihre Haltung ist angespannt, ihre Bewegungen sind steif.

Plötzlich hebt sie die Hand, noch immer ohne sich umzudrehen.

»Hör auf«, murmelt sie. »Hör auf, ich kann das nicht mehr hören. Siri, es gibt keine Verschwörung, Stefan hatte keine finsteren Geheimnisse. Er war einfach ein normaler Mann mit … Fehlern und Schwächen, genau wie alle anderen.«

»Du hast noch nicht alles gehört«, falle ich ihr ins Wort. »Es gab einen Jungen an ihrer Schule, Nicklas Swan hieß der …«

»Hör auf«, schreit sie, dreht sich um und knallt die Teetasse vor mir auf den Tisch. Sie lässt sich mir gegenüber auf den Stuhl sinken, stützt das Gesicht in die Hand, sieht mich mit einem so leeren Blick an, dass es mir Angst macht.

»Stefan hat sich in diesem Winter nicht mit Anders getroffen.«

Ich starre sie ungläubig an.

»Woher willst du das wissen? Du hast doch seinen Kalender gesehen.«

»Weil A nicht Anders bedeutet«, sagt sie sehr langsam und betont zugleich jede Silbe, als wolle sie sichergehen, dass ich es verstehe.

»Wie meinst du das?«, flüstere ich.

»A bedeutet Aina. Stefan hat sich mit mir getroffen.«

Ich schaue auf, schüttele den Kopf.

»Du und Stefan? Ihr habt euch getroffen? Aber warum denn bloß?«

Sie wendet sich ab, schaut aus dem Fenster, knabbert an ihrem Zeigefinger.

Die Erkenntnis hat in mir noch immer nicht richtig Wurzeln geschlagen. Ich ahne die Wahrheit, wie man unten in einem See etwas Kaltes und Schleimiges ahnt, versuche vergeblich, mich davon zu entfernen. Will zurück an eine sichere

Stelle, auf festen Boden. In mein Leben, wie es bis heute ausgesehen hat.

»Nein!«, hauche ich.

Aina richtet ihren leeren Blick auf mich.

»Doch«, sagt sie mit müder Stimme. »Es tut mir so leid. Aber so war es eben. Wir haben uns in diesem Frühling getroffen. Bis er gestorben ist, dieser Anders. Ich glaube, dass Stefan dann genug hatte. Es wurde einfach zu viel. Unsere Beziehung. Sein alter Schulfreund, der ermordet worden war. Seine Depression. Und da haben wir aufgehört.«

Der Raum schwankt.

Plötzlich stehe ich auf dem Eis in der Bucht vor meinem Haus. Ainas Gesicht verschwimmt und verschwindet, während das Eis um mich herum nachgibt. Schwarzes Wasser, das zwischen meinen Füßen aufquillt.

»Nein!«, schreie ich, aber es ist zu spät.

Das Meer öffnet seinen gewaltigen Schlund, und ich stürze in die schwarze Kälte. In die Finsternis, in den Tod. Zu Stefan und Anders. Tausend tote Arme ziehen meinen Leib nach unten. Fort von allem, was ich geliebt und woran ich geglaubt habe. Ich sterbe, denke ich. Ich sterbe. Ich ertrinke wie Stefan und Anna in dem schwarzen Wasser.

Jetzt bin ich tot.

Das ist alles. Ich bin tot, sitze aber noch immer an Ainas Küchentisch, ohne irgendetwas zu empfinden. Aina sitzt mir gegenüber, schaut mich aus leeren, rot geränderten Augen ausdruckslos an.

»Siri«, sagt sie flehend und hebt langsam beide Hände an ihr Herz.

Aber jetzt bin ich es, die die Hand hebt.

»Ich will kein Wort mehr hören. Ich will dich nie wiedersehen.«

Das sage ich ruhig, denn ich fühle mich ruhig. Ruhig und seltsam leer. Von Gefühlen und Gedanken gereinigt. Eine Schale ohne Inhalt.

»Das wird dir vielleicht erspart bleiben«, sagt sie und sieht mich weiter mit diesem leeren Blick an. »Ich habe Krebs, Siri.«

Auf der Götgata sind Menschen unterwegs, aber ich sehe sie nicht. Autos und Busse und Mopeds fahren auf der Straße, aber ich bemerke sie nicht. Ich wandere einsam über einen leeren dunklen Platz, den Gefühle oder Gedanken nicht erreichen.

Ich gehe in die Söderhallen und dort weiter zum Alkoholgeschäft. Es gibt keine Schlangen, obwohl sie bald schließen. Die Frau mit den roten Haaren und dem grünen Kittel sieht mich fragend an.

»Sechs Flaschen Côtes du Rhône«, sage ich.

Der Heimweg. Schwarzer Nadelwald, der vor dem Fenster vorüberfliegt. Eine Mauer aus schmutzigem Schnee zieht sich wie eine endlos lange Schlange am Straßenrand dahin. Immer, wenn der Bus über einen Huckel fährt, klirren die Flaschen in den lila Plastiktüten. In mir gibt es nur Leere. Die Welt – eine andere als heute Morgen, als ich mit diesem Bus zur Arbeit gefahren bin.

Wenn Aina gesagt hätte, der Mond sei vom Himmel gefallen, hätte mich das nicht mehr überrascht. Mir vorzustellen, dass die Menschen, die mir am allernächsten standen, mich betrogen haben, ist unmöglich. Und dass Aina diese Lüge in all den Jahren mit sich herumgetragen hat, kann ich auch nicht verstehen. Dass sie meine Freundin und Vertraute war, obwohl sie mich doch verraten hatte.

Stefan.

Der Mann, den ich liebte und den ich besser als jeden anderen Menschen zu kennen glaubte.

Aina.

Meine beste Freundin, die mich häufiger vor dem Absturz gerettet hat, als ich zählen kann. Die am Abgrund neben mir stand, meine Hand hielt, mir geduldig erklärte, warum es keine gute Idee sei. Wie konnte das passieren? Liegt es vielleicht daran, dass sie in all den Jahren immer zu mir gehalten hat, wollte sie ihre Schuld sühnen? Hat sie mich deshalb unterstützt und verstanden? Hat sie es deshalb mit mir ausgehalten, wenn niemand es mehr mit mir aushielt?

Plötzlich fällt mir mein Gespräch mit Vijay im kalten Wind auf dem Eis ein. Wie er mich besorgt ansah, als ich die Frage stellte, wie er nickte.

Sicher, es ist möglich, mit einem Menschen zusammenzuleben, ohne ihn wirklich zu kennen.

Jetzt zehrt eine andere Frage an mir.

Wer warst du? Was hast du getan, Stefan?

Wer warst du, bevor du gestorben bist?

Wir sehen einander an, die Flasche und ich. Es ist jetzt so lange her – über drei Jahre. Ich zögere einen Moment, dann ziehe ich den Korken heraus, der das vertraute Ploppgeräusch hören lässt. Der Wein gluckert, als ich die blaurote Flüssigkeit in eine von Kaffee befleckte Tasse gieße.

Er schmeckt sauer, gar nicht gut. Aber eine vertraute Wärme breitet sich fast sofort in meinem Körper aus. Ich mache im Kamin ein Feuer und setze mich an den Küchentisch. Draußen umschließt die Dunkelheit das Haus. Es ist seltsam windstill. Die Zweige der Rosensträucher vor dem Küchenfenster bewegen sich nicht um einen Millimeter, ich könnte auch ein Foto ansehen. Plötzlich überkommt mich das lähmende Gefühl, dass ich genau das tue, dass ich die Wirklichkeit nicht sehe, wie sie ist, sondern nur als Projektion.

Wer warst du, Stefan? Wer warst du, bevor du gestorben bist?

Stefans Hände, Stefans Körper in meiner Nähe, in mir. Ich erinnere mich an jeden Augenblick, aber woran erinnere ich mich denn – an die Wahrheit oder etwas anderes?

Ich denke an Markus, den Mann, den ich heute liebe. Natürlich liebe ich ihn. Aber kann ich denn wissen, wer er ist? Kann ich ihm vertrauen, kann ich überhaupt irgendwem vertrauen? Kann ich dem Leben vertrauen? Kann ich mir denn vertrauen, meiner Erinnerung an das, was einmal war?

Mein Leben liegt in Trümmern. Neben mir die Flasche. Ein jämmerlicher, schändlicher Trost. Meine Beziehung zu Markus ist dabei, sich aufzulösen. Aina, meine engste Freundin, auch sie ist verschwunden. Im Moment habe ich jedenfalls das Gefühl, sie niemals wiedersehen zu wollen. Dann fällt mir plötzlich ein, was sie gesagt hat, dass sie Krebs hat. Was bedeutet das? Wird auch sie sterben? Wie alle anderen in meiner Nähe? Ich nehme an, ich sollte eine Art Mitgefühl verspüren, aber das kann ich einfach nicht. Im Moment gibt es in mir nur Leere.

Was jetzt aus der Praxis werden soll, weiß ich auch nicht. Sven verschwindet, und Aina … werde ich je wieder mit ihr zusammenarbeiten können? Ich ahne die Antwort. Auch die Praxis ist verschwunden. Sie hat in dem Moment aufgehört zu existieren, in dem Aina erzählt hat, dass sie ein Verhältnis mit Stefan hatte. Wir werden nie wieder zusammenarbeiten können.

Keiner, den ich lieben kann. Keine beste Freundin. Keine Arbeit.

Und hier sitze ich jetzt. Auch meine Vergangenheit ist mir

gestohlen worden. Nicht einmal die durfte ich behalten. Sogar das, was war, die Erinnerung an meine und Stefans selbstverständliche Liebe, ist heute gestorben. In dem Moment, in dem Aina es mir gesagt hat.

Ich kippe den Wein herunter und schenke nach. Eine stille Kühle hat sich über den Raum gesenkt. Plötzlich sitzt er mir einfach gegenüber.

Stefan.

Seine Haare sind fast verschwunden, und große Hautfetzen haben sich von der Wange gelöst und Fleisch und Knochen bloßgelegt. Er sitzt zusammengekrümmt da mit einem traurigen Gesicht.

»Warum?«, flüstere ich.

Er gibt keine Antwort.

Ich leere noch ein Weinglas und schenke nach.

»Ich sollte dir vielleicht ein Glas anbieten?«

Aber Stefan schaut mich nur aus seinen toten Augen an.

Das Weinen kommt plötzlich, überrumpelt mich. Die Tränen laufen wie Gewitterregen über meine Wangen, lassen sich nicht aufhalten. Mein ganzer Körper zieht sich in heftigen Krämpfen zusammen. Der Schmerz ist unerträglich. Ich beiße mir in die Hand, um nicht zu schreien.

»Du schuldest mir eine Erklärung«, bringe ich unter Schluchzen heraus. »Ich habe es verdient, den Grund zu wissen. Warum du mich verlassen hast, warum du mich betrogen hast.«

Er rutscht näher an mich heran. Greift nach meiner Hand, aber ich schüttele den Kopf.

»Nein, Stefan, nein. Du kannst nicht einfach herkommen, wenn es dir so passt. Erst hast du mich allein gelassen. Dann kommst du zurück, weil es dir gerade passt. Verstehst du nicht, was das für ein Gefühl ist?«

Aber er macht weiter, schmiegt sich an mich. Legt mir seinen kalten Arm um die Schultern.

»Was willst du?«, schluchze ich.

Er streichelt vorsichtig meine Wange. Seine Finger fühlen sich trocken an, wie verwitterte alte Holzstücke, die am Strand angespült worden sind, und ich nehme den vagen Geruch feuchten Meeresbodens wahr.

Als ich aufwache, ist Stefan verschwunden. Ich schaue auf die Uhr, ich habe nur eine halbe Stunde geschlafen. Ich gieße mir den letzten Wein in die Tasse, greife zu meinem Telefon, wähle die Nummer und rufe an.

Er klopft nicht an, als er kommt. Kommt einfach herein, wie schon so oft.

»Siri?«

Ich höre die Sorge in Vijays Stimme.

»Hier«, sage ich, versuche, ruhig zu sprechen.

»Aber Herzchen …«

Er lässt sich neben mir auf das Sofa sinken. Drückt mich an sich. Ich rieche Zigarettenrauch und Rasierwasser, als er den Parka abstreift und um meine Schultern legt.

»Herrgott. Du bist ja schweinekalt.«

Er geht in die Küche, und ich kann hören, wie er Holz in den Kamin legt und einen Topf mit Wasser füllt. Dann sitzt er wieder neben mir. Nimmt die leere Weinflasche vom Boden weg, ohne das zu kommentieren. Fasst meine Hände und sieht mich mit ernster Miene an.

»Erzähl.«

Der Rausch ist verflogen und der Tee getrunken. Die Wärme hat sich im Haus verbreitet. Vijay raucht. Das Weinglas auf dem Couchtisch ist mit Kippen gefüllt.

»Du hattest also keine Ahnung?«

Er schüttelt den Kopf, streicht sich eine schwarze Locke hinter das Ohr.

»Wir hatten damals doch keinen Kontakt. Und Aina hat nie auch nur ein Wort gesagt. Ich hatte keine Ahnung. Mir ist klar, wie schrecklich das sein muss.«

»Ich spüre gar nichts«, sage ich wahrheitsgemäß und sehe ihn an.

Vijay lächelt sein trauriges Lächeln.

»Jetzt spürst du nichts. Nein. Aber das kommt noch, das weißt du auch. Ich nehme an, du wirst dann sehr wütend auf Aina sein. Sehr, sehr wütend. Aber wenn du bedenkst, was ihr alles durchgemacht habt, wie lange ihr einander kennt. Ich finde, du solltest versuchen, ihr zu verzeihen. Wo sie doch krank ist und überhaupt. Ich glaube, ihr könnt darüber hinwegkommen.«

»Es gibt sie nicht mehr«, murmele ich.

»Was?«

»Sie ist tot für mich. Hat nie existiert. Ich will sie nie wiedersehen.«

Pause.

»Das geht vorüber.«

»Das glaube ich nicht. Das *will* ich nicht«, berichtige ich mich.

Vijay sagt nichts. Drückt nur die Kippe zwischen den anderen aus. Er schaut aus dem schwarzen Fenster und streicht sich über den Schnurrbart. Seine Hände und Nägel sind gepflegt. Er ist überhaupt gepflegt, sehr angenehm. Er riecht gut. Man merkt, dass er sich Mühe gibt. Auch er ist allein, denke ich, und für eine Sekunde schäme ich mich, weil ich so auf meine Probleme konzentriert bin, dass ich nicht einmal fragen mag, wie es ihm geht.

»Das bedeutet also, dass Stefan nichts mit dem Tod von diesem Anders zu tun hatte?«

Ich überlege eine Weile.

»Ich weiß es nicht. Er hat sich in dem Winter ja nicht mit Anders getroffen, sondern … und diese Notiz, dass mit A Schluss sein muss, die bezog sich wohl auf Aina. Er wollte die Beziehung beenden. Aber trotzdem stimmt etwas nicht. Ich bin davon überzeugt, dass Stefans Selbstmord und der Mord an Anders auf irgendeine Weise zusammenhängen. Anders' Mörder hat gewusst, wer er war, er kannte seinen Spitznamen aus der Schulzeit. Und dieser verschwundene Junge, Nicklas Swan. Stefan hatte doch ein Foto von seiner Freundin in seinem Taschenkalender. Alles hängt zusammen. Ich weiß nur nicht, wie.«

Vielleicht ist es mir jetzt auch egal, wie es zusammenhängt, denke ich. Die Wahrheit ist eine starke Medizin, von der es mir nicht unbedingt besser geht.

Vijay ist gefahren. Er wollte mich mit in die Stadt nehmen, mich in sein großes Bett stecken und mit Pralinen füttern. Aber ich habe dankend abgelehnt. Plötzlich scheint eine gewaltige Müdigkeit jede Zelle meines Körpers besetzt zu haben. Ich kann kaum die Augen offen halten. Schultern und Rücken tun weh, als ob ich den ganzen Tag einen schweren Rucksack getragen hätte.

Ich rufe zweimal bei Markus an, aber er meldet sich nicht. Ich kann ihn vor mir sehen, wie er vor dem großen Kaminfeuer sitzt, mit einem Bier in der Hand, sein Blick so leer wie meiner, während Eva und Göran nervös im Zimmer herumlaufen oder in der Diele mit Erik spielen.

Ich gehe in die Küche, sehe die Weinflaschen an, die wie ein Mahnmal auf der Anrichte stehen.

Es gibt Dinge, die sich nie ändern. Verhaltensweisen, die niemals vorübergehen, Begehren, das niemals nachlässt. Vielleicht werde ich enden wie Micke Arvidsson und seine Mutter, in einem Haus voller leerer Flaschen, mit einer Pseudokarriere als Alibi, um nicht am wirklichen Leben teilnehmen zu müssen, und einem Körpergeruch, der alle Bekannten, die sich zu nähern wagen, in die Flucht schlägt.

Ich denke an meinen Besuch in der heruntergekommenen Villa auf Lidingö, habe plötzlich das Gefühl, etwas Wichtiges übersehen zu haben. Als habe sich dort in den staubigen Zimmern etwas im Dunkeln versteckt oder als habe jemand etwas gesagt, das wichtiger war, als ich zunächst erfasste. Nach einer Weile fällt es mir ein. Ich sehe Agneta Arvidsson vor mir, die dünnen Arme, die vom vielen Sonnen mitgenommene Haut. »Micke, Besuch für dich. Zum zweiten Mal in zwei Tagen. Wieso bist du plötzlich so beliebt?«

Und dann Mikaels zerschundene Augenbraue, sein kurzer Kommentar: »Ich bin gestern gegen etwas gestoßen.«

Mikael Arvidsson kommt mir vor wie ein Einsiedler. Ohne ein richtiges soziales Leben. Wen hat er am Vortag getroffen? Und hat diese Person ihn geschlagen?

Ich öffne noch eine Flasche Wein und gehe ins Wohnzimmer, mache es mir auf dem Sofa bequem. Die Leere und der Schmerz in der Brust weichen jetzt einem trügerisch sanften und vagen Gefühl. Und mitten in Kummer und Verzweiflung ist er noch da, so unbezwinglich wie eh und je, der Drang zu erfahren, was passiert ist. Trotz allem, was geschehen ist, will ich noch immer die Wahrheit finden.

Vielleicht, weil sie das Einzige ist, was mir noch bleibt.

Ich greife zum Telefon, rufe Mikael Arvidsson an.

»Agneta Arvidsson«, meldet sich die heisere Stimme atemlos.

Ich stelle mich vor, frage, ob Micke zu Hause ist.

»Nein«, sagt sie gleichgültig. »Der wollte einkaufen. Rufen Sie in einer Stunde wieder an.«

»Moment noch, ich würde Sie gern etwas fragen.«

»Mich?«

Ich höre das Klicken eines Feuerzeugs, nehme an, dass sie sich eine Zigarette angesteckt hat.

»Ja, als ich vor zwei Wochen bei Ihnen war, haben Sie erwähnt, dass Micke am Vortag Besuch hatte. Sie haben gescherzt und gesagt, er sei ja ungeheuer beliebt geworden.«

»Ach?«

Sie klingt noch immer gleichgültig, und ich habe das Gefühl, dass sie noch etwas anderes tut. Zeitung liest, fernsieht, die langen krummen Nägel lackiert.

»Wissen Sie noch, wer Micke am Vortag besucht hat?«

Pause.

»Was spielt das für eine Rolle?«

»Bitte. Für mich ist das eben wichtig.«

Langes Seufzen. Dann lautes Ausatmen. Ich kann den Rauch fast durch die Leitung riechen.

»Das war dieser Typ, den er heute Abend treffen wollte. Der, der mit ihm auf der Schule war. Sie wollten sich verabschieden, weil der Typ wohl ins Ausland geht. Ulrik, so heißt er doch? Ulrik Lundin.«

Ich versuche, vorsichtig zu fahren, in dem Bewusstsein, dass ich viel zu viel Wein getrunken habe. Aber ich merke, dass ich mehrmals gefährlich nahe an den Straßenrand gerate. Der Verkehr fließt zäh, und ich brauche fast eine Stunde bis Ropstein. Das Wasser ruht schwarz und still da unten, als ich über die Brücke fahre, spiegelt das Licht der Häuser auf Lidingö, der Hafenspeicher und der zylinderförmigen Öltanks wider, die wie gigantische Baumstümpfe beim Värtahamn aus dem Boden ragen.

Ulrik Lundin, denke ich und versuche, das Bild des sehnigen, ungemein sympathischen Mannes vor mir zu sehen, der mich in dem schönen Haus in Saltsjöbadet empfangen hat, aber die Erinnerung lässt mich im Stich. Ich sehe nur die schwarze Silhouette eines Gesichts, ohne erkennbare Züge.

Was ist 1988 passiert? Warum hast du Mikael Arvidsson besucht? Hast du ihn geschlagen, und wenn ja, warum? Du warst auch der Einzige, der wusste, dass die Zeugin im Park Anna Kantsow hieß. Ich habe Micke ihren Namen nie gesagt. Hast du sie verfolgt, hast du sie ins Wasser gestoßen und ihre Finger mit deinen Stiefeln zertreten? Und warum willst du Schweden jetzt verlassen, Ulrik? Läufst du vor etwas davon?

Der Wagen schlingert, als ich die Brücke am Norra Kungsväg verlasse, aber ich kann die Kontrolle zurückgewinnen, schalte, werde langsamer und fahre weiter zur Nordinsel.

Ich habe versucht, Agneta Arvidsson zu erklären, dass

Micke sich besser nicht mit Ulrik Lundin treffen sollte, dass mit ihm etwas nicht stimme, aber sie murmelte nur, dass Micke sein eigener ärgster Feind sei. Ich solle selbst mit ihm darüber reden, und wenn ich sonst nichts mehr auf dem Herzen hätte … sie sei ein wenig in Eile.

In mir wächst die Angst. Nicht davor, dass Ulrik Micke etwas tun könnte, sondern weil der letzte Mensch, der vielleicht berichten kann, was passiert ist, dann verschwinden würde. Dass die Wahrheit, von der ich weiß, dass sie sich in Reichweite befindet, mir vielleicht aus den Händen gleitet, unten in dem schwarzen Wasser verschwindet.

Der Viererbund vom Norra Real: Micke, Stefan, Anders und Ulrik. Jetzt sind nur noch zwei übrig. Verwöhnte, arrogante Drecksbengel, sagt Gabriella Swan. Aber Mörder?

Und was war Stefans Rolle? Jetzt, da ich weiß, dass er und Anders sich im Herbst 2005 gar nicht getroffen haben, frage ich mich, ob ich mir vielleicht alles eingebildet habe, ob ich einen Zusammenhang sehe, der gar nicht existiert.

Ich halte vor Mickes weißem Haus. Aus der Ferne sieht es idyllisch aus, wie es so im Dunklen zwischen entlaubten Bäumen und Büschen ruht und mit den riesigen Thujen auf beiden Seiten des Tores wie überdimensionale Wachtposten. Erst beim Näherkommen sieht man, dass die braune Farbe von den Fensterläden abgeblättert und dass der Garten wild überwuchert ist.

In der Hand halte ich die Tüten aus dem Alkoholgeschäft. Ich gehe davon aus, dass Micke mich wohl eher hineinlassen wird, wenn ich mit Wein locke. Nach einer Weile stelle ich fest, dass die Klingel offenbar nicht mehr funktioniert, und klopfe vorsichtig an die Tür.

Nichts passiert.

Ich schaue mich um. In den anderen Häusern der Straße brennt Licht. Die Fenster blicken mich gleichgültig und gelb an. Große Autos stehen in den Auffahrten, Skier lehnen an den Fassaden. Die ganze Gegend erzählt von wohlhabender Mittelklasse. Es ist still, abgesehen von einem Flugzeug über uns und einem Hund, der in der Ferne bellt. Schwere kalte Tropfen fallen vom Dach auf meinen Kopf. Ich packe die lila Tüte mit energischem Griff und klopfe lauter.

Die Tür wird geöffnet.

Die grauen Haare fallen ihm auf die Schultern, ein langärmliges verschlissenes T-Shirt, das viel zu kurz ist, schiebt sich an Mickes Seiten hoch.

»Du?«, fragt er und sieht sichtlich gestresst aus.

»Wir müssen reden.«

Er schüttelt den Kopf so heftig, dass die grauen Strähnen tanzen.

»Tut mir leid, keine Zeit. Muss an meiner Abhandlung arbeiten.«

Dann zieht er die Tür zu. Doch ich bin schneller, trotz des Weines. Ich schiebe den Stiefel in die Türöffnung.

»Wir müssen reden, Micke. Und danach trinken wir.« Ich hebe die Weintüte hoch. Er mustert sie skeptisch.

»Es gibt nichts zu bereden«, murmelt er, klingt aber nicht mehr ganz so überzeugt.

Ich presse das Gesicht gegen den Türspalt, begegne seinem müden Blick, rieche Staub und alte Schuhe, die sich auf dem Dielenboden drängen.

»Bitte, Micke. Ich möchte nur ein bisschen über Stefan sprechen. Mehr darüber erfahren, wie er war, bevor ich ihn kennengelernt habe. Das ist wichtig für mich.«

Sein Griff um die Türklinke wird schwächer, und er verdreht die Augen, wirkt aber noch immer nicht überzeugt.

»Er fehlt mir so«, füge ich leise hinzu. Micke gibt auf, sinkt in sich zusammen und zuckt mit den Schultern, tritt in der dunklen schmutzigen Diele einen Schritt zurück.

»Ich verstehe ja nicht, wie ich dir helfen soll«, seufzt er, »aber von mir aus, dann komm erst mal rein.«

»Danke, vielen Dank.«

Ich schlüpfe durch die Tür, ehe er sich die Sache anders überlegen kann, und streife den Mantel ab.

»Wir gehen zu mir nach unten, ich wohne im Keller«, sagt er, trottet zur Treppe und geht langsam nach unten, ohne sich umzusehen. Ich folge ihm schweigend, klammere mich ans Geländer, um in der Dunkelheit nicht zu stolpern.

Dann wird eine Lampe eingeschaltet, und das Zimmer ist in Licht gebadet. Die weißen Wände sind teilweise bedeckt mit Postern von Popstars, die mir vage bekannt vorkommen, und mit vergilbten Familienfotos. Ein abgenutztes schwarzes Ledersofa und ein kleiner Glastisch stehen mitten im Zimmer vor einem riesigen Fernseher. Ansonsten gibt es nur noch ein ausladendes Bücherregal, das eine ganze Wand bedeckt. Ich schaue kurz hinüber. Es scheint sich vor allem um Fachbücher über Botanik und Geschichte zu handeln. Auf dem Boden sind leere Bierdosen und Schnapsflaschen sorgfältig aufgereiht. Ein dickes, abgegriffenes Buch über den Zweiten Weltkrieg und eine alte Decke liegen auf dem Ledersofa, und mir geht auf, dass das Sofa vielleicht als Mickes Bett dient.

Er schaut sich verlegen um, nimmt rasch Decke und Buch weg.

»Bitte sehr«, sagt er und zeigt auf das Sofa, »setz dich, dann schenke ich uns einen Schluck Wein ein.« Er schaut zur Flasche hinüber. »Wein von der Rhône, das ist immer richtig. Trinkst du eigentlich gern Châteauneuf-du-Pape?«

»Ich weiß nicht«, sage ich wahrheitsgemäß.

»Eine der besten Weinbaugegenden Frankreichs, wenn du mich fragst. Möchtest du etwas zum Knabbern? Erdnüsse, Oliven, ein Stück Käse? Es müsste eigentlich was im Kühlschrank sein.«

Ich schüttele den Kopf, staune insgeheim darüber, wie geschickt er die Sauferei in höfliche Umgangsformen kleidet, und lasse mich auf das schwarze Ledersofa sinken. Ich sinke so tief ein, bis ich halb liege, und denke, dass das Sofa vielleicht als Bett gar nicht so schlecht ist.

Er geht quer durch den Raum, und ich ahne nebenan eine Teeküche. Er holt zwei Gläser hervor, hält sie ins Licht, wie um sich davon zu überzeugen, dass sie sauber sind. Dann scheint er zu entscheiden, dass sie das nicht sind, ehe er sie unter dem Wasserhahn abspült, einen Lappen nimmt und sie abtrocknet. Mit einer geübten Handbewegung zieht er den Korken aus der Weinflasche und schenkt ein.

»Du musst die Unordnung entschuldigen, ich hatte nicht mit Besuch gerechnet.«

»Es ist doch nicht unordentlich«, lüge ich und schaue mich im Zimmer um.

Er fährt sich mit der Hand durch die langen graumelierten Haare, kommt auf mich zu und reicht mir ein Glas. Schwacher, aber deutlicher Schweißgeruch schlägt mir entgegen.

Armer Micke, denke ich. Diese ganze Begabung, die Ulrik erwähnt hat, total vergeudet. Er leert einsam im Keller eines Klinkerhauses seine Weingläser mit seiner Mutter als einziger Gesellschaft.

»Dann prost.«

»Prost«, sage ich und zwinge mich, ihn anzulächeln.

Er hebt das Glas zum Mund, leert es auf einen Zug, atmet aus und stellt es mit einem Knall auf den Glastisch.

»Und was willst du also wissen?«

»Ich will wissen, wer Stefan war. Eigentlich.«

»Das verstehe ich nicht. Ihr wart doch verheiratet und überhaupt. Wie soll ich dir erzählen können, wer er war? Das musst du doch am besten wissen. Ich hatte schließlich seit über zwanzig Jahren nichts mehr mit Stefan zu tun.«

Er rülpst und gießt sich mehr Wein in das angestoßene Glas.

»Hoppla, Verzeihung«, murmelt er und legt eine seiner großen Hände über seinen Bauch, wie um den zur Ordnung zu rufen.

»Ich will wissen, wer er damals war. Als ihr euch gekannt habt. Es ist, als ob … Manchmal frage ich mich, ob ich ihn wirklich gekannt habe. Verstehst du?«

Micke sieht mich an. Etwas Trübes liegt jetzt in seinem Blick, etwas, das ich nicht deuten kann. Es ist, wie in einen schlammigen Teich zu schauen und den Boden nicht zu sehen.

»Darf ich eine Frage stellen? Wozu soll das gut sein? Du bekommst ihn ja doch nicht zurück.« Er verstummt für eine Sekunde, leert wieder sein Glas. »Er war absolut in Ordnung, dein Stefan. Zu sehr, vielleicht. Er hätte etwas Besseres verdient als einen solchen Tod. Er war manchmal streitsüchtig und arrogant, wie wir anderen auch, aber im tiefsten Herzen war er in Ordnung, begabt, umsichtig. Weiß der Teufel, ob er nicht trotz allem ein wenig Empathie hatte.«

Seine letzten Worte verwirren mich. Was meint er damit? Stefan war einer der empathischsten Menschen, die mir je begegnet sind. Er konnte sich bisweilen vollständig zurücknehmen in der Bemühung, dass es allen in der Nähe gutging.

»Stefan hatte doch eine Menge Empathie?«, frage ich vorsichtig.

Er sieht mich an, hebt die buschigen Augenbrauen so sehr,

dass seine Stirn wie eine Ziehharmonika zusammengezogen wird.

»Das hatte er sicher. Als du ihn gekannt hast.«

Wieder überwältigt mich dieses Gefühl wie eine Welle. Es wirft mich um, lässt mich die Orientierung verlieren. Das Gefühl, dass ich Stefan nie gekannt habe, dass er vielleicht ein anderer war, bevor wir uns kennengelernt haben. Dass er Seiten hatte, die mir verborgen blieben. Dass es hinter der warmherzigen, munteren Fassade etwas Düsteres gab.

Mikaels Blick ist jetzt verschwommen, als habe er sich in Erinnerungen an die Vergangenheit verloren. Er schnieft laut hörbar, und ich streichele unbeholfen seinen Arm.

»Bitte, erzähl mehr. Ihr wart vier Jungs, und ihr wart immer zusammen, oder? Du, Stefan, Ulrik und Anders.«

Er nickt.

»Verdammt, auch Anders … der arme Trottel. Ach, wenn wir damals gewusst hätten …«

Er weint jetzt lauter.

»Soll ich etwas holen? Eine Serviette?

Er schüttelt den Kopf, wischt sich mit dem Ärmel die Nase, räuspert sich und gießt mehr Wein ein. Wieder rieche ich Schweiß und ungewaschene Haare.

»Wie gesagt, wir waren verantwortungslos, haben dauernd gefeiert, manchmal Drogen genommen. Wie alle anderen. Stefan und Anders gaben den Ton an. Ich glaube wohl vor allem Anders. Ich vermute, die meisten fanden ihn ziemlich unsympathisch. Er war ziemlich aufgeblasen. Protzte gern auf Kosten anderer mit seinem Wissen aus Philosophie und Politik. Aber ich weiß nicht, ich glaube, er wollte vor allem Aufmerksamkeit erregen, provozieren. Ich glaube nicht, dass er die Menschen so verachtete, wie er durchblicken ließ. Ulrik und ich … waren wohl eher Mitläufer. Das soll jetzt keine

Entschuldigung dafür sein, sich wie ein Arsch aufzuführen, aber trotzdem. Du hast gefragt, und so war es. Eins hatten wir immerhin gemeinsam. Wir waren jung, dumm und unerhört unerfahren. Und vergiss nicht, es war eine andere Zeit, Ende der achtziger Jahre, weißt du noch?« Die geröteten grauen Augen blicken mich fragend an, er schnieft wieder und fährt sich mit dem Ärmel über die Nase. »Die Glanzzeiten von Kapitalismus und Egoismus. Nicht nur wir waren oberflächlich und arrogant, so war doch der ganze Zeitgeist. Weißt du, was ich meine?«

Ich nicke langsam, die achtziger Jahre interessieren mich jetzt nicht. Ich überlege eine Sekunde, wie ich ihn aus dem Gleichgewicht bringen kann, wie ich ihn dazu bringe, mit mir zu teilen, was er doch offenbar weiß. Dann kommt mir eine Idee. Ich beuge mich vor zu der aufgedunsenen Gestalt neben mir, fixiere ihn mit dem Blick.

»Stefan und Nietzsche haben also bestimmt, was Sache war?«

Die Reaktion kommt sofort. Er fährt dermaßen zusammen, dass der Wein aus dem Glas auf das abgenutzte schwarze Sofa schwappt.

»Ich weiß, dass er Nietzsche genannt wurde«, sage ich. »Warum hast du das neulich nicht erwähnt?«

»Du hast sicher nicht gefragt«, sagt er und blickt mich verständnislos an.

»Ich habe gefragt, ob du weißt, wer Nisse war.«

»Nisse? Mir war nicht klar, dass du Nietzsche gemeint hast.«

»Das glaube ich dir nicht.«

Er zuckt mit den Schultern und schaut zu Boden, offenbar will er über dieses Thema nicht sprechen.

»Was hat euch damals eigentlich auseinandergebracht?«

Pause. Micke unterdrückt einen weiteren Rülpser.

»Wir haben Abitur gemacht. Unsere Wege trennten sich. So läuft es doch?«

Er schaut mich fragend an, als ob er meine Unterstützung suchte.

»Ich weiß nicht, ob es so läuft«, sage ich vielleicht ein wenig zu schroff und trinke einen Schluck.

Noch ehe ich das Glas abstellen kann, füllt er es nach. Gierig trinke ich noch einen Schluck, spüre, wie der Rausch sich in meinem Körper ausbreitet, und ergebe mich dem saugenden, warmen Gefühl, erlaube mir, noch tiefer in dem Ledersofa zu versinken. Dann höre ich oben eine Tür gehen.

»Meine Mutter kommt«, stellt er fest und öffnet noch eine Weinflasche.

Kurze, scharfe Schritte. Das Hämmern der spitzen Absätze ist über uns zu hören. Zuerst in die eine Richtung, dann in die andere. Ich höre den kleinen Hund bellen.

»Jetzt ruft sie«, sagt Micke leise.

Ich sehe ihn fragend an.

»Miiiicke?«, höre ich gleich darauf von oben.

Micke gibt keine Antwort, starrt nur leer vor sich hin und trinkt noch einen Schluck Wein.

»Jetzt kommt sie«, murmelt er.

Nach einigen Sekunden wird die Stille wieder durch die Schritte gebrochen. Diesmal kommen sie näher, trommeln knallend und in überraschendem Tempo die Treppe herunter.

»Trinkst du schon wieder«, flüstert Micke mit glasigem Blick.

Agneta Arvidsson taucht auf der Treppe auf. Die Haare zu einer Seitenrolle aufgesteckt. Die gebleichten Jeans kleben an den knochigen Beinen. Eine goldfarbene Tunika verbirgt erstaunlich effektiv den kugelrunden Bauch.

»Trinkt ihr schon wieder?«, sagt sie mit einer Stimme, die so scharf ist wie ihre Absätze.

Micke erwidert meinen Blick, sieht leidend aus.

»Ich dachte, du bist heute Abend mit diesem Ulrik verabredet?«, fragt Agneta jetzt und mustert ihre langen Nägel, wie um sich davon zu überzeugen, dass die wirklich fest sitzen.

»Später«, sagt Micke, ohne sie anzusehen.

»Und was macht ihr also?«

Micke gibt keine Antwort.

»Na, dann lasst euch mal nicht stören«, murmelt sie, kehrt uns den goldfarbenen Rücken zu und lenkt ihre scharfen Schritte zurück nach oben.

Er sieht mich an, nickt.

»Du musst mit dem Hund los«, sagt er langsam, betont jede Silbe.

Ich ahne, was jetzt kommt, lausche gespannt nach oben. Dann kommt es.

»Miiiicke, du musst noch mit dem Hund los. Vergiss das nicht.«

Er schaut mich vielsagend an.

»Jeden Tag dasselbe. Verstehst du, wie nervig das ist?«

Abermals leert er sein Glas mit der Routine eines Mannes, der lange und zielstrebig trainiert hat.

»Warum?«, frage ich. »Warum bleibst du hier? Du musst doch viele Möglichkeiten gehabt haben, auszuziehen und dein eigenes Leben aufzubauen?«

Er schaut mich mit ausdruckslosem Blick an.

»Es kommt nicht immer so, wie man sich das gedacht hat.«

»Wie meinst du das?«

Er gibt keine Antwort. Kratzt sich im Schritt, schaut mit leerem Blick die Wand hinter mir an. Ich beschließe, noch einen Versuch zu machen, um die Rede auf Stefan zu bringen.

»Micke, was ist 1988 eigentlich passiert?«

Er erstarrt, sagt aber nichts.

»Ich glaube, du willst das erzählen. Ich glaube, dass etwas passiert ist, das du seither mit dir herumschleppst. Etwas, das dein Leben verändert hat. Weshalb … nicht alles so gekommen ist, wie du dir das gedacht hattest.«

Er sitzt noch immer still auf dem Sofa, ohne ein Wort zu sagen. Kleine Schweißperlen sind auf seiner Stirn und seiner Oberlippe zu sehen. Ich beuge mich zu ihm vor, lege ihm leicht die Hand auf die Schulter. Dann flüstere ich ihm ins Ohr:

»Stefan würde wollen, dass du es sagst.«

Plötzlich scheint sein Körper in sich zusammenzusacken, etwas in ihm scheint nachzugeben. Als ob plötzlich jemand eine Zeltstange wegzieht, und die eben noch so robuste Konstruktion bricht zusammen. Er schließt die Augen und legt den Kopf in den Nacken, plötzlich sieht er aus wie ein sehr alter Mann.

»Ihr wart vier. Heute sind zwei tot«, sage ich.

»Drei sind tot«, sagt er müde.

»Drei?«

»Auch ich bin damals gestorben. 1988 war das Jahr, in dem ich gestorben bin«, sagt Mikael Arvidsson und gießt sich neuen Wein ein.

Stockholm 1988

Das Gewitter hatte sich verzogen, und die Luft war gesättigt vom Duft von frischgefallenem Sommerregen und von Flieder. Üppige Blütendolden hingen regenschwer und nass in den gepflegten Villengärten. Das Haus im Amorväg war halb verborgen hinter mannshohen Thujen und Silbertannen. Der Plattenweg durch den Garten führte an Beeten vorbei, in denen abgeblühte Narzissen sich mit Tulpen drängten. Das Gras stand schon zu hoch und signalisierte, dass Gartenpflege in der weißen Villa nicht mehr ganz oben auf der Tagesordnung stand.

Stefan trug vier Pizzakartons und Ulrik eine Tüte mit Getränken und eine mit Salat. Anders öffnete die Tür, noch bevor Stefan klingeln konnte.

»Ah, hallo, Jungs. Essen, wunderbar.« Er lächelte strahlend, zeigte seine weißen Zähne.

Als sie das Haus betraten, kam Agneta Arvidsson aus der Küche. Sie trug ein winziges weißes Kleid und hochhackige weiße Pumps. In der Hand hielt sie eine kleine Reisetasche. Sie sah gestresst aus, lächelte Stefan und Ulrik nur kurz an, dann stellte sie die Tasche ab und lief wieder in die Küche, wo Mikael an der Anrichte herumlungerte, die die Küche vom Speisebereich trennte.

»Männlein, ich geh jetzt.«

Agneta beugte sich vor und strich ihm mit der Hand über die Wange, schob einige rotbraune Haarsträhnen beiseite. Die

Röte wuchs schnell auf Mickes Wangen, wie ein Rotweinfleck auf einer Tischdecke, er wich zurück. Agneta sah diese Reaktion, für einen kurzen Moment schien sie zu lächeln. Stefan wandte sich ab. Er hatte das Gefühl, etwas Privates zu erleben, etwas, das ihn nichts anging.

»Ich bin morgen ungefähr um diese Zeit wieder hier. Passt auf euch auf und stellt nichts an.«

Sie wandte sich von Micke ab und musterte die anderen.

»Kümmert euch um Micke und macht keine Dummheiten.«

Sie lachte die Jungen an, und hinter ihr trat Micke von einem Fuß auf den anderen und starrte die braune Küchenuhr an, das Gesicht von den anderen abgewandt. Inzwischen hatte die Röte auch seinen Hals erreicht.

»Sie können sich auf uns verlassen, Frau Arvidsson. Wir passen auf Mikael auf.«

Anders salutierte und erwiderte Agnetas Blick. Herausfordernd, fast provozierend.

»Frau Arvidsson?« Agneta lachte. »Das gefällt mir, es klingt… höflich und wohlerzogen. Und ich… mag… wirklich… wohlerzogene Jungen. Passt jetzt auf euch auf und tut nichts, was ich nicht auch tun würde.«

Sie lächelte wieder, fuhr sich mit der Hand durch die blonden Haare, schob die Brüste vor, packte ihre Tasche und ging aus dem Haus zu dem wartenden Taxi.

»Verdammt, Arvidsson, deine Mutter ist so heiß.« Anders schüttelte den Kopf, nahm Stefan die Pizzakartons ab und ging in die Küche.

Öliger Weißkohlsalat war alles, was vom Essen noch übrig war. Sie saßen im Wohnzimmer. Auf dem großen Sofa lagen viele kleine Kissen in Pastellfarben, und an den Wänden hingen Lithographien und Ölgemälde mit abstrakten Motiven. Mickes Vater hatte das Haus so verlassen. Er hatte nichts mitnehmen wollen, als er sein neues Leben anfing, hatte Micke den anderen erzählt und angedeutet, dass das vielleicht auch ihn selbst betraf. Dass er jetzt Geisel in seinem eigenen Heim war, mit seiner Mutter, die sich nach Zärtlichkeit und Bestätigung sehnte.

Einige Minuten später hatten alle ihr Glas in der Hand. Rum und Cola. Kein aufregender Cocktail vielleicht, aber absolut wirkungsvoll. Ulrik und Anders spielten wie üblich Backgammon, und Stefan und Micke sahen träge MTV, wo George Michael mit einer feschen Brünetten Taxi fuhr.

»Sehr wahrscheinlich, dass ein Taxifahrer so eine abkriegt«, murmelte Micke, zeigte auf den Fernseher und schüttelte den Kopf. »Warum schauen wir uns diesen Dreck eigentlich an?«

Er stand auf, suchte zwischen LPs und CDs auf dem Boden und griff zu einer alten von Depeche Mode. Dave Gahans Stimme tönte aus den Lautsprechern, und Anders und Stefan sangen sofort mit.

»Was für eine Nostalgie.« Ulrik lachte. »Wisst ihr noch, vor drei Jahren? Da haben wir uns das jeden Tag angehört.«

»Mm, und du hast dir die Haare genau wie Dave Gahan schneiden lassen. Das sah verdammt gut aus, übrigens. Aber okay, vielleicht ein bisschen angeschwult. Und jetzt sind wir fertig. Haben das Abi. Nie wieder Gymnasium. Das ist einfach nur … unwirklich!«

Stefan war munter und fühlte sich zugleich nicht richtig wohl in seiner Haut. Die Vorstellung, jetzt weiterzugehen, war verlockend, aber das Gefühl, etwas für immer hinter sich zu lassen, jagte ihm Schwindelgefühle ein. Er war jetzt erwachsen. So war es einfach. Jetzt fing das Leben richtig an.

»Falscher Tag für einen Depri, also hör auf damit.«

Ulrik griff in die Jackentasche und zog eine winzige, mit weißem Pulver gefüllte Plastiktüte heraus.

»Arvidsson, hol einen Spiegel.«

Anders zeigte auf Micke, der sofort aufsprang, im Badezimmer verschwand und mit einem fettigen Taschenspiegel zurückkam.

»Von meiner Mutter«, erklärte er verlegen.

Ulrik zog eine kleine Packung Rasierklingen heraus und hackte rasch einen Strich zurecht.

»Das ist Amph. Kein Koks. Müsst euch damit begnügen.«

Er schob Anders den Spiegel hin, der einen Zehnkronenschein aufgerollt hatte und sich vorbeugte. Rasch und geübt zog er den Strich ein, und Ulrik machte einen neuen fertig. Stefan zog das weiße Pulver durch die Nase ein, spürte das Stechen in den Nasenlöchern und den bekannten, ein wenig chemischen Geschmack im Mund. Ab und zu überlegte er, was das Pulver eigentlich mit ihm machte, wie die Droge sein Gehirn beeinflusste. Aber er liebte den Rausch. Liebte das Gefühl von intensiver Aufmerksamkeit und Klarheit. Er fühlte sich nie so klug, wie wenn er Amphetamin genommen hatte. Seine Gedanken liefen rasch dahin, waren voller neuer Ideen. Probleme, die unlösbar gewirkt hatten, erschienen jetzt einfach und banal.

»Na los, Arvidsson. Irgendwann musst du das auch mal probieren.«

Anders hielt Micke den Spiegel hin, aber Micke schüttelte stumm den Kopf.

»Ich will das wirklich nicht. Das ist einfach nicht mein Ding, versteht ihr.« Er schaute sich um und suchte in den Blicken der anderen nach Sympathie und Verständnis.

»Ich respektiere das wirklich.«

Anders nickte und legte den Kopf ein wenig schräg. Für

einen kurzen Moment sah er aus wie seine Mutter, die Psychiaterin.

»Aber ich finde, du solltest es nur einmal ausprobieren. Das kann ja wohl nichts schaden, und deine Mutter kommt erst morgen wieder, also wird sie nicht merken, dass du high bist. Oder was? Denn es geht doch wohl um Mamachen? Nicht wahr? Du willst sie nicht enttäuschen, was?«

Anders lachte, und Ulrik und Stefan stimmten ein. Micke lief wieder rot an und fuhr sich mit den Händen durch die Locken.

»Also, es ist nur gegen meine … na ja, Überzeugungen. Es kommt mir nicht richtig vor, ganz einfach. Es hat nichts mit meiner Mutter zu tun.« Er verschränkte die Arme vor der Brust und versuchte, ein entschiedenes Gesicht zu machen.

»Wie kannst du wissen, dass das gegen deine Überzeugungen ist, wenn du es nicht ausprobiert hast? Man wird kein Junkie von einem Test. Ich kann ja verstehen, dass du nicht in irgendeinem Keller Heroin spritzen willst, aber wir reden doch nur von einem Versuch. Oder was?« Stefan beugte sich zu Micke vor und schob ihm den Spiegel hin. »Na los, was dich nicht umbringt, macht dich stärker. Nicht wahr, Nietzsche?«

Stefan drehte sich zu Anders um, und der nickte.

»Und außerdem trinkst du doch Alkohol. Das ist das pure Gift, viel schädlicher für den Körper als das hier. Wenn du also deinen Körper als eine Art Tempel betrachtest, der nicht besudelt werden darf, dann dürftest du auch nichts saufen. Alkohol ist die gefährlichste Droge, und wenn sie nicht kulturell akzeptiert wäre, würde sie niemals zugelassen werden. So ist das. Das ist doch allgemein bekannt.« Micke schaute Stefan an. Er sah verbissen und angespannt aus, dann nickte er.

»Na gut, Jungs. Aber nur euretwegen. Damit ihr aufhört, so verdammt rumzunerven.« Er nahm den aufgerollten Geldschein und saugte dann das weiße Pulver ein. Feuchtete die Fingerspitzen an und strich über den Spiegel, um die letzten Pulverreste aufzusammeln, dann leckte er den Finger ab, genau wie Anders das immer machte. Die anderen lachten. Ulrik klopfte Micke leicht auf die Schulter und murmelte: »Gut gemacht, Junge, gut gemacht.«

Dann sah er Micke an. »Und was würde Mamachen dazu sagen?«

Ulrik stellte diese Frage mit seiner sanftesten Stimme, aber in seinen Augen lag ein scharfes Funkeln. Micke sah unglücklich aus, zuckte aber nur mit den Schultern.

»Keine Scheißahnung. Was würde denn deine Mutter sagen?«

Stefan und Anders lachten laut über Mickes Antwort. Es kam nur selten vor, dass Micke sich wehrte, wenn Ulrik oder Anders ihn anmachten.

»Meine Mama hat scheiß gar nichts damit zu tun.«

Ulrik beugte sich vor und starrte Micke an. »Aber du und deine Mutter, ihr seid doch ein super Team. Du bist ihr Männlein, was? Du bist der Mann im Haus, jetzt, wo Paps sich verzogen hat. Steigst du auch nachts zu ihr ins Bett?«

Stefan sah, wie Mickes Gesicht erstarrte, alle Farbe verlor. Ulriks Zorn brodelte wieder so dicht unter der Oberfläche. Stefan überlegte, weshalb, woher dieser ganze Zorn stammen mochte.

Die Türglocke war durch die laute Musik kaum zu hören, aber Stefan hatte sie gehört und war dankbar für diese Unterbrechung. Ulrik konnte so verdammt arrogant sein, und er ließ Micke nie in Ruhe. Stefan fühlte sich auf vage Weise schuldig. Weil er Micke hätte verteidigen müssen, aber damit hätte er auch zugegeben, dass Ulrik zu weit gegangen war. Außerdem ahnte er, dass Micke seine Kämpfe selbst ausfechten wollte.

»Wer zum Teufel kommt denn jetzt?« Anders sah die anderen an. »Ein wütender Nachbar, der sich beschweren will?«

Er ging zum Fenster und schaute zur Haustür hinüber. Es regnete jetzt wieder, die Fensterscheibe war gestreift vor Feuchtigkeit und der Garten kaum noch zu sehen.

»Da steht ein durchnässter Swan. Hat irgendwer den eingeladen?« Anders schaute die anderen an, die auf dem Sofa saßen, rauchten und ihre Cocktails tranken.

»Stefan und ich haben ihn eingeladen. Hab's vergessen zu erwähnen. Er möchte ein bisschen einkaufen. Gibst du mir den Stoff?«

Ulrik schien seinen Streit mit Micke vergessen zu haben und richtete seine Aufmerksamkeit jetzt auf Anders. Der nickte langsam und ging zu der Jacke, die er über einen Sessel geworfen hatte.

»Aber jetzt mach doch endlich auf. Der Typ sieht doch schon aus wie eine ertränkte Katze.« Anders wandte sich an Micke, der verwirrt aussah, jetzt aber zur Tür ging.

Nicklas Swan schlüpfte durch den Türspalt, sowie Micke die Haustür öffnete. Seine schwarze Jacke war durchnässt, und die Kapuze seines grauen Sweatshirts klebte an seinem Kopf. Die blonden Haarsträhnen ringelten sich wie feuchtes Seegras auf seinen Wangen. Er schaute die vier an und lächelte nervös.

»Hallo, wie sieht's denn aus?«

»Hallo, Swan. Verdammt, du bist aber nass. Komm rein und zieh dich aus, nicht alles, natürlich.«

Anders' Lachen klang schrill, und auch Ulrik und Stefan gackerten los. Micke verzog hinter Nicklas Swans Rücken das

Gesicht und verdrehte die Augen. Der unerwartete Gast verdarb ihm sichtlich die Laune. Nicklas zog Jacke und Turnschuhe aus, dann ging er ins Wohnzimmer und schaute Ulrik fragend an. Der nickte und zeigte auf einen freien Platz auf dem großen Sofa.

»Wie zum Teufel bist du denn hergekommen? Bist du geschwommen, oder was?« Anders' Kommentar brachte die anderen wieder zum Lachen, und auch Micke lächelte, vielleicht, weil er begriff, dass jetzt plötzlich Nicklas Swan das Ziel der Sticheleien geworden war.

»Bus. Und dann noch ein Stück zu Fuß. Aber das ist es ja auch wert. Ich beklage mich nicht.« Nicklas redete schnell, die Wörter überstürzten sich. Er suchte die Blicke der anderen, versuchte, ihre Reaktionen zu erkennen, wollte sie unbedingt zufriedenstellen.

Stefan dachte plötzlich an die alte Frau in der Konditorei und dieses Machtgefühl. Jetzt erlebte er es wieder. Nicklas Swan wollte etwas und war ihnen deshalb zu Willen. Bereit, zu tun, was verlangt wurde, um akzeptiert und in ihre Gemeinschaft aufgenommen zu werden. Stefan überlegte, ob Nicklas sich bei ihnen so unbehaglich fühlte wie er sich bei Rambo.

»Aha. Und wir feiern gerade ein wenig. Möchtest du etwas trinken? Wir haben nichts Besonderes, aber wir können Rum und Cola anbieten. Ist das in Ordnung?«

Ulrik fing an, einen Drink zu mischen, ohne Nicklas' Antwort abzuwarten.

Nicklas nahm wortlos das Glas entgegen und trank einige lange Züge.

»Woher kommst du, von irgendeinem Fest in der Schule, oder was?« Stefan schüttelte zwei Zigaretten heraus und reichte Nicklas die eine. Der nahm sie dankbar und gab sich eilig Feuer.

»Fest im Värtaväg. Ein Typ aus meiner Klasse. Jörgen Nielsen. Kennt ihr den? Ihr seid sicher willkommen, da sind auch Mädchen aus meiner Klasse, und an denen … ist ja nicht viel auszusetzen.«

Er nahm wieder einen großen Schluck aus seinem Glas.

»Aber niemand weiß, dass ich hier bin oder so. Ich meine, ich weiß, wann ich die Klappe halten muss.«

»Und hast du auch Geld?« Ulrik drehte sich zu Nicklas um. »Wenn du übrigens zuerst eine kleine Kostprobe möchtest, dann greif einfach zu.« Er griff nach dem Spiegel und der Rasierklinge, die unter einigen Plattenhüllen auf dem Couchtisch lagen.

Diese Drogenrituale waren schon seltsam, dachte Stefan. Sie verbanden Menschen miteinander, und man teilte plötzlich ein Geheimnis. Gehörte zusammen. Für einen kurzen Moment schwiegen alle. Nur die Musik und das dumpfe Grollen des Gewitters waren zu hören.

»Super. Wahnsinnsstoff. Das brennt ja im Rüssel.« Nicklas wischte sich die Nase ab und lachte kurz. »Ja, also die Kohle, ich … habe achthundert, reicht das? Sonst kannst du mehr haben, am Montag oder spätestens am Dienstag. Geht das, oder was?«

Ulrik musterte ihn mit ernster Miene. Schien nachzudenken und schüttelte dann den Kopf.

»Ich schreibe nie an. So läuft das einfach nicht. Dann wollen das doch gleich alle, und ich stehe da mit Schulden bei meinem Lieferanten, und rat mal, was dann passiert? Dann kann ich nicht einfach um Aufschub bitten, wenn du verstehst. Ich habe keine Lust, meine Eier loszuwerden, weil kleine Bubis wie du nicht blechen können.«

Stefan schaut Ulrik überrascht an. Achthundert müssten doch für ein Gramm reichen. Er hätte gern gewusst, welche

Hintergedanken Ulrik hatte, was sich unter der polierten Fassade aus Kontrolle und eiskalter Ruhe tat.

»Na gut, aber … kannst du nicht ein Pfand nehmen? Meine Uhr vielleicht?« Nicklas öffnete schon das Armband seiner Digitaluhr, aber Ulrik schüttelte den Kopf.

»Echt, meinst du, ich kann mit einer Uhr zu meinem Dealer gehen, wenn du den Rest nicht bezahlst? Jetzt hör doch auf. Warum bist du überhaupt hergekommen, wenn du nicht genug Kohle hast? Bist du den ganzen Weg von Östermalm gekommen, in der Hoffnung auf ein kleines Darlehen?«

»Ich dachte, das reicht. Ich dachte, achthundert wären genug.« Nicklas schaute seine schmalen Hände an. »Entschuldigt, das war idiotisch von mir. Wirklich.« Er schaute auf die Uhr. »Ich wollte mit dem Bus zurückfahren, ich muss jetzt wohl los.«

»Nein, aber nicht doch. Das schaffen wir schon. Wir finden eine Lösung. Setz dich. Bleib noch ein bisschen. Trink noch ein Glas. Klar kriegst du deinen Kram, aber wir wollten dich um einen Gefallen bitten. Oder Micke. Wir wollten dich für Micke um einen Gefallen bitten.«

Ulrik griff nach der Rumflasche, schenkte Nicklas mehr ein. Micke schaute Ulrik überrascht an, zuckte dann aber mit den Schultern. Stefan blinzelte. Er wusste jetzt ganz sicher, dass Ulrik etwas plante, aber er wollte sich keine Gedanken machen. Er wollte nur fröhlich sein. Feiern. Er hob sein Glas, trank die viel zu starke Mischung, fühlte sich aber nicht berauscht.

Sie saßen auf dem Sofa, hörten Musik. Micke und Anders verstrickten sich in eine heftige Diskussion über Schopenhauer, ihre Augen waren schwarz und groß, ihre Bewegungen wurden immer ruckhafter. Ulrik und Nicklas redeten über

Musik, und Nicklas erzählte begeistert von seiner Gitarre und seiner Sehnsucht danach, sich richtig mit Musik befassen zu dürfen. Auch Stefan spürte jetzt den Rausch, mischte sich in das Gespräch über Musik ein, fand Nicklas Swan plötzlich einen richtig tollen Typen.

»Nietzsche, was wünscht Arvidsson sich mehr als alles andere?«

Ulriks Frage kam unerwartet, seine Stimme war laut und übertönte die Gespräche der anderen.

»Ficken?« Anders stellte sein Glas ab und musterte Ulrik aus zusammengekniffenen forschenden Augen.

»Genau. Und wenn er nicht ficken kann, dann will er …«

»Einen geblasen haben?« Stefan sagte das, ohne nachzudenken. »Arvidsson könnte das wirklich brauchen. Kennst du ein Mädchen, das ihm einen blasen würde?«

Nicklas wand sich und sah verlegen aus.

»Ich kann doch kein Mädchen herzaubern, aber kommt mit zu Jörgen. Da sind jede Menge Mädchen, und ihr seid doch coole Typen. Da findet ihr sicher eine, die will.«

»Es schifft aber gerade, und ich habe keine Lust rauszugehen. Aber … Micke ist gar nicht so verdammt wählerisch.«

Ulrik lächelte und klopfte Micke auf die Schulter. Stefan sah, dass Micke wieder wütend wurde, dass er die Zähne zusammenbiss. Micke tat ihm ein wenig leid, aber er empfand zugleich etwas anderes. Eine einsetzende Spannung. Er wollte sehen, was passieren würde. Wie weit Ulrik die Sache treiben könnte. Was er vorhatte.

Er sah Anders an und nahm eine feine Bewegung in dessen Gesicht wahr. Ein Funkeln in den Augenwinkeln. Eine Lust. Und abermals überkam ihn das Gefühl der Macht, und er glaubte, Anders' Gedanken lesen zu können, wusste, dass auch der sehen wollte, was Ulrik vorhatte.

»Also, wir haben uns das so vorgestellt: Gefallen gegen Gefallen. Du bekommst den Stoff, kannst den Rest am Montag oder Dienstag bezahlen. Kannst zurückgehen und der König beim Fest sein. Aber vorher tust du uns einen Gefallen. Verstehst du?«

Ulrik musterte Nicklas, der stumm dasaß und ungeheuer nachzudenken schien. Stefan konnte sehen, dass Nicklas komplett zugedröhnt war. Seine Pupillen waren so groß wie Zehnörestücke, und er bewegte ununterbrochen die Beine im Takt der Musik.

»Ich bezahle Montag oder Dienstag?«

»Genau. Oder wann du kannst. Wenn du das hier gut machst, brauchst du vielleicht gar nichts zu bezahlen.«

»Na gut, aber was soll ich denn nun tun? Soll ich bei der Nachbarin klingeln und fragen, ob sie mit Arvidsson schlafen will?«

Stefan sah, wie Micke zusammenzuckte, als Nicklas seinen Nachnamen auf eine so vertrauliche Weise benutzte.

»Jetzt hältst du die Fresse, Ulrik«, fauchte Micke, aber Ulrik lachte nur.

»Also, wir haben uns das so gedacht: *Du*, Nicklas, bläst Arvidsson einen, Micke ist doch ein heimlicher Homo, also wird es ihm gut gefallen. Wenn er nicht zu zugedröhnt ist. Du tust ihm einen Gefallen, und du bekommst deinen Stoff.«

Anders und Stefan kreischten vor Lachen. Anders sprang auf und applaudierte.

»Das ist doch wunderbar, Ulrik. Auf eine bessere Idee hätte ich auch nicht kommen können. Stefan, was sagst du?«

»Ich sage … Mund auf, Junge.«

Stefan lachte und verspürte abermals die Mischung aus Glück und Spannung. Leben. Puls. Macht.

Micke schaute zu Boden und ballte die Fäuste. Stefans Puls

schlug jetzt härter und schneller. Die Bassläufe der Musik hämmerten im Takt seines Herzens. Nicklas sah sie an und lachte ebenfalls. Sein Blick war elektrisch geladen und intensiv.

Er nickte. Ja, verdammt. Er würde es tun.

Nicklas Swan stand auf und ging zu Micke, fiel auf die Knie und streckte die Hand nach Mickes Hosenschlitz aus. Hielt die Hand einen Moment lang still und drückte dann zu.

Micke stand da und schaute auf seinen Schritt hinunter. Sah Nicklas Swans Hand an, die langsam und rhythmisch die immer härtere Ausbuchtung drückte und dann vorsichtig zu den Jubelrufen der anderen den Reißverschluss von Mickes Jeans aufzog.

Auf einmal ging alles sehr schnell. Mickes Knie traf Nicklas Swans Kopf, ehe die anderen bemerken oder begreifen konnten, was da passierte. Nicklas flog rückwärts und knallte mit dem Kopf gegen den Wohnzimmertisch.

»Ich bin kein Scheißschwuler. Kapierst du? Kapiert ihr?« Mickes Stimme war lauter als die Musik.

Nicklas Swan hob die Hände, wie um einen weiteren Tritt abzuwehren. Er blutete am Hinterkopf und sah plötzlich blass und verängstigt aus.

»Ich bin kein Scheißschwuler!« Micke trat wieder zu. Sein Fuß traf Nicklas am Kinn, und ein seltsames Knacken war zu hören. Als ob jemand in einem Wald auf einen trockenen Zweig tritt.

Nicklas fiel zu Boden und versuchte, etwas zu sagen. Aus seinem Mund flog mit Rotz und Spucke gemischtes Blut. Seine Augen waren groß, schwarz und verängstigt. Stefan wusste nicht mehr, was passierte. Plötzlich wurde Nicklas wieder getreten, aber jetzt trat Ulrik und murmelte dabei etwas. Stefan hörte es wieder und wieder.

»Du mieser kleiner Schwuler. Du mieser kleiner Schwuler.«

Und dann waren alle da.

Ein Tritt. Ein Schlag. Noch ein Tritt.

Nicklas lag seltsam still auf dem Boden, bewegte sich nur, wenn die Schläge ihn trafen. Und Stefan verspürte es wieder.

Euphorie. Glück. Seligkeit. Leben. Macht.

Stockholm 2010

»Wir haben ihn umgebracht, Nicklas Swan. Er war hergekommen, zu uns, um Amphetamin zu kaufen. Wir haben so was damals gemacht. Dann …« Micke windet sich, das Stillsitzen fällt ihm schwer. »Alle waren zugedröhnt. Total high. Irgendwer schlug vor, Nicklas sollte mir einen blasen, als Bezahlung. Er griff mir an die Eier. Ich war wütend und rammte ihm mein Knie rein, und gleich darauf fielen alle über ihn her. Traten, schlugen. Ich weiß noch, dass ich ihn gebissen habe. Alle waren wie verrückt.«

Micke schweigt, schaut verwirrt den großen klobigen Fernseher an, der dem Sofa gegenübersteht. Als wäre der gerade dort gelandet und Micke müsse sich erst klarmachen, wozu der denn gut sein sollte.

»Aber … warum?«

»Ich bin kein Scheißschwuler, okay?«

»Aber jemanden umbringen …«

»Niemand wollte Nicklas umbringen. Das war ein Versehen, ein großes Versehen … Wir hätten die Finger von diesem Dreck lassen sollen. Wir hätten uns nicht an Nietzsche hochziehen und uns für besser als andere halten sollen. Wir wussten nichts über das Leben, aber wir glaubten, wir könnten alles. Wir hielten uns für stark und cool, und dabei waren wir nur unsichere Drecksbengel. Wir haben ihn getreten, weil wir schwach und ängstlich waren und die Adern voller Drogen hatten.«

Ich bin stumm vor Schock, weiß nicht, was ich sagen soll. Kann ihm einfach nicht glauben, dass vier ganz gewöhnliche Gymnasiasten sich plötzlich in Monster verwandeln. Und noch schwerer zu verstehen ist, dass eins dieser Monster Stefan war.

Der Mann, den ich geliebt und dem ich vertraut habe.

Plötzlich wird mir schlecht, ich mag überhaupt nichts mehr trinken. Der Alkohol macht meinen Körper schwer und träge, und fast wäre mir mein Glas aus der Hand gerutscht, als ich es auf den Tisch zurückstelle. Das Zimmer dreht sich langsam. Ich blinzele mehrere Male. Versuche, meinen Blick auf etwas zu richten, aber das geht nicht. Irgendwo in meinem Magen liegt die Übelkeit auf der Lauer.

»Herrgott. Ihr habt ihn umgebracht. Ihr habt diesen Jungen umgebracht. Er hatte euch nichts getan, und ihr habt ihn umgebracht.«

Micke schaut mich an. Seine runden Wangen haben rote Flecken, aber sein Blick ist noch immer leer, hohl.

»Niemand wollte ihn umbringen«, sagt er noch einmal.

»Aber ihr habt es trotzdem getan, ihr habt ihn umgebracht. Er war sechzehn Jahre alt, hatte das ganze Leben vor sich, und ihr habt es ihm genommen.«

Ich massiere mir die Schläfen. Hinter den Augen ahne ich einen dumpfen Schmerz. Ich werde überwältigt von einem Gefühl der Unwirklichkeit, als passiere das alles hier einer anderen, nicht mir. Es ist wie ein Film, ein Buch oder so.

Nur nicht mein Leben.

Er sitzt noch immer bewegungslos da. Seine groben Hände ruhen still auf seinen Knien.

»Wir wollten das nicht«, murmelt er wie ein Kind, das soeben seine Milch umgestoßen hat, und nicht wie ein erwachsener Mann, der am Tod eines anderen Menschen beteiligt war.

»Ich bin im selben Moment gestorben wie er«, fügt er dann hinzu. »Das hier«, er zeigt auf das Zimmer, »ist kein Leben. Alles, was ich wollte, alle meine Träume sind an dem Tag gestorben. Alles, was ich hätte werden können, was ich hätte erreichen können … An manchen Tagen tut es so weh, dass nicht mal der Schnaps hilft. An manchen Tagen spiele ich mit dem Gedanken, allem ein Ende zu machen. Aber das kann ich nicht … sie würde damit nicht fertigwerden.«

In diesem Moment höre ich den kleinen Hund oben bellen, werde daran erinnert, dass dort Mikaels Mutter sitzt. Vermutlich mit einem Cocktail in der Hand, ohne eine Ahnung davon, was ihr Söhnchen mir soeben in der Kellerwohnung erzählt hat.

»Stefan?«, frage ich vorsichtig.

Micke nickt langsam.

»Er war stärker als ich. Er hat es geschafft, Schluss zu machen. Ich verstehe ihn, und ich beneide ihn. Nicht ein Tag vergeht, ohne dass ich wünschte, es ihm nachmachen zu können. Dem Elend ein Ende setzen. Endlich meinen Hut nehmen.«

»Und Ulrik?«

»Ulrik?«

Ich ahne eine Reaktion in seinem apathischen Gesicht. Er blinzelt und erwidert meinen Blick.

»Von Ulrik prallt alles ab, verstehst du? Bei ihm bleibt nichts haften. Er steht einfach auf und geht weiter. Ich weiß nicht, ob das Stärke ist oder ob ihm etwas fehlt. Der Mann ist … ich weiß es nicht …«

»Ich glaube nicht, dass du dich mit Ulrik treffen solltest. Mit ihm stimmt etwas nicht.«

Jetzt habe ich Mickes volle Aufmerksamkeit. Er fährt sich mit der Hand durch die langen grauen Haare, die sich an den

Ohren locken, schüttelt den Kopf, sodass das Doppelkinn bebt.

»Was sollte das denn sein?« Er schlürft seinen Wein.

Langsam versuche ich es ihm zu erklären, so pädagogisch ich das in meinem angetrunkenen Zustand kann.

»Wenn diese Geschichte herausgekommen wäre, hätte Ulrik alles verloren. Geld, Familie, Status. Er war vielleicht bereit, weit zu gehen, um das zu behalten. Dieser Autounfall, in den Anders verwickelt war, der hatte ihn doch verändert. Er wollte ein besserer Mensch werden. Ich glaube, er wollte erzählen, was ihr getan habt, er wollte zur Polizei gehen. Vielleicht hat Ulrik ihm in dem Park aufgelauert?«

Micke reibt sich die Hände, als ob er friert, aber ich kann sehen, dass ihm der Schweiß auf der Stirn steht. Von oben höre ich die scharfen Schritte. Sie trommeln über unseren Köpfen hin und her.

»Und dann die Zeugin im Park. Anna Kantsow. Ich habe Ulrik gesagt, wie sie hieß und was sie gesagt hat, das mit Nisse. Es war für ihn sicher leicht, sie ausfindig zu machen und zum Schweigen zu bringen. Es ist nur eine Frage der Zeit, bis sie und ich eins und eins zusammengezählt hätten.«

Er fährt sich mit dem breiten Handrücken über die Stirn, wischt sich den Schweiß ab.

»Wie gesagt«, murmelt er. »Ulrik ist das egal.«

»Aber er war doch bei dir? Am Tag vor meinem Besuch war er bei dir?«

Micke mustert mich interessiert, als ob ich seine Erwartungen übertroffen und mich als unerwartet begabt erwiesen hätte.

»Das stimmt allerdings. Er hat mir eine reingehauen.«

»Und warum?«

Micke schüttelt den Kopf.

»Ich bin müde«, sagt er. »Können wir ein andermal weitermachen? Ich habe Kopfschmerzen und eine Menge zu tun. Muss mich an meine Abhandlung setzen. Können wir jetzt aufhören?«

Die Anfangsmelodie der Nachrichten sickert aus dem Erdgeschoss zu uns herunter, und die scharfen Schritte verstummen.

»Nein, warte. Was ist dann passiert? Das muss ich wissen.«

Er seufzt tief, schlägt die Hände vors Gesicht.

Stockholm 1988

Stefan lag in Agneta Arvidssons ungemachtem Bett. Schwacher Parfümduft stieg vom Kissen auf. Anaïs Anaïs. Seine frühere Freundin hatte es auch benutzt, sich immer viel auf die schmalen Handgelenke und in die Halsgrube gespritzt. Damals hatte ihm der Geruch gefallen, aber jetzt wurde ihm schlecht davon, und er merkte, dass er gleich wieder kotzen müsste.

Ihm brach der kalte Schweiß aus, und vor Angst konnte er kaum atmen. Was war am Vorabend eigentlich passiert? Was hatten sie getan? Er drehte sich um, schaute Ulrik an, der neben ihm im Doppelbett lag. Ulriks dunkle Haare waren nach hinten gestrichen, seine Stirn war feucht. Kleine Schweißtropfen funkelten im Licht der Morgensonne, die durch das Fenster fiel. Ulriks Augen waren weit offen, und er starrte auf einen Punkt an der Decke. Auf seiner Wange ruhte ein einsamer Tropfen. Stefan begriff erst nach zwei Sekunden, dass es eine Träne war.

Ulrik weinte.

Dort, in der Alltäglichkeit der Villa, war etwas Entsetzliches passiert. Stefan wusste, dass er das Bett verlassen müsste. Aufstehen, Anders und Micke suchen. Sie mussten etwas tun. Einen Krankenwagen rufen oder die Polizei. Einen Nachbarn holen oder jemanden, der gerade auf der Straße vorbeikam. Egal wen. Irgendwen.

Aber er blieb liegen. Er konnte nicht aufstehen oder sich auch nur bewegen.

Vor dem Fenster war der Himmel hellblau. Er sah keine Wolken, und die Baumwipfel vor dem Fenster waren still.

Kein Wind, kein Regen.

Nur Sonne und blauer Himmel. Er hörte in der Ferne einen Rasenmäher und schreiende und lachende Kinder.

Als ob nichts passiert wäre.

Als ob Nicklas Swan nicht im Wohnzimmer läge, in einer Lache aus Blut und Urin, und nicht aufwachen wollte.

Ein Schatten in der Türöffnung. Im Gegenlicht konnte er Anders' Gesicht nicht sehen, aber die breiten Schultern und die Haare, die aufrecht standen wie Borsten, waren nicht zu verkennen.

»Aufstehen, Jungs. Wir müssen … reden.«

Anders' Stimme klang gepresst und unbenutzt. Der erste Satz des Tages.

»Ich. Will. Nicht.«

Ulrik betonte jedes Wort, schaute aber noch immer nach oben. An die Decke, zu einer scheußlichen gelblichen Deckenlampe.

»Aber das musst du, Ulrik. Stefan, komm jetzt. Wir müssen reden. Micke hat Kaffee gekocht. Wir müssen das hier in Ordnung bringen. Mickes Mutter kommt heute Abend nach Hause, und bis dahin muss die Lage geklärt sein.« Anders' Stimme war entschieden und voller Autorität, und Stefan klammerte sich an das Gesagte, als ob Wörter sie retten könnten.

Wir müssen das hier in Ordnung bringen.

Ließ es sich denn in Ordnung bringen?

Stefan erhob sich, spürte die Übelkeit in Wellen aufsteigen. Micke hatte eine gelbe Plastikschüssel, auf deren Boden »Scholl« stand, neben das Bett gestellt. Seine Mutter nahm darin Fußbäder. Stefan packte die Schüssel und übergab sich.

Er spürte Anders' Hand auf der Schulter, Anders hielt ihn fest, strich ihm die Haare aus der Stirn. Sein Atem traf warm und feucht Stefans Nacken.

»Na los, Steffe. Du musst jetzt aufstehen. Du musst mir bei Ulrik helfen.« Anders flüsterte ihm ins Ohr, und Stefan ahnte seine Verzweiflung und Angst.

Auf wackligen Knien richtete Stefan sich auf, und zusammen mit Anders fing er an, Ulrik aus dem Bett zu ziehen. Der wand sich, versuchte, ihre Hände abzuschütteln.

»Scheißt drauf. Lasst mich in Ruhe!« Sein Schrei war verzweifelt, und Tränen liefen ihm über die Wangen.

Zusammen konnten Anders und Stefan ihn auf die Beine bringen und durch die Schlafzimmertür und den langen schmalen Gang in die Küche schleifen. Ulrik weinte immer weiter, machte einen kraftlosen Versuch, sich aus ihrem Zugriff zu befreien, beruhigte sich aber, als sie die helle Küche erreicht hatten. Er ließ sich auf einen abgenutzten Holzstuhl sinken und schlug die Hände vors Gesicht.

Micke hatte Tassen hingestellt, und der Duft frischen Kaffees breitete sich im Raum aus. Es wäre ein normaler Samstagvormittag gewesen, wenn nicht unter einer Decke auf dem Parkettboden des Wohnzimmers ein Körper gelegen hätte. Micke hatte rote Augen, war leichenblass und sah so verzweifelt aus, dass es Stefan einen Stich versetzte. Was hatten sie am Vorabend nur gemacht? Wie zum Teufel hatte das passieren können?

»Er ist tot.« Anders' Stimme war sachlich. Er stellte es fest, als ob er täglich Todesfälle vermeldete. »Er ist tot, und wir müssen etwas unternehmen.«

Aber Stefan ließ sich von dieser Ruhe nicht täuschen. Er hatte Anders im Schlafzimmer gehört. Verzweiflung und Angst. Er konnte die Anspannung unter dem neutralen Tonfall hören und begriff. Anders hatte die Rolle des Anführers auf sich genommen. Jemand musste das Kommando über die Situation ergreifen, und er war vorgetreten. Jetzt versuchte er, ruhig und gesammelt zu erscheinen. »Also was zum Teufel können wir machen?«

Stefan schaute zu Anders auf, trank einen Schluck von dem heißen schwarzen Kaffee. Spürte, wie sein Magen sich zusammenkrampfte, hatte Angst, wieder kotzen zu müssen.

»Er ist tot, und es ist unsere Schuld. Wir haben ihn umgebracht.«

»Aber was zum Teufel machen wir jetzt?«

»Das ist deine Schuld.« Mickes Ausbruch kam plötzlich und überraschend. »Du Arsch … du hast mich provoziert. Du und Nietzsche, ihr wolltet unbedingt, dass ich dieses Scheiß-Amphetamin einwerfe.« Er machte einen Schritt auf Ulrik zu, packte dessen Haare und riss sein Gesicht nach oben.

»Jetzt schau mich schon an! Sieh mir in die Augen! Es ist deine Schuld. Kapierst du?«

Speicheltropfen flogen aus seinem Mund. Sein Gesicht war verzerrt, gequält. Ulrik wich seinem Blick aus, starrte seine Hände an. Noch immer liefen ihm Tränen über die Wangen. Stefan überlegte, ob Ulrik unter Schock stand. Ob er überhaupt ansprechbar war. Mickes Wut verpuffte augenblicklich, und er ließ sich schwer und müde auf den Stuhl neben Ulrik fallen. Murmelte leise vor sich hin. Stefan konnte nur Bruchstücke verstehen.

»Ich hätte nicht … die Kontrolle verlieren dürfen. Ich hätte mich nicht provozieren lassen dürfen. Wenn ich nicht so verdammt schwach geworden wäre, wäre das alles nicht passiert. Verdammter Scheiß, verdammter, verdammter Scheiß. Es ist meine Schuld. Es tut mir so leid. Es tut mir so leid. Verdammt, verdammt, verdammt.«

»Haltet jetzt alle die Fresse.« Wieder Anders. Die Stimme laut und energisch. »Niemand nimmt hier irgendeine Schuld auf sich, und es ist sinnlos, darüber zu reden, wessen Schuld es war. Er ist nicht mehr da, und wir müssen eine Lösung finden. Ist euch klar, was passiert, wenn die Polizei ihn findet? Er ist misshandelt worden, und ein guter Gerichtsmediziner kann sicher feststellen, dass es mehrere waren. Er hat Drogen und Alk im Leib, das werden sie bei einer Obduktion sofort feststellen. Wir werden alle eingebuchtet. Auch wenn sich nicht beweisen lässt, welcher von uns es war, sind wir fertig. Meint ihr, Stefan kann Arzt werden, wenn herauskommt, dass er einen Jungen totgetreten und Drogen verkauft hat? Glaubt ihr, ich kann Jurist werden? Und was werden eure Eltern sagen, dein Vater, Ulrik? Und Micke, was würde Mamachen wohl machen? Kapiert ihr nicht, wir müssen eine Lösung finden, sonst sind wir fertig.«

»Und wie zum Teufel sollen wir das wohl machen?« Stefan sah Anders verzweifelt an. »Sollen wir ihn im Garten vergraben? Oder in der Garage verstecken? Hör doch auf. Und was, wenn jemand weiß, dass er zu uns wollte. Kapierst du nicht, dass wir erledigt sind?«

»Anders hat recht.« Micke setzte sich gerade und sah die anderen an.

»Wir müssen etwas machen. Wir können das nicht herauskommen lassen. Er muss einfach weg. Meine Mutter kann herkommen und ihn finden … ihr kapiert das nicht, sie kann nicht mehr ertragen. Sie …«

Micke wandte sich ab und starrte ein mit einem Magnet in Form eines Obstkorbs am Kühlschrank befestigtes Foto von sich und seiner Mutter an. Micke hatte den Arm um sie gelegt, und sie sah ihn an und lächelte.

»Als mein Alter abgehauen ist, da … hat sie versucht, sich

das Leben zu nehmen. Mit Tabletten. Ich habe sie gefunden, und … sie haben ihr den Magen ausgepumpt, und sie hat überlebt. Aber sie ist noch immer deprimiert, nimmt Medikamente. Sie weint. Sie kommt ohne mich nicht zurecht. Sie sagt, ich sei alles, was sie hat, ihr Leben wäre sinnlos ohne mich. Ich kann ihr das nicht antun.« Er schüttelte den Kopf. »Ich kann das einfach nicht.«

Was Micke da erzählte, war Stefan neu. Er fragte sich, ob er nicht hätte ahnen sollen, dass in der weißen Villa nicht alles zum Besten stand. Er dachte daran, dass Micke nie lange von zu Hause weg sein wollte, wie sehr er sich um seine Mama kümmerte, weshalb sie ihn ja immer aufzogen, und er dachte an Agneta Arvidssons schmale Finger mit den roten Nägeln, die Micke über die Wange fuhren. Eine intime Geste.

Er hatte Mickes Sorge und Schmerz hinter der ruhigen Fassade geahnt.

An einem anderen Tag, einem normalen Tag, hätte er sich jetzt mit Micke hingesetzt und mit ihm gesprochen. Ihn gebeten zu erzählen, versucht zu helfen, wo er helfen konnte. Aber es war kein normaler Tag, und Mickes Probleme mussten warten.

»Was zum Teufel machen wir also?« Stefan sah die anderen an. »Ich sehe ja ein, dass wir etwas tun müssen, aber was? Es gibt doch Leute, die wissen, dass er hier war. Jemand kann ihn gesehen haben.«

»Wer kann das wissen? Niemand wusste, dass er hierherwollte. Er hat gesagt, dass er mit niemandem geredet hat, und ich glaube ihm. Er ist von allein gekommen. Niemand wird ihn mit uns in Verbindung bringen.«

»Aber er hat gestern im Park mit mir und Ulrik geredet. Da kann ihn jemand gesehen haben.«

Stefan hörte selbst, dass dieser Einwand reichlich lahm

klang. Im Grunde wusste er, dass sie die Polizei anrufen müssten. Dass er sein Recht auf ein weiteres Leben in dem Moment verwirkt hatte, in dem Micke den ersten Tritt gegen Nicklas Swans Kopf richtete und er nicht eingegriffen hatte. Als er es sich erlaubt hatte, in den kollektiven Rausch hineingerissen zu werden, statt auszusteigen. Jetzt müsste er aufstehen und den anderen sagen, was zu tun wäre: die Wahrheit sagen, die Polizei anrufen. Zu dem stehen, was sie getan hatten.

Aber sofort meldete sich die Hoffnung.

Der Gedanke an eine Rettung.

Die Möglichkeit, alles einfach hinter sich zu bringen, weiterzugehen. Sich den Konsequenzen dieses Schrecklichen zu entziehen und mit dem Leben weiterzukommen. War das möglich? Bestand die Chance, dass er mit dem Leben weitermachen könnte, das noch kaum angefangen hatte? Interrail. Studium. Alles, was er bisher für selbstverständlich gehalten hatte?

Anders sah die anderen an.

»Na gut, irgendwer kann euch gesehen haben. Und? Ihr habt miteinander geredet, vielleicht über Jörgen Nielsens Fest, oder er wollte wissen, ob wir Leute kennen, die verkaufen. Ihr habt nein gesagt. Mehr wisst ihr nicht. Schlimm, dass er verschwunden ist. Was kann da passiert sein? Nö, wir haben keine Ahnung. Schluss, aus. Sie wissen absolut nichts über uns. Was glaubt ihr, wie viele gestern unterwegs waren, wie viele ihn wohl gesehen haben? Und wenn sie ihn gesehen haben, was haben sie dann gesehen? Einen Typen mit Kapuze. Kann doch jeder gewesen sein, einfach jeder.« Anders ließ sich auf dem Stuhl zurücksinken und trank aus der weißen Kaffeetasse.

»Aber was ist mit dem Busfahrer? Er ist doch mit dem Bus

gekommen? Kann der Fahrer ihn nicht erkennen?« Micke schaute Anders skeptisch an.

»Dasselbe. Durchnässter Typ mit Kapuze steigt in Ropstein ein. Ach was. Solche sieht er doch jeden Tag zu hunderten. Außerdem hat Swan sich sicher große Mühe gegeben, um nicht aufzufallen. Er wollte nicht gesehen werden, vergesst das nicht.«

»Aber wir haben noch immer einen Toten hier liegen. Was sollen wir mir ihm machen? Ihn in einen Teppich wickeln und wegtragen? Wir können den Mann nicht einfach wegzaubern. Mickes Mutter kommt … wann? In zehn Stunden? Hier sieht es aus wie auf einem verdammten Schlachtfeld, und wir müssen außerdem noch die Lei… Habt ihr gesehen, wie es draußen aussieht? Strahlender Sonnenschein, die Nachbarskinder spielen im Garten und die Leute mähen den Rasen. Es sind so viele Menschen. Irgendwer wird uns sehen.«

Stefan wollte Anders wirklich glauben. Glauben, dass man etwas tun könnte, egal was, aber alles kam ihm total unmöglich vor.

»*Wir* werden gesehen werden. Aber niemand wird eine Leiche sehen. Wir schaffen ihn hier weg, ohne dass jemand ihn bemerkt. Und dann fahren wir eine Runde mit dem Boot.«

Anders sah verbissen aus. Verbissen und entschlossen.

Langsam bekam Stefan eine Ahnung von Anders' Plan. Sie würden den toten Nicklas ungesehen aus dem Haus schaffen und sich seiner dann entledigen, ihn im Meer versenken, an einer Stelle, wo er nicht mehr auftreiben und gefunden werden könnte.

»Und Ulrik, was sollen wir mit dem machen?« Stefan nickte zu Ulrik hinüber, der über dem Küchentisch lag und nichts von ihrem Gespräch zu hören schien. Anders beugte sich vor, stieß ihn an, schüttelte seinen Oberkörper. Als Ulrik keine Reaktion zeigte, rüttelte Anders ihn heftiger und flüsterte ihm etwas Unhörbares ins Ohr. Sie sahen, wie Ulrik erstarrte. Er richtete sich auf. Grauweiß im Gesicht, schweißnass, mit Augen wie zwei große schwarze Löcher sah er sie an.

»Ihr seid doch verrückt. Wenn wir das hier hinter uns haben, will ich mit euch nie wieder etwas zu tun haben. Ist das klar? Ich will euch nie wieder sehen.« Seine Stimme war schwach und brüchig, aber seine Augen glühten vor Verachtung und Hass.

»Wir sollen verrückt sein? Du bist hier verrückt! Du bist das, der hier verrückt ist! Kapierst du? Du hast mit allem angefangen. Ohne dich wäre das nie passiert.« Stefan staunte über seinen Zorn. Er hatte die Fäuste geballt und glaubte für einen Moment, dass er Ulrik gleich schlagen würde. Sich auf ihn stürzen und seine Faust Ulriks Nasenbein zerschmettern lassen. Aber dann fiel ihm ein, wie sie Nicklas misshandelt hatten. Wieder wurde ihm schlecht, und sein Arm sank nach unten.

»Jetzt beruhigt euch doch, zum Teufel.«

Wieder Anders. Autorität, ohne Spielraum für Zweifel.

»Kapiert ihr das nicht? Es ist ganz egal, wer schuld ist. Es ist passiert. Das ist eine Tatsache, und wir müssen etwas unternehmen, sonst ist alles … aus. Und klar, Ulrik, du brauchst mich oder die anderen nie wieder zu sehen, aber warte bis nach dem Abi, niemand darf etwas ahnen. Bis dahin muss alles so sein wie immer.«

Alle schwiegen. Niemand sagte etwas, und nur das regelmäßige Ticken der braunen Uhr war zu hören. Ein Beweis dafür, dass die Zeit trotz allem verging und dass das Geschehene unwiderruflich war. Und eine Erinnerung daran, dass

Mickes Mutter bald in das scheinbar so friedliche Haus mit seinen prunkenden Beeten und eleganten Thujen zurückkehren würde.

»Wir müssen uns aufteilen. Wir müssen die Leiche wegschaffen und hier aufräumen.«

»Verdammt! Was hast du denn vor? Spinnst du?«

Ulriks Gesicht war jetzt wieder grau.

»Du weißt, was ich vorhabe. Und du weißt, dass ich der Klügste von uns bin. Er muss verschwinden. Es darf nichts übrig bleiben, das ihn hierherleiten könnte. Wenn die Polizei ihn findet, dann gibt es Fasern und so was. Dinge, die sich mit diesem Haus hier in Verbindung bringen lassen, wenn es schiefgeht. Denkt an diesen Kindermörder in Atlanta, der ist durch Fasern und Hundehaare überführt worden. Und nichts darf sie herführen, denn egal, wie sehr wir saubermachen, es wird hier immer noch Reste geben. Versteht ihr? Alles muss weg. Niemand darf ihn finden. Solange er verschwunden ist, bleiben wir frei.«

»Das ist widerlich. Ich sollte die Bullen anrufen.« Ulrik schüttelte den Kopf, schob den Stuhl zurück, als ob er rein physisch gezwungen wäre, auf Distanz zu den anderen zu gehen.

»Und was meinst du, was wir dann machen sollen, Ulrik?« Micke sah ihn an, erwiderte seinen Blick aus kalten Augen. »Wir haben keine Alternative. Verstehst du das nicht? Sollen wir noch mehr Menschen das Leben zerstören? Soll dein schlechtes Gewissen das Leben meiner Mutter zerstören? Willst du sie auch noch umbringen? Sie hat mit dieser Sache nichts zu tun. Auch deine Eltern sind unschuldig. Deine kleine Schwester, soll ihr großer Bruder sich in einen Mörder verwandeln? Soll sie ausgestoßen werden, ihre Freundinnen verlieren, weil du den Schwanz einziehst? Kapierst du nicht, das ist unsere Strafe. Damit werden wir leben müssen.«

Für einen Moment war Mickes Gesicht voller Empfindungen. Schmerz, Trauer und Wut spiegelten sich in seinem Blick wider.

Dann: nichts.

Nur Leere und Apathie.

»Und was ist mit Nicklas' Familie?« Ulrik klang jetzt resigniert. Als frage er nur, weil er das fragen müsste. »Haben die kein Recht auf die Wahrheit?«

»Was würde denn dadurch besser? Er ist ja doch tot. Vielleicht ist es sogar besser so. Sie können noch immer hoffen. Vielleicht ist er durchgebrannt. Vielleicht hat er irgendwo anders ein neues und besseres Leben.«

»Und Richtig und Falsch. Ich nehme an, das sind nur Konstrukte? Dass wir selbst unsere Moral konstruieren?«

Ulriks Frage blieb unbeantwortet in der Luft hängen.

Stefan spürte, wie die Scham ihn überwältigte. Ulrik hatte recht. Anders' scheinbar rationale Argumente waren nur Vorwände. Ihre Gründe waren egoistisch. Nicklas Swans Familie würde es durchaus nicht besser gehen, wenn sie in Unwissenheit leben müsste.

»Noch eins.« Anders räusperte sich und sah in ihre fragenden Gesichter. »Eins müsst ihr begreifen. Wenn wir das hier machen, dann dürfen wir nie wieder darüber reden. Versteht ihr? Das hier ist nie passiert. Wir schützen einander und uns selbst. Niemand außerhalb dieses Zimmers darf je erfahren, was passiert ist. Niemand. Keine Eltern, keine Freundinnen. Niemand. Wer redet, ist tot. Kümmert euch um euer Gewissen, wie ihr wollt, aber sorgt dafür, dass niemand sonst leiden muss. Wenn ihr nicht damit leben könnt, dann müsst ihr es irgendwie lösen. Mit einem Pistolenlauf im Mund. Mit einem Strick. Ich weiß nicht, aber tut es. Sonst komme ich und löse die Sache für euch.«

Dann Schweigen. Keine Fragen, keine Zweifel.

Nur des gemütliche Blubbern und Zischen der Kaffeemaschine und das Ticken der braunen Küchenuhr.

Anders schob seine Tasse zurück und stand auf.

»Na gut, ich glaube, wir machen das so. Im Moment sind zu viele Leute draußen. Nachbarn, die Unkraut jäten und Kaffee trinken, und Kinder, die Rad fahren und spielen. Wir müssen bis zum Abend oder vielleicht bis in die Nacht warten. Kannst du wohl das Auto deiner Mutter leihen?« Anders wandte sich an Micke, der stumm nickte.

»Wir werden versuchen, ihn in den Kofferraum zu packen. Ihn vielleicht in einen Teppich wickeln. Dann teilen wir uns auf. Ich und Micke fahren zum Bootsclub und leihen das Boot meines Vaters, und ihr fahrt mit dem Wagen zu der stillgelegten Werft in Nacka. Die ist um diese Zeit heute Abend garantiert total verlassen. Da treffen wir uns und tragen das da«, Anders zeigte auf den Körper unter der Decke, »ins Boot. Ich besorge ein Gewicht, und dann fahren wir raus und werfen ihn ins Wasser. Es gibt hier in der Nähe Stellen, wo es fast vierzig Meter tief ist. Niemand wird ihn dort finden. Aber wir müssen ihn aus dem Wohnzimmer wegschaffen. Wenn Mickes Mutter nach Hause kommt, darf es hier oben keine Spuren mehr geben. Wir müssen ihn so lange unten in Mickes Zimmer verstecken. Stefan, du hilfst mir, ihn nach unten zu bringen.«

Stefan stand auf und folgte Anders ins Wohnzimmer. Sie hoben vorsichtig die Decke an. Nicklas Swans Gesicht war geschwollen und blauschwarz. Sein Kinn hing in einem seltsamen Winkel herab, und um seinen Mund klebte geronnenes Blut. Unter seinem blonden Schopf breitete sich eine Blutlache aus, die Stefan überraschend klein vorkam, wenn er an die vielen Schläge und Tritte dachte. Nicklas' Augen waren halboffen und schienen von einem milchigen Film bedeckt zu sein.

Jetzt kotze ich wieder, dachte Stefan, und gleich darauf spuckte er Kaffee und Galle auf den Parkettboden.

»Verdammt, Steffe, reiß dich zusammen«, murmelte Anders und packte Nicklas unter den Achselhöhlen. Stefan spuckte aus und packte seine Füße. Der Körper war seltsam starr. Stefan schauderte es, und er versuchte, die Übelkeit zu unterdrücken. Gemeinsam trugen sie den schwerfälligen Körper nach unten in Mickes Zimmer. Sie legten ihn auf den blauen Flickenteppich. Anders schaute sich im Zimmer um und sah auf dem Bett ein Handtuch, und er legte es vorsichtig, fast zärtlich über Nicklas Swans zerschundenes Gesicht.

Stefan wurde von einem Gefühl der Unwirklichkeit überwältigt. Das hier passiert nicht, dachte er. Es ist ein furchtbarer, widerlicher Albtraum, und ich werde bald aufwachen, und dann ist es Samstag, und wir trinken Bier und gehen auf ein Fest. Das hier passiert nicht. Das hier ist nicht echt.

Das hier passiert nicht.

»Ich weiß nicht, ob ich das schaffe«, flüsterte er Anders zu. »Ich weiß wirklich nicht, ob ich das schaffe.« Wieder hatte er dieses Gefühl von Unwirklichkeit. Als ob er sich selbst von außen zusähe.

Das hier passiert nicht.

Anders beugte sich zu ihm vor, erwiderte seinen Blick und flüsterte mit überraschender Intensität: »Du musst es schaffen.«

Dann drehte er sich um und fing an, Nicklas in den blauen Flickenteppich zu wickeln.

Stockholm 2010

Micke hat noch immer die Hände vors Gesicht geschlagen. Seine grauen Haare hängen wie ein Vorhang um seinen Kopf. Sein ganzer korpulenter Leib bebt vor Schluchzen. Auf dem Tisch stehen zwei leere Weinflaschen und unsere ebenfalls leeren Gläser.

»Wir haben ihn in einen Teppich gewickelt und ins Meer geworfen. Wie einen Sack voll Müll.«

Ich zittere wider Willen und versuche, mir den sehnigen Jungenkörper in dem Teppich vorzustellen. Blonde Haare, die aufleuchten, als das Meer ihn verschlingt.

»Micke, ich muss das wissen. War Stefan bei allem dabei?«

Ich ahne Verachtung in seinem Blick, als er mich ansieht, und ich kann ihn verstehen. Nach all dem Entsetzlichen, das er mir erzählt hat, ist das also mein einziger Gedanke: Hat Stefan mitgemacht?

»Niemand hat versucht, es zu verhindern. Niemand hat etwas gesagt. Verstehst du nicht?«

Ich spüre, wie die Übelkeit sich in meinem Zwerchfell zusammenballt. Die Wahrheit ist unfassbar und unendlich viel schlimmer, als ich es mir jemals vorgestellt hatte. Instinktiv bin ich von Micke weggerutscht. Ich sitze zusammengekrümmt in der anderen Sofaecke und habe die Arme um die Knie geschlungen. Das Zimmer dreht sich noch immer. Schneller jetzt. Ich klammere mich an die Armlehne, um nicht umzufallen.

Ich kann nur daran denken, dass ich recht hatte. Stefan war nicht der, für den ich ihn gehalten habe. Er trug ein Geheimnis mit sich herum, das ihn von innen her auffraß wie ein Parasit. Und ich meine nicht, dass er mich mit Aina hintergangen hat. In Gedanken versuche ich, die Puzzleteile zusammenzufügen, das Bild von Stefan zusammenzulegen. Der feine, hilfsbereite, großzügige Stefan. Stefan im Ärztekittel, der im Krankenhaus Leben rettet. Stefan, der den blonden blutigen Jungen auf dem Boden tritt, der keinen Versuch unternimmt, diesen Gewaltrausch zu beenden.

Sosehr ich es auch versuche, es gelingt mir nicht. Ich kann diese widersprüchlichen Bilder nicht vereinen und die komplexe Einheit bilden, die ein Mensch ist.

Kann man mit einem Menschen zusammenleben, ohne ihn wirklich zu kennen?

Ich denke an die Frage, die ich Vijay auf dem brüchigen Eis von Brunnsviken gestellt habe, während die blauviolette Dämmerung sich über Stockholm senkte. Weiß plötzlich, dass ich die Antwort jetzt kenne. Die, die dir am nächsten stehen, können ganz anders sein, als du glaubst. Die, die dir am nächsten stehen, können dich am tiefsten verletzen.

Aina und Stefan.

Vor nur einer Woche eine unmögliche Vorstellung. Was sagt das über das Leben? Über mich? Über Markus und Erik, die oben in Norrland warten, die vielleicht zurückkehren werden? Wenn Markus das über sich bringt, denn das hat er gesagt: Er weiß nicht, ob er noch mehr über sich bringt.

Jetzt sitze ich also hier und habe die Wahrheit auf den Knien liegen, ein grausiges Geschenk, und überlege, ob sie mich auf irgendeine Weise befreit. Oder ob es doch besser wäre, es nicht zu wissen. Das Zimmer dreht sich immer schneller, und ich bereue bitterlich, dass ich den Wein getrunken habe. Ich merke, dass ich mich in diesem Zustand weder auf meinen Körper noch auf meine Urteilskraft verlassen kann.

»Verzeih mir«, murmelt Micke zwischen leisem Schluchzen. »Ich musste es tun. Sie hätte es nicht ertragen. Sie hätte es erfahren können.«

Ich sage nichts.

Was soll ich schon sagen? Micke hat einen Jungen umgebracht und geholfen, den Leichnam beiseitezuschaffen. Erwartet er von mir eine Art Absolution? Soll ich ihm vergeben?

Das Zimmer kommt mir plötzlich eiskalt vor, als hätte sich während Mickes furchtbarem Bericht der Winter eingeschlichen und sich im Keller verschanzt, ihn in Besitz genommen.

»Ich musste das tun«, murmelt Micke auf seinem Platz am anderen Ende des Sofas, und ich habe Lust, ihn mit irgendetwas zu schlagen.

Was musste er tun? Einen Sechzehnjährigen töten, um die eigene Haut zu retten? Ein Leben auf Lügen aufbauen? Alkoholiker werden, um jeden Tag mit sich selbst aufwachen zu können? Jahraus, jahrein.

»Verzeih mir«, murmelt er, vom Schluchzen unterbrochen. »Es war ihretwegen. Verzeih mir, Nietzsche.«

Ich erstarre.

Dass Micke bereut und voller Schuldgefühle steckt, ist nichts Neues, aber warum redet er über Anders?

Langsam fügt das Bild sich zusammen.

»Was sagst du da?«

Er scheint mich zu hören, obwohl ich nur flüstern kann, denn nun putzt er sich mit dem Pulloverärmel die Nase und schaut mich mit trübem Blick an.

»Er wollte es sagen. Ich musste es tun. Wegen Mama.«

»Du?« Mehr bringe ich nicht heraus.

»Du verstehst das nicht«, sagt er mit lautem Schluchzen. »Mama hätte es nicht ertragen, es hätte sie umgebracht. Ich bin doch alles, was sie noch hat.«

In mir weicht die Wut einem anderen Gefühl. Der Angst. Mir geht plötzlich auf, dass Mikael Arvidsson nicht nur unglücklich, ein Versager und ein Säufer ist, sondern vermutlich auch sehr gefährlich. Langsam erhebe ich mich auf zitternden Beinen vom Sofa. Verfluche abermals den ganzen Wein.

»Du darfst nicht gehen«, sagt er kurz, ohne mich anzusehen.

Ich bleibe stehen, setze mich aber nicht. Der Boden schwankt gefährlich, und ich schwanke auch und wäre fast gefallen.

Micke nuschelt und schluchzt weiter, scheint total in seine eigene Angst vertieft zu sein.

»Anna Kantsow?«, frage ich.

Er dreht den Kopf gerade so weit, dass er mich aus den Augenwinkeln sehen kann.

»Du hast doch Ulrik angerufen und das mit Nisse erzählt. Er wusste sofort, dass jemand von uns Anders umgebracht hatte, da der Mörder ihn Nietzsche genannt hatte. Und es gab ja keine große Auswahl. Deshalb war er damals hier. Und deshalb hat er mir eine reingehauen. Er war wahnsinnig. Hat mich einen Verrückten genannt und gesagt, ich sollte auf diese Zeugin Kantsow scheißen. Er wusste auch, wie sie hieß.«

Wieder sehe ich das Bild von Anna. Eiskristalle an den blaugefrorenen Lippen. Eine kleine bleiche Hand, im Eis festgefroren. Die Feuerwehrleute in ihren neonfarbenen Schutzanzügen mit den Äxten in den Händen.

In der nächsten Sekunde ist mein Entschluss gefasst. Ich

will zur Treppe laufen, aber mein Bein stößt gegen den Glastisch, und ich gerate ins Stolpern. Mein Körper ist träge und unsicher und erstarrt mitten im Schritt, um das Gleichgewicht zurückzugewinnen. Micke nutzt die Gelegenheit. Obwohl er mindestens zwei Flaschen Wein in sich hineingeschüttet hat, sind seine Reflexe rasch und fließend wie bei einem Reptil. Er packt meinen Knöchel und reißt mich mit unerwarteter Kraft um. Der Boden verschwindet unter meinen Füßen, und ich stütze mich im Fall automatisch mit den Händen ab. Ich höre ein knackendes Geräusch in meinem linken Handgelenk, als ich auf den Boden knalle, und ein scharfer Schmerz schießt durch meinen Arm in meine Schulter.

»Du darfst nicht gehen«, wiederholt er, ohne die Stimme zu heben. »Du darfst ihr nichts sagen. Du musst hierbleiben.«

Ich bleibe auf dem Bauch liegen, auf halber Strecke zwischen Sofa und Treppe. Meine Wange ruht auf den kalten Fliesen, und ich kann die Treppe sehen – so nah und doch so fern. Kalte Luft streicht an meinem Körper entlang. Oben muss etwas offen stehen. Mein Magen krampft sich zusammen, und ich spüre im Mund den bitteren Geschmack meiner eigenen Galle. Aus dem Augenwinkel ahne ich Micke, sehe noch, wie er sich über mich wirft. Gleich darauf spüre ich das Gewicht seines kräftigen Körpers. Es verschlägt mir den Atem, ich bleibe bewegungslos liegen.

Ich denke an Markus und Erik, frage mich, ob ich sie wiedersehen werde. Sehne mich danach, Erik zu umarmen. Seine weiche kleine Wange zu küssen. Den rundlichen Körper auf dem Arm zu haben, seinen Duft einzuatmen.

Markus und Erik. Alles, was zählt.

Plötzlich geht mir auf, dass es genau so ist. Und die Trauer nimmt ein Ende – diese düstere Blume in mir. Ich will mein

Leben zurückhaben, meine Familie. Ich will mich selbst zurückhaben, so wie ich war, ehe ich es erfahren habe. Plötzlich bereue ich diese sinnlose Suche nach der Wahrheit über Stefan, wünsche, ich hätte auf Markus gehört. Alles losgelassen. Hatte ich denn nicht alles, was ich brauchte?

Dann höre ich wieder die scharfen, hämmernden Schritte im Erdgeschoss. Sie laufen über uns hin und her, als mache Agneta sich aus irgendeinem Grund Sorgen.

»Bleib still«, murmelt Micke.

Die Schritte kommen näher.

»Miiiicke«, höre ich Agneta Arvidsson rufen. »Du musst jetzt mit Caesar los!«

»Komm gleich, Mama«, ruft er zurück und presst mir die Hand auf den Mund.

Dann kommt der Schlag. Ich bin nicht darauf vorbereitet, spüre eigentlich keinen Schmerz. Etwas Hartes, Metallisches trifft mich mit voller Wucht am Kopf. Licht explodiert vor meinen Augen. Millionen von Sonnen leuchten auf. Bilder, Fragmente eines Lebens, flimmern vorüber: Eriks Kopf, der schwer an meiner Schulter ruht. Stefan und ich, während wir uns auf den sommerwarmen Felsen beim Haus lieben. Markus auf dem Schneemobil, mit der Thermosflasche in der Hand, seine Haut, die von den letzten Strahlen der Abendsonne golden gefärbt wird. Aina, die im Sand einen Kopfstand macht und lacht, alle ihre Zähne zeigt. Ihre braungebrannten Beine zeigen in den Himmel. So gerade und bewegungslos wie die Thujen vor dem Haus der Arvidssons.

Etwas Heißes fließt über meine Wange zu meinem Ohr. Ich hebe die Hand, streiche damit über meine Wange und meine Schläfe. Das Blut ist hellrot und klebrig. Riecht nach Eisen.

Dann verschwindet das Zimmer um mich herum, löst sich auf.

Ich stehe auf dem Eis. Markus trägt seine dicke Daunenjacke und Erik seinen Overall. Das Schneemobil ist vollgetankt, und die Taschen sind gepackt. Stefan steht ein Stück weiter, als ob er nicht richtig dazugehört. Er winkt mir vorsichtig zu, und ich winke zurück.

Markus und ich besprechen, was wir machen werden. Haben wir alle Platz auf dem Schneemobil? Markus findet es besser, wenn Stefan später zu uns stößt. Er hat für Stefan auch Proviant eingepackt, und es gibt für alle Kaffee und Wasser genug.

Der Wind peitscht kleine harte Schneeflocken gegen unsere Gesichter. Erik kehrt ihnen instinktiv den Rücken zu und zieht den Kopf ein. Die Sonne wirft ein bleiches gelbes Licht und steht ganz dicht über dem Horizont.

Wir fahren über das Eis, Erik sitzt zwischen mir und Markus und lacht. Stefan ist irgendwo in der Nähe, ich weiß nicht genau wo, aber bald wird er kommen. Da bin ich sicher.

In mir steigt ein gewaltiger Jubel auf, ein seltsames Glücksgefühl. Das Festland saust vorbei, der Schnee wirbelt in der wachsenden Dämmerung, Erik schreit glücklich.

Ich brauche nicht mehr zu suchen. Ich habe alles, was ich brauche.

Als wir Rönnskär erreichen, geht die Sonne unter. Plötzlich werden die Schatten lang, und die Temperatur sinkt beunruhigend schnell. Markus verteilt Tassen mit dampfend heißer Schokolade. Wir trinken aus Plastikbechern, während die Sonne, die sich in eine riesige Apfelsine verwandelt hat, hinter dem Horizont verschwindet.

Ich küsse Markus auf den Mund, spüre seine Bartstoppeln an meiner Wange. Rieche Seife und nasse Wolle.

Das hier ist Glück.

Der Schmerz in meinem Handgelenk und meiner Schulter lässt mich aufschreien, und der Schrei reißt mich aus meinem Traum, fort von Markus und Erik auf dem Eis bei Rönnskär und zurück in Mikael Arvidssons Keller.

Er sitzt auf mir, presst sein ganzes Gewicht auf meinen verletzten Arm.

»Still.« Er legt mir die große feuchte Hand auf den Mund, bohrt die Finger in meine Wange. »Du musst still sein«, wiederholt er.

Langsam komme ich zu mir. Ich liege auf dem Bauch auf dem Boden. Zwei Meter von der Treppe entfernt. Um meinen Kopf herum sammelt sich eine Lache aus warmem Blut. Micke sitzt auf mir, und als ich den Kopf bewege, sehe ich die Pistole, seltsam klein in seiner riesigen Hand. Ich begreife, dass er die irgendwo im Zimmer versteckt hatte. Natürlich hat er eine Waffe. Er hat doch Anders erschossen.

Ich muss die Aufmerksamkeit von Agneta Arvidsson erregen. Sie ist die Einzige, die mich noch retten kann. Die Einzige, die weiß, dass ich hier bin. Eingesperrt in einem Keller, mit einem Mann, der nicht zögern würde angesichts der Entscheidung, mich zu erschießen oder sein Geheimnis preiszugeben. Und ich will nicht hier sterben. Will Markus und Erik nicht verlassen.

Ich will leben.

Ich schlage mit der Faust auf den Boden und hoffe, dass das im Erdgeschoss zu hören ist, aber die Steinplatten absorbieren das Geräusch, und ich höre nur ein dumpfes Pochen.

Wellen der Übelkeit durchspülen mich, als ich mich bewege, und plötzlich ist der Boden gefährlich schräg. Am Rand meines Blickfeldes kriecht die Finsternis heran. Es dämmert, denke ich. Bald ist es Nacht, und alles ist zu spät.

Vorbei.

Ich habe das Gefühl, in einer Höhle zu liegen, einem dunklen Tunnel. Wird es so enden? In Mikael Arvidssons Keller? Wir haben einander vielleicht verdient, Micke, Agneta und ich? Saufbruder und Saufschwestern, viel zu sehr mit ihren eigenen Dämonen beschäftigt, als sich am wirklichen Leben zu beteiligen.

Dann höre ich wieder die scharfen Schritte. Sie durchschneiden die Dunkelheit wie Messer. Laufen hin und her. Scheinen nachzudenken. Zu versuchen, etwas zu begreifen.

»Miiicke, was macht ihr da unten eigentlich?«, ruft Agneta von oben.

»Bin gleich da, Mama«, ruft Micke und sieht mich an, während er die Pistole schwenkt, wie um mich daran zu erinnern, dass ich still sein soll. Aber mein Körper gehorcht mir nicht. Eine eisige Kälte hat sich ins Zimmer und in meinen jetzt unkontrolliert zitternden Körper geschlichen.

Um mich herum im Zimmer fallen Schneeflocken. Es ist jetzt ganz dunkel, nur der Mond ist zwischen den kahlen Bäumen zu sehen. Markus zieht den Handschuh aus, fasst meine kalte Hand. Es ist Nacht, und wir dürften nicht auf dem Eis sein. Das will ich ihm sagen, aber meine Lippen sind kalt und starr. Die Wörter bleiben hängen, werden in meinem Mund zu gefrorenen Steinen. Dann höre ich ein wütendes Hacken, als ob jemand neben uns mit einer Axt auf das Eis einschlägt.

Das Hacken geht weiter, verwandelt sich in zornige scharfe Schritte. Wieder liege ich auf dem Boden in Mickes Keller. Die Schritte hämmern weiter, entschlossen, bis zum Anfang der Treppe und dann gehen sie weiter nach unten.

»Männlein, Caesar muss Pipi machen«, sagt Agneta Arvidsson gebieterisch.

Micke steht auf.

»Ich komme gleich, Mama.«

Ich versuche, mich zu bewegen.

Agneta taucht auf der Treppe auf. Ihr Blick verdüstert sich, als sie uns entdeckt, sie packt das Geländer und reißt die Augen auf.

»Aber was macht ihr denn? Was ist hier los?«

»Nichts, Mama. Rein gar nichts«, beteuert Micke und versucht ein schwaches Lächeln.

»Aber«, sagt Agneta, plötzlich verwirrt. Der alberne kleine Hund kommt hinter ihr her.

»Beruhig dich doch«, sagt Micke. »Sie ist gestolpert.«

Agneta schaut mich kurz an, wie um festzustellen, ob Micke die Wahrheit sagt. Dann erstarrt sie, als sie die Pistole in seiner Hand sieht.

Und sie bleibt stehen. Stumm. Sogar der kleine Hund ist stumm.

Micke richtet die Pistole auf sie. Die grauen Haare flattern ein wenig im Luftzug. Agneta reißt den Mund auf, wie ein Fisch. Aber sie sagt noch immer nichts.

Ein Schuss fällt. Das Geräusch ist seltsam gedämpft, wie ein Korken, der aus einer Flasche gezogen wird. Agneta Arvidssons Arme heben sich zu den Seiten, als wollte sie wegfliegen und müsste Anlauf nehmen. Aber ihr Kinn hängt schlaff auf ihrer Brust, und sie bricht wie ich auf dem kalten Terrakottaboden zusammen.

Micke sinkt neben ihr auf die Knie.

»Mama, kleine Mama. Verzeih mir. Es ist besser so.«

Mikael schreit auf. Er geht zur Teeküche, schreit nochmals auf, fällt abermals auf die Knie und keucht, wie nach einem Hundertmeterlauf. Ich versuche, so still zu liegen, wie ich nur kann.

Er kommt zurück, geht neben seiner Mama in die Hocke. Schüttelt sie.

»Schlaf noch nicht, bitte. Du. Mama.«

Aber sie reagiert nicht. Ihr Körper ruht schlaff in Mickes Umarmung.

Er richtet sich auf, dreht sich zu mir um.

»Das ist deine Schuld, Siri. Deine Schuld!«

Er kommt auf mich zu, und ich versuche zu entkommen. Krieche über den kalten Boden, um meinem Verfolger zu entgehen. Der Schnee fällt jetzt wieder. Die Flocken schmelzen in den Lachen aus meinem Blut. Unter mir verblassen die Terrrakottafliesen, werden in Eis verwandelt.

Stockholm 1988

Im Haus war alles still. Micke saß auf dem Sofa in seinem Kellerraum und starrte vor sich hin. Er hatte seit Stunden nichts mehr gesagt. Stefan fiel es schwer, still zu sein. Er lief durch das Haus, die Treppe hoch, sah sich im Erdgeschoss um. Das Wohnzimmer war sorgfältig gesäubert worden. Stefan hatte staubgesaugt und Micke den Boden geputzt. In der Küche stand eine benutzte Kaffeetasse, sonst war alles gespült und weggeräumt. Es war schwer, sich das vorzustellen, was sich vor weniger als vierundzwanzig Stunden in diesem gepflegten Wohnzimmer zugetragen hatte. Und die Vorstellung, dass Nicklas Swans Leichnam in einen Teppich eingewickelt unter Mickes Bett lag, war unbegreiflich.

Stefan versuchte, sich die Angst vom Leib zu halten. In Gedanken sagte er alte Kinderverse auf, die seine Mama ihm in einem anderen Leben vorgelesen hatte, vor hundert Jahren. Wie ein Mantra flüsterte er die Strophen von *Hoppe, hoppe Reiter*. Alles, damit die Angst sich nicht in ihm festsetzen könnte. Dennoch kehrte er immer wieder zum Vorabend zurück. Was war passiert, und wie hatte es passieren können? Stefan hatte sich nie für einen schlechten Menschen gehalten. Trotz seiner Diskussionen mit Anders darüber, dass es kein Gut und Böse gebe, wusste er jetzt, dass das doch der Fall war. Es gab das Böse, böse Menschen und böse Taten.

Was mit Nicklas Swan passiert war, war eine böse Tat gewesen, aber machte es sie zu bösen Menschen? Er dachte an

Micke, der unten in seinem Kellerraum saß. Micke, den er immer als freundlichen, fast schwachen Menschen betrachtet hatte. Als jemanden, der lieber mit einem Buch zu Hause saß, statt sich in der Stadt herumzutreiben. Micke, dessen Liebe und Fürsorge für seine Mutter aus allem sprach, was er sagte und tat. Micke, der gestern Abend den ersten Tritt gegen Nicklas Swans Kopf gerichtet hatte. Wie passte das zusammen? Wie hatte es geschehen können? Und Ulrik, der zwar spöttisch und bisweilen stur sein konnte. Aber auch ruhig und zuverlässig. Ein schwarzgekleideter magerer Neunzehnjähriger, mit zu großem Adamsapfel und traurigen Augen. War er böse? Ulrik, der Einzige, der sich gegen Anders' Plan geäußert hatte. Ulrik, der zur Polizei gehen wollte.

War das das Böse?

Stefan ließ sich auf einen Stuhl am Küchentisch sinken und schaute aus dem Fenster. Er dachte an Anders, der alles getan hatte, um sicher und stark zu wirken. Er kannte Anders so gut und wusste, dass er in Panik war. Anders, der das Leben immer als gedeckten Tisch zu sehen schien, voller Möglichkeiten, bei denen man nur zuzugreifen brauchte. Anders, der sich von nichts und niemandem aufhalten ließ. Der Mensch, den er, neben seinen Eltern, auf dieser Welt am besten kannte, der sein Freund geworden war und ihn auf fast magische Weise aus der Tristesse des Vorortes gerettet hatte. Ihn zu einem neuen Menschen gemacht hatte. Anders, der jetzt versuchte, die Situation unter Kontrolle zu bringen, der aber in Wirklichkeit Todesängste litt. War er böse?

Stefan wollte es nicht glauben. Konnte es nicht. Er wollte nicht akzeptieren, dass es böse Menschen gab, aber zugleich hatten sie die böseste Tat begangen, die ein Mensch überhaupt begehen kann. Wie war das möglich gewesen? Es gab keine Antwort.

Hoppe, hoppe, Reiter, wenn er fällt, dann schreit er,
fällt er in den Teich, find't ihn keiner gleich.

Anders und Ulrik waren zu Anders nach Hause gefahren, um den Schlüssel für das Boot zu holen. Ulrik, der sich bleich und verbissen von den anderen hatte überreden lassen und am Ende versprochen hatte dichtzuhalten. Er hatte mit ihnen den Pakt geschlossen. Und jetzt warteten sie nur auf einen Anruf, dann würden sie aufbrechen. Micke hatte den Wagen mit dem Heck zur Garage und zum Nebeneingang des Hauses geparkt. Es ging auf sechs Uhr zu, und in den Gärten der Nachbarschaft war jetzt alles ruhig.

Die Gartengeräte lagen in den Schuppen, und die Kinder waren zum Abendessen ins Haus gerufen worden. Als das graue Telefon klingelte, fuhr Stefan dennoch zusammen. Er hörte, wie Micke da unten den Hörer abnahm und dann ein gemurmeltes Gespräch führte. Er ging auf die Treppe zu. Wusste, dass es jetzt so weit war.

Micke hatte den Hörer aufgelegt, als Stefan nach unten kam. Stand bleich und starr neben seinem Schreibtisch, auf dem sich Schulbücher und Notizblöcke mit LPs und Zeitschriften drängten. Sie hatten Mickes Zimmer so gelassen, wie es war. Dachten, seine Mutter könnte misstrauisch werden, wenn dort plötzlich aufgeräumt wäre.

»Wir fahren jetzt, sehen uns in einer Stunde in der alten Werft.« Micke wich seinem Blick aus, schaute stattdessen aus dem Fenster.

»Da scheint alles ruhig zu sein. Wir machen das jetzt. Ich kann einfach nicht länger warten.« Er zog ein wenig an einer roten Locke, eine gewohnheitsmäßige Geste, ohne einen besonderen Hintergedanken. Stefan nickte nur. Fing für einen kurzen Moment den Blick seines Freundes ein. Sah Verwirrung und Angst.

Der Leichnam war schwer.

Viel schwerer, als man sich das vorstellen konnte.

Er war in Mickes alten Teppich gewickelt, und aus einiger Entfernung sah er absolut unschuldig aus. Hoffentlich würde niemand sie sehen. Kein neugieriger Nachbar durfte über den Zaun schauen und sehen, was sich hinter Thujen und Tannen abspielte. Sie mühten sich mit dem Leichnam zu dem blauen Volvo-Kombi. Der Kofferraum war geöffnet, und gemeinsam konnten sie das Bündel hineinwuchten. Mit Hilfe eines heruntergeklappten Sitzes konnten sie den Leichnam längs legen.

Stefan versuchte, sich vorzustellen, es sei ein Teppich, ein Paket, aber das war unmöglich, und schon wurde ihm wieder schlecht. Er verspürte eine Sehnsucht danach, sich zu übergeben, dazu Angst und Entsetzen. Er musterte den Teppich und sah eine weiße Frotteesocke hervorlugen. Rasch wandte er sich ab. Wich zurück und ließ sich ins Gras sinken.

Fällt er in die Hecken, fressen ihn die Schnecken,

fressen ihn die Müllermücken, die ihn vorn und hinten zwicken.

Micke warf eine karierte Decke über Teppich und Leichnam und bedeckte alles noch mit zwei auseinandergeklappten Umzugskartons. Für den Moment ging das. Wenn man sich das Auto nicht näher ansah, schien der Kofferraum einfach mit Müll gefüllt zu sein. Micke saß schon hinter dem Lenkrad, und Stefan setzte sich neben ihn.

»Findest du den Weg?«

Micke blickte aus dem Augenwinkel zu Stefan hinüber und ließ den Motor an. Stefan nickte kurz.

»Ja, ich war schon mal mit Anders da. Es gibt so eine Art altes Hafenbecken, man kann schnorcheln und sich Reste alter Schiffswracks ansehen, eigentlich ziemlich stark.« Er staunte über seinen eigenen alltäglichen Tonfall. Wie konnte er nur so tun, als wären sie auf einem ganz normalen Ausflug? Plötzlich bremste Micke.

»Oh verdammt. Meine Mutter.«

Agneta Arvidsson stieg aus einem dunkelblauen Taxi. Ein kräftiger Fahrer mit weißem Bart öffnete den Kofferraum und nahm zwei grellbunte Duty-Free-Tüten und die weiße Reisetasche heraus und reichte sie Agneta. Die Tüten waren vollgestopft, und Stefan erkannte den Hals einer Bacardiflasche und eine Zigarettenstange, die aus der einen Tüte ragte.

Mickes Mutter sah müde aus. Sie war geschminkt und trug eine weit ausgeschnittene Bluse und ein Sakko mit Schulterpolstern und an den Füßen hochhackige rote Pumps. Obwohl sie sich solche Mühe mit ihrem Aussehen gegeben hatte, waren unter ihren Augen schwarze Ringe zu sehen, und ihr Blick war stumpf. Sie lächelte müde, als sie Micke sah, und winkte ihn zu sich. Stefan sah zu, wie Micke ausstieg und seine Mutter umarmte, und sie streichelte seine Haare und lächelte.

Der Anblick der beiden hatte etwas Rührendes, sie erinnerten an die Überlebenden einer Naturkatastrophe, die einander umarmen. Micke zeigte und gestikulierte zum Auto hinüber, und zuerst schüttelte Agneta den Kopf. Stefan merkte, dass er kalt und starr wurde. Was sollte das denn? Durfte Micke das Auto nicht benutzen? Agneta legte den Kopf schräg und hörte Micke zu, und der fuchtelte mit den Händen und nickte zu Stefan hinüber. Agneta nickte langsam, und Micke umarmte sie. Er gab Stefan ein Zeichen zu warten, dann griff er zu den Einkaufstüten und trug sie zum Haus. Agneta folgte ihm mit ihrer Reisetasche.

Stefan saß im Auto und betrachtete die Häuser in der Nachbarschaft. Alles kam ihm ruhig vor. Zwei kleine Mädchen fuhren mit dem Rad an ihm vorbei, und weiter hinten auf der Straße kam ein Paar mit einem Blumenstrauß, offenbar auf dem Weg zum Essen bei irgendwelchen Nachbarn.

Sonst nichts, nur Ruhe.

Er sah, wie Micke mit einem Bündel in der Hand wieder aus dem Haus kam. Etwas an der gespannten Haltung seines Freundes ließ ihn zusammenfahren. Dann sah er, was Micke da anbrachte. Nicklas Swans schwarze Jacke und die verschlissenen weißblauen Turnschuhe. Micke ließ sich auf den Fahrersitz sinken und schaute die Kleider auf seinen Knien an.

In Stefan stieg wieder die Übelkeit auf. Er konzentrierte sich darauf, nicht zu kotzen. Füllte seinen Kopf abermals mit Kinderversen.

Fällt er in den tiefen Schnee, dann gefällt's ihm nimmermeh.

»Meine Mutter hat die Jacke gesehen und wollte wissen, wem die gehört. Ich habe gesagt, es sei deine, du hättest sie vergessen. Wie zum Teufel konnten wir die übersehen?« Seine Stimme klang jetzt schrill, und er sprach sehr schnell.

»Wenn wir die Klamotten übersehen haben, was haben wir noch alles übersehen? Das hier geht nie im Leben gut. Wir kommen damit nicht durch.« Er schüttelte den Kopf. Stefan ahnte, dass er kurz vor dem Durchdrehen stand.

»Fahr. Denk jetzt nicht daran. Fahr einfach.« Stefan versuchte, entschieden und ruhig zu klingen, etwas von Anders' Autorität nachzuahmen, aber in Gedanken wiederholte er Mickes Worte. Das hier geht nie im Leben gut. Nie im Leben.

Das Motorboot lag an einem alten Steinanleger vertäut. Stefan und Ulrik saßen auf einer Mauer, als sie mit dem Wagen vor der alten Fabrik aus rotem Klinker vorfuhren. Das Meer war ruhig, fast spiegelglatt, und das Wasser funkelte in der Abendsonne. Auf der anderen Seite von Värtan waren die großen Häuser mit den Strandgrundstücken auf Lidingö zu ahnen. Sie hörten nur einen einsamen Vogel und die Wellen, die leise gegen den Anleger schlugen. Die Gegend war verlassen. Stefan wusste aus Erfahrung, dass hier selbst im Hochsommer nur wenig los war, und jetzt im Mai konnte man sich nur schwer vorstellen, dass jemand hier etwas zu suchen haben könnte. Anders sprang von der Mauer und kam auf sie zu, dicht gefolgt von Ulrik. Ulrik sah bleich und krank aus und wich Stefans Blick aus.

»Alles ruhig?«

Stefan nickte und lugte wider Willen zur Rückbank hinüber. Auf der ganzen Fahrt hatte er versucht, nicht daran zu denken, was im Kofferraum lag, aber jetzt holte ihn die Wirklichkeit wieder ein. Micke sagte nichts, schaute nur vor sich hin auf das Wasser. Er hatte kein Wort gesagt, seit sie Lidingö verlassen hatten.

Fällt er in den Graben, fressen ihn die Raben.

»Na gut, dann los. Wir machen das hier, dann können wir danach gleich losfahren.« Anders war noch immer der Anführer, und Stefan war erleichtert, dass ihm die Verantwortung erspart blieb. Und dass er alles Anders überlassen konnte.

Gemeinsam trugen sie das Bündel vom Kofferraum zu dem wartenden Boot. Anders' Vater hatte einen schönen alten Motorkreuzer aus Holz, den er sorgfältig und liebevoll pflegte. Die Vorstellung, dass dieses Boot jetzt benutzt werden sollte, um einen Leichnam in der Tiefe zu versenken, wirkte bizarr. Anders und Ulrik hatten sich gut vorbereitet. Sie hatten eine schwere Metallkette besorgt, die sie jetzt immer wieder um den blauen Flickenteppich wickelten.

Micke hatte Nicklas Swans Kleider mitgebracht, und Stefan ging die Jackentaschen durch. Ein rotes Feuerzeug, zwei Schlüssel. Eine Monatskarte für den Bus, mit einem schwarzweißen Foto von Nicklas.

Alltägliche, ganz normale Dinge, die jetzt verschwinden mussten. In der Plastikhülle der Monatskarte lag ein abgegriffenes Foto. Stefan zog es heraus. Ein Mädchen, etwas jünger als er selbst, mit kurzen dunklen Haaren und schönen schwarzen Augen. Er drehte es um. Auf der Rückseite stand »Alicia HT-87«. Mehr nicht. Er hätte gern gewusst, wer sie wohl war. Eine, die Nicklas etwas bedeutet hatte. Das war immerhin klar.

Übelkeit und Angst stiegen wieder in ihm auf. Nicklas war tot und würde im Wasser verschwinden, und wenn alles nach Plan ginge, würde niemand jemals erfahren, was mit ihm passiert war. Er merkte plötzlich, dass Ulrik ihn ansah, und in Ulriks Blick sah er Verständnis und Trauer und wusste, dass sie den Schmerz für den Rest ihres Lebens teilen würden.

Anders ließ den Motor an und lenkte das Boot mit geübter Hand vom Anleger weg. Er war am Wasser aufgewachsen und hatte seit seiner Kindheit Motor- und Segelboote gesteuert. Jetzt fuhren sie langsam auf das offene Meer hinaus. Stefan kannte sich im Schärengürtel nicht sonderlich gut aus und wollte auch gar nicht wissen, wohin die Fahrt ging.

Jetzt wollte er nur alles hinter sich bringen. Er sehnte sich nach Hause. Sehnte sich nach seinem Bett und nach einer Tasse Tee am Küchentisch, zusammen mit seiner Mutter. Er schaute auf das Wasser hinaus und auf die Inseln, an denen sie vorüberkamen. Alles sah schön und idyllisch aus.

Aus der Ferne sahen sie sicher wie junge Männer auf einem harmlosen Bootstörn aus. Ihnen begegneten nur wenige Boote, einige Segler, die bei dem ruhigen Wetter mit Motor fuhren, und eine Fähre, die auf irgendeinen Anleger zuhielt. Der richtige Ansturm hatte noch nicht eingesetzt. Die Stille war kompakt, als hätten sie einander nichts mehr zu sagen. Vielleicht war das ja auch so. Es gab nichts mehr zu sagen.

Die Freundschaft und alles, was sie geteilt hatten, waren jetzt verschwunden. Er sah die anderen an: Micke saß in sich zusammengekrochen da und starrte mit ernster Miene auf das Meer hinaus, seine Haare flatterten im Wind.

Anders' breiter Rücken. Seine Haltung aufrecht und stolz. Als spüre er, dass er angeschaut wurde, drehte er sich um und schaute Stefan in die Augen, lächelte ein wenig, fast bedauernd. In Anders' Blick sah Stefan Trauer. Ulrik schaute das Deck an, sah einsam und verstimmt aus. Wie ein kleines Kind, das seine Eltern auf einem langweiligen Ausflug begleiten muss.

Dann schaltete Anders den Motor aus. Sie waren irgendwo vor Vaxholm. Auf den umliegenden Inseln war kein Haus zu sehen. Kein Haus und kein Boot.

»Hier, glaube ich.« Anders zeigte vage aufs Wasser und vertiefte sich dann in eine Seekarte.

»Es ist tief genug und liegt ziemlich abseits. Na los. Helft mir mal, Micke, Stefan.«

Er ließ sich nicht einmal dazu herab, Ulrik zu bitten, und der kehrte ihnen demonstrativ den Rücken zu und schaute zu den Inseln hinüber. Gemeinsam konnten sie das Bündel in dem blauen Flickenteppich über die Reling bugsieren. Das Wasser spritzte hoch auf, als das Bündel auf der Oberfläche aufschlug, und Stefan spürte den Geschmack des Salzwassers auf den Lippen.

Hoppe, hoppe, Reiter, wenn er fällt, dann schreit er,
fällt er in den Sumpf, dann macht der Reiter plumps.

Er schaute ins Wasser hinab, glaubte, den Körper zu erahnen, stellte sich vor, wie Nicklas Swan langsam zu Boden sank, immer tiefer in dem schwarzen Wasser, viele Meter unter ihnen. Er hörte, wie Micke ausatmete. Ein langer Seufzer, die unterdrückte Angst vieler Stunden.

»Das wär's dann. Jetzt fahren wir nach Hause«, sagte Anders ebenso informationsorientiert und sachlich wie zuvor.

»Warte, seine Sachen.« Stefan griff nach Schlüsseln und Feuerzeug, warf sie ins Wasser, zerriss die Monatskarte in kleine, kleine Fetzen, ließ sie vom Wind fangen. Dann schaute er das Passbild des schönen, dunkelhaarigen Mädchens an. Aus irgendeinem Grund brachte er es nicht über sich, es wegzuwerfen. Er steckte es in die Jackentasche, dann nickte er.

»Das wär's dann wirklich. Wir können losfahren.«

Stockholm 2010

Micke beugt sich über mich, die Pistole in der Hand. Der Schnee fällt jetzt stärker. Im schwachen Mondlicht sehe ich, dass Mickes graue Haarsträhnen von einer dicken Schneeschicht bedeckt sind. Zuerst glaube ich, dass er mich erschießen will, aber dann bewegt er sich, hebt die Hand.

Ich stütze mich auf den unverletzten Arm, drehe mich um, versuche aufzustehen. Ich komme halbwegs zum Sitzen und lehne den Kopf an die Wand. Langsam gewinnt die Welt wieder Konturen, wird schärfer. Der Schnee verschwindet, der Mond verwandelt sich in eine staubige Deckenlampe.

Micke steht noch immer vor mir, neben dem leblosen Körper seiner Mutter.

Er hebt die Pistole, richtet sie auf sich selbst.

»Micke, nein. Es braucht nicht so zu enden.«

»Das verstehst du nicht«, flüstert er. »Ich hätte es schon längst tun sollen. Es ist auch nicht wirklich. Ich bin doch schon tot.«

Er schiebt sich den Lauf in den Mund, schließt die Lippen um das mattschwarze Metall, sieht mich an. Seine Augen sind dunkel und leer. Ein Windstoß hebt die Haare von seinen Schultern. Dann fällt der Schuss. Mickes Körper zuckt zusammen, scheint noch einen Moment zu zögern, dann fällt er zu Boden, verhältnismäßig sanft, neben seine Mutter. Als habe er sich zum Schlafen neben sie gelegt, ruht sein Kopf auf ihrem Arm. Aber eine große Blutlache um seinen Kopf herum verrät, dass er tot ist. Neben seiner halbgeöffneten Hand liegt die Pistole. Der kleine Hund springt unruhig und kläffend um die Toten herum.

Stefan ist hier. Er lächelt, sieht genauso aus wie immer. Seine Haare sind frischgewaschen und glänzend, und der Pony fällt über sein rechtes Auge. Seine Zähne sind weiß. Er reicht mir seinen Arm. Stark und warm und lebendig streckt sich der Arm nach mir aus, und plötzlich weiß ich, dass ich hier wegmuss. Raus aus diesem Raum. Weg von den Schatten, die mit jeder Sekunde lebendiger zu werden scheinen. Weg von der Vergangenheit. Zurück ins Leben, dem Leben, das mir gehört.

Auf irgendeine Weise kann ich auf die Füße kommen. Der Raum dreht sich noch immer, und meine Beine zittern, wollen nicht gehorchen. Ich steige unsicher über Micke und seine Mutter hinweg und trete in die immer größer werdende Blutlache. Dann laufe ich nach oben, packe die Haustür und kann den Riegel öffnen.

Die Kälte schlägt mir entgegen, und eine einsame Schneeflocke landet auf meiner Wange. Ich gehe hinaus und weiter über den Trampelpfad. Meine Strümpfe hinterlassen in der dünnen Schneedecke rote Spuren.

Ich ahne eine Bewegung und hebe vorsichtig den Kopf. Wie durch einen langen Tunnel sehe ich ein Auto. Einen neuen glänzenden BMW. Die Tür zum Fahrersitz öffnet sich, und ein Mann steigt aus. Er kommt mir vage bekannt vor, kehrt mir aber den Rücken zu. Nimmt eine Jacke aus dem Wagen und zieht sie an. Dann dreht er sich um und schaut mich an. Und jetzt sehe ich, wer es ist.

Ulrik.

Seine Miene verändert sich, und er ruft etwas. Ich weiß

nicht was. Ich kann aus den Tönen kein Wort zusammensetzen. Sehe nur, wie seine Lippen sich bewegen.

Ohne weitere Gefühle registriere ich, dass er entsetzt aussieht, ein Mobiltelefon aus der Tasche zieht und ein Gespräch führt. Weitere Schneeflocken fallen auf mich. Ich spüre, wie sie sich in meinen Haaren sammeln, wie sie auf meinen Wangen und Lippen schmelzen.

Ulriks Mund bewegt sich rasch, er gestikuliert wild, und ich höre, wie er eine Adresse nennt. Amorväg. Ja, es muss Amorväg sein. Dann steckt er das Telefon in seine weite Jacke und kommt auf mich zu.

Das Gefühl, in einem Tunnel zu sein, wird langsam schwächer. Plötzlich fühle ich mich stärker. Die kalte, frische Luft scheint mir Kraft zu geben. Eine Kraft, die wächst, je weiter ich mich von dem Haus entferne.

Plötzlich kommt mir alles lichter vor. Die Farben sind klarer. Der Schmerz kehrt zurück in Handgelenk und Schulter, aber ich gehe immer weiter. Setze mechanisch einen Fuß vor den anderen. Merke, wie meine Füße in der Kälte gefühllos werden. Gehe weiter auf das Tor zu, fort von dem weißen Klinkerhaus. Fest entschlossen, das zurückzuerobern, was von meinem Leben noch übrig ist.

Epilog
Stockholm 2005

Unter der Oberfläche gab es keinen Schmerz. Kein Richtig oder Falsch. Die Vergangenheit existierte nicht mehr, und die Zukunft war unwichtig. Unter der Oberfläche gab es nur das Jetzt. Als Stefan nach oben blickte, ahnte er über der alles umschließenden Umarmung des Wassers das Sonnenlicht. Er wusste, dass die Wirklichkeit dort oben war, aber er wollte nicht mehr dorthin.

Er hatte beschlossen, allem ein Ende zu setzen. Hier unten gab es eine Ruhe, und wenn er es sich aussuchen könnte, würde er für alle Ewigkeit hierbleiben. Er wusste, dass es nicht so sein würde. Sein Leichnam würde geborgen werden und in einem Kühlraum der Rechtsmedizin enden. Sein Körper würde obduziert werden. Die Organe gewogen und gemessen. Aber das spielte keine Rolle mehr. Sein Körper war eine Maschine, und sie würde aufhören zu funktionieren. Und das, was sein Ich war, würde aufhören zu existieren. Und dann würde auch der Schmerz ein Ende nehmen. Er sehnte sich danach, den Schlusspunkt setzen zu dürfen.

Wann war alles schiefgegangen? Als er zum ersten Mal in das staubige Klassenzimmer gegangen war und sich auf den einzigen freien Platz gesetzt hatte? Den Platz neben dem großen Jungen mit den breiten Schultern und dem Band aus Sommersprossen über der kräftigen Nase? Oder vielleicht später, als er, Anders, Ulrik und Arvidsson eine Flasche Wodka geteilt hatten, die Stefan aus dem Barschrank seiner

Eltern gestohlen hatte? Als sie so betrunken gewesen waren, dass Anders nicht mehr gerade gehen konnte, und als sie alle in der Rörstrandsgata auf ein funkelnagelneues Cabriolet gepisst hatten?

Er hatte keine Antwort. Er wusste, dass er irgendwann einen anderen Weg hätte wählen, eine andere Richtung hätte einschlagen müssen. Aber das spielte keine Rolle mehr. Was geschehen war, war unwiderruflich, und es führte kein Weg zurück. Er dachte an Anders, an jenen Morgen vor langer Zeit, das Versprechen, dass sie ihr Leben zurückbekommen würden. Er hatte sich geirrt. Natürlich hatte er sich geirrt. Sie hatten nur eine Galgenfrist bekommen.

Und Siri. Stefan dachte an Siri. An ihre dunklen Augen mit den dichten Wimpern. Diesen Blick, der ihn voll durchschaute. Er dachte an den Tag, an dem sie sich über den Schwangerschaftstest gebeugt und das schwache Plus betrachtet hatten, das langsam auf dem weißen Plastikstäbchen hervortrat. An die weiche Rundung unter ihrem weißen Kleid am Hochzeitstag. Und dann an die Ultraschallbilder. An das Kind, das niemals zu einem Kind geworden war. Schon damals hatte er begriffen, dass das die Strafe war. Dass die Frist bald auslaufen würde.

Und dann Aina. Wie hatte er Siri das antun können? Es war, als hätte seine Selbstverachtung keine Grenzen gekannt, als müsste er sich selbst beweisen, dass er ein schlechter Mensch war. Natürlich hatte es nie so werden sollen. Oft wurde es ja auch nicht so. Es bedeutete nichts und bedeutete doch alles.

Und jetzt war alles zu spät. Anders war tot. Stefan war nicht sicher, wer es gewesen war. Ulrik oder Arvidsson oder beide zusammen. Anders hatte die Wahrheit sagen wollen, hatte versucht, die anderen auf seine Seite zu bringen. Ulrik war abweisend, kalt und wütend gewesen. Micke war in Panik geraten. Er selbst hätte Anders gern eine gescheuert, wegen seines verlogenen Egoismus und den plötzlichen Gewissensqualen. Anders, der sie von Anfang an zu allem überredet hatte.

Und dann der Mord. Der Schuss am Karlaplan, der alles verändert hatte.

Er wusste, dass es keine Alternativen mehr gab. Er konnte nicht mit dem leben, der er war. Der er gewesen war, der er geworden war. Er konnte nicht jeden Morgen aufwachen und im Spiegel diesem Fremden begegnen. Er konnte Siris trauriges, fragendes Gesicht nicht mehr ertragen. Ihre unbeholfenen Versuche, ihm zu helfen. Er hatte das Recht auf ein weiteres Leben verwirkt. Er hatte versucht, es gutzumachen, und war gewaltig gescheitert.

Alles zu gestehen wäre keine Alternative. Einmal vor langer Zeit hatten sie einen Pakt geschlossen. Einander versprochen, es niemals zu sagen. Das war noch immer wichtig. Er wollte kein anderes Leben zerstören, wollte nur verschwinden.

Die Bilder jenes Junimorgens verfolgten ihn noch immer. Nicklas Swan suchte ihn im Schlaf heim. Rief ihn. Bat ihn, ihm Gesellschaft zu leisten. Bat ihn, wieder ganz werden zu dürfen. Ihre Bootsfahrt nach Trälhavet lag siebzehn Jahre zurück, und nun war er hier. Nur wenige Dutzend Kilometer weiter. Im selben kalten Grab. Das war auf eine seltsame Weise ein Trost. Er war nicht allein.

Stefan nahm das Mundstück, riss den Schlauch vom Atemregler. Er löste die Maske und spürte das kalte Wasser an den Wangen. Zog es durch Nase und Hals ein. Spürte die Panik in Wellen kommen, als der Körper nicht den Sauerstoff erhielt, den er brauchte. Glühende Punkte vor den Augen, dann etwas anderes.

Ein Strom aus Wärme und Weichheit.

Stille.

Er sah Siri vor sich, sah sie, wie sie an ihrem ersten Abend ausgesehen hatte. In einem kurzen weißen Kleid, mitten in einem Rapsfeld bei einem Dorf in Schonen.

Sie winkte ihm zu.

Er lächelte und winkte zurück. Dann drehte sie sich um, der Wind erfasste für einen Moment ihr Kleid, es flatterte ein wenig, als sie durch die hohen verschlungenen Pflanzen von ihm wegging.

Danksagung

Wir möchten unserer phantastischen Verlegerin Helene und unserer ebenso phantastischen Lektorin Katarina von Wahlström & Widstrand für ihre behutsame und stilsichere Hilfe bei der Arbeit an diesem Buch danken. Wir danken auch Anna und Joakim von unserer Agentur und ihren Kollegen von der Nordin Agency, die immer wieder für Siri die Welt öffnen.

Dann, geliebte Freunde und Familienmitglieder, danke dafür, dass ihr uns so viel Zeit und Kraft in dieses Paralleluniversum stecken lasst, in dem Siri lebt. Ohne eure Liebe und eure Geduld gäbe es kein Buch.

Camilla Grebe, Åsa Träff

Camilla Grebe · Åsa Träff
Die Therapeutin
Roman

432 Seiten, Klappenbroschur
btb 74183

Es hätte ein Idyll sein können …

Siri Bergman, Psychotherapeutin aus Stockholm, ist an den Umgang mit seelischen Abgründen und schmerzhaften Geheimnissen gewöhnt. Doch seit ihr Mann tödlich verunglückt ist, kämpft sie mit sich selbst. Trotz panischer Angst vor der Dunkelheit lebt sie abgeschieden am Meer. Als sie eines Morgens auf die Leiche einer Patientin stößt, nimmt ihr Alptraum Gestalt an.

Platz 1 der schwedischen Bestsellerliste

Camilla Grebe · Åsa Träff
Das Trauma
Roman

448 Seiten, Broschur
btb 74489

**Schlimmer als der Tod
ist Liebe, die zur Besessenheit wird.**

Ein verregneter Nachmittag in einem Vorort von Stockholm: Ein kleines Mädchen, versteckt unter einem Küchentisch, muss mitansehen, wie ihre Mutter brutal ermordet wird. Zur gleichen Zeit trifft die Psychotherapeutin Siri Bergman fünf Frauen, die sich zu einer Selbsthilfegruppe zusammengeschlossen haben. Alle Frauen sind das Opfer männlicher Gewalt, haben Schreckliches durchgemacht. Verratene Liebe, Schläge, Erniedrigungen. Doch kann Siri ihren Geschichten glauben?

»Spannung im Doppelpack.«
Maxi